James
Gould-Bourn

# PANDA TAGE

James Gould-Bourn

*Aus dem Englischen von Stephan Kleiner*

# PANDA TAGE

Roman

Kiepenheuer & Witsch

MIX
Papier aus verantwortungsvollen Quellen
FSC® C083411
FSC
www.fsc.org

Verlag Kiepenheuer & Witsch, FSC® N001512

1. Auflage 2020

Titel der Originalausgabe: Keeping Mum

Aus dem Englischen von Stephan Kleiner

Umschlaggestaltung: Barbara Thoben, Köln
Umschlagmotiv: © plainpicture/Marie Docher und © Barbara Thoben
Gesetzt aus der ITC Legacy Serif und der Bodoni
Satz: Buch-Werkstatt GmbH, Bad Aibling
Druck und Bindung: CPI books GmbH, Leck
ISBN 978-3-462-05364-7

*Für meine Mum und meinen Dad,*
*Linda and Phillip Gould-Bourn*

# 1

Danny Malooley war vier Jahre alt, als er die bittere Erfahrung machte, dass Seife mit Zitronenduft kein bisschen nach Zitronen, aber dafür umso mehr nach Seife schmeckt. Als er mit zwölf Jahren eine Katze rettete, die vielleicht, vielleicht auch nicht in Not war, machte Danny die bittere Erfahrung, dass es keine schmerzfreie oder würdevolle Art und Weise gab, von einem Ahornbaum zu fallen. Mit siebzehn machte er die bittere Erfahrung, dass eine Drei-Liter-Flasche billiger Cider von Co-op, eine Freundin, mit der man sie austrank, ein wenig unbeholfenes Gefummel im Hackney-Downs-Park und eine allgemeine Missachtung der grundlegendsten Naturgesetze reichten, um Vater zu werden. Und mit achtundzwanzig machte er die ganz bittere Erfahrung, dass alles, was es brauchte, um die Sterne zu verdunkeln, die Uhren anzuhalten und die Erdrotation unvermittelt zu stoppen, eine unsichtbare kleine Eisplatte auf einer Landstraße war.

Danny wurde von quietschenden Reifen aus dem Schlaf gerissen, oder vielleicht war es auch ein Schrei gewesen, er wusste es nicht genau. Er richtete sich auf und sah sich im Zimmer um, versuchte das Geräusch mit der Umgebung übereinzubringen, bis sein Gehirn aufwachte und ihm sagte, dass er einen Albtraum gehabt hatte. Er ließ sich auf sein schweißgetränktes Kissen zurückfallen und sah auf die Uhr auf dem Nachttisch. 6.59 Uhr, die Ziffern hell im morgendlichen Dämmerlicht. Er schaltete die Weckfunktion aus, bevor die Anzeige umsprang, und strich sanft mit der Hand über das leere Kissen neben ihm. Dann schlug er die klamme Decke zur Seite und kroch aus dem Bett, wobei er es vermied, in den Spiegel am Kleiderschrank zu sehen, und zog langsam seine Kleider vom Vortag an.

Die Tür zu Wills Zimmer stand offen, und Danny zog sie auf dem Weg in die Küche zu. Er füllte den Wasserkocher und schaltete ihn ein, steckte eine vertrocknete, aber noch nicht pelzige Scheibe Brot in den Toaster und stellte das Radio an, eher aus Gewohnheit als aus dem Bedürfnis zu erfahren, was in der Welt vor sich ging. Die Nachrichtensprecherin murmelte im Hintergrund vor sich hin, während er durch das Fenster die postkartenmäßige Aussicht betrachtete; »postkartenmäßig« wegen der Größe des Fensters, nicht der dahinterliegenden Schönheit. Der Himmel war so blau wie die Victoria-Linie auf dem U-Bahn-Plan, aber die strahlende Sonne machte die Landschaft kaum freundlicher. Danny dachte oft, dass die Siedlung bei Sonnenschein sogar eher hässlicher aussah, vor allem weil man sie dann sehen konnte. So wie schlechte Beleuchtung ein Tinder-Date attraktiv oder ein heruntergekommenes Restaurant gemütlich erscheinen lassen konnte, konnte ein bleierner Himmel helfen, die finstere Realität der Palmerston-Siedlung teilweise zu verschleiern. Während er auf die Mauer aus Betonwohnblöcken schaute, die gnädigerweise den Blick auf noch mehr Betonwohnblöcke verstellten, nahm Danny sich einmal mehr vor, von hier wegzuziehen, so wie er es gestern getan hatte und wie er es morgen wieder tun würde.

Er aß sein Frühstück am Tisch, die Augen auf dieselbe Wand gerichtet, auf die er in den vergangenen vierzehn Monaten so oft gestarrt hatte, dass die Tapete sich unter dem Gewicht seines Blicks zu wellen begann, was Danny aber nicht bemerkte. Er bemerkte auch nicht den dunklen Fleck auf dem Teppich im Flur, wo er seine Arbeitsstiefel von den Füßen schüttelte, ohne vorher den Matsch abzuklopfen oder den Schmutzfilm auf den Fenstern, der demjenigen, der durch sie hindurchsah, eine Ahnung davon vermittelte, was man bei grauem Star zu erwarten hatte, oder den eingetopften Kadaver auf der Fensterbank, der einmal ein gesunder Philodendron gewesen war, inzwischen aber einem Klumpen strahlungsbehandelter Kartoffelschalen ähnelte. Nicht einmal die Post hätte er bemerkt, wäre sie nicht immer während des Frühstücks gekommen, sodass das Klappern des Briefkastenschlitzes die Stille durchschnitt und ihn zusammenfahren ließ.

Auf der Fußmatte lagen zwei weiße Umschläge. Der erste enthielt eine unterschwellig aggressive Erinnerung seines Wasserversorgers, dass er mit der Zahlung zwei Monate im Rückstand war. Bei dem zweiten handelte es sich um eine letzte Benachrichtigung bezüglich der nicht bezahlten Stromrechnung mit vielen fett gedruckten roten Wörtern, vor allem »Gericht«, »Gerichtsvollzieher«, »Strafverfolgung« und seltsamerweise »Danke«, was in diesem Zusammenhang eher wie eine Drohung als wie ein gewöhnlicher Ausdruck von Dankbarkeit erschien.

Danny runzelte die Stirn und strich sich über den Vier-Tage-Bart, dessen Stoppeln unter seinen Fingern mit den abgenagten Nägeln ein schabendes Geräusch machten. Er sah zum Whiteboard, wo Souvenir-Magnete aus Australien ein dickes Bündel Papier festhielten. Darüber stand in dicken schwarzen Buchstaben das Wort »Unbezahlt«. Neben dem Bündel hingen zwei einzelne Seiten. Das war der »Bezahlt«-Stapel. Er fügte die Neuankömmlinge dem größeren Stapel hinzu, der keine Sekunde hielt, bevor die Magneten nachgaben und die Rechnungen kreuz und quer auf den Boden flatterten. Danny seufzte und sammelte sie auf. Dann heftete er die Seiten mit einem dritten Magneten in der Form der Oper von Sydney an das Whiteboard und kritzelte »Mehr Magneten kaufen!« daneben.

»Will!«, rief er durch die offene Küchentür. »Bist du wach?«

Will hörte seinen Vater, antwortete aber nicht, sondern inspizierte weiter den Bluterguss auf seinem Arm. Es sah aus, als tobte ein Gewitter zwischen seiner knochigen Schulter und dem, was gerade eben als Bizeps durchging, eine blauschwarze Wolke auf milchig-weißer Haut. Will berührte ihn vorsichtig mit dem Finger und merkte erst, wie empfindlich die Stelle war, als der sanfteste Druck einen dumpfen Schmerz auslöste, der sich über den gesamten Oberarm ausbreitete.

»Komm frühstücken, Will!«, rief Danny, dessen Stimme schon verdrossen klang.

Will pflückte sein verknittertes Schulhemd von der Türklinke und zuckte zusammen, als er den Arm durch den Ärmel schob.

»Morgen, Schlafmütze«, sagte Danny, als Will durch die Küchentür schlurfte und am Esstisch zusammensackte. Wenige Minuten später kam Danny mit einer Tasse in der einen Hand und einem Teller mit Toast in der anderen zu ihm. Er stellte beides vor Will hin und setzte sich ihm gegenüber.

Will beäugte den Teller durch den sandblonden Pony, der die fünf Zentimeter lange Narbe an seinem Haaransatz verdeckte. Thomas, die kleine Lokomotive, spähte ihn zwischen zwei mit Erdnussbutter bestrichenen Toastbrotscheiben hindurch an, während James, die rote Lokomotive, beinahe höhnisch von der Tasse heruntergrinste.

»Iss, sonst kommst du zu spät«, sagte Danny. Er trank einen Schluck kalten Tee und verzog das Gesicht.

Will drehte seine Tasse, bis der Zug aus seinem Blickfeld verschwunden war. Er biss zaghaft von seinem Toast ab und bedeckte mit dem Rest der Brotscheibe Thomas' Gesicht.

»Denk dran, dass deine Mutter heute Geburtstag hat«, sagte Danny.

Will hörte auf zu kauen und starrte auf seinen Teller. Das Gemurmel des Radios stahl sich in die Stille zwischen ihnen.

»Will?«, sagte Danny. Will nickte einmal, ohne den Kopf zu heben.

Es klingelte, und Danny stand auf und ging zur Tür. Er schaute durch den Türspion und sah Mohammed draußen auf dem nicht überdachten Korridor stehen. Der Junge war pummelig und trug eine dick umrandete Brille und Hörgeräte in beiden Ohren. London lauerte hinter seiner Schulter.

»Hi, Mr. Malooley«, sagte er, als Danny die Tür öffnete. »Wussten Sie, dass ein Blauwal beim Furzen so dicke Blasen macht, dass ein ganzes Pferd reinpasst?«

»Nein, Mo, ich muss zugeben, das wusste ich nicht.«

»Habe ich gestern bei *Animal Planet* gesehen«, sagte Mo, der sich ebenso gern Naturdokumentationen ansah wie die meisten anderen Elfjährigen Filme auf YouTube von Menschen, die sich ernsthaft verletzten.

»Klingt ziemlich fies«, sagte Danny. »Wie haben die das Pferd überhaupt in den Walfurz reinbekommen?«

»Keine Ahnung«, sagte Mo. »Das haben sie nicht gezeigt.«

»Verstehe.« Danny runzelte die Stirn, während er sich die Logistik hinter einem solchen Experiment vor Augen führte.

»Ist Will fertig?«

»Gib ihm zwei Minuten, er ist noch beim –«

Will schob sich an Danny vorbei auf den Korridor, bevor er den Satz beenden konnte.

»Tschüs, Mr. Malooney«, sagte Mo, während Will seinen Freund brüsk zur Treppe schob.

»Tschüs, Mo. Will, wir sehen uns nach der Schule, ja?«

Will verschwand wortlos um die Ecke.

Zurück im Wohnzimmer, nahm Danny die Tassen und Teller vom Tisch. Er kippte Wills unangetasteten Tee in den Ausguss und warf seinen ungegessenen Toast in den Müll. Es war der gleiche Ablauf wie beinahe jeden Tag seit dem Unfall.

# 2

Danny überquerte die Baustelle mit einem gelben Helm auf dem Kopf und einer im Wind flatternden Signalweste. Er hielt auf Alf zu, den Vorarbeiter, der ähnlich gekleidet war wie er, aber dazu noch ein Klemmbrett in der Hand hielt. Alf war ein stämmiger Mann mit Halbglatze und einem Gesicht wie ein Boxer, der nie die Deckung hochnahm. Als er Danny kommen sah, schaute er über die Schulter zu dem nicht weit entfernt stehenden Mann im schwarzen Anzug mit dem hageren Gesicht und der blassen Haut hinüber, den man für den Tod hätte halten können, hätte er nicht einen Schutzhelm aufgehabt. Der Mann tippte mit dem Finger auf seine Uhr und zeigte dann auf Danny. Alf seufzte.

»Morgen, Alf«, rief Danny über den Lärm hinweg, während mit Paletten beladene Kräne langsam über ihren Köpfen hin und her schwenkten und die zitternden Arme von Baggern riesige Erdklumpen aushoben.

»Du bist zu spät, Dan.«

Danny runzelte die Stirn und sah auf sein Telefon.

»Nach meiner Uhr nicht«, sagte er und zeigte Alf das Display.

»Nach seiner schon«, sagte Alf und nickte zu dem Mann im Anzug hinüber.

»Wer ist das?«, fragte Danny.

»Viktor Orlov. Neuer Projektmanager.«

»Orlov?«

»Kosake«, sagte Alf. »Ein richtig harter Hund. Hat heute Morgen schon zwei Leute gefeuert. Er macht uns allen die Hölle heiß.«

Danny starrte den Mann im Anzug an. Der Mann starrte mit eisigem Blick zurück.

»Also los, mach dich an die Arbeit«, sagte Alf. »Du machst mit Ivan Zement. Ach, und Danny?«

»Ja, Alf?«

»Komm nicht noch mal zu spät.«

Danny nahm sich eine Schaufel und ging zu dem Ukrainer Ivan hinüber, einem menschlichen Gebirge aus Muskeln, das gebrochenes Englisch sprach und mehr Erde befördern konnte als ein Bagger und beim Bauen schneller war als ein Minecraft-Ass. Danny vermutete, dass Ivan in seinem Leben mindestens einen Menschen getötet hatte, wahrscheinlich mit bloßen Händen. Diese Ahnung speiste sich zu großen Teilen aus der Galerie kruder Gefängnistätowierungen, die seine gewölbten Unterarme zierte: gezackte Buchstaben, hässliche Gesichter – am linken

Ellbogen fand sich sogar ein komplettes Drei-gewinnt-Spiel – und andere Kritzeleien, nach denen Danny sich nicht zu fragen traute.

Die beiden waren befreundet, seit Danny Ivan vor einigen Jahren das Leben gerettet hatte. So zumindest hatten Danny und alle anderen auf der Baustelle die Sache in Erinnerung, aber Ivan widersprach dieser Darstellung der Ereignisse. Er hatte erst zwei Wochen auf der Baustelle gearbeitet, als sich während eines Sturms ein Stück von einem Gerüst gelöst hatte. Die Eisenstange wäre ihm genau auf den Kopf gefallen, hätte Danny, der zufällig gerade in der Nähe arbeitete, den großen Mann nicht aus dem Weg gestoßen (und sich dabei nicht fast die Schulter ausgekugelt), doch während Danny an diesem Tag als Held gefeiert wurde, beharrte Ivan, der nach eigener Aussage einmal von einem Panzer überrollt worden war und überlebt hatte, stur darauf, dass eine Dreißig-Kilo-Eisenstange auf dem Kopf ihn ja wohl kaum einen Krankentag gekostet, geschweige denn umgebracht hätte und dass alle nur ein Drama machten »wie bei *Eastenders*«. Das Ganze war eine Art Running Gag zwischen ihnen geworden, den Danny jedoch als Einziger witzig zu finden schien.

*»Danylo«*, sagte Ivan, der gerade einen Batzen Zement auf eine Schubkarre klatschte.

»Hey, Ivan. Wer ist denn die Pfeife im Anzug?« Danny zeigte mit einem Daumen über die Schulter.

»Ah«, sagte Ivan, »hast du Viktor getroffen?«

»Alf meint, er hätte heute Morgen schon zwei Leute gefeuert.«

»Ist er aus Moskau geschickt. Sie sagen, wir arbeiten nicht schnell genug.«

»Und die glauben, wir arbeiten schneller, wenn sie uns rauswerfen?«, fragte Danny. Ivan zuckte mit den Schultern.

»In Ukraine, wir haben Wort für Mann wie Viktor.«

»Ach ja?«, sagte Danny. »Was für ein Wort?«

»Arschloch«, sagte Ivan. Danny lachte.

»Wie war dein Urlaub?«, fragte er und stieß eine Schaufel in den nassen Zement.

»Urlaub?«, sagte Ivan. »Welcher Urlaub? Ich fahren mit Ivana nach Odessa. Ich bleiben eine Woche bei ihrer Familie. Ihre Mutter, sie hasst mich. Und ihr Vater. Und ihre Schwester. Sogar Hund hasst mich.«

»Das sehe ich«, sagte Danny und zeigte auf eine Reihe von Zahnabdrücken auf Dannys Unterarm.

»Was?«, sagte Ivan, und sein Blick folgte Dannys Finger. »Ach, nein. Das war ihre Großmutter.«

»Verstehe.«

Ivan zog ein Bündel Papier aus der Hosentasche und hielt es Danny verlegen hin.

»Hier«, sagte er.

Danny wusste, was es war, bevor er es ausgepackt hatte. Eine Woche nach dem Vorfall mit dem Gerüst hatte Ivan Danny, seine Frau Liz und Will zum Essen eingeladen. Sie hatten kaum miteinander gesprochen, seit Danny verhindert hatte (oder eben nicht, je nachdem, auf wessen Seite man stand), dass Ivan von einer 1,80 Meter langen Eisenstange gepfählt wurde. Außer an dem bewussten Tag hatten die beiden Männer *gar nicht* miteinander gesprochen, und Ivan gab keine Erklärung zu der Einladung ab, auch wenn Danny es immer als ein subtiles Dankeschön betrachtet hatte. Sie verbrachten einen gemeinsamen Abend (der, wie sich herausstellte, der erste von vielen sein sollte) an einem Esstisch, an dem gegessen, gelacht und zu viel *horilka* getrunken wurde (Liz trank am meisten und litt hinterher am meisten), während Will und Yuri – Ivans und Ivanas Sohn – Xbox spielten und sich über die gemeinsame Beschämung, dass ihre Eltern so viel Spaß hatten, miteinander verbrüderten. Irgendwann spätabends hatte Liz sich in Ivanas Sammlung bemalter Holzeier verguckt, die sie auf dem Fensterbrett aufbewahrte, und immer wenn sie in die Ukraine fuhren, brachte Ivan seitdem ein hölzernes Ei für Liz mit, womit er auch nach dem tragischen Ereignis nicht aufhörte.

»Danke«, sagte Danny und wendete das bunte Schmuckstück in der Hand. Er wusste, wie verlegen diese Augenblicke Ivan machten, der sich mehr als einmal gefragt haben musste, ob er mit der Tradition brechen sollte, aber Danny war ihm zutiefst dankbar, dass er es nicht tat.

»Wie geht es Will?«, fragte Ivan, offenbar bestrebt, das Thema zu wechseln.

»Es geht ihm gut«, sagte Danny und ließ das Ei in die Tasche seiner Weste gleiten. »Glaube ich. Ich weiß es nicht.«

»Er spricht immer noch nicht?«

»Nein. Kein Wort. Nicht mal im Schlaf.«

Ein Mann kam mit einer leeren Schubkarre und dackelte mit der vollen davon.

»Weißt du«, sagte Ivan, »vielleicht er spricht doch.«

»Nicht mit mir.«

»Nein, ich meine, leise kann auch sein laut, verstehst du?«

»Nein, eigentlich nicht«, sagte Danny.

»Na ja«, sagte Ivan, stieß seine Schaufel in den nassen Zement und stützte sich auf den Griff, »wenn Ivana ist wütend auf mich, manchmal sie schreit und nennt mich blödes Arschloch, aber manchmal, wenn sie ist wirklich wütend, sie sagt tagelang nichts. Sie ist stumm wie Maus, aber ich weiß, sie sagt mir etwas, weißt du?«

»Was denn?«, fragte Danny. Ivan zuckte mit den Schultern.

»Dass sie will meinen Kopf in Ofen stecken.«

»Du meinst, Will versucht mir zu sagen, ich soll meinen Kopf in den Ofen stecken?«

»Nein, aber vielleicht du hörst bloß nicht, was er sagt.«

»Na ja, wenn er mir etwas sagen möchte, dann würde ich mir wünschen, dass er es mir einfach sagt«, sagte Danny. »Es ist jetzt über ein Jahr her. Was auch immer er zu sagen hat, es kann nicht schlimmer sein als diese Stille.«

# 3

Die Mädchen taten so, als würden sie die Jungen nicht beobachten, während sie kichernd in Grüppchen zusammenhockten oder mit ihren Telefonen spielten, und die Jungen taten so, als würden sie die Mädchen nicht beobachten, während sie sie insgeheim zu beeindrucken versuchten, vor allem indem sie Ballhochhalten spielten und sich gegenseitig dabei filmten, wie sie nichtsahnenden Mitschülern in nicht lebenswichtige Organe hauten. Jeder beobachtete jeden, aber niemand stellte Blickkontakt her. Es war wie bei diesem Spiel, bei dem man einander in die Augen starren musste, ohne zu blinzeln oder wegzuschauen, nur dass man blinzeln konnte, so viel man wollte, aber augenblicklich in sich zusammenschrumpelte wie eine mit Salz bestreute Schnecke, wenn man dabei erwischt wurde, dass man jemanden ansah. Nur einer war selbstbewusst genug, direkt in jedes Augenpaar auf dem Schulhof zu schauen, und an diesem Tag wie an jedem anderen Tag auch hatte Mark Will im Visier.

»Ich schwöre, das war total abgefahren!«, sagte Mo, während sie sich durch die Menge vor der Schule schlängelten. »Diese Löwen, das waren so acht Stück oder so, na ja, eigentlich waren es Löwinnen, die Männchen jagen nicht wirklich, und die fressen diesen Büffel oder Bison oder so, aber der lebt noch, und er steht einfach da und frisst Gras, während die *ihn* fressen, und –«

Will stieß Mo den Ellbogen in die Rippen.

»Wofür war das denn?«, fragte Mo und rieb sich die Seite.

Will nickte zu den drei ungepflegten Jungen hinüber, die quer über den Schulhof auf sie zukamen. Sie waren größer und älter als Will und Mo, und sie gingen breitbeinig, als wären sie sich dieser Tatsache nur allzu bewusst. Ihre Hemden steckten nicht in der Hose, und ihre Krawatten hingen schlaff herunter wie bei einem Trio überarbeiteter Detektive, aber wenn sich Mark und seine Spießgesellen am Schauplatz eines Verbrechens herumtrieben, dann bestimmt nicht, um den Fall zu lösen. Mark war mit Abstand der Kleinste in seiner Bande, aber der Junge machte den Mangel an Körpergröße, Attraktivität, Intelligenz und Schneidezähnen damit wett, dass er als größter Terrorist der Richmond Highschool verschrien war. Man brauchte gar nichts falsch zu machen, um ihn von der unangenehmen Seite (auch bekannt als seine *einzige* Seite) kennenzulernen. Einfach zu existieren, genügte zur Teilnahme an der Markus-Robson-Lotterie des Schmerzes, und aus für Will unerfindlichen Gründen schien sein Name dabei doppelt so oft gezogen zu werden wie die der anderen.

»Los, komm«, sagte Mo. Sie beschleunigten ihre Schritte, konnten mit einem Mal das Klassenzimmer gar nicht schnell genug erreichen. Die größeren Jungen legten auch einen Zahn zu, huschten durch die Menge wie drei Frettchen, die hinter demselben Hosenbein her waren.

»Wen haben wir denn da, Jungs«, sagte Mark und versperrte den Eingang. »Dumm und dümmer. Oder eher taub und stummer?«

»Ich habe dir schon mal gesagt, dass ich nicht taub bin«, sagte Mo. »Ich habe –«

»Was?«, fragte Mark und legte eine Hand hinter das Ohr. »Ich kann dich nicht hören, Kumpel.«

»Ich habe gesagt, ich bin nicht taub, ich habe bloß –«

»Was?«

»Ich hab gesagt, ich –«

»Ich höre dich nicht, Mo, du musst lauter sprechen«, sagte Mark. Mo seufzte, als er den Witz endlich verstand.

»Idiot«, murmelte er, während er an seinem Hörgerät herumfingerte.

»Was hast du gesagt?«, sagte Mark.

»Ich dachte, du kannst mich nicht hören?«, sagte Mo sarkastisch.

»Pass bloß auf, was du sagst, Mo«, sagte Mark. Er riss fest an Mos Krawatte, die sich straffte wie eine Schlange. »Das kannst du dir von deinem Homo-Freund hier abgucken.«

Mark wandte sich Will zu, während Mo seinen Krawattenknoten zu lösen versuchte, bevor er ohnmächtig wurde.

»Was glotzt du denn so?«, sagte er.

Will zuckte mit den Schultern und starrte auf seine Schuhe.

»Findest du mich süß?«, sagte Mark. »Ist es das?«

Will schüttelte den Kopf.

»Dann findest du mich hässlich?«

Ein weiteres Kopfschütteln.

»Also findest du mich süß?«

»Lass ihn in Ruhe«, sagte Mo. Seine Stimme krächzte noch wegen der kürzlich erfolgten Strangulation.

»Klappe, Mo-by Dickarsch«, sagte Mark.

»Moby Dickarsch«, sagte Tony, der größere von Marks zwei Spießgesellen. »Der war gut.«

»Kapier ich nicht«, sagte Gavin, der so viele Pickel hatte, dass sein Kopf mehr Eiter als Hirn enthielt.

»Moby Dick«, sagte Tony. »Du weißt schon, wie das Buch. Mit dem Wal und dem einbeinigen Araber oder so.«

»Araber?«, sagte Gavin. »Wie Mo?«

»Er heißt Ahab«, sagte Mo. »Kapitän Ahab. Und ich bin kein Araber, ich bin Pandschabi.«

»Ist doch dasselbe«, sagte Gavin.

*»Teri maa ka lora«,* murmelte Mo.

»Was macht denn dein Arm?«, fragte Mark und zeigte auf Wills Bizeps.

Will legte so viel künstliche Tapferkeit in sein Schulterzucken, wie er aufbringen konnte, was nicht sehr viel war.

»Dann macht's dir ja nichts aus, wenn ich dir noch so ein Ding verpasse, oder?«, sagte Mark. Er täuschte einen Schlag an, und Will machte eine unwillkürliche Handbewegung, um seinen Arm zu schützen. Mark grinste.

»Dachte ich mir«, sagte er. Die Schulglocke läutete, und

sie schickten sich zum Gehen an. »Wir sehen uns beim Mittagessen, ihr Loser.«

Mo rieb sich den Hals und verfluchte sie noch einmal leise auf Pandschabi. Will nickte in der Gewissheit, dass Mos Worte übel genug waren.

Sie gesellten sich zu den anderen Schülern, die sich einer nach dem anderen in das Gebäude fädelten, und erreichten schließlich ihr Klassenzimmer. Als Mo sich an den Tisch neben Wills setzte, stupste er seinen Freund mit dem Ellbogen an und zeigte auf einen Mann mit dünnem Haar, einem Bart wie aus Stahlwolle und einer Brille, der mit dem Rücken zum Whiteboard stand. Er sah aus, als hätte er sich im Dunkeln angezogen, und machte ein Gesicht, als wäre ihm das ziemlich gleichgültig.

»Wo ist der denn ausgebrochen?«, sagte Mo. Will zuckte mit den Schultern.

»So, Ruhe bitte«, sagte der Mann, dessen Stimme erfüllt war vom Überdruss eines Menschen, der sein ganzes Leben lang ignoriert wurde. »Ihr fragt euch wahrscheinlich, wer ich bin und was ich hier mache. Und um ehrlich zu sein, stelle ich mir diese Fragen manchmal selbst, so wie es jeder von euch tun wird, sobald ihr feststellt, dass das Leben nichts ist als eine lange Reihe von Enttäuschungen. Aber nur um das klarzustellen, mein Name ist Mr. Coleman, und ich bin euer Vertretungslehrer.«

Er schrieb seinen Namen auf das Whiteboard und unterstrich ihn.

»Nicht Cullman. Nicht Collman. Nicht Cool Man, wobei ihr mich gern so nennen könnt. Ansonsten heiße ich Mr. *Coleman.* Habt ihr das verstanden?«

Bestätigendes Gemurmel erklang im Klassenzimmer.

»Das werte ich als Ja. Und bevor irgendwer von euch den schweren Fehler begeht zu glauben, ich sei ein leichtes Opfer, weil ich neu bin, überlegt es euch besser noch einmal. Ich habe so ziemlich alles gesehen und gehört, was es in einem Klassenraum zu sehen und zu hören gibt, und was ihr auch immer angestellt habt, um Mr. Hale zu vertreiben, bei mir wird das nicht funktionieren, da könnt ihr euch sicher sein. Habe ich mich klar genug ausgedrückt?«

Mr. Colemans Blick streifte durch die Klasse und knipste dabei jedes Lächeln aus, dem er begegnete.

»Bestens. Dann kommen wir jetzt zur Anwesenheitskontrolle. Das ist eine ganz einfache Sache: Ich rufe euren Namen auf, und ihr ruft: ›Anwesend‹.«

Mr. Coleman schlug die Anwesenheitsliste auf und blätterte kurz durch die Seiten.

»Atkins?«, sagte er und ließ seinen Kugelschreiber über der Seite schweben.

»Anwesend«, sagte ein Mädchen mit Zahnspange, das vor Will saß.

»Gut, Sandra«, sagte Mr. Coleman, während er den Namen des Mädchens abhakte. »Du machst das offensichtlich nicht zum ersten Mal. Cartwright?«

»Hier«, sagte ein Junge mit einer schiefen Krawatte, der ganz hinten saß.

»Im Gegensatz zu Cartwright, wie mir scheint«, sagte Mr. Coleman. Alle außer Cartwright lachten. »Jindal?«

»Anwesend«, sagte Jindal.

»So geht das, Cartwright.«

»Anwesend«, sagte Cartwright, begleitet von erneutem Gelächter.

»Nein, Cartwright, ich habe dich ... ach, schon gut. Kabiga?«

»Anwesend«, sagte Kabiga.

»Malooley?«

Stille.

»Malooley?«

Die Stille wurde hier und da von Kichern unterbrochen, während Mr. Coleman den Blick durch den Raum schweifen ließ. Alle Plätze waren besetzt. Will saß mit erhobener Hand da. Mr. Coleman runzelte die Stirn.

»Ja?«, sagte er.

»Er ist Malooley, Sir«, sagte Mo.

»So?«, sagte Mr. Coleman. Er sah Will an. »Warum hast du dann nicht ›anwesend‹ gesagt?«

»Er spricht nicht, Sir«, sagte Mo.

»Er ... spricht nicht?«

»Nein, Sir.«

»Und du bist sein ... Repräsentant, oder wie?«

»Eher so was wie sein Sprecher, Sir«, sagte Mo. Gelächter brandete auf.

»Na schön«, sagte Mr. Coleman. Er ließ den Blick auf die Liste sinken und setzte einen Haken neben Wills Namen. »Ich nehme es zurück. *Jetzt* habe ich alles gesehen.«

Will verbrachte den ersten Teil der großen Pause in der Hausmeisterkammer. Er verbrachte dort oft einen Teil seines Tages, aber nicht weil er den Geruch von Industriereiniger gemocht hätte oder das Gefühl, längere Zeit in einem dunklen Raum zu hocken, sondern weil er wieder einmal von Mark und seiner Bande dort eingesperrt worden war, nachdem sie ihm auf dem Weg zur Cafeteria aufgelauert hatten. Das geschah seit dem Tag, an dem sie bei einer ihrer Schurkereien herausgefunden hatten, dass der innere Türgriff der Kammer locker war und problemlos abgenommen werden konnte, um so eine behelfsmäßige Gefängniszelle für ihre unglückseligen Opfer entstehen zu lassen, die sich nur von außen öffnen ließ. Will war die fragwürdige Ehre zugefallen, ihr erster Insasse zu sein. Er war auch derjenige, der bislang am meisten Zeit abgesessen hatte. Einmal war er zwei ganze Schulstunden lang eingesperrt gewesen, aber weil es sich dabei um Mathe und Naturwissenschaften handelte, hatte er sich auch keine besondere Mühe gegeben, sich zu befreien.

Eigentlich genoss er in letzter Zeit sogar die Stille und Einsamkeit der Kammer. Er wehrte sich nicht einmal mehr, wenn sie ihn dort einsperrten (was ihnen ein wenig den Spaß verdarb, aber nicht genug, um es bleiben zu lassen). Dort drinnen konnte ihn keiner auslachen, verspotten oder beleidigen. Niemand konnte ihm vorwerfen, er wolle bloß Aufmerksamkeit (was Will besonders ärgerte, da er sich doch so große Mühe gab, gerade *nicht* bemerkt zu werden), und niemand konnte ihn verprügeln, da diejenigen, die ihn normalerweise verprügelten, ihn überhaupt erst in die Kammer gesperrt hatten. Außerdem konnte hier niemand so tun, als wüsste er, wie es Will ging. Niemand konnte Wills Situation mit der eigenen vergleichen, weil er einmal heiser gewesen war oder eine Woche lang keine Stimme gehabt hatte. Alle ließen ihn in Ruhe. Der einzige Nachteil an der Sache war, dass er Hunger bekam, und als Mo ihm schrieb, um zu fragen, wo er sei, wollte er daher gerade zurückschreiben, als er auf dem Flur Mrs. Thorpes Stimme hörte.

»Oh, hallo, Dave.«

Sue Thorpe war die Schulleiterin. Im Gegensatz zu vielen anderen Schulleitern allerdings, Zuchtmeistern mit Gesichtern wie Schiefertafeln und Nasenhaaren, die länger waren als ihr Geduldsfaden, Menschen, die kein Lineal ansehen konnten, ohne irgendjemanden damit schlagen zu wollen, ganz gleich ob es sich um einen Schüler handelte oder nicht, war Mrs. Thorpe lustig und sympathisch und wurde von den Schülern im Allgemeinen gemocht, selbst wenn sie manchmal den Drang verspürte, sie mit Büroartikeln zu bewerfen.

»Sue, schön, Sie zu sehen.« Will brauchte eine Sekunde, um Mr. Colemans Stimme zu erkennen.

»Wie lief es heute Morgen?«, fragte sie. Er hörte Mr. Coleman seufzen.

»Nun ja, kennen Sie dieses Gefühl, wenn man sich in der Klasse umsieht, und alle hören einem zu, und man *sieht* förmlich, wie sie klüger werden, und man steht da und sagt sich: *Deswegen bin ich Lehrer geworden. Darum geht es eigentlich?*«

Mrs. Thorpe schwieg einen Augenblick lang.

»Eigentlich nicht«, sagte sie.

»Eben«, sagte er. Will lächelte.

»Also das Übliche?«

»Das Übliche«, sagte Mr. Coleman. »Das heißt, nein, nicht ganz.«

»Erzählen Sie.«

»Was wissen Sie über einen Jungen namens Malooley?«

»Will?«, sagte sie.

»Ja«, sagte Mr. Coleman. »Der Stille.«

Will schlich zur Tür hinüber und drückte sein Ohr dagegen.

»Er ist ein netter Junge. Guter Schüler. Warum fragen Sie?«

»Kann er wirklich nicht sprechen? Oder gehört das bloß zu meinem Initiationsritus als neuer Lehrer?«

»Er *kann* sprechen«, sagte Mrs. Thorpe. »Er, na ja, er möchte bloß nicht. Man bezeichnet das als selektiven Mutismus.«

»Wow. Ich wünschte, meine Kinder hätten das auch.«

»Wem sagen Sie das.«

»Hat er das schon immer?«, fragte Mr. Coleman. Will war schmerzlich bewusst, was Mrs. Thorpe als Nächstes sagen würde.

»Seine Mutter ist vor etwa einem Jahr gestorben. Autounfall. Sie ist in einer vereisten Kurve direkt gegen einen Baum gefahren. Der arme Will saß mit im Auto. Seitdem hat er nicht mehr gesprochen.«

Mr. Coleman murmelte etwas, was Will nicht verstand, wobei es sich aber vermutlich um einen Fluch handelte. Was auch immer es war, Mrs. Thorpe pflichtete ihm bei.

»Die größeren Jungen hänseln ihn deswegen, darauf sollten Sie ein Auge haben. Ich habe schon mit ihnen darüber gesprochen, aber Sie wissen ja, wie Teenager sind.«

»Leider ja.«

Ihre Stimmen wurden leiser, während sie zusammen den Flur entlanggingen.

Will blieb noch einige Minuten in der Kammer. Sein Appetit war mit einem Mal verflogen, aber der Raum wirkte dunkler als zuvor, also schrieb er Mo, er solle kommen und ihn befreien.

# 4

Es läutete, und eine Flut von Kindern ergoss sich aus der Eingangstür und über den Hof. Danny suchte das Meer roter Uniformen nach Will ab, bis Mo und er auftauchten, dicht gefolgt von Mark und seinen Spießgesellen. Gavin bewarf Mo mit Erdnüssen, und Tony trat Will immer wieder in die Ferse, um ihn zum Stolpern zu bringen. Mark ging hinter ihnen her und grinste seine wohlerzogenen Untergebenen an, bis er Dannys wütenden Blick bemerkte und mit seinen Freunden in der Menge verschwand.

Will winkte Mo zum Abschied und ging langsam, mit gesenktem Kopf und in den Hosentaschen vergrabenen Händen, über die Straße.

»Wer sind die denn?«, fragte Danny und nickte zu Mark hinüber.

Will zuckte mit den Schultern und schüttelte den Kopf.

»Ich würde meine Eltern verklagen, wenn ich so aussehen würde.«

Auf Wills Gesicht erschien ein Lächeln, das eher der Auftakt zu einem richtigen Lächeln war, welches aber nie folgte.

»Du würdest es mir doch sagen, wenn dir irgendjemand Ärger macht, oder?«

Will nickte. Danny wirkte nicht überzeugt.

»Komm, wir gehen«, sagte er.

Will starrte auf den Boden, während sein Vater die Grabinschriften inspizierte, die im Schatten der über ihnen dräuenden Taubenflügelwolken allesamt kalt und trüb wirkten.

Danny kannte den Weg natürlich, ließ sich aber dennoch Zeit. Nicht, weil er sich gern dort aufhielt – das tat er nicht, und er wusste, dass es Will genauso ging –, sondern weil er, obwohl seit dem Unfall mehr als ein Jahr vergangen war, seine Trauer noch nicht so weit verarbeitet hatte, dass er den Tod seiner Frau vollständig hätte akzeptieren können, zumindest nicht im herkömmlichen Sinn des Wortes. Er wusste, dass sie fort war. So viel begriff er. Was er *nicht* begriff, war die Vorstellung, dass sie *für immer* fort war. Stattdessen stellte er sich vor, sie sei auf die gleiche Weise fort wie sein Vater; nicht tot (das nahm er jedenfalls an, wobei er es eigentlich nicht wusste und es ihm auch egal war), aber auch nicht anwesend. In gewisser Weise war es ein noch grausameres Konzept des Todes, als der Tod selbst es war, denn im Gegensatz dazu ließ es ihm die Hoffnung – so klein sie auch sein mochte –, eines Tages um eine Ecke zu biegen oder durch eine Tür zu gehen und auf der anderen Seite seine Frau stehen zu sehen. Manchmal war er sich sicher, dass er in einem soeben betretenen Raum ihr Parfum roch oder auf einer belebten Straße ihre Stimme hörte oder ihre Hand an seinem Gesicht fühlte, während er den einsamen Randbereich des Schlafs durchstreifte. Dann wieder spürte er sie so nah, dass er sich nur umdrehen musste, aber wenn er über die Schulter sah, war sie verschwunden, ihr Körper von der Menge verschlungen, ihre Stimme vom Wind fortgetragen. Es war, als lebte sie in einer Welt, die parallel zu seiner eigenen verlief, wie zwei Fremde in einem Hochhaus, die einander hörten, sich aber nie begegneten, und darum kam er so ungern auf den Friedhof. Nichts zerstörte diese Illusion so sehr, wie den Namen seiner Frau in ein kaltes und lebloses Stück Granit eingraviert zu sehen.

»Da sind wir«, sagte Danny und blieb neben einem schwarzen Grabstein mit goldener Inschrift stehen. Er kniete sich hin und legte die Hand auf den Stein, während Will in der Nähe stehen blieb.

Es war ein schlichtes Grab, das kleine Beet weit entfernt von den aufwendigen Statuen und Grabmälern, die in schwermütiger Stille um sie herumstanden. Eine rechteckige Begrenzung umschloss eine Schicht grün schimmernder Glassplitter, die das Licht reflektierten und wie die Oberfläche eines Sees glitzerten, wenn die Sonne darauf schien. Heute aber sahen sie so trostlos aus wie die letzten von Danny mitgebrachten Blumen, deren Stängel schlaff von dem mit Löchern versehenen Deckel der kleinen Metallvase herabhingen.

»Tulpen hat sie immer gemocht, oder?«, sagte er, nahm die alten Blumen aus der Vase und tauschte sie gegen neue. Er ordnete sie sorgfältig an und wischte einen imaginären Schmutzfleck von dem Grabstein.

»Meinst du, die Farbe gefällt ihr?«, sagte er und drehte sich zu Will um. »Es gab keine gelben mehr.«

Will starrte mit zusammengebissenen Zähnen auf das Grab.

»Willst du deiner Mum etwas sagen?«, fragte Danny. »Zu ihrem Geburtstag?«

Will schüttelte den Kopf, die Augen auf den gravierten Namen seiner Mutter geheftet.

»Na komm«, sagte Danny und legte ihm eine Hand auf die Schulter. »Versuch's doch mal.«

Will schüttelte seine Hand mit einer Schulterbewegung ab und stapfte den Weg entlang.

»Will!«, rief Danny, bevor er sich beschämt bei einer alten Dame entschuldigte, die von einem Nachbargrab zu ihm herüberschaute. Er sah, wie Will sich auf eine Bank am anderen Ende des Friedhofs setzte.

»Er wird dir mit jedem Tag ähnlicher, Liz«, sagte er. »Ehrlich, ich weiß nicht, was ich mit ihm machen soll. Ich habe alles versucht, aber er redet einfach nicht. Die Hälfte der Zeit guckt er mich nicht mal richtig an. Ich weiß nicht, ob er mich liebt oder hasst oder was auch immer. Ich hoffe, dass er da rauswächst, dass es nur eine Phase ist oder so, aber je länger es dauert, desto mehr fühlt es sich an, als würde das ewig so weitergehen, was auch immer *das* überhaupt ist.« Er seufzte und schüttelte den Kopf. »Manchmal kommt es mir vor, als hätte ich an diesem Tag euch beide verloren.«

Die Blätter zischelten in den Ästen über ihm, während die Bäume sanft im Wind ächzten.

»Tut mir leid, Liz«, sagte Danny. Er zwinkerte ein paarmal und holte Luft, als wäre er gerade aus eiskaltem Wasser aufgetaucht. »Ich bin wirklich ein Ausbund an guter Laune. Es geht uns gut. Es ist alles gut. Na ja, nicht gut, aber du weißt schon, es geht bergauf. Will macht sich gut in der Schule, die Arbeit ist und bleibt die Arbeit, unser Vermieter ist und bleibt ein Arschloch, und Mrs. Amadi aus Apartment 36 glaubt immer noch, du würdest Susan heißen. Sie glaubt auch, Will würde nicht sprechen, weil böse Geister ihm die Stimme gestohlen haben, also hat sie mir freundlicherweise die Nummer von einem netten Mann namens Alan gegeben, der offenbar Exorzismen zu sehr vernünftigen Preisen anbietet. Das ist doch mal was.«

Er lachte, aber es klang so hohl, wie es sich anfühlte.

»Hör mich bloß an«, sagte er und schaute zu dem bedeckten Himmel hinauf. »Ich stehe hier und rede mit einem Stein, und ich weiß, dass du mich nicht hören kannst, weil du nicht hier bist. Du *kannst* gar nicht hier sein, weil die Sonne nicht scheint, was bedeutet, dass ich buchstäblich mit einem Stein rede, während du irgendwo da draußen deinen Geburtstag ohne mich feierst. Also lass dich nicht stören, meine Schöne. Wo auch immer du bist und was auch immer du tust, ich hoffe, du lächelst, und ich hoffe, du tanzt. Versuch nur, mich nicht zu wecken, wenn du heimkommst, okay?«

Danny fasste sich an die Lippen und legte die Finger an den Grabstein.

»Ich liebe dich, Liz. Alles Gute zum Geburtstag.«

# 5

Sie kauften sich Pommes frites und aßen sie im Park. Sie hatten beide keinen richtigen Hunger, und Danny stocherte gleichgültig in seinem Essen herum, während Will es von seinem Pappteller schnippte, damit die Tauben es fressen konnten. In der Nähe unterhielten mehrere Straßenkünstler die Leute; sie sangen, tanzten und taten auch sonst ihr Möglichstes, um die Zuschauer so weit zu becircen, dass sie ihre Geldbeutel öffneten. Ein ungepflegter Mann mit langen verfilzten Haaren und einem zerschlissenen Panamahut schrammelte auf einer Gitarre. Es war nicht seine Musik, die die Menge anzog, sondern die fette beige Katze in dem roten Strickpullover, die auf der Schulter des Mannes saß und in unregelmäßigen Abständen maunzte. Ein weiterer Mann in einem violetten Gewand und dazu passendem Umhang führte Zaubertricks vor; mit ernstem Blick wedelte er vor Gegenständen herum und sprach dazu scheinbar uralte Zauberformeln. Eine kleinere Menge hatte sich um jemanden versammelt, der als riesiges Eichhörnchen verkleidet war und mit fußballgroßen Haselnüssen jonglierte, und etwas weiter versuchte jemand in einem Hühnerkostüm, durch Breakdancing die Aufmerksamkeit der Zuschauer auf sich zu ziehen, und scheiterte in beiden Punkten.

Während Danny den unterschiedlichen Künstlern zusah, fiel ihm auf, wie viel Geld sie verdienten. Ihre umgedrehten Hüte, mit Filz ausgekleideten Instrumentenkästen, Tupperware-Boxen und verbeulten Tabakdosen quollen buchstäblich über vor Münzen. Selbst das tanzende Huhn hatte die Leute irgendwie dazu gebracht, sich von ihrem hart verdienten Geld zu trennen, obwohl es sich nur auf dem Boden herumwälzte, als hätten sich Hornissen in seiner Unterhose eingenistet.

Danny spießte ein Kartoffelstäbchen mit der Gabel auf und stupste Will mit dem Ellbogen an.

»Ich glaube, ich habe den falschen Beruf«, sagte er.

Als sie nach Hause kamen, ging die Sonne schon unter.

»Hast du noch Hausaufgaben auf?«, fragte Danny, als Will aus dem Bad kam, die nassen Haare an den Kopf geklatscht und einen verschmierten Zahnpastastreifen an der Wange. Will schüttelte den Kopf.

»Willst du vielleicht noch fernsehen?«, fragte Danny, der die Antwort schon kannte.

Will täuschte ein Gähnen vor und zeigte auf sein Zimmer.

»Na schön, aber um neun heißt es Licht aus, okay?«

Er nickte und öffnete seine Zimmertür.

»Will«, sagte Danny. Sein Sohn blieb stehen, ohne sich umzudrehen. »Ich weiß, es ist schwer, aber es wird einfacher werden. Das verspreche ich dir. Es ist nur, weißt du … Es braucht Zeit.«

Will sah Danny an, der ein aufmunternd gemeintes Lächeln aufsetzte. Keiner von beiden wirkte überzeugt. Will nickte einmal und schloss die Tür hinter sich.

Danny schaltete den Fernseher ein, um sein nächtliches Ritual zu beginnen, bei dem er bis in die frühen Morgenstunden vor der Kiste saß. Seine Lider fühlten sich schwer an und sein Körper müde, aber er wusste, dass jeder Versuch, Schlaf zu finden, nur in einer langen Nacht münden würde, in der er an die Decke starrte oder auf die Uhr schaute, während die Minuten zu Stunden und die Stunden zu Tageslicht wurden. Selbst in den seltenen Fällen, in denen es ihm gelang, eine Nacht durchzuschlafen, fühlte Danny sich oft schlechter, als wenn er gar nicht geschlafen hätte, denn aufzuwachen und dem Tag zu begegnen, bedeutete auch, der Tatsache zu begegnen, dass Liz nicht neben ihm lag.

Er dachte an ihren letzten gemeinsamen Morgen, an dem er aufgewacht war und festgestellt hatte, dass Liz wie üblich irgendwann in der Nacht die Bettdecke in Beschlag genommen hatte. Sie bestritt es immer, aber er fand sie ausnahmslos jeden Morgen fest schlafend am Tatort ihres Diebstahls vor, von einem Knäuel aus Decken umgeben, während er fröstelnd in der Unterhose dalag. Doch an jenem Morgen hatte Danny, nachdem er zu dem Deckenknäuel hinübergerutscht war und sich an seine Frau geschmiegt hatte – eine Geste, die teils der Zuneigung, vor allem aber dem Bedürfnis nach Wärme geschuldet war –, verblüfft festgestellt, dass die Decken unter dem Gewicht seines Arms nachgaben. Erst als er Liz mit dem Küchenradio mitsummen hörte, begriff er, dass sie nicht neben ihm im Bett lag. Damals hatte er gelacht, aber wenn er jetzt daran zurückdachte, kam es ihm wie ein furchtbar übler Scherz vor, so als hätte ihn irgendeine grausame höhere Macht auf ein Leben ohne Liz vorbereitet, indem sie ihm einen so subtilen Wink gab, dass er unmöglich dahinterkommen konnte, bevor seine Frau sich ans Steuer setzte und ihm einen Kuss auf die Lippen drückte, von dem sie beide nicht wussten, dass es ein endgültiger Abschiedskuss war.

Sie hätte an diesem Tag nicht einmal selbst fahren sollen, und die Tatsache, dass sie es dennoch getan hatte, hatte eine Kluft zwischen Danny und seinem Schwiegervater Roger aufgeworfen. Es war weniger eine neue Kluft gewesen als vielmehr die Erweiterung einer älteren, die sich aufgetan hatte, seit Liz Danny zum ersten Mal mitgebracht und ihn als den Mann vorgestellt hatte, den sie eines Tages heiraten würde, eine Ankündigung, mit der sie ihre Eltern vollkommen überrumpelt hatte, nicht zuletzt, weil sie erst sechzehn war und sie bis dahin nicht einmal geahnt hatten, dass sie einen Freund hatte. Danny hatte nicht mitkommen wollen, denn er war sich sicher gewesen, dass ihre Eltern ihn hassen würden, vor allem ihr Vater, der Polizist war und daher alles und jeden verdächtigte, insbesondere männliche Teenager, zumal einen männlichen Teenager aus Newham mit einem Vater, der so abwesend war, dass es nicht einmal auffiel, als er sich am vierzehnten

Geburtstag seines Sohnes von der Party davonstahl, und einer Mutter, die ihn hinausgeworfen hatte, als ihr neuer Freund beschloss, die Wohnung sei nicht groß genug für drei.

Aber Liz beharrte darauf, dass alles gut gehen würde, und so fügte sich Danny widerstrebend, und nachdem er ihre Mutter Carol kennengelernt hatte, die ihn liebevoller umarmte, als seine eigene Mutter es je getan hatte, begann er ihr zu glauben. Erst als er Roger kennenlernte, wurde ihm klar, dass Liz entweder schlicht gelogen oder das Temperament ihres Vaters weit unterschätzt hatte, denn auch wenn der Mann voller geheuchelter Freundlichkeit Dannys Hand schüttelte, verriet der knochenbrecherische Handschlag alles, was er über die Einstellung dieses Mannes ihm gegenüber wissen musste. Es war kein Händedruck, der Autorität vermitteln sollte. Es war auch kein Männlichkeitstest. Es war ein Händedruck, der ihm unmissverständlich zu verstehen gab, dass Roger lieber seinen Hals als seine Hand zusammengequetscht hätte und genau das tun würde, sollte sich ihm je die Gelegenheit dazu bieten.

Er wusste, dass der Mann glaubte, er, Danny, führe seine Tochter auf Abwege, was er stets ungerecht fand angesichts der Tatsache, dass Liz, vielleicht aus Trotz gegenüber ihrer Erziehung zur gesetzestreuen Bürgerin, oft die Rebellischere von ihnen war. Aber diese Seite von ihr blieb Roger verborgen, der wie die meisten Väter nur das Gute in seiner Tochter zu sehen vermochte, selbst wenn er sich erschlagenden Beweisen des Gegenteils gegenübersah. Instinktiv gab er Danny die Schuld für alles, was das unschuldige und unfehlbare Bild seiner Tochter ankratzte, das er in seiner Brieftasche bei sich trug. Er gab ihm die

Schuld, als Liz den Ballettunterricht abbrach, an dem sie seit ihrem siebten Lebensjahr teilgenommen hatte, obwohl Danny sie zum Weitermachen zu bewegen versuchte. Er gab ihm die Schuld, als Liz schwanger wurde, was Danny schlecht anfechten konnte, aber trotzdem ein wenig ungerecht fand angesichts der Tatsache, dass in dieser schicksalhaften Nacht im Park (er ersparte Roger die Einzelheiten) die Initiative vor allem von Liz ausgegangen war. Am schwersten aber wog die Tatsache, dass er Danny die Schuld für den Tod seines einzigen Kindes gab, was Danny nicht nur aufgrund irgendeiner vagen Ahnung oder eines nagenden Verdachts wusste, sondern weil der Mann auf Liz' Beerdigung genau das zu ihm gesagt hatte. Zur ewigen Beschämung von Carol, die immer gut zu Danny gewesen war, und zur Bestürzung aller anderen Trauergäste hatte Roger ihm gesagt, dass seine Tochter noch am Leben wäre, hätte an diesem Tag nur er am Steuer gesessen. Es war kein zweifelhaftes Kompliment, was seine Fahrkünste anging (der Mann machte ihm nie Komplimente, zweifelhaft oder nicht), sondern eine Anspielung darauf, dass Liz nicht gern selbst fuhr, obgleich Roger derjenige war, der ihr überhaupt ein Auto gekauft hatte. Hätte Danny am Steuer gesessen, dann wäre er vielleicht mit einer etwas anderen Geschwindigkeit oder zu einer etwas anderen Zeit oder in einem etwas anderen Winkel in die vereiste Kurve gefahren, und selbst wenn all diese alternativen Szenarien in demselben Autowrack am Straßenrand gemündet hätten, dann hätten sie vielleicht wenigstens Danny und nicht seine geliebte Elizabeth zu Grabe getragen.

So schmerzlich es war, das zu hören, und so unpassend der Zeitpunkt von Rogers Ausbruch war, wusste Danny doch, dass der Mann nicht ganz unrecht hatte. Seit dem Unfall war kein Tag vergangen, an dem er nicht darüber nachgedacht hatte, wie anders die Dinge vielleicht verlaufen wären, hätte er sich an diesem Tag krankgemeldet oder hätte er sie ein paar Sekunden länger umarmt, bevor er sie ins Auto steigen ließ, oder hätte er seine Arbeitsstiefel wieder einmal im Flur stehen lassen und Liz so gezwungen, ihre Abfahrt hinauszuzögern, während sie ihn resigniert an die Hausregeln erinnerte, in jenem Tonfall, der ihm so auf die Nerven gegangen war und für den er jetzt bereitwillig seinen rechten Arm geopfert hätte, hätte er ihn wieder hören können.

Danny hätte Roger vielleicht sogar vergeben können, hätte er es dabei bewenden lassen. Dann hätte er seinen Monolog als die verzweifelten Worte eines trauernden Vaters verbucht, der sich schlicht einen Reim auf etwas Unbegreifliches zu machen versuchte; aber den Hass, mit dem der Mann seine abschließenden Worte herausspie, fand Danny unverzeihlich.

»Und jetzt hat er keine Mutter mehr«, hatte Roger gesagt und auf Will gezeigt, der gerade erst aus dem Krankenhaus entlassen worden war und noch einen Kopfverband trug, der zwischen den schwarzen Hemden und Kleidern wie ein Leuchtturm strahlte. »Jetzt ist er allein mit *dir.*«

Bis dahin hatte Danny geschwiegen, verzweifelt darauf bedacht, nicht noch mehr Aufsehen zu erregen; aber als er sich nun nicht noch fester auf die Zunge beißen konnte, ohne sie womöglich abzutrennen, rief er Roger, so ruhig er konnte (was zu diesem Zeitpunkt nicht mehr besonders ruhig war), in Erinnerung, dass Liz nur aus dem Grund gefahren war, weil Roger, der an diesem Tag zu *ihnen* hätte kommen sollen, es sich in letzter Minute anders überlegt und Liz gebeten hatte, die Fahrt auf sich zu nehmen. Bevor Roger protestieren konnte, erinnerte Danny ihn weiter daran, dass er sich über Jahre hinweg immer wieder geweigert hatte, sie zu besuchen, mit einem ganzen Vorrat fadenscheiniger Entschuldigungen von Autopannen und Erkältungen bis hin zu willkürlichen, nicht näher definierten Müdigkeitsanfällen, wo doch der wahre Grund für seine Weigerung, zu ihnen zu kommen, zumindest in Dannys Augen, darin lag, dass es ihm peinlich war: Es war ihm peinlich zu sehen, dass seine Tochter mit einem Mann wie Danny verheiratet war; es war ihm peinlich zu sehen, dass sie in einer engen Wohnung in Tower Hamlets wohnte statt in irgendeinem Vorort von Hampstead mit viel Grün; und es war ihm peinlich, wie weit sie sich von der perfekten Zukunft entfernt hatte, die er sich für sie ausgemalt hatte.

Das nächste halbe Jahr sprachen die beiden nicht miteinander, auch wenn Carol hin und wieder anrief, um ein unbeholfenes Gespräch über das Wetter zu führen und um mit Will zu reden (eine durchweg einseitige Unterhaltung). Immer wenn sie anrief, hatte sie eine andere Entschuldigung parat, warum Roger nicht ans Telefon kommen konnte, so als glaubte sie immer noch vorgeben zu müssen, alles wäre in bester Ordnung, obwohl sie dabei gewesen war, als die beiden Männer ihrer gegenseitigen Abneigung öffentlich Luft gemacht hatten, während sie allen anderen den Weg zu den Blätterteigpastetchen versperrten.

Vor einigen Monaten hatte Danny dann eine Textnachricht von Carol bekommen, in der sie fragte, ob Will und er sich vielleicht auf einen Plausch mit Roger und ihr treffen wollten. Er schrieb zurück, sie seien in seiner Wohnung mehr als willkommen, aber sie lehnte die Einladung höflich ab und schlug vor, sich in einem Sandwichrestaurant in der Nähe des Bahnhofs Old Street zu treffen, vermutlich weil das neutraler Boden war.

Danny hatte keine Ahnung, worüber sie reden wollten. Er hatte nicht vor, sich bei Roger zu entschuldigen, und er wusste, dass es Roger genauso ging. Ein Teil von ihm fürchtete, sie würden versuchen, ihn zu überzeugen, dass Will bei ihnen besser aufgehoben wäre, was ihn nicht gerade beruhigte, während er Carol umarmte, Roger zunickte und zusah, wie Will sie beide drückte, aber sein Verdacht hätte nicht weiter von der Wahrheit entfernt sein können.

Roger hatte Verwandte in Melbourne, was er jedem unter die Nase rieb, wenn der Tag lang war, und Carol und er sprachen über einen Umzug nach Australien, seit Danny sie kannte. Er hätte nie gedacht, dass sie wirklich einmal gehen würden – und Liz im Übrigen auch nicht –, aber Carol hatte das Treffen vereinbart, um ihnen mitzuteilen, dass sie genau das vorhatten. Danny war nicht sonderlich betrübt über die Nachricht – sie hatten in Wills und seinem Leben nie eine große Rolle gespielt –, aber die Ankündigung rief ihm in Erinnerung, wie einsam er tatsächlich war. Seine Frau war fort, sein Vater war fort, seine Mutter war so gut wie fort, und jetzt gingen auch noch die Eltern seiner Frau fort. Er hatte nur noch Will, und oft fühlte es sich an, als wäre auch er fort. Er hatte nicht ein Wort gesprochen, seit er nach drei der quälendsten Tage in Dannys Leben aus dem Koma erwacht war, und niemand konnte es erklären. Kinderärzte, Psychologen, Psychiater und Sprachtherapeuten hatten alle unterschiedliche Meinungen zu seinem Zustand. Manche glaubten, die Kopfverletzung, die er sich bei dem Aufprall zugezogen hatte, beeinträchtige seine Fähigkeit, zusammenhängende Sätze zu bilden. Andere waren der Ansicht, Wills Sprachvermögen sei unbeeinträchtigt und er habe sich aufgrund des aus dem Unfall und dem Verlust seiner Mutter resultierenden Traumas aktiv entschieden, nicht mehr zu sprechen. Über den Grund herrschte Uneinigkeit, aber jeder schien eine Meinung dazu zu haben, und vieles davon kam aus Bereichen jenseits der Medizin. Reg, ihr Vermieter, war der Ansicht, eine kräftige Schelle mit dem Handrücken würde ihn schon wieder zum Sprechen bringen, einer der Stuckateure auf der Arbeit schwor auf die Kräfte der Hypnotherapie, und als er sich im Supermarkt einmal durch die Sonderangebotskiste wühlte, tauchte plötzlich eine Frau mit einem langen grauen Pferdeschwanz vor ihm auf, die er nie zuvor getroffen hatte, und fragte beiläufig, ob Will genug Ginkgo biloba nehme. Was auch immer die Lösung sein mochte, falls es überhaupt eine Lösung *gab* – Danny hatte längst jede Hoffnung aufgegeben, sie zu finden. Er hatte überhaupt aufgehört, auf irgendetwas zu hoffen, außer auf den Tag, an dem er aufwachen und etwas anderes empfinden würde als das Bedürfnis, die Augen wieder zu schließen und sie nie mehr zu öffnen.

Er nahm den Bilderrahmen in die Hand, der auf dem Kaffeetisch neben dem Sofa stand. Darin war ein Foto von Liz, das Danny vor einigen Jahren an einem Sommertag im Hyde Park gemacht hatte. Sie lag im Gras, die Wange auf den Arm gelegt, mit einem Lächeln auf dem Gesicht, das schläfrig war von dem warmen Wetter und der Flasche

Rotwein, die sie sich geteilt hatten. Das geblümte Kleid, das sie trug, hatte den Kleiderschrank in diesem Jahr aufgrund des selbst für hiesige Verhältnisse ungewöhnlich nassen Sommers kaum verlassen, und dies war das letzte Mal gewesen, dass sie es trug, bevor sie es wieder an den Bügel gehängt hatte, an dem es noch immer hing. Jede Spur seiner Frau war längst aus dem Stoff verflogen, aber Danny versuchte es immer noch hin und wieder, vergrub sein Gesicht in dem Kleid und sog jede mikroskopische Geruchsspur ein, die noch in den Stofffasern gefangen sein mochte.

Er fuhr mit dem Daumen über ihre Wange und lächelte. Dann drückte er seine Frau an die Brust, und seine Schultern begannen zu zucken, während er so leise wie möglich schluchzte.

# 6

Will war gerade dabei, sein Frühstück nicht zu essen, als jemand so fest gegen die Tür hämmerte, dass der Briefkastenschlitz der Nachbarn klappernd protestierte. Will sah Danny beunruhigt an, der in Richtung des Flurs schaute. Keiner von beiden bewegte sich; Dannys Arm hing in der Luft, die Tasse auf halbem Weg zu seinen Lippen, und Wills Finger waren fest um seinen allmählich erschlaffenden Toast geschlossen.

Danny musste nicht zur Tür gehen, um zu wissen, wer davorstand. Nur einer klopfte auf diese Weise. Nur einer klopfte überhaupt. Normale Menschen benutzten einfach die Türklingel, aber Reg war kein normaler Mensch. Ob er überhaupt ein Mensch war, wurde zwischen den Unglücklichen, die ihn kannten, fortwährend diskutiert. Viele betrachteten ihn als eine ganz eigene Spezies, und zwar eine, die längst hätte ausgestorben sein sollen, nicht nur wegen seiner schlechten Ernährung, seines hohen Blutdrucks und seiner fragwürdigen Lebensentscheidungen, sondern weil die Welt ohne ihn schlicht ein viel schönerer Ort gewesen wäre. Reg war ein Mensch, der in ein brennendes Kinderheim rennt und mit den Möbeln herauskommt; ein Mensch, der weder zum Helden noch zum Bösewicht hält, weil er will, dass beide sterben; ein Mensch, der einen verirrten Fußball in seinem Garten aufschlitzt, bevor er ihn wieder über den Zaun wirft; und ein Mensch, der nicht lange zögert, Mieter aufzuschlitzen, die mit der Miete im Rückstand sind – Mieter wie Danny, der seit zwei Monaten keine Miete gezahlt hatte.

Das Gehämmer hörte auf, und das Radio füllte die Stille mit einem idiotischen Werbejingle für ein Autohaus.

»Ich glaube, er ist weg«, flüsterte Danny, dessen Blick durch den Raum huschte, als verfolgte er eine Fliege. Aber als er einen Schluck Tee nehmen wollte, kippte er sich beinahe den Inhalt der Tasse in den Schoß, weil das Hämmern umso heftiger wieder einsetzte.

Danny, der befürchtete, dass die Tür aus den Angeln fallen und Reg ihn für den Schaden aufkommen lassen würde, stand auf und spähte durch den Türspion.

Reg stand auf dem Korridor, sein schlaffer Körper von einem Paar schmutzig gelber Krücken aufrecht gehalten. Er stützte sich mit leichtem Hohlkreuz und herausgestrecktem Hintern darauf, was Danny immer an die Haltung eines Gorillas erinnerte, wobei Gorillas im Allgemeinen freundlicher waren als Reg und nur angriffen, wenn sie bedroht wurden. Seine Wangen waren stärker gerötet als sonst, weil er wegen des defekten Aufzugs die Treppe hatte nehmen müssen, und auf dem Kopf trug er eine ungewaschene, jahrzehntelang in Pomade marinierte Schiebermütze. Hinter ihm ragte ein Mann mit eckigem Schädel auf, dessen Haare ebenso schwarz waren wie sein Anzug. Durch die Fischaugenlinse des Türspions wirkten die beiden Männer auf komische Weise verzerrt, und Reg sah noch genauso verzerrt aus, nachdem Danny die Tür geöffnet hatte.

»Wurde verdammt noch mal Zeit«, sagte Reg und schob sich an Danny vorbei. »Setz Wasser auf.«

»Reg«, sagte Danny. Er legte den Kopf in den Nacken, um dem anderen Mann in die Augen zu sehen. »Dent«, sagte er und ging zur Seite, damit Mr. Dent durch die Tür treten konnte.

Den schlaffen Toast noch immer zwischen den Fingern, sah Will zu, wie die Männer nacheinander in die Küche kamen. Mr. Dent nahm Reg die Krücken ab und half ihm auf Dannys Stuhl, bevor er sich neben Will setzte. Danny stand wie ein nervöser Ladengehilfe daneben, während Will in Mr. Dents Schatten verschwand.

»Ich höre kein Wasser kochen«, sagte Reg.

Danny schaltete den Wasserkocher ein, den Blick weiter auf seine ungebetenen Gäste gerichtet.

»Was ist das?«, fragte Reg und zeigte auf Wills Toast. »Erdnussbutter?«

Will schaute auf sein Frühstück hinunter und dann wieder zu Reg hinauf. Er nickte. Reg sah Mr. Dent an, der den Teller von Will zu seinem Boss schob.

»Gar nicht mal schlecht«, sagte Reg und bespuckte dabei den Tisch mit Bröckchen von Toast und Erdnussbutter. »Aber ich mag lieber die ohne Stückchen, weil ich selbst so ein geschmeidiger Typ bin.«

Danny lachte, aber nur ein wenig.

»Er macht immer noch einen auf stumm, was?«, fragte Reg und nickte zu Will hinüber, der unter seinem Blick unruhig zu werden begann. Danny zuckte mit den Schultern und murmelte etwas Bestätigendes.

»Du hast es gut, Dan«, sagte Reg. »Man sieht ihn, hört ihn aber nicht, so muss das sein. Solltest mal meinen Jüngsten kennenlernen, ein richtiger kleiner Schwätzer, du kriegst ihn nicht zum Schweigen. Genau wie seine Mutter, macht mich wahnsinnig.«

Reg wischte sich den Mund mit dem Handrücken und den Handrücken an seiner Hose ab. Er zog eine Schachtel Superkings aus der Hosentasche und steckte sich eine der Zigaretten zwischen die Lippen.

»Entschuldigung, Reg«, sagte Danny. »Wir –« Er verstummte, aber nicht schnell genug.

»Wir was, Daniel?«, sagte Reg und beugte sich zu der Flamme hinunter, die Mr. Dent ihm hinhielt.«

»Nichts, Reg.«

»Wir. Was. Daniel?« Regs Tonfall legte nah, dass Danny es bereuen würde, wenn er ihn ein drittes Mal fragen ließ.

»Wir ... Ich meine ... Es ist nur so ... Hier im Haus wird nicht geraucht.«

»Tatsächlich?«, sagte Reg. Er zog fest an der Zigarette und schickte eine Wolke aus graublauem Rauch in Dannys Richtung. »Sag mal, Dan, ich bin offenbar so saublöd, dass ich es einfach vergessen habe, aber wem gehört dieses Haus noch mal?«

»Es gehört Ihnen, Reg«, sagte Danny.

»Siehst du, das dachte ich auch, aber eben klang es so, als wäre es *dein* Haus. Verstehst du meine Verwirrung?«

»Ja, Reg. Entschuldigung, Reg.«

»Also, wem gehört das Haus?«

»Es gehört Ihnen, Reg.«

»Und wer bestimmt die Regeln?«

»Sie, Reg.«

»So sieht's verdammt noch mal aus. Also sag mir bloß nie wieder, was ich in meinem eigenen verdammten Haus zu tun habe. Verstanden?«

»Ja, Reg.«

»Außerdem«, sagte Reg und aschte in Dannys Tee, »würde ich mir über ein bisschen Passivrauchen keine Sorgen machen, Dan. Nicht, wenn ich du wäre. Wenn ich *du* wäre, würde ich mir mehr Gedanken über die anderen Dinge im Leben machen, die ein ernsthaftes Gesundheitsrisiko darstellen könnten. Wie zum Beispiel, ach, ich weiß auch nicht, keine Miete zu zahlen oder so.«

»Will, warum wartest du nicht unten auf Mo?«, sagte Danny. Will zögerte. »Ist schon gut, Kumpel. Reg und ich wollen uns nur kurz unterhalten.« Will griff sich seinen Schulranzen und schlurfte aus dem Zimmer.

»Setz dich, Dan«, sagte Reg und zeigte auf den frei gewordenen Platz. »Du machst mich ganz nervös, verdammt.«

Danny setzte sich ans Kopfende des Tisches, so weit wie möglich von Reg und Dent entfernt.

»Hören Sie, Reg. Ich weiß, warum Sie hier sind, und –«

»Ich weiß selbst, warum ich hier bin, Dan. Ich bin hier, weil das hier meine verdammte Wohnung ist. Was ich nicht weiß, ist, warum *du* noch hier bist.«

»Ich bin Ihnen dankbar für Ihre Geduld, Reg, wirklich,

aber in letzter Zeit war alles ein bisschen viel, und, na ja, die letzte Mieterhöhung war ... die war ziemlich heftig, und ich war nicht wirklich, ich meine, ich hatte das nicht ... ich hatte nicht damit gerechnet. Nicht so kurz nach der vorherigen.«

»Tja, das ist eben die Inflation, Dan. Gib nicht mir die Schuld, sondern der Wirtschaft.«

»Ich weiß, Reg, aber, na ja, bei allem Respekt, die Inflation beträgt, was, drei Prozent? Und meine Miete hat sich um *zwanzig* Prozent erhöht, also –«

»Verwaltung«, sagte Reg.

»Was?«

»Verwaltung.«

»Verwaltung?«

»Gibt es hier ein verdammtes Echo, Dent?«, fragte Reg. Mr. Dent schüttelte den Kopf.

»Verwaltung«, sagte Danny. »Klar. Natürlich. Es ist nur ... Es kommt nicht mehr so viel Geld herein wie vorher, Reg. Nicht seit ... Sie wissen schon ...«

»Schlimm, was deiner Liz passiert ist«, sagte Reg. Er zog noch einmal an seiner Zigarette. »Sie war ein gutes Mädchen, ich mochte sie wirklich. Aber auch wenn ich vielleicht klinge wie ein herzloser alter Mistkerl, was ich, wenn ich es mir genau überlege, auch bin, ändert dein wenngleich tragischer Verlust nichts daran, dass du mir zwei Monatsmieten schuldest.«

»Ich weiß, Reg, ich weiß, und Sie bekommen sie auch, das verspreche ich Ihnen.«

»Oh, ich weiß, dass ich sie bekomme, Dan. Das ist gar nicht die Frage. Die Frage ist, *wie* ich sie bekomme. Weißt du, ich bevorzuge Bargeld, aber Dent hier ist ein bisschen, sagen wir, altmodischer, wenn es um das Eintreiben von Schulden geht. Stimmt's nicht, Dent?«

Mr. Dent nickte. Er öffnete sein Jackett, aus dessen Innentasche der Kopf eines abgenutzten Zimmermannshammers ragte. Dannys Stuhl quietschte, als er unruhig darauf herumrutschte.

»Also, wie entscheidest du dich, Dan?«

»Ich treibe das Geld auf, Reg, ich schwöre es. Geben Sie mir nur noch ein bisschen Zeit.«

Reg zog bedächtig an seiner Zigarette. Einen Augenblick lang sprach niemand.

»Normalerweise würde ich das nicht tun«, sagte Reg schließlich. »Aber angesichts deiner ... mildernden Umstände sollte ich wohl etwas Mitgefühl zeigen. Ich bin vielleicht nicht besonders hübsch, aber ich bin kein Monster. Aber du kannst von Glück sagen, dass deine Frau ins Gras gebissen hat, Dan. Anderenfalls wäre ich nicht halb so verständnisvoll.«

Danny biss die Zähne aufeinander und zwang sich zu einem Nicken.

»Ich gebe dir noch zwei Monate. Acht Wochen, um deine kompletten Schulden zu bezahlen. Anderenfalls kannst du dir mit deinem Jungen eine neue Bleibe suchen. Aber ich muss dich warnen, Dan. Eine behindertengerechte Wohnung ist schwerer zu finden, als du glaubst.«

»Danke, Reg«, sagte Danny. »Ich weiß es zu schätzen.«

»Das solltest du auch, Dan, das solltest du auch. Was die Zinsen angeht, würde ich sagen, dreißig Prozent sind mehr als vernünftig, meinst du nicht?«

Danny verzog das Gesicht, während er seine Einwände hinunterzuschlucken versuchte.

»Ja, Reg«, sagte er. »Mehr als vernünftig.«

»Gut. Dann hätten wir das«, sagte Reg. Seine Zigarette zischte, als er sie in Dannys Tee fallen ließ.

»Ich meine es nicht böse, Reg, aber ich muss zur Arbeit. Es gibt da diesen Neuen, wissen Sie, er ist Russe, Vitali oder so, und wenn ich zu spät komme –«

»Zwei Stück Zucker bitte, Dan.«

»Was?«

»In mein Teechen«, sagte Reg. Er nahm noch einen Bissen Toast.

»Ach ja. Ihr Tee. Natürlich. Entschuldigung, Reg.«

Danny huschte in die Küche und fluchte leise, während er hastig Regs Tee zubereitete.

»Und nicht mit der Milch geizen!«, rief Reg.

Danny lief über die Baustelle; der Helm hüpfte auf seinem Kopf, während er sich hinter Eisenträger und Bagger duckte und bückte. Er lief auf Ivan zu, der damit beschäftigt war, Zementsäcke von der Ladefläche eines Lasters zu hieven.

»Danny-Boy«, sagte der Ukrainer. »Alf sucht dich.«

»Hat er auch gesagt, warum?«, fragte Danny schnaufend. Ivan zuckte mit den Schultern. Danny kannte niemanden außer ihm, der das mit einem Sack Zement auf den Schultern hinbekam.

»Danny!«, schrie jemand auf der anderen Seite der Baustelle. Danny drehte sich um und sah einen rotgesichtigen Alf in der Tür seines Bürocontainers stehen und wütend gestikulieren. »Beweg sofort deinen Arsch hierher!«

Alf saß an seinem Schreibtisch und klickte wutentbrannt mit einem Druckkugelschreiber auf seinem Mousepad herum.

»Hi, Alf«, sagte Danny. Der Boden gab unter seinen Füßen nach, als er das Büro betrat und sich Alf gegenübersetzte. »Was gibt's?«

»Was habe ich dir gestern gesagt, Danny?«

Danny nahm den Helm vom Kopf und fuhr sich nervös durch die Haare.

»Du hast gesagt, ich soll mit Ivan Zement machen«, sagte er.

»Verarsch mich nicht, Danny, du weißt genau, was ich meine«, sagte Alf. Danny seufzte.

»Na schön, Alf, hör zu, es tut mir leid, aber es war ehrlich nicht meine Schuld, Kumpel. Weißt du, Will und ich waren gerade am Frühstücken, als jemand anfängt, an die Tür zu hämmern, ja? Also gehe ich hin, und wer steht da? Reg und sein riesiger Trottel von Bodyguard. Und im nächsten Moment sitzen sie an meinem Esstisch und weigern sich zu gehen, bevor die Teetasse leer ist.«

»Weiter«, sagte Alf. Danny runzelte die Stirn.

»Was weiter?«

»Erzähl deine Geschichte zu Ende.«

»Das habe ich gerade.«

»Das war's?«, sagte Alf. Er sah aus, als hätte ihn plötzlicher Hirnfrost befallen. »Das ist deine Entschuldigung? Du bist *schon wieder* zu spät zur Arbeit gekommen, obwohl ich dich vor gerade mal vierundzwanzig verdammten Stunden ausdrücklich ermahnt habe, *nicht noch mal* zu spät zu kommen, und wenn ich dich nicht missverstehe, und ich hoffe sehr, dass ich es tue, ist der Grund dafür, dass du mit deinem Vermieter Tetley geschlürft hast?«

»Sainsbury's Basics«, sagte Danny.

»Was?«

»Es war kein Tetley, es war Sainsbury's Basics. Tetley können wir uns nicht leisten.«

»Unfassbar«, sagte Alf, schloss die Augen und drückte seinen Nasenrücken mit zwei Fingern zusammen.

»Schmeckt eigentlich gar nicht so übel, wenn man sich mal dran gewöhnt hat.«

»Ich rede nicht von deinen verdammten Teebeuteln, Dan!«, schrie Alf und hämmerte mit der Faust auf seinen Schreibtisch. »Klar. Entschuldige«, sagte Danny.

Alf schüttelte den Kopf.

»Du hättest auf mich hören sollen, Dan. Ich wollte dir helfen.«

»Ich habe ja auf dich gehört, Alf, aber was hätte ich denn machen sollen? Der Kerl hatte einen Hammer, Menschenskinder. Nein, nicht einfach einen Hammer, einen *Zimmermannshammer.* Wofür brauchte er das gespaltene Ende? Was hatte er mit dem gespaltenen Ende vor? Ich weiß es nicht, und ich will es auch nicht herausfinden, also weigere ich mich nicht, wenn mir ein Mann mit einem Zimmermannshammer sagt, ich soll ihm eine Tasse Tee machen, oder? Es tut mir leid, Alf, wirklich, aber ich hatte echt keine Wahl.«

»Tja, ich auch nicht«, sagte Alf. Dannys Augen verengten sich zu Schlitzen.

»Was soll das heißen?«

»Du weißt, was das heißt.«

»Nein, Alf, das weiß ich nicht.«

»Es heißt, ich habe meine Anweisungen.«

»Was für Anweisungen?«

»Ich muss dich entlassen, Dan.«

»Von wem kommen die Anweisungen?«, fragte Danny und sah sich um, als versteckte sich der Übeltäter irgendwo in der Nähe. »Von diesem russischen Arschloch?«

»Das spielt keine Rolle«, sagte Alf. »Die Entscheidung ist gefallen. Räum deinen Spind, er soll so schnell wie möglich frei sein. Du hast noch zwei Wochen Resturlaub, die kannst du als deine Kündigungsfrist betrachten.« Alf tat sein Menschenmöglichstes, alles in dem Raum außer Danny anzusehen.

»Vier Jahre habe ich für dich gearbeitet, Alf. Vier verdammte Jahre. Und habe ich dich in der Zeit jemals hängen lassen? Nur ein einziges Mal?«

»Es ist nicht meine Entscheidung, Dan. Ich wünschte, es wäre so, ist es aber nicht. Es ist diese neue Geschäftsleitung, Kumpel, die sind gnadenlos. Sie würden ihre eigene Großmutter gegen ein billigeres Modell austauschen, wenn sie könnten. Du bist nicht der Einzige. Keiner ist sicher, nicht mal ich.«

»Das kannst du nicht machen, Alf«, sagte Danny. »Ich brauche diesen Job. Ich brauche diesen Job *wirklich.*«

Alf seufzte wie ein Mann, der jede einzelne Lebensentscheidung bereut, die ihn in diese Situation gebracht hat.

»Es tut mir leid, Danny«, sagte er. »Ich kann nichts machen.«

# 7

Danny stopfte seine wenigen Habseligkeiten mit solcher Wucht in eine Einkaufstüte, dass er ihren Boden durchstieß. Fluchend schüttelte er die Tüte von seinem Arm und sah zu, wie sie zu Boden sank, bevor er sie trat und dann wieder fluchte, als sein Fuß in dem Loch stecken blieb. Er zerrte das Plastikgewirr herunter und ballte es zusammen, dann setzte er sich auf eine der im Umkleideraum herumstehenden Bänke und vergrub das Gesicht in den Händen. Einige Minuten später kam Ivan herein und setzte sich neben ihn.

»Alf, er hat mir gerade gesagt«, sagte er.

Danny nickte, antwortete aber nicht.

»Weißt du, ich habe Cousin«, sagte Ivan. »Er schuldet mir Gefallen. Wenn du willst, ich rufe ihn sofort an. Er verpasst Alf Denkzettel.« Ivan bildete mit den Fingern eine Pistole und tat, als würde er sich in den Kopf schießen. »Bumm. Weißt du?«

»Es ist nicht Alfs Schuld«, sagte Danny und hob den Kopf. »Aber danke für das Angebot, ihn für mich umzubringen. Das bedeutet mir wirklich viel.«

»Was ist mit Job?«, sagte er. »Du brauchst neuen Job? Kenne ich viele Leute.«

»Versteh das nicht falsch«, sagte Danny, »aber, na ja, ich brauche etwas ... Gesetzmäßiges.«

»Gesetzmäßig?«, sagte Ivan stirnrunzelnd. »Was heißt dieses Wort ›gesetzmäßig‹?«

»Eben.«

Ivan nickte, ohne wirklich zu verstehen.

»Keine Sorge, ich komme schon zurecht. Das hier ist nicht die einzige Baustelle, im Moment wird viel gebaut. Es gibt dieses neue Büro in Brunswick, das große Ding in Farringdon, es gibt jede Menge Möglichkeiten in der Stadt. Das Problem wird nicht sein, einen Job zu finden. Das Problem wird sein, sich für einen zu entscheiden.«

»Warte«, sagte Ivan, als Danny sich zum Gehen anschickte. Er öffnete seinen Spind und zog etwas heraus, was die Form eines Ziegelsteins hatte und in Folie eingeschlagen war. »Hier«, sagte er und drückte Danny das Päckchen in die Hand. »Von Ivana.«

Ivans Frau hatte ihm alle paar Wochen einen Walnusskuchen gebacken, seit Liz gestorben war. Insgeheim freute sich Danny mehr auf diesen Kuchen als auf alles andere in seinem Leben (abgesehen von dem Tag, an dem Will wieder reden würde, sollte dieser Tag jemals kommen), nicht nur, weil sie unglaublich schmeckten, sondern auch, weil sie ihn in seinen finstersten Augenblicken, wenn Will schlief und in der Wohnung nichts als seine unerwünschten Gedanken zu hören waren, daran erinnerten, dass er nicht ganz allein auf der Welt war, auch wenn es ihm oft so vorkam. Nicht solange es in der Küche noch Kuchen gab.

»Riecht herrlich«, sagte Danny und hob das Päckchen an die Nase. »Danke, Ivan. Und bitte sag auch Ivana Danke.«

»Ivan!«, rief Alf irgendwo draußen.

»Geh besser«, sagte Danny. Ivan nickte, rührte sich aber nicht.

»Du wirst klarkommen?«, sagte er.

»Natürlich, Kumpel. Keine Sorge. Ich finde im Handumdrehen einen neuen Job. Du wirst schon sehen.«

Abgesehen von einem Urlaub in Margate im Alter von sieben Jahren (ein Ausflug, an den er sich nur erinnerte, weil seine Mutter ihn fast eine Stunde lang auf einem Karussell hatte sitzen lassen und so lange in einen Pub gegangen war) und zwei Ausflügen nach Brighton, einmal nur mit Liz, als sie beide Teenager gewesen waren, und einmal zusammen mit Will, als sie Eltern gewesen waren, hatte Danny London in den achtundzwanzig Jahren seit seiner Geburt kein einziges Mal verlassen. Er war sich daher recht sicher, seine Heimatstadt besser als die meisten anderen Leute zu kennen, aber im Laufe der folgenden zwei Wochen sah Danny mehr von der Hauptstadt als je zuvor. Er durchquerte fast jeden Stadtbezirk und fuhr durch jede Zone des öffentlichen Verkehrssystems (einschließlich Zone 9), und während dieser Zeit sah er unzählige Teile der Stadt, von denen er nicht einmal gewusst hatte, dass es sie gab (einschließlich Zone 9).

Da er Will mit der Nachricht seines Rauswurfs nicht beunruhigen und der unangenehmen Aufgabe aus dem Weg gehen wollte, ihm ihn zu erklären, machte Danny weiter wie bisher, zog jeden Morgen seine zerschlissenen Arbeitsklamotten an und machte ihnen beiden Frühstück, bevor er zu einem langen und fruchtlosen Tag der Jobsuche aufbrach, sobald Will zur Schule losgegangen war.

Er begann damit, die größeren Baustellen im Zentrum Londons aufzusuchen, die die Skyline der Stadt mit Gurken, Konservendosen und anderen Gebäuden verzierten, die unerklärlicherweise so gestaltet waren, dass sie Dingen ähnelten, die man für gewöhnlich in einem Küchenregal fand. Dann versuchte er es in der zweiten Zone, wo er erst bei den verschiedenen Wolkenkratzern Arbeit zu finden hoffte, die in Canary Wharf und im Hafenviertel aus dem Boden schossen, und als daraus nichts wurde, versuchte er in Greenwich sein Glück, wo mehrere neue Wohnsiedlungen gebaut wurden. Je weiter er sich vom Zentrum entfernte, desto weniger Gelegenheiten boten sich, während Großbaustellen kompakten Einfamilienhäusern und Eigenheimsanierungen wichen.

Er bot seine Dienste sogar einem älteren Mann an, der mit fast so viel Farbe beschmiert war wie die Garage, die er anstrich, aber so weit er auch fuhr und mit wem er auch redete, es war immer die gleiche Geschichte. Niemand brauchte, was Danny anzubieten hatte, weil Danny eigentlich nichts anzubieten hatte. Er war kein Stuckateur oder Schreiner. Er war kein Dachdecker oder Fliesenleger oder Maurer. Er konnte nicht schweißen, und auch wenn er Grundkenntnisse im Verlegen von elektrischen Leitungen und Rohren hatte, war er kein ausgebildeter Elektriker oder Klempner. Danny hob Löcher aus. Er trug Steine. Er mischte Zement. Er schlug Nägel ein. Und all das machte er gut. Das einzige Problem war, dass jede Menge anderer Leute das auch taten. Er hob sich durch nichts von der Masse ungelernter Arbeiter ab, die ebenfalls Arbeit suchten; nichts verschaffte ihm auch nur den geringsten Vorteil gegenüber irgendjemand anderem auf dem Arbeitsmarkt. Er hatte keine Ausbildung, außer einem eintägigen Erste-Hilfe-Kurs, an dem er vor Jahren teilgenommen hatte und von dem er nichts mehr wusste, und er hatte keinerlei Qualifikationen oder Zertifikate, außer einem mittleren Abschluss in Kunst (3 minus) und Geografie (4). Im Laufe der Jahre hatte er unzählige Anzeigen für Kurse, Workshops und Lehrgänge zu allem, von Tischlerei und Fensterbau bis hin zu Baukostenkalkulation, gesehen - Kurse, die ihn mit den notwendigen Fähigkeiten ausgestattet hätten, um seine eigenen Berufsaussichten zu verbessern und einem Arbeitgeber zu beweisen, dass er zu mehr in der Lage war, als nur Zement zu schaufeln –, aber er fand immer wieder eine Ausrede, um seinen Namen nicht auf die Liste zu setzen, sei es, dass er zu beschäftigt war, selbst wenn er es nicht war, oder dass er das Geld nicht hatte, selbst wenn er es hatte. Insgeheim hatte er immer gewusst, dass dieser Tag kommen würde; aber nicht, dass es so bald wäre. Und nun hatte er plötzlich Schulden und keine Arbeit und wenn er nicht zügig Arbeit fand, lief er Gefahr, auf die harte Tour zu erfahren, was Mr. Dent mit diesem Zimmermannshammer vorhatte.

Danny begann überall nach Arbeit zu suchen, wo es welche geben mochte. In Supermärkten. In Lagerhallen. In Büros. Bei Fuhrunternehmen. In Fabriken. Bei Imbissbuden. Bei Zeitungshändlern. In Klamottenläden. In Bäckereien. In Kaufhäusern. Bei Reinigungsunternehmen. Bei Müllbeseitigungsunternehmen. Bei Fleischern. Bei Juwelieren. In Restaurants. In Sandwichläden. In Handyläden. In Zoohandlungen. In Kinos. In Buchläden. Bei Friseuren. In Elektroläden. In Kunstgalerien. In Zoos. Auf Friedhöfen. Bei Taxiunternehmen. Er bewarb sich sogar als Parkplatzwächter, ein Job, den er und alle anderen auf der Welt (darunter viele Parkplatzwächter) unvertretbar fanden, aber ob es daran lag, dass es einfach keine freien Stellen gab, oder daran, dass sein Lebenslauf auf ein Post-it gepasst hätte und dabei noch reichlich Platz frei geblieben wäre – Danny konnte nirgends einen Job finden.

Eine weitere unerwartete Herausforderung war es, als Alleinerziehender nach einer Stelle zu suchen. Er hatte nie darüber nachgedacht, weil die Notwendigkeit nie bestanden hatte, aber jetzt wurde ihm bewusst, wie schwierig das eigentlich war. Als Liz noch gelebt hatte, war Will nie allein gewesen, weil Danny und sie ihre Termine so abgestimmt hatten, dass einer von ihnen immer auf ihn aufpassen konnte, und seitdem hatte Danny seine Arbeitszeiten so angepasst, dass er erst aus dem Haus ging, wenn Will zur Schule aufgebrochen war, und rechtzeitig nach Hause kam, um ihm jeden Tag Abendessen zu machen. Er brauchte eine Stelle mit ähnlichen Arbeitszeiten, weil er sich (wie die meisten Menschen in London) nicht regelmäßig einen Babysitter leisten konnte und seinen Sohn nicht länger allein lassen wollte (sosehr Will sich das auch gewünscht hätte). Er sah mehrmals Anzeigen, in denen ab sofort Nachtwächter gesucht wurden, und für viele Stellen im Dienstleistungsgewerbe, auf die er stieß – Bedienung, Barkeeping, Callcenter –, brauchte man nicht viel mehr als einen Puls und die Bereitschaft, nachts zu arbeiten. Danny war oft qualifizierter für diese Stellen als viele andere, die er traf, aber so dringend er auch einen Job brauchte, es blieb ihm keine andere Wahl, als sie alle von der Liste zu streichen.

Zwei Wochen nach seinem Hinauswurf streifte Danny durch Islington, als er einen kleinen Zettel sah, der innen an einem schmutzigen Schaufenster klebte. Es war ein handgeschriebenes Angebot für eine Vollzeitstelle als Verkäufer, aber als Danny durch die Scheibe sah, war sein erster Gedanke, dass es gar kein Ladengeschäft war, sondern als Tarnung für etwas Zwielichtiges wie eine Organfarm oder einen Treffpunkt der Flat Earth Society diente. Mehrere verkrümmte und ausgebleichte Schaufensterpuppen starrten ihn an, gekleidet in eine bizarre Reihe von Kostümen, von Clownsmasken mit gezackten Zähnen und blutbespritzten Chirurgenkitteln bis hin zu einem schwarzen Bondage-Outfit aus PVC, komplett mit einem orangen Ballknebel. Erst als Danny einen Schritt zurücktrat und das Schild über der Tür las, erkannte er, dass er vor einem Kostümladen stand, also glättete er rasch seine Kleider mit den Handflächen und fuhr sich mit den Fingern durch die Haare, betrachtete sein Spiegelbild im Schaufenster und trat ein.

Das Geschäft roch wie ein Fundbüro und sah aus wie ein Oxfam-Laden, allerdings einer, der die meisten seiner Spenden von Dominas, Zirkusartisten und Burning-Man-Teilnehmern erhielt. Es war gespenstisch still, und während Danny an den verschiedenen Regalen vorbeiging, die auf den Tresen im hinteren Teil des Ladens zuliefen, hörte er nichts als das Knarren der Dielenbretter und das Rauschen der Straße, die sich mit einem Mal viel weiter entfernt anhörte, als sie es eigentlich war.

»Hallo?«, sagte Danny. Er spähte über den Tresen hinweg in den offenen Lagerraum dahinter. Er wartete auf eine Antwort, aber nicht sehr lange, denn er fand den Ort unheimlich und wollte so schnell wie möglich fort, doch gerade als er sich umdrehte, sprang ein Pirat hinter dem Tresen in die Höhe.

»Ahoi!«, rief der Pirat.

Danny schrie auf, fuhr herum und sah sich einem Mann mit einer Augenklappe und einem Papagei auf der Schulter gegenüber. Es war kein Stofftier, sondern ein echter ausgestopfter Papagei, und er war nicht besonders gut ausgestopft.

»Tschuldige, Freundchen«, sagte der Mann mit einer tiefen, rauen Stimme, die nicht zu seinem jugendlichen Gesicht zu passen schien. »Wollte dich nicht erschrecken.«

»Warum haben Sie mich dann so angesprungen?«, schrie Danny. Der Mann dachte einen Augenblick darüber nach.

»Na schön, ich wollte Sie erschrecken, aber es ist einfach so stinklangweilig hier«, sagte er, und sein Piratentonfall wich einem näselnden Bristoler Dialekt. »Sie sind der erste Kunde heute. Der erste in dieser Woche, ehrlich gesagt.«

»Das überrascht mich nicht«, sagte Danny und massierte sich die Brust über dem Herzen.

»Ernsthaft, ich glaube, ich wäre längst verrückt, wenn Barry mir nicht Gesellschaft leisten würde.«

»Barry?«

Der Mann nickte zu dem Papagei auf seiner Schulter hinüber.

»Verstehe«, sagte Danny.

»Wie dem auch sei – was kann ich für Sie tun?«, sagte der Mann.

»Ich suche –«

»Nein, Moment, lassen Sie mich raten. Darin bin ich normalerweise ganz gut. Mal sehen, für Ostern ist es zu spät, für Halloween ist es zu früh, für Weihnachten ist es ganz eindeutig zu früh, also brauchen Sie ein Kostüm für ... eine Flittchen-und-Pfarrer-Party!«

»Nein, ich –«

»Polizisten und Ganoven? Das ist es, oder?«

»Nein –«

»Krimiparty?«

»Hören Sie –«

»Ich hab's!«, sagte der Mann mit einem Fingerschnippen. »Sie suchen einen Jumpsuit für die Disco-Geburtstagsparty Ihrer Schwester.«

»Ich habe keine Schwester«, sagte Danny.

»Ist es vielleicht eine Kostümbeerdigung?«

»Gibt es so was überhaupt?«

»Sie würden Augen machen.«

»Hören Sie, ich will kein Kostüm. Ich bin wegen der Anzeige hier.«

»Welche Anzeige?«

»In Ihrem Fenster«, sagte Danny. Er zeigte zum vorderen Teil des Ladens hinüber. »Die Stellenanzeige.«

»Ach ja, die Stelle! Entschuldigung, der Zettel hängt da schon so lange, dass ich ihn ganz vergessen habe.«

»Tja, Sie können ihn wegnehmen, denn hier bin ich.« Danny präsentierte sich selbst mit einer überschwänglichen Autoverkäufergeste.

»Eigentlich suche ich eine Frau«, sagt der Mann.

»Darauf wette ich«, sagte Danny und musterte den Mann von Kopf bis Fuß.

»Nein, nicht für *mich*«, sagte der Mann. »Ich habe kein Frauenproblem. Der Chef sucht eine. Für den Laden.«

»Wo ist denn der Chef?«, sagte Danny und sah sich um. Der Pirat rückte seine Augenklappe zurecht.

»Ich bin der Chef«, murmelte er.

»Verstehe«, sagte Danny. Er schüttelte den Kopf und schickte sich zum Gehen an.

»Wollen Sie Ihre Nummer dalassen?«, fragte der Mann. Danny blieb in der Tür stehen.

»Ich dachte, der Job käme für mich nicht infrage.«

»Tut er auch nicht, aber vielleicht können wir mal zusammen was trinken gehen. Sie wissen schon, nur wir drei.« Der Mann nickte wieder zu Barry hinüber. Danny zeigte auf die Straße.

»Ich muss wirklich los«, sagte er und ging rückwärts aus dem Laden.

Der Mann seufzte, als sich die Tür knarrend hinter Danny schloss.

»Toll gemacht, Barry«, sagte er. Barry sagte nichts.

Als Danny an diesem Abend nach Hause kam, lag Will auf dem Sofa vor dem Fernseher und ein Brief auf dem Tisch. Danny, der befürchtete, dass es sich um eine weitere Rechnung handelte, ignorierte ihn, während er seine »Arbeitskleidung« ablegte, ausgiebig duschte und sich eine Tasse Tee machte – drei Dinge, die er immer getan hatte, als er noch auf der Baustelle arbeitete, und die er weiterhin tat, um keinen Argwohn zu erregen –, bevor er sich in den Lehnsessel fallen ließ und den Umschlag so langsam und sorgfältig öffnete, als könnte er explodieren.

Der Brief kam nicht von seinem Energieversorger, was eine gewisse Erleichterung mit sich brachte, aber er wusste, dass er auch nichts Gutes bedeuten konnte, als er im Briefkopf den Namen von Wills Schule las. Entweder war Will in Schwierigkeiten, oder die Schule wollte für irgendetwas Geld. Er hoffte stumm, dass Will in Schwierigkeiten war.

»Noch ein Schulausflug?«, fragte er, ebenso sehr zu sich selbst wie zu Will. »Wohin denn jetzt schon wieder?«

Will schaute weiter *Top Gear,* während Danny weiterlas.

»Stonehenge? Da warst du doch schon mal, mit Mum, weißt du noch? Und damals hat es auch keine fünfzig Mäuse gekostet. Du willst doch nicht noch mal dahin, oder?«

Will zuckte mit den Schultern.

»Ich meine, du kannst ruhig, wenn du möchtest«, sagte Danny. »Das ist ganz deine Entscheidung. Es hat sich seit dem letzten Mal nicht verändert, es sieht immer noch *ganz genauso* aus, aber wenn du wirklich meinst, du könntest bei dem Ausflug etwas lernen, was du nicht beim letzten Mal schon gelernt hättest, und ich weiß, du hast beim letzten Mal eine *Menge* gelernt, so viel, dass ich noch dachte: Der Junge ist jetzt buchstäblich ein Stonehenge-Experte und muss wahrscheinlich nie wieder hin – wenn du wirklich den ganzen Weg bis dorthin fahren willst, um dir denselben alten Haufen Hinkelsteine anzusehen, dann habe ich nicht das Geringste dagegen, du brauchst es nur zu sagen. Oder eben auch nicht. Ich meine, du brauchst überhaupt nichts zu sagen. Ich meine ja nur ... du weißt, was ich meine.«

Will antwortete nicht. Danny starrte auf den Brief.

»Hör zu«, sagte er. »Ich sag dir was. Warum fahren *wir* nicht irgendwann zusammen hin, nur du und ich allein? Das wird schön, wir können einen Tagesausflug machen, so wie Mum und du. Wie hört sich das an?«

Will zuckte wieder mit den Schultern, während Jeremy Clarkson im Hintergrund irgendetwas über Pferdestärken erzählte.

»Prima«, sagte Danny und versuchte, den fehlenden Enthusiasmus zu ignorieren. »Ich mache uns was zu essen.«

Danny schloss die Tür hinter sich und las den Brief noch einmal, in der Hoffnung, eine zweite Lektüre könnte irgendein zuvor übersehenes Detail enthüllen, das ihn von einer Zahlung befreien würde. Als er nichts fand, steckte er den Brief wieder in den Umschlag und warf ihn in den Papierkorb.

Das Wetter war schön, und der Park war voller Rentner auf Liegestühlen, junger Eltern mit Kinderwagen, Büroangestellter, die ihr Mittagessen aßen oder die Sonne aufsogen, und Grüppchen von Studenten, die im Kreis im Gras saßen und plauderten.

Danny saß auf einer Bank im Schatten, den Blick auf sein Telefon geheftet, während er durch endlose Seiten voller Stellenangebote scrollte.

»Erfahrung vorausgesetzt, Erfahrung vorausgesetzt, Erfahrung vorausgesetzt«, murmelte er vor sich hin, während er sich durch die Liste arbeitete. Jede einzelne Tätigkeit, so nieder oder selbsterklärend sie auch sein mochte, schien ein gewisses Maß an Erfahrung zu erfordern. Als Verkäufer brauchte man Erfahrung. Als Bingosaalputzer brauchte man Erfahrung. Selbst als Hundesitter brauchte man mindestens zweijährige Erfahrung im Ausführen von Hunden zunehmender Größe »bis hin zum Alaskan Malamute«, wie es in der Anzeige hieß (Danny nahm an, die Einstiegsgröße sei wohl ein Chihuahua oder Shih Tzu oder etwas in der Art, wobei das in der Anzeige nicht näher benannt wurde).

Er sah in seine E-Mails und fand zwei Absagen im Posteingang und eine weitere im Spamordner. Er hatte auch eine Mail von einer Frau namens Svetlana, die sein Facebook-Profil sehr anziehend fand, obwohl er gar kein Facebook-Profil hatte.

Danny seufzte und steckte sein Telefon weg, bevor er langsam durch den Park ging. Er bemerkte eine Menschenmenge, die sich versammelt hatte, um denselben Straßenkünstlern zuzuschauen, die Will und er vor einigen Wochen gesehen hatten. Der Mann mit der Katze auf der Schulter spielte vor einer Handvoll Leute, die ihn mit ihren Telefonen filmten. Eine größere Menge hatte sich vor dem Zauberer versammelt, und der Nussjongleur und der Hühnermann waren ebenfalls da, so wie einige andere Künstler, die Danny beim letzten Mal nicht gesehen hatte, darunter ein Pantomime, ein Ein-Mann-Orchester, ein Geigenspieler und eine menschliche Statue, die ihr Bestes tat, die Kinder zu ignorieren, die wiederum *ihr* Bestes taten, sie aus der Ruhe zu bringen.

Danny stand eine Zeit lang da, schaute zu und wunderte sich wieder über ihre Fähigkeit, offenbar viel Geld damit zu verdienen, dass sie sich verkleideten und total zum Narren machten. Er begriff, dass manche von ihnen beliebt waren, nämlich diejenigen, die irgendein echtes Talent erkennen ließen, wie zum Beispiel der Geiger oder der Zauberer, aber er hatte nicht die leiseste Ahnung, warum selbst die schlechtesten Künstler den Park mit mehr Geld verließen, als sie bei ihrer Ankunft gehabt hatten. Die Musik, die das Ein-Mann-Orchester machte, war komplett zufallsgesteuert; der Mann wedelte, trat und zuckte willkürlich herum und hoffte, dass wenigstens eine seiner Gliedmaßen den passenden Ton traf, und der als Eichhörnchen Kostümierte verbrachte mehr Zeit damit, seine überdimensionierten Nüsse vom Boden aufzuklauben, als mit ihnen zu jonglieren. Danny hatte aufgehört zu zählen, wie viele Arbeitsstellen er allein an diesem Morgen gesehen hatte, für die er aufgrund mangelnder Erfahrung nicht geeignet war, und doch gab es hier Leute, die nicht nur über die Runden kamen, sondern *sehr gut* über die Runden kamen, obwohl sie ganz offensichtlich keine Ahnung von dem hatten, was sie taten.

Und in diesem Augenblick kam Danny eine Idee.

# 8

»Seid mir gegrüßt, ermatteter Reisender!«, sagte der Mann hinter dem Tresen des Kostümladens. Jedenfalls glaubte Danny, dass er das gesagt hatte, denn der Mann trug eine Rüstung, und der Helm dämpfte seine Stimme.

»Ah, Sie sind es wieder«, sagte er und klappte sein Visier hoch, als Danny auf ihn zutrat.

»Wo ist Barry?«, fragte Danny und sah sich um.

»Gerade an einen älteren Witwer namens Graham verliehen.«

»Für eine Piratenparty ist man wahrscheinlich nie zu alt.«

»Das Kostüm hat er nicht ausgeliehen«, sagte der Mann. »Nur Barry.«

»Was –«

»Ich habe nicht nachgefragt. Wir brauchen das Geld.«

»Verstehe«, sagte Danny. »Was ist das billigste Kostüm, das Sie haben?«

»Erlaubt mir, ein Aug' in jenes Angebotsregal zu werfen, um euer Begehr zu erfüllen, werter Herr«, sagte der Mann. Er drehte sich zu dem Kleiderständer hinter ihm um und begann, die Bügel durchzusehen. »Wie wäre es hiermit?«, sagte er, nahm einen Anzug von dem Ständer und legte ihn auf den Tresen.

»Ist das ... eine Nazi-Uniform?«

»Wir bevorzugen den Ausdruck ›historisch präzises Militärkostüm‹«, sagte der Mann.

»Es ist eine historisch präzise Nazi-Uniform.«

»Nun, wenn Sie es so genau nehmen wollen, ja.«

»Hat die schon mal irgendwer ausgeliehen?«

»Ich glaube, Prinz Harry war einmal hier.«

»Verstehe. Ehrlich gesagt, suche ich eher etwas, worin ich nicht unbedingt zusammengeschlagen werde.«

Der Mann durchsuchte wieder den Ständer und zog einen Dreiteiler mit einer blauen Krawatte hervor. In der anderen Hand hielt er eine strubbelige blonde Perücke.

»Und?«, sagte er.

»Was, und?«, sagte Danny.

»Was sagen Sie?«

»Was ist das?«

»Natürlich ein Boris-Johnson-Kostüm.«

»Ich sagte, ich suche etwas, worin ich *nicht* zusammengeschlagen werde«, sagte Danny.

»Das heißt also Nein?«

»Ja, das heißt Nein. Wer will denn schon wie Boris Johnson aussehen?«

»Niemand«, sagte der Mann. »Darum ist es ja so billig.«

»Geben Sie mir etwas anderes.«

Der Mann wühlte ein drittes Mal in den Kleidern. Er fand ein schwarz-weißes Kostüm und legte es zusammen mit einer Maske auf den Tresen.

»Was haben wir da?«, sagte Danny.

Der Panzerhandschuh des Mannes machte klickende Geräusche auf dem Tresen, während er nachdenklich mit den Fingern trommelte. Er schaute auf das Etikett an der Innenseite des Kostüms und zuckte mit den Schultern, soweit seine Rüstung das zuließ.

»Das ist ein Panda«, sagte er.

»Sind Sie sich da ganz sicher?«

»Nein, aber es steht auf dem Etikett.«

Noch immer nicht überzeugt, starrte Danny auf das Kostüm. Wenn es wirklich ein Panda war, dann war es der traurigste Panda, den er je gesehen hatte, einer, der ein übermäßig langes und enttäuschendes Leben voller untreuer Partner und unzuverlässiger Wetttipps verlebt hatte.

»Es müffelt«, sagte Danny, dessen Nase unwillkürlich zuckte.

»Ich will Ihnen nichts vormachen«, sagte der Mann. »Irgendein junger Bursche hat es für die Einführungswoche an der Uni ausgeliehen und sich vollgekotzt. Verstehen Sie mich nicht falsch, es ist komplett sauber, aber es riecht noch ganz leicht nach Jägermeisterkotze.«

»Wie viel wollen Sie dafür?«

Der Mann überlegte kurz.

»Einen Zehner?«

»Ich gebe Ihnen fünf.«

»Geben Sie mir zehn, und ich lege Boris drauf.«

Danny zog einen verknitterten Fünf-Pfund-Schein aus der Hosentasche und klatschte ihn auf den Tresen.

»Ich gebe Ihnen fünf«, sagte er.

»Gemacht«, sagte der Mann.

Wieder im Park, schloss Danny sich in einem der öffentlichen Toilettenhäuschen ein und begann seine würdelose Verwandlung, in deren Verlauf er beinahe mit einem Fuß in der Kloschüssel gelandet wäre, als er sich in der Enge seiner improvisierten Umkleidekabine auszuziehen versuchte, und dann mit dem anderen Fuß, als er sein Bein in das Kostüm stecken wollte.

»Alles klar?«, sagte er zu dem Mann am Urinal, der ihn anstarrte, als er aus der Kabine kam. Der Mann nickte, ohne zu merken, dass er das Urinal um mehrere Zentimeter verfehlte, während er zusah, wie sich der Riesenpanda im Spiegel betrachtete.

Danny ging auf der Suche nach einem geeigneten Aufführungsort durch den Park. Er fand es ratsam, für den Augenblick etwas Abstand zu den anderen Künstlern zu halten, teils weil er noch nicht selbstbewusst genug war, um sich ihnen zu nähern, und teils weil er an seinem allerersten Tag keine Gebietsstreitigkeiten riskieren wollte. Wenn er ungebeten auftauchte, ohne sich zuerst vorzustellen oder um Aufnahme zu bitten, brach er vielleicht irgendeinen unbekannten Ehrenkodex, was womöglich dazu führte, dass er zur Strafe nach Unterweltart verprügelt würde oder zumindest einige unangenehme Blicke erntete.

Danny entschied sich für eine Stelle, die weit genug

von den anderen Künstlern entfernt war und doch nah genug, um sie im Auge zu behalten, sollte er rasch die Flucht ergreifen müssen. Er warf die Tasche mit seinen Kleidern hinter sich ins Gras und stellte seine offene Brotzeitbüchse zu seinen Füßen auf. Dann legte er eine Handvoll Kleingeld in den Behälter, rückte sein Kostüm zurecht und überlegte, was er als Nächstes tun sollte.

Als hätte es seine Angst gerochen, erschien plötzlich ein kleines Mädchen vor ihm, dessen Mutter in der Nähe stehen blieb. Das Mädchen trug ein gelbes Kleid, eine blaue Brille und die Haare zu zwei Zöpfen gebunden, aber seinem scheinbar unschuldigen Äußeren zum Trotz fühlte Danny sich ein wenig eingeschüchtert, während es stumm darauf wartete, dass er irgendetwas tat. Danny, der weder jonglieren noch Gitarre spielen konnte und auch keine Katze hatte, die er hätte auf der Schulter balancieren können, tat das Einzige, was ihm in den Sinn kam. Er winkte. Das Mädchen starrte ihn weiter mit riesig großen Augen an, allerdings nur, weil seine Brillengläser so dick waren, und nicht, weil es angesichts des merkwürdig riechenden Pandas vor ihm auch nur ansatzweise verzaubert gewesen wäre.

Danny, dem bereits die Ideen ausgingen und der sich zunehmend unwohl fühlte, winkte noch einmal. Das Mädchen sah seine Mutter an, die Danny geradezu entschuldigend anlächelte, bevor sie ihre Geldbörse aus der Handtasche zog und ihrer Tochter etwas Geld gab.

»Für mich?«, fragte Danny, als das Mädchen mit einer Ein-Pfund-Münze zwischen den Fingern zurückkam. Aber statt ihm das Geld zu geben, schnappte sich das Mädchen, hypnotisiert von den anderen Geldstücken in der Brotdose, schnell eine Handvoll Münzen und steckte sie sich in die Tasche, während seine noch immer lächelnde Mutter ahnungslos danebenstand.

»Hey!«, sagte Danny und packte das Mädchen instinktiv am Arm. Es schrie so laut auf, dass mehrere Leute stehen blieben, um zu schauen, was los war.

»Tamara!«, kreischte die Mutter. »Lass sie los, du Perversling!«

»Sie hat mein Geld geklaut!«, sagte Danny, als die Frau angerannt kam und ihre Tochter in die Arme nahm.

»Der böse Mann hat mich angefasst!«, jammerte das Mädchen.

»Ich habe sie nicht angefasst!«, sagte Danny an die Umstehenden gerichtet. Einer von ihnen hatte begonnen, die Begegnung mit seinem Handy zu filmen. »Ich meine, ja, ich habe sie angefasst, aber ich habe sie nicht ›angefasst‹«, fügte er hinzu und malte dabei Anführungszeichen in die Luft, was ihn auch nicht besser aussehen ließ.

»Sie haben Glück, dass ich nicht die Polizei rufe!«, sagte die Mutter.

»Sie haben Glück, dass *ich* nicht die Polizei rufe!«, sagte Danny und tippte sich auf die pelzige Brust. »*Ich* bin hier das Opfer!«

»Das Opfer!«, sagte die Mutter. Sie zeigte auf ihre Tochter. »Sie ist fünf Jahre alt!«

»Das war der Junge in *Das Omen* auch!«

»Wollen Sie damit sagen, meine Tochter sei der Antichrist?« Sie sah den Mann an, der alles filmte. »Haben Sie das aufgenommen? Er hat gesagt, meine Tochter sei der Antichrist.«

»Könnten Sie bitte aufhören zu filmen?«, sagte Danny.

»Auf keinen Fall«, sagte der Mann. »Der Scheiß landet auf YouTube.«

»Was ist ein Antichrist?«, fragte das Mädchen.

»Nichts, Schatz«, sagte die Mutter. »Komm, wir gehen weg von dem bösen Mann.«

Die Frau marschierte mit ihrer Tochter im Schlepptau davon. Das Mädchen schaute über die Schulter und unterbrach ihr theatralisches Schluchzen gerade lange genug, um Danny auf die höhnischste Art und Weise anzugrinsen.

Er hob seine Brotzeitbüchse auf und seufzte. Mehr als die Hälfte seines Geldes war weg. Bevor er ausrechnen konnte, wie viel genau fehlte, tauchte ein kleiner Junge wie aus dem Nichts auf und trat Danny heftig gegen das Schienbein, worauf dieser die Brotdose fallen ließ und Münzen in alle Richtungen flogen.

Danny griff schmerzerfüllt nach seinem Bein und hüpfte dem verstreuten Kleingeld hinterher. Der Junge kicherte und trat wieder zu.

»Lass das!«, sagte Danny. Er gestikulierte zu dem großen Mann in dem kleinen Anzug hinüber, der unweit von ihnen aggressiv in sein Telefon bellte, aber der Mann war zu sehr damit beschäftigt, jemandem namens Dave zu erklären, was für ein unfähiges Arschloch er sei, um zu bemerken, was sein Sohn da trieb.

Der Junge hob eine Zwei-Pfund-Münze auf und lockte Danny damit.

»Gib sie her!«, sagte Danny. Der Junge schüttelte den Kopf.

»Gib. Sie. Her«, wiederholte er in seinem besten Dad-Tonfall, und diesmal gab der Junge nach. Er hielt ihm die Münze auf seiner teigigen kleinen Handfläche hin, aber als Danny sie nehmen wollte, zog der Junge die Hand weg und kickte ihm wieder gegen das Schienbein, bevor er wie ein Irrer auflachte und davonrannte, um seinem Vater die Zwei-Pfund-Münze zu zeigen, die er soeben auf dem Weg »gefunden« hatte.

Danny ließ sich auf alle viere nieder und suchte erschöpft den Boden ab. Er bemerkte die anderen Kinder erst, als er ihre Schuhe vor sich sah.

»Was bist du?«, sagte die Eigentümerin der roten Schuhe, ein Mädchen, das nicht älter als sechs sein konnte und ein Kaninchen mit Hängeohren an seine Brust drückte.

»Er ist ein Dachs, du Dummie«, sagte ihr Bruder, der die gleichen roten Haare und Sommersprossen hatte wie seine Schwester.

»Ich mag keine Dachse«, sagte das Mädchen.

»Eigentlich bin ich ein Panda«, sagte Danny, während er aufstand und sich abklopfte.

»Ich mag keine Pandas«, sagte das Mädchen.

»Kannst du Kung-Fu?«, sagte der Junge.

»Pandas können kein Kung-Fu«, sagte Danny.

»Kung Fu Panda schon«, sagte der Junge.

»Kung Fu Panda ist kein echter Panda«, sagte Danny.

»Du auch nicht«, sagte der Junge.

Darauf wusste Danny nichts zu erwidern.

»Mach Kung-Fu!«, sagte der Junge.

»Ja, mach Kung-Fu«, nölte das Mädchen.

»Nein.«

»Wieso?«, sagte das Mädchen.

»Weil er's nicht kann«, sagte der Junge.

»Stimmt genau«, sagte Danny.

»Du bist der schlechteste Panda aller Zeiten«, sagte das Mädchen.

»Okay. Ist gut. Bitte schön«, sagte er und vollführte eine mitleiderregende Abfolge linkischer Karateschläge. »Zufrieden?«

»Das war Müll«, sagte der Junge.

»Das war Müll!«, wiederholte seine Schwester. Der Junge zeigte auf die andere Seite des Parks.

»Der Mann dahinten kann zaubern«, sagte er.

»Schön für ihn«, sagte Danny.

»Lass mich verschwinden!«, rief das Mädchen.

»Ich wünschte, das könnte ich«, sagte Danny.

»Kannst du jonglieren?«, sagte der Junge. »So ein anderer Mann hat jongliert.«

»Ja, jonglieren!«

»Hört zu«, sagte Danny, nahm eine Münze und hielt sie hoch. »Hier sind fünfzig Pence. Die könnt ihr haben, wenn ihr versprecht, abzuhauen.«

»Jeder fünfzig Pence?«, sagte der Junge.

»Ich will ein Pfund!«, sagte das Mädchen.

»Wenn sie ein Pfund kriegt, will ich auch eins«, sagte ihr Bruder.

Danny seufzte und schüttelte die Dose, als wollte er Gold sieben.

»Hier«, sagte er. »Zwei Pfund. Eins für dich und eins für dich. Und jetzt. Geht. Ihr. Bitte.«

Die Kinder schnappten sich das Geld und rannten davon, wobei sie sich stritten, wer die größere Münze hatte.

Danny setzte sich auf eine nahe gelegene Bank und vergrub das Gesicht in den Händen. Er wusste nicht genau, wie lange er dort gesessen hatte, als er die Bank unter dem

Gewicht von jemand anderem knarren hörte. Er schaute auf und sah den jungen Straßenmusiker, der sich neben ihm eine Zigarette drehte. Seine Katze hockte auf seiner Schulter, in eine schicke violette Strickjacke gehüllt, der Mann trug ein zerschlissenes Tweedsacko, eine rosa Cordhose und einen niedrigen Zylinderhut, aus dem eine Taubenfeder ragte. Danny fand, dass er ein wenig wie eine Vogelscheuche aussah, aus deren Taschen allerdings Drehtabak statt Stroh ragte.

»Wie schaffen Sie es, dass sie da oben bleibt?«, fragte Danny und nickte zu der Katze hinüber.

»Milton?«, sagte der Mann, ohne von seinem Zigarettenblättchen aufzuschauen. »Der klettert von selbst da rauf. Er tut so, als würde er die Aussicht genießen, aber ich weiß, dass es ihm in Wirklichkeit nur um das Überlegenheitsgefühl geht.« Er steckte sich die Zigarette zwischen die Lippen und streckte die Hand aus. »Tim«, sagte er.

»Danny.«

»Erster Tag?«, fragte Tim, während sie sich die Hände schüttelten.

»Eher der letzte.«

»So schlimm?«

»Na ja, mal sehen: Man hat mich Perversling genannt, man hat mir gegens Schienbein getreten, ich habe weniger Geld als vorher, und dabei habe ich erst vor zwanzig Minuten angefangen.«

»Klingt wie mein erster Tag«, sagte Tim.

»Wirklich?«

»Ja. Na gut, Perversling wurde ich nicht genannt. Aber jede Menge andere Sachen. Gammler. Student. Wichsvogel, was auch immer das heißen soll.« Er leckte seinen Finger an und betupfte seine Zigarette, damit sie nicht schief abbrannte. »Moment mal, wieso wurdest du denn Perversling genannt?«

»Ich habe ein kleines Mädchen angefasst«, sagte Danny. Er zuckte mit den Schultern. »Keine große Sache.«

Tim zog lange an seiner Zigarette.

»Verstehe«, sagte er.

»Nicht *so*«, sagte Danny. »Sie hat mein Geld geklaut, also habe ich sie am Arm gepackt, und, na ja, die Sache wurde künstlich aufgeblasen.«

»Mit so was musst du aufpassen. Du könntest deine Lizenz verlieren.«

»Lizenz?«

»Deine Straßenkünstlerlizenz«, sagte Tim. Danny runzelte die Stirn. »Du *hast* doch eine Lizenz, oder?«

»Logisch«, sagte Danny.

»Du hast keine, oder?«

»Nein.«

»Dann solltest du dir besser eine besorgen, bevor die Bullen antanzen. Sie lieben es, illegale Straßenkünstler hochzunehmen. Für die sind wir nur so eine Art bessere Bettler.«

»Sind wir das denn nicht?«

»Hör zu, besorg dir einfach eine Lizenz. Ohne Lizenz bist du bloß ein kostümierter Spinner.«

»Und mit?«

Tim zuckte mit den Schultern.

»Bist du ein kostümierter Spinner mit einer Lizenz.«

»Wie lange dauert das?«

»Fünf oder sechs Wochen, so um den Dreh.«

»Fünf oder sechs Wochen!«

»Vielleicht vier, wenn du Glück hast.«

»So viel Zeit habe ich nicht.«

»Dir bleibt nichts anderes übrig«, sagte Tim. »Es sei denn, du kennst einen, der dir eine gefälschte besorgen kann.« Er blies einen Rauchkringel, der dicker war als ein Donut. Milton sah aus, als überlegte er, ihn zu fressen. »Wieso überhaupt die Eile?«

»Ich bin zwei Wochen mit der Miete im Rückstand, und wenn ich nicht in den nächsten sechs Wochen zahle, vermöbelt mich mein Vermieter, von dem ich allmählich glaube, dass er Satan persönlich oder ein sehr naher Verwandter von ihm ist, und schmeißt uns aus der Wohnung.«

»Uns?«

»Mich und meinen Sohn Will.«

»Und du dachtest, wenn du ein ...« Tim zeigte auf Dannys Kostüm, fand aber nicht die richtigen Worte.

»Pandabär.«

»Genau«, sagte Tim, wirkte aber nicht ganz überzeugt. »Du dachtest, wenn du ein Pandabär wirst, würde das das Problem irgendwie lösen?«

»Nein, ich dachte, wenn ich auf der Baustelle, wo ich gearbeitet habe, Überstunden mache, würde das das Problem lösen, und dann dachte ich, wenn ich einen anderen Job fände, würde das das Problem lösen, und als ich dann keinen anderen Job finden konnte, habe ich gesehen, wie viel ihr hier verdient, und dachte mir: Scheiß drauf, was habe ich schon zu verlieren?«

»Ein paar von den Leuten kommen ganz gut über die Runden, das stimmt, aber die haben Talent und arbeiten hart. Wenn du in diesem Geschäft überleben willst, brauchst du eine echt gute Nummer.«

»Nummer?«

»Ja, ich meine, was machst du denn?«

»Das reicht nicht?«, fragte Danny und zeigte auf sein Kostüm.

»Doch, das reicht, um dich zwangsräumen zu lassen.« Tim zog an seiner Zigarette. »Spielst du irgendwas?«

»Badminton?«, sagte Danny.

»Ich meinte ein Instrument.«

»Oh. In dem Fall, nein.«

»Kannst du tanzen?«

»Ungefähr so gut, wie ich Kung-Fu kann.«

»Du kannst Kung-Fu?«

»Nein.«

»Dann besorg dir eine Katze«, sagte Tim. »Der Bursche hier ist ein Geldmagnet. Alle lieben ihn. Na ja, außer El Magnifico. Der kann ihn nicht besonders leiden.«

»El Magnifico?«, sagte Danny. Tim deutete zu dem Zauberer auf der anderen Seite des Parks hinüber.

»Der Typ da. Totaler Spinner. Hält sich für einen echten Magier, wie Gandalf oder so. Letzte Woche hat er versucht, Milton anzuzünden.«

»Womit?«, fragte Danny.

»Mit seiner Geisteskraft«, sagte Tim und tippte sich an die Schläfe. »Von dem würde ich mich fernhalten. Der Typ hat mehr Schrauben locker als ein Ikea-Schrank nach vier Umzügen.«

»Danke für die Warnung«, sagte Danny.

»Kein Problem. Und nicht vergessen: Du brauchst eine Nummer.«

Tim schnippte seine Zigarette weg.

»Ach, eins noch«, sagte er beim Aufstehen. »Hab immer

ein Auge auf deine Sachen. Hier wird alles geklaut, was nicht niet- und nagelfest ist.«

»Alles klar«, sagte Danny. »Danke noch mal.«

Er sah dem Mann hinterher und wunderte sich noch immer über die dicke Katze, die so ruhig auf seiner Schulter saß, bis ihm plötzlich seine unbeaufsichtigten Kleider einfielen. Er sprang auf und lief dorthin, wo er sie zurückgelassen hatte, aber es war zu spät. Von seiner Tasche fehlte jede Spur.

# 9

Danny hatte einmal einen Mann Mitte sechzig gesehen, der auf einem Springstock die gesamte Regent Street entlanggehüpft war, mit nichts als einer ausgebeulten Unterhose bekleidet, die gefährlich weit hinunterrutschte, während er sich dem Piccadilly Circus näherte. Tausende andere sahen ihn ebenfalls, aber niemand schenkte ihm besondere Aufmerksamkeit. Das war eines der vielen Dinge, die Danny an den Londonern liebte. Nichts brachte sie aus der Fassung, so merkwürdig es auch sein mochte, und je sonderbarer etwas war, desto unwahrscheinlich war es, dass sie sich darum scherten. Das hatte er jedenfalls immer geglaubt. Aber als sich die Türen hinter ihm schlossen und der Bus sich in Bewegung setzte, wurde Danny bewusst, dass seine Wahrnehmung der Londoner vielleicht nicht ganz zutreffend gewesen war.

Er versuchte sich normal zu benehmen oder so normal es eben ging, wenn man als Panda verkleidet ein öffentliches Verkehrsmittel nutzte, aber die übrigen Fahrgäste machten es ihm schwer, diese Illusion aufrechtzuerhalten, vor allem die Teenager, die ihn mit ihren Telefonen filmten, und die alte Dame in dem übergroßen Dufflecoat, die ihn wütend anfunkelte, als er sich setzte. Er überlegte, zumindest die Maske abzunehmen, auch weil er schwitzte, vor allem aber weil er sich lächerlich vorkam, doch aus Furcht, jemand von der Baustelle (oder, schlimmer noch, aus Wills Schule) könnte ihn erkennen, behielt er sie zähneknirschend auf und versuchte die Blicke zu ignorieren, die ihm zugeworfen wurden.

Der Bus blieb ächzend stehen, und eine dunkelhaarige junge Frau stieg ein. Sie war groß und schlank genug, um sich ihren Weg durch den Bus zu bahnen, ohne irgendjemanden zu stören, aber das hielt sie nicht davon ab, es trotzdem zu tun: Sie schob die anderen Fahrgäste aus dem Weg, während sie den Gang entlangstolzierte, sogar diejenigen, die ihr gar nicht im Weg standen. Ihre riesigen Kreolen waren größer als die Haltegriffe des Busses, und sie kaute so laut auf ihrem Kaugummi herum, dass das Geräusch Danny erreichte, lange bevor sie ihm ihre Handtasche gegen den Kopf schlug.

»Passen Sie doch auf«, sagte Danny.

»Was?«, sagte die Frau und setzte sich ihm gegenüber, wobei ihr ohnehin schon knapper Minirock noch höher an ihren Schenkeln hinaufrutschte.

»Sie haben mir gerade Ihre Handtasche gegen den Kopf gehauen.«

»Na und? Du hast mir gerade mit dem Kopf gegen die Handtasche gehauen, und ich mache deswegen auch keinen Aufriss.«

»Was haben Sie da überhaupt drin, einen Ziegelstein?«, fragte Danny und rieb sich den Kopf.

»Einen Schlagring«, sagte sie. »Willst du mal sehen?«

Er warf einen Blick auf ihre Finger. Sie trug so viele Ringe, dass sie wohl keine zusätzliche Verstärkung mehr gebraucht hätte. Ihre Nägel waren neonpink lackiert, und sie umklammerte ein Handy mit blitzenden Strasssteinen, die das Wort »Krystal« buchstabierten.

Danny schüttelte den Kopf und sah aus dem Fenster. Eine Bande Teenager machte lachend Wichsbewegungen in seine Richtung. Er starrte auf den Boden und versuchte zu überschlagen, wie viele Stationen er noch vor sich hatte.

»Wieso bist du überhaupt als Stinktier verkleidet?«, fragte Krystal.

Danny sagte nichts und hoffte, sie würde ihn in Ruhe lassen. Das tat sie nicht.

»Hey. Stinktier. Stinkie. Stinkemann. Stinkerino. Stinkomat. El Stinko.«

»Ich bin kein Stinktier«, sagte er seufzend.

»Nein?«, sagte Krystal und schnupperte. »Du stinkst aber krass wie eins.«

»Nein, tu ich nicht«, sagte Danny, der sich völlig im Klaren war, dass er es tat.

»Doch. Du stinkst wie eine Socke voll alter Kotze.«

»Stinktiere riechen nicht wie eine Socke voll Kotze«, sagte Danny, dem einfiel, dass Mo ihm einmal erzählt hatte, die von Stinktieren abgesonderte Flüssigkeit rieche wie eine scheußliche Kombination aus brennenden Reifen und schimmligen Zwiebeln. Er überlegte kurz, Krystal das zu erklären, entschloss sich aber letztlich dagegen.

»Tja, dieses Stinktier schon«, sagte sie und zeigte auf Danny.

»Ich habe Ihnen schon gesagt, dass ich kein Stinktier bin.«

»Was bist du dann? Ein Frettchen mit Krätze?«

»Nein.«

»Eine Ratte mit Ebola?«

»Auch falsch.«

Krystal drehte sich zu der alten Dame im Dufflecoat um, die neben ihr saß. »Haben Sie eine Ahnung?«, fragte sie.

»Ein Perversling«, sagte die alte Frau und sah Danny mit düsterem Blick an.

»Ich glaube, da könnten Sie recht haben«, sagte Krystal.

»Ich bin ein Panda. Okay? Das bin ich. Ein Panda. Kapiert? Super.«

Ein Schwall Gelächter schoss so heftig aus Krystals Mund, dass ihr Kaugummi herausflog und an Danny kleben blieb wie ein kleiner grauer Bauchnabel.

»Ein Panda!«, sagte sie. »Leck mich am Arsch, das ist gut.«

»Ernsthaft!«, sagte Danny und starrte auf den durchgewalkten Kaugummiklumpen, der jetzt fest an seinem Fell klebte.

»Halt mal still«, sagte Krystal, richtete ihr Telefon auf Danny und gab sich Mühe, es zwischen ihren Lachanfällen ruhig zu halten. Sie schoss ein Foto, sah es an und prustete wieder los.

»Ich weiß wirklich nicht, was daran so lustig ist.«

»Pst«, sagte sie und murmelte vor sich hin, während

ihre Finger flink über das Display tanzten. »guckt euch den armseligen penner an lol kein wunder dass pandas ausgestorben sind lol wer würde es mit so einem treiben lol hashtag armer wichser hashtag perversling.«

»Könnten Sie mir wenigstens ein Taschentuch oder irgendetwas geben?«, sagte Danny, als der Bus langsam zum Stehen kam und Krystal aufstand, um auszusteigen.

»Hier«, sagte sie, zog eine Handvoll Tücher aus ihrer Tasche und warf sie auf Danny. »Wir sehen uns, Gummibär. Kaugummibär, verstehst du??«

»Zum Schießen«, brummte Danny und zupfte mit einem Taschentuch an seinem Fell herum, während Krystal aus dem Bus stieg. Er sah die alte Frau an, die ihn immer noch finster anschaute.

»Ich bin kein Perversling«, sagte er.

Ivan öffnete die Tür, schrie und schlug sie wieder zu.

Danny stand einen Augenblick lang auf dem Korridor und versuchte zu begreifen, was gerade passiert war. Dann fiel ihm ein, dass er immer noch die Pandamaske trug, und er wollte sie gerade abnehmen, als die Tür wieder aufflog und Ivan herausstürmte. Bevor Danny etwas sagen konnte, hatte ihn Ivan an der Kehle gepackt, drückte ihn gegen die Wand, und Ivana schlug mehrmals mit einem Besen auf ihn ein.

»Stopp«, krächzte er und mühte sich, den Griff von Ivans Fingern zu lösen. »Ich bin's ... Danny ...«

»Danny?«, sagte Ivan und lockerte seinen Griff ein wenig.

»Danny?«, fragte Ivana. Sie ließ den Besen augenblicklich fallen. »Warum du bist verkleidet als Ratte?«

»Ja, warum du bist verkleidet als Ratte? Ivana, sie hasst Ratten.«

»Ich bin keine Ratte«, sagte Danny, nahm die Maske ab und massierte sanft seinen halb eingedrückten Kehlkopf. »Ich bin ein Panda.«

»Hätte ich dir fast schwarze Augen verpasst wie Panda«, sagte Ivan und fuchtelte mit den Fäusten vor Dannys Gesicht herum. »Komm, bevor Nachbarn sehen.«

Ivan schob Danny in die Wohnung, die für einen Mann von Ivans Größe absurd klein war, wobei für Ivans Größe alles absurd klein wirkte, sogar Dinge, die gar nicht unbedingt klein waren, wie Münzautomaten, Gefrierschränke und Autos bestimmter Fabrikate.

Danny machte es sich inmitten eines Meers handbestickter Kissen bequem, die fast jeden Winkel des Sofas bedeckten. Ivan ließ sich in einen leicht abgewetzten, mit Spitzendeckchen überzogenen Lehnsessel plumpsen und starrte Danny an, als hätte er ihm eine schlimme Nachricht zu überbringen, fände aber nicht die richtigen Worte.

»Das«, sagte er und deutete auf Dannys Kostüm, »ist also, was Engländer nennen ›Nervenzusammenbruch‹.«

»Nein, das ist nicht, was Engländer nennen ›Nervenzusammenbruch‹. Das ist, was Engländer nennen Esprit.«

»Das ist nicht französisches Wort?«

»Na schön, es ist das, was die Franzosen Esprit nennen.«

»Also Esprit ist französisches Wort für ›Nervenzusammenbruch‹?«

»Nein.«

»Ich verstehe nicht.«

»Hör zu, ich habe keinen Nervenzusammenbruch, okay?«, sagte Danny und kratzte dabei gedankenverloren an dem getrockneten Kaugummi auf seinem pelzigen Bauchnabel herum. »Das ist jetzt mein Job. So verdiene ich Geld.«

»Leute dich bezahlen dafür, dass du dich anziehst wie Idiot?«

»Idiot hat dir Leben gerettet!«, rief Ivana aus der Küche.

»Er hat mir nicht Leben gerettet!«, schrie Ivan, bevor er in einen Schwall ukrainischer Worte ausbrach. Er drehte sich zu Danny um. »Du hast mir nicht Leben gerettet.«

»Das habe ich auch nicht behauptet.«

»Gut. Weil du hast nicht.«

»Wenn du es sagst«, sagte Danny und bemühte sich, keine Miene zu verziehen.

»Also Leute bezahlen dich dafür, dass du dich anziehst wie *Panda?*« Er betonte das letzte Wort so, dass Ivana es hören konnte.

»Noch nicht«, sagte Danny. »Aber bald. Also, ich war neulich im Veranda Park, ja? Der Park mit den ganzen Künstlern und Artisten? Musiker, Zauberer, Tänzer und so weiter? Na ja, ich habe gesehen, was die verdienen, und im Ernst, Kumpel, die scheffeln so viel Kohle, sogar die schlechten, also dachte ich mir, was soll's, das versuche ich auch. Heute war mein erster Tag.«

»Und wie ist gelaufen?«

»Also, lass mich überlegen«, sagte Danny. »Ich wurde von Kindern ausgeraubt, meine sämtlichen Klamotten wurden geklaut, im Internet könnte ein Video kursieren, in dem ich ein kleines Mädchen als den Antichrist bezeichne, im Bus hat eine Frau ihren Kaugummi auf mich gespuckt, und ich wurde von einem ukrainischen Hünen gewürgt und mit einem Besen auf den Kopf geschlagen. Ein ganz normaler erster Tag also.«

»Entschuldige.«

»Entschuldige, Danny!«, rief Ivana aus der Küche.

»Ich verzeihe euch, wenn ihr mir ein paar Klamotten leiht. Will darf mich so nicht sehen.«

»Er weiß nicht, dass du jetzt Panda bist?«, sagte Ivan. Danny schüttelte den Kopf.

»Er glaubt, ich würde noch auf der Baustelle arbeiten. Ich will nicht, dass er sich Sorgen macht.«

»Über deine geistigen Probleme?«, sagte Ivan und tippte sich an die Schläfe.

»Nein, über unsere finanziellen Probleme. Ich kann die Miete nicht zahlen, und mein Vermieter ist nicht gerade der verständnisvollste Mensch auf der Welt.«

»Habe ich dir schon gesagt, wenn du Geld brauchst, finde ich Job für dich. Kenne ich viele Leute.«

»Hm, kennst du vielleicht jemanden, der gefälschte Papiere besorgen kann?«

»Klar. Was brauchst du? Führerschein? Pass? Payback-Karte?«

»Ich brauche eine Straßenkünstlerlizenz.«

»Man braucht Lizenz, um Panda zu sein?«

»Frag nicht. Kannst du mir eine besorgen?«

Ivan zuckte mit den Schultern. »Rufe ich paar Leute an«, sagte er.

»Super, danke, Ivan, du bist ein Lebensretter.« Ivan schaute finster drein. »Entschuldige. Schwieriges Thema.«

Danny nieste und nestelte nach einem der Tücher, die Krystal auf ihn geworfen hatte.

»Wieso hast du *serwetka* von Stripclub?«, fragte Ivan.

»Was?«, sagte Danny, während er sich die Nase putzte.

»Fanny's«, sagte Ivan und zeigte auf das Tuch in Dannys Hand. »Ist Stripclub. In Shoreditch.«

Ivana steckte den Kopf durch die offene Küchentür und

sah Ivan finster an, der unter ihrem Blick in sich zusammenfiel. Danny betrachtete die Serviette in seiner Hand. Das Wort »Fanny's« war in gewundenen pinken Buchstaben quer darübergeschrieben.

»Das ist eine lange Geschichte«, sagte Danny. Ivan schmunzelte. »Und nein, es ist nicht so, wie du denkst.«

»Was denn? Denke ich gar nichts.«

»Dann hör auf, mich so anzugrinsen.«

»Wie denn?«

»Hör zu, gib mir einfach ein paar Klamotten, ja?«

Ivan lächelte immer noch, als er sich aus seinem Sessel hochstemmte und im Flur verschwand. Danny stand auf und ging in die Küche, wo Ivana mit Gemüseschneiden beschäftigt war.

»Der Kuchen war unglaublich«, sagte er. »Ich musste ihn buchstäblich vor Will verstecken, damit er ihn nicht komplett aufisst.«

Ivana legte das Messer aus der Hand und wischte sich die Hände an der Schürze ab.

»Wie geht es ihm?«, fragte sie und lehnte sich an den Küchentresen. Danny seufzte.

»Ich wünschte, ich wüsste es.«

»Und du? Wie geht es dir?«

»Sieht man das nicht?«, sagte Danny und schaute an seinem Kostüm hinunter. Sie lachten beide, aber ihre Gesichter wurden rasch wieder ernst.

Ivan kam mit einer Cargohose und einem Angry-Birds-T-Shirt in die Küche zurück.

»Hier«, sagte er und gab Danny die Kleider.

»Sind die von Yuri?«

»Klar«, sagte Ivan.

»Er ist zwölf. Ich kann nicht die Sachen von einem Zwölfjährigen anziehen, Ivan.«

»Glaubst du, meine Sachen dir passen?«

Danny sah Ivan an und seufzte. Er zog den Reißverschluss seines Kostüms bis zur Taille herunter und streifte das T-Shirt über.

»Wobei«, sagte Danny und wedelte mit den Armen, um zu demonstrieren, wie viel Stoff an ihm herunterhing, »hat er auch noch Sachen von früher?«

Will kam ein paar Minuten nach Danny heim, der gerade das Angry-Birds-T-Shirt gegen eines seiner eigenen ausgetauscht hatte.

»Hi, Kumpel«, sagte er und streckte den Kopf aus der Schlafzimmertür, als Will und Mo ins Wohnzimmer gingen. »Ach, hi, Mo.«

»Hi, Mr. Malooley. Wie war's bei der Arbeit?«

»Bei der Arbeit?«, sagte Danny und war kurz sprachlos. Danach hatte ihn seit seinem Rausschmiss niemand mehr gefragt. »Ach, du meinst, bei der *Arbeit.* Auf der Baustelle. Wo ich arbeite. Ja, das war super, Mo, danke. Na ja, nicht super, aber du weißt schon, in Ordnung. Eigentlich ziemlich mies, wenn man mal drüber nachdenkt. Immerzu bloß, na ja, graben und Zeug schleppen und ... bleibst du zum Essen? Du kannst sehr gern etwas mitessen.«

»Danke, Mr. Malooley, aber Will kommt zum Essen mit zu mir, wenn das okay ist. Wir holen bloß ein paar Videospiele.«

»Verstehe«, sagte Danny, der einerseits erleichtert war, weil er nur eine Dose Bohnen und ein paar Kartoffelwaffeln im Kühlschrank hatte, aber andererseits auch etwas enttäuscht, dass er den Abend nicht mit Will würde verbringen können. Sie mochten sich nicht viel zu sagen haben, aber ein stummes Abendessen mit seinem Sohn war dennoch der Höhepunkt des Tages.

Will stopfte ein paar Videospiele in seine Tasche und stupste Mo in Richtung Tür.

»Tschüs, Mr. Malooley.«

»Tschüs, Mo. Viel Spaß, Will.« Er sah den beiden Jungen hinterher, die im Korridor verschwanden, aber Will drehte sich nicht einmal um.

Danny warf das Pandakostüm in die Waschmaschine und füllte das Schubfach bis zum Rand mit Waschmittel. Er drehte den Knopf auf die Monster-drei-Stunden-Waschen-und-Trocknen-Einstellung, die Liz früher manchmal benutzt hatte, wenn Will sich irgendwo gewälzt hatte, wo es sich selbst Hunde zweimal überlegt hätten. Als der Waschvorgang endlich abgeschlossen war, schnupperte Danny vorsichtig an dem Kostüm. Es war nicht mehr so schlimm wie vorher, aber es roch immer noch so, wie er sich den Geruch eines Bären in der Wildnis vorstellte, also pumpte er es mit Febreze voll, bis er einen Krampf im Finger bekam, und suchte dann nach einem geeigneten Versteck. Er wollte es nicht in seinen Kleiderschrank hängen, weil er fürchtete, es könnte seine übrigen Kleider infizieren, also hängte er es an die Rückseite der Schranktür, die er öffnete, um das Kostüm in dem kleinen Spalt zwischen der Tür und der Wand am Fenster (das er ebenfalls öffnete) zu verbergen.*

Müde und erschöpft nach einem so langen und ereignisreichen Tag, sackte Danny auf dem Wohnzimmersofa zusammen und fuhr sich langsam mit den Händen über das Gesicht. Er merkte, wie er beobachtet wurde, und drehte sich zu Liz um, die ihn aus dem Bilderrahmen auf dem Sofatisch anlächelte. Danny lächelte zurück.

»Was zur Hölle mache ich hier bloß, Liz?«

# 10

Da er nicht ohne Lizenz in den Park zurückkehren wollte und noch nicht bereit war, dem Zorn weiterer wütender Eltern und ihrer schienbeintretenden Kobolde zu begegnen, verbrachte Danny den nächsten Tag zu Hause.

Von dem Gespräch mit Tim angeregt, setzte er sich hin, um aufzulisten, was er konnte und wofür ihm Leute vielleicht Geld geben würden, aber zehn Minuten später war die Seite immer noch leer, also beschloss er, stattdessen alles aufzulisten, was er *nicht* konnte.

Er konnte kein Instrument spielen, das stand fest. Er hatte auch keine Zeit, eins zu lernen, außer vielleicht die Triangel, die er einmal kurz in der Schulband gespielt hatte, bevor der Musiklehrer entschieden hatte, das sei etwas zu anspruchsvoll für ihn, und er zum Kazoospieler degradiert worden war. Aber selbst, wenn er der beste Triangler der Welt gewesen wäre, der Mozart der Triangelwelt, der Jay-Z des Idiofons, bezweifelte Danny, dass ein Panda, der auf einem dreiseitigen Stück Metall an einer Schnur herumhämmerte, ausreichen würde, um die Massen anzulocken, ganz gleich, wie geschickt er sich beim Herumhämmern anstellte.

Zaubern war eine weitere Sache, von der er nichts verstand, obwohl sein Vater einen Verschwindetrick vollführt hatte, auf den David Copperfield neidisch gewesen wäre, aber wie alle richtigen Zauberer hatte der Mann nie seine Geheimnisse verraten, und es hatte auch keine Zugabe gegeben. Was das Jonglieren anging, konnte er nicht einmal einen Heliumballon in der Luft halten, ganz zu schweigen von Kegeln, Tennisbällen, übergroßen Nüssen oder sonst irgendetwas, was Leute zur Zerstreuung anderer hochwarfen und wieder auffingen, aber das konnte er immer noch besser als tanzen, ein Wort, das er doppelt unterstrich und mit mehreren Ausrufezeichen versah.

Liz und er hatten so viele Gemeinsamkeiten gehabt. Beide hatten sie im Bett Socken getragen; beide hatten sie gern Marmite gegessen; beide hatten sie den Text des Titelsongs von *Der Prinz von Bel-Air* auswendig gekonnt; beide hätten sie Piers Morgan auf die Einladungsliste für ein Dinner mit vergiftetem Essen gesetzt; aber auf der Tanzfläche hätten sie unterschiedlicher nicht sein können. Liz konnte sich zu allem bewegen. Pop. Klassik. Punk. Trance. Reggae. Country. Sie konnte sogar zu Post-Rock tanzen, was Danny nie für möglich gehalten hätte. Sie bewegte sich so natürlich, dass ihre Mutter immer gesagt hatte, sie habe schon tanzen können, bevor sie laufen lernte. Darum hatten sie sie schon so früh zum Ballett angemeldet, aber

Ballett war für Liz zu einengend. Sie hatte nicht die Geduld oder die Disziplin, nach fremden Regeln zu tanzen. Je mehr Regeln es gab, desto weniger Spaß machte es ihr, und wenn es keinen Spaß machte, dann war es kein Tanz. Es war eine Aufführung, und Liz machte sich nichts aus Aufführungen, weshalb sie Assistenzlehrerin in Teilzeit an der örtlichen Grundschule wurde, statt eine Tanzkarriere zu verfolgen, eine Entscheidung, die Danny stillschweigend akzeptiert hatte, obwohl er wusste, was für ein seltenes und außerordentliches Talent sie damit vergeudete.

Dass sie eine Gabe hatte, hatte er schon bei ihrer ersten Begegnung gewusst, als Katie, eine gemeinsame Freundin von ihnen, die irgendwann später einen bemerkenswert unattraktiven und übergewichtigen Mann heiraten würde, dem es ungeachtet seiner Defizite gelingen würde, mindestens drei unterschiedliche Affären zu haben, Liz zu ihrer Schuldisco eingeladen hatte. Diese Veranstaltung lebte in der Erinnerung der Teilnehmer allein deshalb lange weiter, weil an dem bewussten Abend tatsächlich jemand tanzte. Die Jugendlichen gingen nicht zur Disco, um zu tanzen. Sie gingen hin, um jemanden zu befummeln, oder um zu versuchen, jemanden zu befummeln, oder um so zu tun, als würden sie jemanden befummeln, um hinterher ihren Freunden davon zu erzählen. Der Dancefloor wurde wie ein sonderbarer Onkel auf einer Geburtstagsfeier behandelt; ohne ihn ging es nicht, aber alle gaben sich die größte Mühe, ihm aus dem Weg zu gehen. Jedenfalls alle außer Liz. Während die anderen im Dunkeln fummelten oder so taten, als hätte sie der eine Schluck von dem einen Bacardi Breezer, den jemand hatte hineinschmuggeln können, betrunken gemacht, rockte Liz die Tanzfläche, sehr zur Freude des ansonsten überflüssigen DJs. Als die Musik schließlich aufhörte und die Lehrer die Schüler nach Hause schickten, um dort im kleinen Kreis weiterzufeiern, gingen Katie, Liz, Danny und sein Freund Stu wieder zu Katie, wo sie in Abwesenheit der Eltern, die über das Wochenende weggefahren waren, zu viert eine verkrustete Flasche Ouzo leerten, die sie hinten im Spirituosenschrank gefunden hatten, eine Entscheidung, die dazu führte, dass Katie beim Aufwachen bäuchlings im Blumenbeet lag, Stu beim Aufwachen zwei seiner Zähne in der Hosentasche hatte und Danny und Liz beim Aufwachen vollständig bekleidet aneinandergekuschelt waren, ohne jede Erinnerung daran, wie es dazu gekommen war, aber auch ohne das unmittelbare Bedürfnis, sich wieder voneinander zu lösen.

Während seine verstorbene Frau auf der Tanzfläche eine Art Naturtalent gewesen war, war Danny eher eine Naturkatastrophe. Sein Problem war ganz einfach. Er hatte keinen Rhythmus. Er konnte einem Takt folgen und gerade eben mit dem Kopf dazu nicken, aber alles brach zusammen, sobald seine Glieder von der Party Wind bekamen. Seine Arme und Beine liefen Amok, wenn er zu tanzen versuchte, traten hierhin und schlugen dorthin wie bei einem Tiefseetaucher, den die Taucherkrankheit erwischt hat. Sie gehorchten nicht der Musik. Sie gehorchten nicht einmal Danny. Sie waren allein dem Gott der miesen Tanzbewegungen hörig, einer gnadenlosen Gottheit, die sich nur durch das öffentliche Opfer von Dannys Würde besänftigen ließ, weshalb er nur dann einen Fuß auf eine Tanzfläche setzte, wenn der restliche Raum in Flammen stand.

Und doch, je länger er darüber nachdachte, desto klarer wurde ihm, dass das Tanzen, ob es ihm gefiel oder nicht – und das tat es kein bisschen –, noch seine beste Währung war. Im Gegensatz zu Musikern und Zauberern und den verschiedenen anderen Künstler, die er noch gesehen hatte, benötigten Tänzer keine besondere Ausrüstung, um eine Nummer auf die Beine zu stellen. Danny brauchte nur einen CD-Spieler, den er hatte, und seine Beine, die er auch hatte, jedenfalls bis der Zimmermannshammer zuschlug. Während er sanft über den Bluterguss an seinem Schienbein strich, überlegte Danny auch, dass es für Kinder viel schwieriger wäre, ein bewegtes Ziel zu treten als zum Beispiel einen Gitarristen oder einen Pantomimen oder jemanden, der mutig oder dumm genug war, ein Leben als lebende Statue zu führen.

Er starrte auf das Wort, das er hingeschrieben hatte. Tanzen. Der Anblick ließ ihn erschaudern, aber dann dachte er an Mr. Dents Hammer, und der Schauder wurde zu einem Ganzkörperkrampf, wie er jemanden befällt, den das Etikett des T-Shirts im Nacken kitzelt und der einen Augenblick lang glaubt, es sei eine Spinne.

Er zuckte immer noch, als sein Telefon klingelte.

»Was für Panda bist du?«, fragte Ivan.

»Was?«, sagte Danny.

»Was für Art von Panda?«

»Ein chinesischer, würde ich sagen? Ich weiß es nicht. Gibt es sonst noch irgendwo Pandas?«

»Wegen Pandalizenz«, sagte Ivan. »Vielleicht ich habe einen gefunden, der helfen kann, aber er fragt, was für Art von Panda du bist. Du singst? Du tanzt? Du spielst *harmoschka?* Was?«

Danny starrte auf den Notizblock in seinem Schoß.

»Danny?«

»Ich tanze«, sagte Danny. »Ich bin ein tanzender Panda.«

# 11

Am Abend darauf sah Danny allein fern, als Ivan wieder anrief. Will hatte gefragt, ob er bei Mo schlafen könne (nun ja, Mo hatte gefragt), und Danny hatte zögerlich zugestimmt, aber jetzt war er froh darüber, denn Ivan wollte sich mit ihm um Mitternacht in Peckham treffen. Ivan bot an, ihm die dreißig Pfund vorzustrecken, die die Lizenz kosten sollte, aber Danny lehnte höflich ab, da er nicht mehr Leuten Geld schulden wollte, als er unbedingt musste, selbst wenn einer dieser Leute ein Freund war. Er hatte ein paar rasch dahinschmelzende Ersparnisse für absolute Notfälle, die größtenteils von Liz oder besser gesagt von Liz' Eltern stammten, von denen sie zum Geburtstag, zu Weihnachten und zu jeder sonstigen Gelegenheit, die ihnen einfiel, Umschläge voller Geld bekommen hatte. Stets zum Ärger von Liz, die die Geschenke, ob zu Recht oder nicht, als eine Art Seitenhieb auf ihr wenig beeindruckendes gemeinsames Einkommen wahrgenommen und sich geweigert hatte, das Geld auszugeben, aber Danny war dankbar für diese Umschläge, aus denen er nun drei Scheine zog, die er sich in die Hosentasche steckte.

Das Gebäude sah aus, als wäre es irgendwann schon einmal zum Abbruch freigegeben worden und als hätte man auch schon damit angefangen, bevor der Stadtrat es sich anders überlegt und beschlossen hatte, die tödlich verstümmelte Bausünde zu begnadigen. Ivan drückte sich in dem graffitiübersäten Eingang herum, wo sich jemand namens »ChikNwings« und jemand, der augenscheinlich »Bumfuzzle« oder so ähnlich hieß, ein Wortgefecht geliefert hatten, indem sie möglichst viel Oberfläche mit ihren Namenszügen bedeckten. Bumfuzzle schien der Gewinner zu sein.

Ivan wirkte nervös, was Danny nervös machte, weil alles, was Ivan nervös machte, es mit ziemlicher Sicherheit wert war, deswegen tatsächlich sehr nervös zu werden.

»Alles klar?«, fragte Danny.

»Hast du Geld?«, fragte Ivan anstelle einer Antwort.

Danny zeigte ihm die Scheine. Ivan nickte.

»Hast du Waffe?«, fragte er.

»Waffe?«

»Du weißt schon. Peng, peng. Stech, stech«, sagte Ivan, begleitet von entsprechenden Handbewegungen.

»Nein, Ivan, ich habe keine Waffe dabei. Du hast mir nicht gesagt, dass ich eine mitbringen soll.«

Ivan nickte und sah auf die Uhr.

»Warum habe ich bloß das Gefühl, dass du mir irgendwas verschweigst?«

»Ist alles gut. Wir gehen.«

Danny folgte Ivan in das Gebäude. Er fand sich in einem schwach erleuchteten Eingangsbereich wieder, der wie ein stark benutzter Klostein roch. Ivan drückte den Knopf des Aufzugs, der zu Dannys großer Überraschung zu funktionieren schien, wenngleich die Art und Weise, wie er auf dem Weg nach unten klapperte und rasselte, darauf hindeutete, dass er es wahrscheinlich nicht mehr sehr lange tun würde.

»Vielleicht ist es sicherer, wenn wir die Treppe nehmen«, sagte Danny.

»Wenn du willst Treppe nehmen, nimm Treppe«, sagte Ivan, während sich die Aufzugtüren ruckelnd öffneten. »Ich nehme Lift.«

Danny spähte in das düstere Treppenhaus. Es war so finster, dass nur die ersten fünf Stufen zu erkennen waren, auf denen ein Bündel Kleider lag, die sich bei näherem Hinsehen als ein Mensch entpuppten, der vielleicht atmete, vielleicht aber auch nicht. Danny stieg in den Aufzug.

»Also, woher kennst du diesen Typen?«, fragte er.

»Ich kenne ihn nicht«, sagte Ivan. »Mein Freund, er kennt ihn. Na ja, Freund von Schwester von meinem Freund. Er hat einmal Geschäft mit Hai gemacht; er sagt, er war zufrieden.«

»Der Hai? Das ist sein Name?«

»Nicht sein *echter* Name. Wird nur so genannt.«

»Danke für die Klarstellung«, sagte Danny. »Warum wird er der Hai genannt?«

»Weil er mag Wasser? Ich weiß nicht. Warum sollte man ihn sonst Hai nennen?«

»Weil er Leuten Geld leiht und absurd hohe Zinsen verlangt? Weil er Leute frisst? Weil er ein gnadenloses Raubtier mit toten Augen ist?«

Ivan dachte kurz darüber nach.

»Guter Punkt«, sagte er.

Der Lift setzte sich ruckartig in Bewegung. Danny packte Ivans Arm und ließ rasch wieder los, als er merkte, dass sie nicht in den Tod stürzen würden.

»Sah es denn echt aus?«, fragte Danny.

»Sah was echt aus?«

»Was auch immer der Freund der Schwester deines Freundes gekauft hat. Was war es überhaupt? Ein Pass? Ein Führerschein?«

»Dynamit«, sagte Ivan.

»Dynamit?!«

»Nein. Ist falsches Wort. Nicht Dynamit.«

»Gott sei Dank«, sagte Danny.

»Ich meine Handbombe. Weißt du? Du ziehst an Dings und wirfst anderes Dings?«

»Eine Granate?«

»Granate«, sagte Ivan. »Ja. Er kauft Granate. Sowjetische *limonka.* Sehr gut.«

»Was zur Hölle, Ivan? Ich dachte, der Typ verkauft gefälschte Papiere!«

»Er verkauft viele Sachen«, sagte Ivan lächelnd. »Er hat Esprit, wie du sagst.«

Der Aufzug hielt an, und die Türen öffneten sich. Danny hielt sich dicht an Ivan, während sie langsam durch einen langen und schmuddeligen Korridor auf die einzige Tür mit einem Lichtstreifen darunter zugingen. Ivan klopfte sechsmal: erst dreimal, dann zweimal, dann einmal. Aus der Wohnung kam das Geräusch sich lösender Ketten und sich öffnender Schlösser, und die beiden wurden von einem untersetzten Mann in einer schwarzen Lederjacke mit nach hinten gegelten Haaren und einem buschigen Schnäuzer begrüßt.

»Wir wollen zu Hai«, sagte Ivan. Der Mann musterte ihn von Kopf bis Fuß und grunzte. Mit Danny tat er dasselbe. Nachdem er sie beide mit beunruhigender Gründlichkeit gefilzt hatte, grunzte er wieder, machte einen Schritt zur Seite und bedeutete ihnen, einzutreten.

Die Wohnung war vollständig von allem befreit worden, was irgendeinen Zweck oder Wert gehabt hätte. Nicht vorhandene Teppiche gaben den Blick auf faulige Dielenbretter frei, rostige Scharniere hingen in leeren Türrahmen, Drähte ragten aus nackten Glühbirnenfassungen. Selbst die Fenster waren verschwunden; in den Rahmen hatten sich hässliche Bildteppiche aus schwarzen Müllsäcken und feuchtem Pappkarton angesiedelt. Nur ein Schreibtisch und ein Stuhl waren übrig, und beides besetzte ein Mann mit einem Mund voller blitzender Goldzähne und einem linken Auge, das leicht nach rechts starrte.

»Herr Tanzbär!«, sagte der Hai in einem Dialekt, der nördlich von Manchester, aber südlich von Newcastle anzusiedeln war. Er stand auf und breitete die Arme zu einer Willkommensgeste aus. Danny, der ebenso nervös wie mit der Etikette beim Begrüßen von Mitgliedern der Unterwelt nicht vertraut war, glaubte, der Mann wolle eine Umarmung, die er auch bekam, zur großen Überraschung des Hais und zum großen Schrecken Ivans.

»Also«, sagte der Mann und rückte verlegen seine Jacke zurecht. Er setzte sich wieder und bedeutete Danny und Ivan, es ihm gleichzutun, obwohl es gar keine Stühle mehr gab. »Wie viele möchten die Herren denn gern?«

»Wie viele?«, sagte Danny. Er sah zu Ivan hinüber, aber Ivan zuckte nur mit den Schultern. »Nur für ihn, bitte.«

»Nur für ihn, bitte«, sagte der Hai mit einem Akzent, der Dannys Sprechweise imitieren sollte, aber in Wirklichkeit nur klang wie Dick Van Dyke, der einen schlechten Dick-Van-Dyke-Imitator imitierte. Er nahm einen Ziplock-Beutel aus der Schreibtischschublade und legte ihn behutsam vor sich. Der Beutel war voller rosafarbener Pillen. »Voilà.«

»Was ist das?«, fragte Danny mit einem nervösen Lachen.

»Was ist das?«, ahmte der Hai Danny abermals nach. Er warf seinem Freund einen Zieh-dir-den-Typen-mal-rein-Blick zu. »Das ist das, was ihr wolltet.«

Danny sah Ivan an und hoffte auf irgendeine Erklärung, aber Ivan schien genauso verwirrt zu sein. Der Hai öffnete den Beutel und nahm eine Handvoll Pillen heraus. Er warf sich eine in den Mund und hielt Danny die übrigen hin.

»Hier«, sagte er. »Probier mal.« Er zwinkerte Danny mit seinem schielenden Auge zu.

»Ich verzichte lieber.«

»Die sind gut, ich versprech's dir.«

»Danke, aber –«

»Mach schon.«

»Ich –«

Der Hai zog einen Taser aus der Jacketttasche und legte ihn auf den Tisch.

»Sehr gerne!«, sagte Danny. Er klaubte eine Pille aus der Hand des Hais und verzog das Gesicht, als sie seinen schmerzhaft trockenen Hals hinunterkroch. Ivan tat es ihm nach.

Der Hai warf ihnen ein stumpfes, metallisches Lächeln zu und schluckte die restlichen Pillen – mindestens sechs oder sieben – mit einem einzigen hungrigen Happs runter. Plötzlich begann er zu zucken und griff sich an die Brust, und einen kurzen Augenblick lang glaubte Danny, der Mann habe womöglich einen Herzinfarkt, aber bevor er sich auf seinen Erste-Hilfe-Kurs besinnen konnte (musste man bei der Herzdruckmassage im Takt von »Nelly the Elephant« oder von »Little Miss Muffet« drücken? Und waren es fünfzehn Druckbewegungen auf zwei Atemstöße oder fünfzehn Atemstöße auf zwei Druckbewegungen?) und entschieden hatte, ob es überhaupt ethisch vertretbar war, jemanden wiederzubeleben, der seinen Lebensunterhalt mit dem Verkauf von Drogen und gelegentlichen Handgranaten verdiente, griff der Hai in sein Jackett und zog ein vibrierendes Handy heraus. Er nahm den Anruf an und begann ein Gespräch mit einem Mann namens Rodney, während Danny über mehrere flüchtige Blicke mit Ivan zu kommunizieren versuchte.

»Was zur Hölle haben wir da gerade genommen?«, fragte Dannys Blick.

»Was?«, sagte Ivans Blick.

»Ich fühle mich ein bisschen komisch. Meine Finger kribbeln. Kribbeln deine Finger? Meine Finger kribbeln.«

»Warum du guckst mich so an?«

»Habe ich einen Schlaganfall? Ist es das?«

»Im Ernst, hörst du auf, mich so anzugucken.«

»Ich glaube wirklich, wir sollten hier verschwinden«, sagte Danny mit seinen Augenbrauen.

»Siehst du gerade aus wie Verrückter.«

»Was meinst du? Sollen wir einfach losrennen?«

»Hast du überhaupt noch Augenbrauen unter Kontrolle?«

»Aber er hat einen Taser. Wahrscheinlich keine gute Idee.«

»Meine Finger kribbeln.« Ivan begann, sich die Finger zu reiben. »Kribbeln deine Finger?«

»Wäre es komisch, wenn ich anfangen würde zu tanzen? Gleich hier und jetzt?«

»Also«, sagte der Hai, der sein Gespräch beendet hatte. »Wo waren wir?«

»Geld«, sagte sein Freund; Danny hatte vergessen, dass er noch hinter ihm stand.

»Hören Sie, ich glaube, es gab da ein Missverständnis«, sagte Danny. »Ich will keine ... was auch immer ich da gerade geschluckt habe.«

»Missverständnis?«, sagte der Hai. Seine Goldzähne funkelten, aber in seinem Lächeln lag keine Freundlichkeit. »Was für ein Missverständnis? Du wolltest Tanzbären, und das sind Tanzbären.« Er stupste die Pillen mit dem Finger an. »Ihr wolltet ein Kilo, und das ist ein Kilo.« Er stupste die Pillen wieder an, diesmal aggressiver.

»Nein, *ich* bin der Tanzbär, verstehen Sie? Ich.«

»*Du* bist der Tanzbär?«

»Ja«, sagte Danny. Er begann von einer Seite zur anderen zu schaukeln, ohne so recht zu wissen, warum.

Der Hai trommelte auf dem Schreibtisch herum, als spielte er eine Djembe. Er sah Ivan an. »Macht der Witze?«, sagte er.

»Er ist Tanzbär«, sagte Ivan, und die Dielenbretter ächzten unter ihm, als er ebenfalls anfing, sich zu einem Rhythmus zu bewegen, den nur er allein hören konnte.

»Ich bin Straßenkünstler«, sagte Danny, stampfte mit den Füßen auf und klatschte sich auf die Oberschenkel, als tanzte er einen Schuhplattler. »Ich brauche eine Lizenz.«

»Zum Tanzen«, sagte Ivan und begann, sich mit ausgestreckten Armen auf der Stelle zu drehen. »Er braucht eine Lizenz zum Tanzen.«

»Eine Lizenz zum Tanzen?«, sagte der Hai, nickte mit dem Kopf und trommelte immer heftiger.

»Ja«, sagte Danny und machte ein paar Tanzschritte, von denen er nicht geahnt hatte, dass sie in ihm steckten. »Eine Lizenz zum Tanzen!«

»Wir brauchen keine Lizenz zum Tanzen!«, sagte der Hai, schob seinen Stuhl zurück und sprang auf die Füße. »Seht ihr?« Er wirbelte herum und trat in die Luft, bevor er sich am Bein seines Freundes rieb, dessen resignierte Miene darauf schließen ließ, dass er das nicht zum ersten und auch nicht zum letzten Mal über sich ergehen lassen musste.

»Ja, brauchen wir keine Lizenz!«, sagte Ivan und unterstrich die Aussage durch rhythmische Handbewegungen.

»*Ihr* braucht keine!«, sagte Danny, der sich vergeblich am Moonwalk versuchte. »Aber *ich* schon!«

»*Wir* brauchen keine!«, sagte Ivan, der auf und ab hüpfte und den *hopak* tanzte. »Aber *er* schon!«

»Können Sie mir helfen?«, fragte Danny, schleuderte seine Jacke beiseite und wischte sich den Schweiß von der Stirn.

»Ja!«, sagte der Hai, schnippte mit den Fingern und joggte auf der Stelle. »Ich kann dir helfen. Aber vorher müssen wir tanzen!«

»Wir tanzen doch schon!«, sagte Danny.

»Ich kann nicht *aufhören* zu tanzen«, sagte Ivan mit leichter Panik in der Stimme.

»Wie lange dauert das normalerweise?«, fragte Danny.

»Bis die Musik aufhört!«, sagte der Hai.

»Welche Musik?«, sagte Ivan.

»Eben!«, sagte der Hai.

Danny hatte keine Ahnung, wie lange sie beim Hai geblieben waren und getanzt hatten. Er war sich auch nicht sicher, wann oder auch nur *wie* er nach Hause gekommen war, wenngleich er sich beim Aufwachen dunkel daran erinnerte, dass er mit Ivan den Rotherhithe-Tunnel hinuntergetanzt war und Autos ihnen auswichen. Danny wusste auch nicht, ob der Hai ihm wirklich besorgen wollte oder konnte, was er brauchte, bis zwei Tage später ein Umschlag in seinem Briefkastenschlitz steckte. Darin war, wie versprochen, eine Straßenkünstlerlizenz. Außerdem war ein Zettel darin. Danny las ihn und lächelte. »Immer schön weitertanzen!«, stand darauf.

# 12

Danny trat gegen seine Brotdose, nicht so fest, dass sie umkippte, obwohl ihm danach gewesen wäre, aber fest genug, um die Münzen darin durcheinanderzuschütteln. Er spähte in die Dose und hoffte, der Ruck hätte irgendetwas Wesentliches an die Oberfläche gespült, eine Zwei-Pfund-Münze vielleicht oder eine Ein-Pfund-Münze oder ein Fünfzig-Pence-Stück oder schlicht irgendetwas Silbernes, aber er sah nichts als ein trübes bronzenes Meer aus stumpfem, abgeschliffenem Kleingeld.

Er schüttete sich das Geld in die Hand, zählte es und schrieb die Summe in den Notizblock, den er als Bestandsbuch verwendete.

»Ein Pfund zwölf«, murmelte er, ein Betrag, der schon armselig aussah und klang, bevor er das Minuszeichen davorsetzte. Zusammen mit seinen übrigen Einnahmen hatte Danny in seiner ersten offiziellen Arbeitswoche eine Gesamtsumme von 13,46 Pfund oder einen Stundenlohn von 34 Pence erwirtschaftet, in etwa so viel, wie ein Obdachloser verdiente. Das war keine Spekulation, sondern eine Tatsache, die ihm am selben Morgen ein echter Obdachloser mitgeteilt hatte, ganz ohne Überheblichkeit, eher mit aufrichtigem Mitleid. Er hatte sich die letzten sieben Tage lang täglich durch Liz' komplette Sammlung von Charthit-CDs geschwoft, gewirbelt, gestolpert und geschwitzt, und sein ganzer Ertrag war das Geld, das er sparte, indem er jeden Abend die sechseinhalb Kilometer nach Hause zu Fuß ging. Sein höchstes Tageseinkommen waren etwas über sieben Pfund gewesen, von denen er fünf nicht einmal selbst verdient, sondern in Form eines vom Wind durch den Park gewehten Scheins zufällig gefunden hatte, und die größte Zuschauermenge, vor der er in dieser Zeit aufgetreten war, war gar keine Zuschauermenge gewesen, sondern ein Verein von Speed-Walkern, die kurz in der Nähe verschnauft hatten, bevor sie ihr hektisches Gewackel fortsetzten.

Seinem Scheitern lag keine komplexe Formel zugrunde. Er wusste genau, was das Problem war. Er konnte einfach nicht tanzen. Er konnte noch nicht einmal auf jene liebenswert miese Art tanzen, die den Leuten ins Gedächtnis rief, dass sie ihren alten Vater mal wieder anrufen sollten. Er konnte auch nicht auf jene So-schlecht-dass-es-lustig-ist-Weise tanzen, die Teenager dazu gebracht hätte, ihn zu filmen und die Videos bei YouTube hochzuladen, was er angesichts all der rätselhaften Dinge, die YouTuber zum Totlachen fanden, als seltsam beleidigend empfand. Die

Einzige, die ihn auch nur im Mindesten unterhaltsam zu finden schien, war Krystal, die zufällig durch den Park lief, als Danny gerade den Macarena verschandelte.

Danny, der bemerkte, dass sie Kaugummi kaute, und fürchtete, dass ein weiterer Batzen Juicy Fruit auf ihm landen könnte, tanzte außer Spuckweite, ohne sich anmerken zu lassen, dass er sie gesehen hatte, was nicht ganz einfach war, da sie genau vor ihm stand. Je mehr er tanzte, desto mehr lachte sie, und je mehr sie lachte, desto verärgerter wurde er, bis er schließlich die Musik abschaltete, die Arme verschränkte und darauf wartete, dass Krystal ging.

»Nicht aufhören«, sagte sie. »Das ist das Lustigste, was ich den ganzen Tag gesehen habe.«

»Dann hast du heute Morgen wohl nicht in den Spiegel geschaut«, sagte Danny, der noch immer wütend wegen ihrer Begegnung im Bus war.

»Sagt der Mann, der als Dachs-Hämorrhoide verkleidet ist?«

»Ich habe dir schon mal gesagt, dass ich ein Panda bin.«

»Wie auch immer. Soll ich einen Krankenwagen rufen oder was?« Sie wedelte mit ihrem Telefon in Dannys Richtung.

»Warum sollte ich wollen, dass du einen Krankenwagen rufst?«

»Weil ... Moment mal, heißt das, du hast gerade keinen Anfall gehabt?«

»Sehr witzig«, sagte Danny. »Man nennt es ›tanzen‹, wenn es dich interessiert.«

»Nein, man nennt es ›sich in aller Öffentlichkeit zum Deppen machen‹, wenn es dich interessiert.«

»Tja, den Leuten scheint es jedenfalls zu gefallen.«

»Wirklich?«, sagte Krystal. Sie warf einen Blick auf das mitleiderregende Häufchen Kleingeld in seiner Brotdose. »Dann haben sie aber eine komische Art, es zu zeigen.«

»Mach es erst mal besser.«

»Damit verschwende ich ganz sicher nicht meine Zeit.«

»Weil du es nicht kannst.«

»Ehrlich gesagt, kann ich es.«

»Dann beweis es«, sagte Danny und zog die Maske vom Kopf, sodass er Krystal zum ersten Mal von Angesicht zu Angesicht gegenüberstand.

»Was?«

Danny schleuderte ihr die Maske entgegen und öffnete den Reißverschluss des Pandakostüms, unter dem die Jogginghose und das T-Shirt zum Vorschein kamen, die er klugerweise täglich darunter trug, seit ihm die Tasche mit seinen Kleidern abhandengekommen war.

»Ich wette zwanzig Mäuse darauf, dass du in den nächsten zehn Minuten nicht mehr Geld verdienen kannst als ich«, sagte er und warf ihr das Kostüm vor die Füße.

»Für zwanzig Mäuse würde ich das Ding nicht mal *anziehen,* geschweige denn darin tanzen.« Sie verpasste dem Kostüm einen Tritt und machte einen Schritt zurück für den Fall, dass es sich bewegte.

»Gut, fünfzig.«

»Ich habe keine Zeit für den Blödsinn«, sagte Krystal. Sie drehte sich um und marschierte los.

»Ich wusste es«, sagte Danny und kostete grinsend diesen seltenen Augenblick des Triumphs aus. Er hob das Kostüm auf und schnippte einen Zigarettenstummel weg, aber bevor er es wieder anziehen konnte, kam Krystal wieder angerauscht.

»Hundert«, sagte sie.

Danny lächelte. »Ich bin dabei.«

Krystal stellte ihre Handtasche ab und schlüpfte so langsam und vorsichtig in das Kostüm, als hätte sie vor, es zu tragen, ohne dass der Stoff sie tatsächlich berührte.

Sie kauerte sich neben den CD-Spieler, wählte ein Album aus Liz' Musiksammlung aus und legte den Silberling in das Gerät ein, wobei sie vor sich hin murmelte, was für ein antikes Drecksding das sei und dass die einzigen Menschen, die noch CD-Spieler benutzten, Schülerlotsen, Jungfrauen und Leute mit Schlangen als Haustieren seien.

Nach einer Reihe von Atemübungen, die denen eines Tiefseetauchers ähnelten, hielt sie den Atem an, setzte die Pandamaske auf und stieß mit einem ausgestreckten Finger auf den Play-Knopf ein. Danny beobachtete sie selbstgefällig von der Seitenlinie aus, fest überzeugt, um hundert Pfund reicher zu sein, als Krystal anfing zu tanzen, sich zur Musik zu bewegen, als hätte sie seit dem Tag, als sie erstmals auf einem Ultraschallbild auftauchte, nur dieses eine Lied gehört. Sein Lächeln schwand. Rasch bildete sich eine Menge, denn alle Vorbeikommenden verlangsamten ihre Schritte und blieben dann stehen, um der Vorführung zuzusehen, bis Danny sich nach vorne drängeln musste, um etwas sehen zu können. Die anderen Künstler unterbrachen ihre Darbietungen, als ihre eigenen Zuschauer nach und nach ausscherten, um dem tanzenden Panda am anderen Ende des Parks zuzusehen. Selbst aus dieser Entfernung konnten sie den Jubel und den Applaus hören, als Krystal einen Rückwärtssalto machte und im Spagat landete, aber keiner jubelte und klatschte lauter als Danny, während sich seine Brotdose mit Geld füllte.

Die Musik verstummte, und Krystal verbeugte sich, bevor sie sich die Maske vom Kopf riss und Danny entgegenschleuderte.

»Du warst unglaublich!«, sagte er, als sich die Menge zu verstreuen begann.

»Ich weiß. Her mit dem Geld.«

»Warum kannst du so tanzen?«

»Ich bin Tänzerin. Her mit dem Geld.«

»Kannst du mir das beibringen?«

»Ich bring dir gar nichts bei.« Sie schälte sich aus dem Pandakostüm und kickte es zu Danny hinüber.

»Bitte. Ich habe gerade meinen Job verloren, und ich brauche *wirklich* –«

»Buhuuu. Geld her.«

»Mein Vermieter bringt mich buchstäblich um, wenn –«

»Gut. Aber erst her mit dem Geld.« Sie streckte Danny die Handfläche entgegen.

»Das geht nicht«, sagte er, hob das Kostüm auf und schlüpfte wieder hinein.

»Was?«

»Ich habe kein Geld.«

»Wir hatten eine Abmachung!«

»Ich weiß«, sagte Danny und zog den Reißverschluss zu, »und es tut mir wirklich leid, aber wenn du mir beibringst –«

»Dann nehm ich eben das hier«, sagte Krystal und kippte den Inhalt von Dannys Brotdose in ihre Handtasche. »Du Flitzpiepe.«

Sie drehte sich um und stieß mit El Magnifico zusammen. Links und rechts von ihm standen der Nussjongleur und der Breakdancer, die sich Mühe gaben, so einschüchternd auszusehen, wie als übergroße Eichhörnchen und Hühner verkleidete Menschen eben aussehen konnten.

Auf Tims Anweisung hin hatte Danny sich bis zu diesem Zeitpunkt von dem Zauberer ferngehalten, aber als er nun vor ihm stand, sah er, dass der Mann etwa sein Alter, aber weniger Bartstoppeln und mehr Haare hatte und deutlich mehr Eyeliner trug, nicht nur um die Augen herum, sondern auch auf der Oberlippe, wo ein Menjoubärtchen aufgemalt war. Sein Gesicht schien dem eines französischen Kellners nachempfunden zu sein, dessen Weinempfehlung soeben ignoriert wurde.

»Sieh mal einer an«, sagte El Magnifico. »Wenn das nicht Christina ist.«

»Sieh mal einer an«, sagte Krystal. »Wenn das nicht El Magnifikot ist.«

»Ich habe dir gesagt, du sollst mich nicht so nennen.«

»Und ich habe dir gesagt, du sollst dein Ding in einen Toaster stecken«, sagte Krystal. El Magnifico seufzte.

»Wie ich sehe, bist du immer noch ganz die Alte.«

»Und wie ich sehe, trägst du meinen Bademantel!« Sie zeigte auf das Outfit des Zauberers. »Ich wusste, dass du ihn hast!«

»Er gehört nicht dir«, sagte El Magnifico. »Und es ist kein Bademantel. Es ist ein Magierumhang.«

»Nein, es ist ein Bademantel – um genau zu sein, ist es ein *Damenbademantel* –, und er gehört mir.«

»Ich kaue das nicht noch mal mit dir durch«, sagte er.

»Das Arschloch hat meinen Bademantel geklaut«, sagte Krystal zu Danny.

»Ich habe gar nichts geklaut, Christina. Ich habe es dir schon mal gesagt, meine Mutter hat ihn mir gekauft.«

»Warum sollte dir deine Mutter einen Damenbademantel kaufen?«

»Es ist kein verschissener Damenbademantel! Es ist ein verschissener Magierumhang. So zieht sich ein verschissener Magier eben an!«

»David Blaine nicht«, sagte Krystal.

»Der ist Illusionist!«, sagte El Magnifico. »Vollkommen anderer Dresscode.«

»Was ist mit Uri Geller?«

»Sehe ich aus wie ein Löffelverbieger?«, sagte er. »Ach, spar dir die Antwort.«

»Paul Daniels war nie so angezogen«, sagte Danny.

»Entschuldige, wer bist du noch mal?«, fragte der Zauberer stirnrunzelnd. »Ach ja, genau. Du bist der Neue. Ich habe gehört, dir ist neulich was abhandengekommen. Tut mir furchtbar leid für dich. Man kann wirklich keinem mehr trauen, wie?« Er gluckste schuldbewusst. Das Eichhörnchen und das Huhn stimmten ein. Dannys Augen verengten sich zu Schlitzen. »Tja, ich muss los. War mir wie immer ein Vergnügen, Christina. Und du, Frettchenmann –«

»Ich bin ein Panda.«

»Dann viel Glück, Pandamann. Nachdem ich dich tanzen gesehen habe, würde ich sagen, du kannst es brauchen. Shazam!« Er warf eine Rauchbombe auf den Boden und huschte hinter einer in seinen Augen undurchdringlichen Rauchwolke davon, offenbar ohne zu ahnen, dass er nach wie vor zu sehen war.

»Was für ein Wichser«, sagte Krystal, den Blick auf den Zauberer gerichtet, der in der Ferne verschwand, gefolgt von Eichhörnchen und Huhn.

»Ihr beide wart ...?«

»Schnauze.«

»Entschuldige«, sagte Danny und versuchte, ein Lächeln zu unterdrücken. »Hör zu, ich glaube, du hast mich auf dem falschen Fuß erwischt.«

»Das ist ja das Problem«, sagte Krystal und ging in die entgegengesetzte Richtung von El Magnifico davon. »Du hast leider zwei falsche Füße.«

»Dann bring mir das Tanzen bei!«, rief Danny. Krystal ging weiter.

»Lektion eins«, sagte sie, wirbelte herum und zeigte ihm den Mittelfinger. »Die Pirouette.«

Danny seufzte und starrte auf die Maske in seinen Händen.

»Sieht aus, als wären wir auf uns allein gestellt«, sagte er, zog sie über den Kopf und legte eine neue Scheibe in den CD-Spieler ein.

Er wollte gerade die Play-Taste drücken, als er ein Geräusch aus der Ecke des Parks hörte, wo einige Baumgrüppchen einen kleinen bewaldeten Bereich bildeten. Er schaute hinüber und sah drei Teenager in Schuluniform. Sie lachten einen kleineren blonden Jungen aus, der mit gesenktem Kopf ein paar Schritte vor ihnen lief, und riefen ihm Dinge hinterher.

Danny erkannte ihre Stimmen nicht, aber die Stille erkannte er sofort.

»Wohin willst du, Willy?«, fragte Mark, und Tony warf Will eine Eichel an den Kopf. »Hey! Willy! Wichs-Willy! Suchst du deinen Homo-Freund?«

Will beschleunigte seine Schritte, aber die drei Jungen blieben ihm auf den Fersen.

»Hey, Loser!«, rief Gavin. »Er redet mit dir.«

»Weißt du, ich bin ziemlich sicher, dass es verboten ist, am helllichten Tag einen Willy rauszuholen«, sagte Mark.

»Ich glaube, du hast recht, Mann«, sagte Tony.

»Abartiges Benehmen«, sagte Gavin.

»Wir sollten ihm wohl besser was überziehen, bevor ihn jemand sieht«, sagte Mark.

Gavin riss Will die Tasche von der Schulter, Tony packte den Saum seines Mantels und zog ihn ihm über den Kopf.

»Deutlich besser so«, sagte Mark. Will wand sich unter dem Mantel, den die anderen über seinem Kopf festhielten.

»Deutlich besser«, sagte Tony.

»Ich glaube, wir sollten ihm trotzdem eine Lektion erteilen«, sagte Mark. »So was darf schließlich nicht noch mal passieren, oder?«

»Ja, zeig ihm, was Sache ist, Mark«, sagte Gavin.

Mark stieß Will die Faust in den Magen, der stöhnte auf und krümmte sich unter der Wucht des Schlags.

»Noch mal!«, sagte Tony.

»Willst du noch einen?«, fragte Mark, der sich vorbeugte, um Will die Worte durch den Mantel zuzuflüstern. Der Stoff raschelte, als Will den Kopf schüttelte.

»Ich kann dich nicht hören«, sagte Mark.

»Ich glaube, es gefällt ihm«, sagte Gavin.

»Wenn du sagst, ich soll aufhören, höre ich auf«, sagte Mark. »Sag's einfach, und ich lass dich in Ruhe.«

Will sagte nichts. Sein Körper hing schlaff zwischen Tony und Gavin, die ihn an den Armen festhielten, damit er nicht hinfiel oder davonlief.

»Na los«, sagte Mark. »Ich gebe dir drei Sekunden. Eins.«

Will versuchte sich loszureißen, aber die anderen Jungen ließen nicht locker.

»Zwei. Sag einfach Stopp, und ich höre auf.«

Tony und Gavin packten fester zu, als Will zu bocken begann wie ein Reh, das sich in einem Zaun verfangen hat.

»Drei«, sagte Mark. Er holte mit der Faust aus, aber bevor er zuschlagen konnte, brach Danny aus dem Gebüsch hinter ihnen hervor. Er stürzte sich auf die Jungen, brüllend und mit den Armen rudernd, als wollte er sie glauben machen, dass ein echter, wenn auch untypisch aggressiver Panda ausgebrochen wäre. Die Jungen, die sich vielmehr von einem maskierten Spinner im Pelz angegriffen sahen, verdufteten sofort durch die Bäume, Mark an der Spitze des Rudels und seine Spießgesellen dicht hinter ihm. Will befreite sich langsam.

»Danke«, sagte er, als er aus seinem Mantel auftauchte und seine Uniform glatt strich.

Danny nickte, den Blick auf die Jungen geheftet, wobei er sich dem Drang widersetzte, ihnen hinterherzujagen und auf eine leicht bedrohliche, letztlich aber sinnlose Weise die Faust in ihre Richtung zu schütteln. Es dauerte einige Sekunden, bis ihm das ganze Ausmaß dessen, was gerade geschehen war, bewusst wurde und er schließlich begriff, was er gehört hatte oder gehört zu haben meinte oder hoffte, aber nicht glaubte, gehört zu haben. Er horchte in die nun folgende Stille hinein, versuchte einen Fetzen von Wills Stimme zu erhaschen, aber alle Spuren waren verschwunden, sodass er sich fragte, ob Will wirklich gesprochen oder er es sich nur eingebildet hatte.

Danny drehte sich zu seinem Sohn um, öffnete den

Mund, um etwas zu sagen, *irgendetwas,* um das Gespräch aufrechtzuerhalten, und sei es nur ein paar Sekunden lang, aber selbst wenn er etwas herausbekommen hätte, was er nicht tat, und selbst wenn er gewusst hätte, was er sagen sollte, was er auch nicht tat, war Will schon verschwunden.

# 13

Das Cross-Eyed Goat war einer dieser Pubs, in denen immer die Musik verstummt war, wenn ein Fremder hereinkam, bis irgendeiner die Jukebox mit dem Kopf von irgendeinem anderen eingeschlagen hatte. Es war einer dieser Pubs mit Telefonnummern an den Toilettenwänden, unter denen tatsächlich jemand zu erreichen war. Danny wusste das, weil er eine davon kurz nach Liz' Tod gewählt hatte, nicht um sich nach einer der schäbigen Dienstleistungen zu erkundigen, die mit Lippenstift neben die Nummer gekritzelt waren, sondern weil er fürchterlich betrunken war und einfach mit irgendjemandem reden wollte, selbst wenn diese Person eine zwanzig Jahre alte Frau namens Bernadette war, die sich verdächtig nach einem vierzig Jahre alten Mann namens Ian anhörte, der auf Stundenbasis in dem Pizzaladen am Ende der Straße arbeitete. Der Pub, der wie ein Berg ungewaschener Geschirrtücher roch, war ein zweites Zuhause für all die Junkies, Hooligans, Alkoholiker und Zuflucht Suchenden, die man oft am Tresen lehnen oder in irgendeiner Ecke mit unverstellter Sicht auf die Tür hocken sah, und für manche, wie zum Beispiel das Mädchen, das manchmal hinter dem Spielautomaten schlief und seine Zahnbürste auf der Toilette aufbewahrte, war es sogar das einzige Zuhause. Doch trotz seiner zahlreichen Mängel war das Cross-Eyed Goat billig, lag in der Nähe und hatte donnerstags ein überraschend gutes Curry auf der Karte.

Danny saß in der Ecke, schlürfte still sein Bier und sah zu, wie ein liebevoll als »Windiger Ken« (und nicht liebevoll als »Grapscher-Gary«) bezeichneter Stammkunde dem Fernseher unflätige Dinge entgegenschleuderte, ohne sich darüber im Klaren zu sein, dass das Pferderennen, das er sich ansah – ein Rennen, auf dessen Ausgang er auf Drängen eines weiteren Stammkunden, der mysteriöserweise nur als »der Spachtel« bekannt war, eine hohe Geldsumme gewettet hatte –, in Wahrheit eine Wiederholung des Grand National von 1998 war, in dem das Pferd, auf das er gesetzt hatte, es nicht einmal über die Ziellinie schaffen würde.

Alle drehten sich zur Tür, als Ivan den Pub betrat. Ein paar der Gäste musterten ihn, bevor sie sich klugerweise wieder ihren Drinks zuwandten.

»Ivana, sie schlägt mich, wenn ich die Show *British Bake Off* verpasse, also sag mir, was ist so wichtig«, sagte er, zog einen Hocker unter dem Tisch heraus und setzte sich Danny gegenüber.

»Es geht um Will«, sagte Danny. Ivans Hocker knarzte, als er sich aufrichtete.

»Geht es ihm gut?«

»Es geht ihm mehr als gut, Ivan. Er hat gesprochen.«

»Er hat gesprochen?«, fragte Ivan. Danny sah seinen Freund nicht oft lächeln, aber dies war eine dieser seltenen Gelegenheiten.

»Ich weiß. Ich kann es selbst nicht glauben.«

Danny zuckte zusammen, als Ivan ihm so fest auf den Rücken schlug, dass er einen eingeklemmten Nerv in seiner linken Schulter befreite und einen freien in der rechten Schulter einklemmte.

»Das sind tolle Nachrichten!«, sagte Ivan. »Was hat er gesagt?«

»Er hat ›Danke‹ gesagt«, sagte Danny und massierte sich die Schulter.

»Und was hast du gesagt?«

»Nichts.« Ivan runzelte die Stirn.

»Dein Junge, er spricht zum ersten Mal seit Ewigkeiten, und du sagst nichts?«

»Ich weiß, ich weiß. Ich wollte es, glaub mir, aber, na ja, ich konnte nicht.«

»Warum du konntest nicht?«

»Ich war wohl einfach zu schockiert. Ich hatte nicht damit gerechnet. Und außerdem hatte ich das Kostüm an.«

»Die Ratte?«

»Den Panda.«

»Ich dachte, Will, er soll nicht wissen, dass du jetzt Ratte bist. Panda. Was auch immer.«

»Soll er auch nicht«, sagte Danny. »Darum konnte ich ja nichts sagen. Ich war im Park und habe gesehen, wie

Will von ein paar älteren Jungs verprügelt wird, also bin ich hingelaufen, um ihm zu helfen. Er hat Danke gesagt, ich habe gar nichts gesagt, und seitdem hat er kein Wort mehr gesprochen. Also weiß ich nicht, was ich tun soll. Was, wenn er jetzt nichts mehr sagt? Was, wenn das alles war?«

»Ist einfach«, sagte Ivan. Er zog ein in Folie gewickeltes Päckchen aus der Plastiktüte, die er dabeihatte, und gab es Danny. Das Cross-Eyed Goat war der einzige Pub, den Danny kannte, in dem regelmäßig in Folie gewickelte Päckchen ausgetauscht wurden, ohne dass irgendwer mit der Wimper gezuckt hätte. »Sag ihm, er kann erst Kuchen essen, wenn er wieder spricht. Wenn er nicht spricht, isst du ganzen Kuchen auf. Ist Win-win für dich.«

Danny lächelte. »Danke, Ivan.«

Unanständig laute ukrainische Musik erscholl aus Ivans Hosentasche. Er fischte sein Telefon heraus, schaute auf das Display und fluchte, bevor er den Anruf annahm. Ivana schrie ihn volle sechzig Sekunden lang an. Ihre Stimme war so laut, dass sie einen der Stammgäste aufweckte, der den Kopf vom Tisch hob und sich mit einem an der Wange klebenden Bierdeckel benommen umsah.

»Ich muss gehen«, sagte er, nachdem Ivana mitten im Satz aufgelegt hatte. »Mach dir keine Sorgen um Will. Wenn er einmal spricht, spricht er wieder. Du wirst sehen.«

»Ich hoffe, du hast recht«, sagte Danny. »Viel Spaß beim *Bake Off.*«

»Ich würde lieber meine *yaytsya* backen lassen«, murmelte Ivan, während er in der Nacht verschwand.

Die Tür hatte kaum aufgehört zu schwingen, da kam Mr. Dent mit dem hinkenden Reg im Schlepptau herein.

Der Klang über den Boden kratzender Stühle und nervösen Geflüsters erfüllte den Raum. Alle wirkten eingeschüchtert, sogar diejenigen, die mit dem Einschüchtern ihren Lebensunterhalt verdienten. Danny sah zum Notausgang hinüber und fragte sich, ob er es rechtzeitig schaffen würde.

»Das Gleiche wie immer, Reg?«, rief Charlie, der Inhaber.

»Und noch eins für meinen jungen Freund Daniel hier«, sagte Reg und kam langsam auf Danny zu. Er gab Dent seine Krücken und ließ sich behutsam auf dem Hocker nieder, auf dem gerade noch Ivan gesessen hatte. Dent blieb stehen und ragte über ihnen auf wie eine übereifrige Anstandsdame.

»Das ist sehr nett von Ihnen, Reg, wirklich, aber ich wollte eigentlich gerade –«

Bevor er den Satz beenden konnte, kam Charlie mit einem Pint für Danny und einem extravaganten Cocktail für Reg, der unter anderem ein winziges Papierschirmchen, einen gewundenen bunten Strohhalm, eine Kirsche in der Mitte und eine dicke Ananasscheibe am Rand des Glases enthielt. Das Ganze ähnelte weniger einem Drink als einer billigen Pauschalreise nach Torremolinos.

Reg nahm den Cocktail und stieß damit gegen Dannys Glas.

»Ich liebe eine gute Piña Colada«, sagte er und fuhr sich mit der stummeligen Zunge über die Lippen, nachdem er an seinem kurvigen Strohhalm gesaugt hatte.

»Nicht viele wissen das, aber das Geheimnis einer guten Piña Colada liegt in der Kokosnuss, nicht wahr, Dent?«

Mr. Dent, offensichtlich ein Fachmann in solchen Dingen, nickte.

»Weißt du, die meisten nehmen Kokosmilch, aber eine echte Piña Colada wird mit etwas namens Coco Lopez gemacht. Das kommt aus Puerto Rico, ist bei uns nicht leicht zu kriegen, aber Charlie importiert es extra. Er kennt sich aus.«

Reg nahm noch einen Schluck, während Danny überlegte, wohin diese Unterhaltung wohl führen mochte.

»Erinnert mich an früher«, sagte Reg mit einem nostalgischen Seufzer. »Am Meer in der Sonne sitzen, den vorbeigehenden Mädchen hinterherschauen.«

»In Puerto Rico?«, fragte Danny, überrascht, dass Reg jemals über Slough hinausgekommen sein sollte, geschweige denn bis San Juan.

»Brighton, Dan. Du musst schon zuhören.«

»Brighton. Verstehe.«

»Wobei es damals auch manchmal ein bisschen Ähnlichkeit mit Puerto Rico hatte, je nachdem, mit wem man sich gerade herumtrieb.«

Reg zog die Ananas vom Rand des Glases und saugte geräuschvoll das Fruchtfleisch von der Schale.

»Hab ich dir je erzählt, wie ich zu den Krücken gekommen bin, Daniel?«

»Nein, Reg«, sagte Danny und legte die Hände auf die Knie, als fürchtete er eine körperliche Demonstration.

»Eine Hüpfburg war schuld.«

Danny nickte. Dann runzelte er die Stirn.

»Sie sind von einer Hüpfburg gefallen?«, fragte er.

»Nein, Danny, du Schwachkopf. Ich bin nicht von einer Hüpfburg gefallen. Ich habe eine Hüpfburg *besessen.*«

»Ja. Entschuldigung. Ich dachte –«

»Sie hieß Boogie Bounce. Ein Scheißname, ich weiß,

aber so war das halt in den Siebzigern. Alles war *groovy* dies und *boogie* das. Jedenfalls gab es da diesen Rummelplatz in Strandnähe mit dem ganzen üblichen Rummelplatzblödsinn. Du weißt schon, Dosenwerfen, Autoscooter, Zuckerwatte, solches Zeug. Heute gibt es ihn nicht mehr, aber damals war er ziemlich beliebt.«

Er zupfte das Schirmchen aus seinem Cocktail und leckte es sauber, bevor er die Spitze als Zahnstocher benutzte.

»Der Rummel gehörte Harry McGuire, ein ziemlich fieser Typ war das. Fahrendes Volk, du kennst die Sorte, der Mund voller Gold und die Finger voller Ringe. So ähnlich wie die hier, wenn ich so drüber nachdenke.« Er hielt die Hände hoch, um seine protzige Sammlung von Siegel-, Münz- und Wappenringen zu zeigen, von denen einer Harry McGuires Initialen trug. Danny tat so, als bewunderte er das tragbare Museum unrechtmäßig erworbener Güter.

»Ich pachtete eine Parzelle vom alten Harry McG, ein erstklassiges Stück Land zwischen dem Autoscooter und dem Karussell. Es lag gleich am Eingang, sodass alle Besucher daran vorbeimussten, was gut für mich war, aber schlecht für die Eltern, weil kein Kind auf der Welt an einer Hüpfburg vorbeigehen kann, ohne die Schuhe auszuziehen. Das Grundstück hat mich ein Vermögen gekostet, aber ich nahm im ersten Monat so viel Geld ein, dass ich fürs nächste Jahr im Voraus hätte bezahlen können, wenn ich nur auf die Idee gekommen wäre. Aber ich war ein dummes zwanzigjähriges Bürschchen mit mehr Geld als Verstand und machte, was jedes dumme zwanzigjährige Bürschchen gemacht hätte: Ich haute alles auf den Kopf.

Der Juni ’74 war ein Wahnsinnsmonat, Dan, das kann ich dir sagen. So was gab’s nicht noch mal, weder davor noch danach.«

Reg rührte mit dem Strohhalm in seinem Drink, als hätte er gerade ein paar lange vergessene Erinnerungen aufgewirbelt.

»Ich wusste natürlich nicht, dass der mieseste Sommer seit Anbeginn der Zeit vor der Tür stand, sonst hätte ich vielleicht ein bisschen was für einen regnerischen Tag auf die Seite gelegt oder eher für einen ganzen verdammten Sommer. Der »dicke Dresdener Dauerregen«, so nannten es die Zeitungen. Keine Ahnung, wieso ausgerechnet Dresden. Ich glaube, sie wollten bloß den Deutschen die Schuld in die Schuhe schieben. Die Krauts zu hassen, war damals noch ziemlich angesagt. Du konntest einen deutschen Schäferhund nicht mal einen deutschen Schäferhund nennen, ohne wie ein Nazi-Sympathisant dazustehen, du musstest ihn einen Elsässer nennen, als wäre es einen Deut besser, mit den Franzosen zu sympathisieren. Na ja, wie dem auch sei. Im Juni herrschte eine Affenhitze, aber dann kam der Juli, und draußen war es nasser als der Pullover eines Bibers. Kein Problem, dachte ich, das klart schon wieder auf. Aber es gingen vier Wochen vorbei, und plötzlich war es August, und es goss immer noch, und dann war es auf einmal September, und rat mal, was passierte?«

»Es regnete immer noch?«

»Es regnete immer noch, und es regnete weiter bis in den Herbst rein, und inzwischen steckte ich bis zum Hals in Schulden. Weißt du, die meisten anderen Attraktionen waren wasserdicht – manche hatten Dächer, andere hatten

Planen –, aber die Hüpfburg war oben offen, und anstatt einer Hüpfburg hatte ich bald so eine Art Entenangelteich, aber mit echten Enten drin. Tagelang hatte ich nicht einen Kunden. Na ja, abgesehen von diesem einen Burschen, Ricky hieß er. Ein komischer kleiner Mistkerl war das, hat die Leute immer gebissen wie ein tollwütiger Affe. Einmal habe ich ihn dabei erwischt, wie er ein Loch in die Hüpfburg beißen wollte. Ich musste ihm seinen eigenen Schuh auf den Kopf hauen, bis er losließ.«

Er fischte die Kirsche aus dem Glas und warf sie sich in den Mund. Danny verzog das Gesicht, als er ein Knacken hörte, aber Reg zermalmte den Kern einfach wie ein Krokodil einen Knochen. Mo hatte ihm einmal erzählt, dass Kirschkerne einen Stoff enthielten, den der menschliche Körper in Zyanid umwandelte, aber er entschied sich, diese Information nicht mit Reg zu teilen.

»Entschuldige, wo war ich?«, fragte Reg.

»Das tollwütige Affenkind?«, sagte Danny.

»Davor. Ach ja. Harry kam also jede Woche, um die Pacht zu kassieren, und ich gab ihm jede Woche, was ich hatte, und sagte ihm, den Rest würde ich in der nächsten Woche drauflegen, aber ich schaffte es nie, und dass Harry immer weiter Zinsen draufschlug, machte die Sache nicht leichter. Die Schulden erhöhten sich also immer weiter, und ich verlor die ganze Zeit Geld, weil ich keine Kunden kriegte, und *er* verlor auch die ganze Zeit Geld, weil ich die Pacht nicht zahlen konnte. Ich war nicht schuld, und Harry war auch nicht schuld. Nicht mal die Scheißdeutschen waren schuld. Es war schlicht und einfach verdammtes Pech. Aber so oder so konnte diese Regelung keine Zukunft haben, also war ich nicht überrascht, als

Harry beschloss, mich vom Platz zu jagen. Ich war nicht mal überrascht, als er sagte, er würde die Hüpfburg einbehalten. Sie war mindestens dreimal so viel wert, wie ich ihm schuldete, aber das war mir zu diesem Zeitpunkt egal, ich wollte einfach nur raus, also sagte ich ihm, er könnte das verfluchte Ding haben. Was mich aber überraschte, obwohl es mich eigentlich nicht hätte überraschen sollen, war, dass Harry entschied, die Hüpfburg wäre nicht einmal die Hälfte von dem wert, was ich ihm schuldete, was bedeutete, dass ich ihm immer noch einen Riesenhaufen Kohle schulden würde, die ich nicht hatte, und er wusste, dass ich sie nicht hatte, weshalb er das auch überhaupt erst machte, denn wenn es eins gab, was Harry noch lieber machte als Geld verdienen, dann war es Knochen brechen. Kennst du den Film *Misery,* Dan?«

Danny nickte.

»Tja, es war ein bisschen wie in *Misery,* aber statt Kathy Bates war es Harry, und statt mich an ein Bett zu fesseln, drückten mich vier von Harrys Söhnen auf einen Billardtisch, während sieben von ihnen zuguckten. Ich weiß nicht, wo die anderen drei waren. Harry nahm einen Hammer, mit dem sonst die Zeltpflöcke eingeschlagen wurden, und er hörte nicht auf, ihn zu schwingen, bis meine Beine wie zwei Tüten voller zerkrümelter Kekse waren. Dann, und erst dann sagte er, dass wir quitt wären.«

Reg zog am Strohhalm, bis ein schlürfendes Geräusch ertönte.

»Der dreckige alte Mistkerl hat mir an dem Tag eine wichtige Lektion erteilt. Eine schmerzhafte Lektion, aber eine wichtige. Ich habe gelernt, dass man manchmal, ob es einem passt oder nicht, einfach den Preis bezahlen muss, auch wenn man gar nichts falsch gemacht hat. Manchmal passieren Dinge, die man einfach nicht kontrollieren kann, so wie wenn es den ganzen verdammten Sommer durchregnet, wenn es eigentlich gar nicht regnen sollte, und es ist falsch, aber du musst trotzdem den Preis bezahlen. Verstehst du, was ich meine, Dan?«

»Ja, Reg«, sagte Danny und wischte sich die klammen Hände an der Hose ab.

»Guter Junge«, sagte Reg. »Ich wusste, du würdest mich verstehen. Dent?«

Mr. Dent gab Reg seine Krücken und half ihm vom Hocker herunter.

»Lass dir dein Bier schmecken«, sagte er auf dem Weg nach draußen. »Und vergiss Charlies Trinkgeld nicht, wenn du die Getränke zahlst.«

# 14

Eine ältere Dame mit einem schottengemusterten Einkaufstrolley und abgewetzten Pantoffeln an den Füßen sah zu, wie Danny genug Enthusiasmus aufzubringen versuchte, um für ein so jämmerliches Publikum zu tanzen. Zu ihren Füßen lag ein zotteliger schwarzer Schnauzer, der so lange nicht geblinzelt hatte, dass Danny fürchtete, er sei gestorben, vielleicht vor Schreck angesichts seiner Darbietung. Als das Lied zu Ende war, verbeugte er sich und wartete auf irgendeine Reaktion, vorzugsweise Geld, aber die Dame zuckte nicht einmal mit der Wimper, ebenso wenig wie ihr Hund. Sie reagierten auch nicht, als er sie bewusst versehentlich auf seine Geldbüchse aufmerksam machte, indem er bewusst versehentlich dagegentrat. Er stand peinlich berührt da wie einer, der in einem vollbesetzten Aufzug furzt, der noch zehn Stockwerke weiterfährt, und hoffte, die Peinlichkeit der Situation würde sie zum Handeln antreiben, aber die Dame schien sich in peinlichen Situationen ganz und gar wohlzufühlen, was die Sache für ihn nur noch peinlicher machte, also tanzte er weiter. So ging das nun schon eine Dreiviertelstunde, und es war fast eine Stunde vergangen, als die Frau endlich in ihre Handtasche griff, ihren Geldbeutel herausfischte, ihm zwei Zitronenbonbons und ein schmutziges deutsches Markstück entnahm und sie in Dannys Brotdose warf. Er dankte ihr und sah zu, wie sie, ihren Trolley hinter sich herziehend, durch den Park schlurfte, offenbar ohne zu bemerken, dass ihr Hund mit dem verschleierten Blick immer noch zusammengerollt dort lag, wo sie ihn zurückgelassen hatte. Erst als Danny das Tier mit dem Zeh anstieß, erstand es träge von den Toten auf und wackelte seiner Besitzerin hinterher.

Er wickelte eines der Zitronenbonbons aus und schob es sich in den Mund. Als er das Papier in die Hosentasche steckte, fühlte er dort noch etwas, und als er die Hand herauszog, sah er eine von Krystals Servietten. Er stopfte sie wieder in die Tasche und schüttelte die Brotdose, um die Einnahmen eines weiteren kläglichen Tages zu begutachten.

Nicht zum ersten Mal in dieser Woche ertappte sich Danny dabei, seine Lebensentscheidungen ernsthaft infrage zu stellen. Es war nicht einmal das erste Mal *an diesem Tag*. Es war ihm ohnehin schon schwergefallen, in den Spiegel zu sehen, aber es fiel ihm nun noch schwerer, da aus dem Spiegel nur ein hoffnungsloser Panda zurückstarrte. Er hatte das Kostüm allein aus dem Grund gekauft, schnelles und leichtes Geld zu verdienen, aber er war immer noch genauso weit davon entfernt wie vor drei Wochen, Reg bezahlen zu können. Und er war auch noch genauso weit davon entfernt, tanzen zu können. Welcher Kurzschluss im Gehirn ihn auch immer dazu gebracht hatte, dies für eine gute Idee zu halten, er war längst behoben, und Danny erkannte seine Situation jetzt als genau das, was sie war.

»Lächerlich«, murmelte er und starrte auf die Münzen in seiner Brotdose.

Er seufzte und sah auf die Uhr. Es war später Nachmittag, und allmählich verließen die Menschen den Park, auch die Straßenkünstler, die nach einem vergleichsweise lukrativen Tag dabei waren, ihre Sachen zu packen. Das Ein-Mann-Orchester ging in Richtung Ausgang, die Becken noch an seinen Knien befestigt, was Danny in seinem Verdacht bestätigte, dass der Mann nicht einfach nur schrecklich unmusikalisch, sondern tatsächlich taub war; die menschliche Statue rannte buchstäblich aus dem Park, wie um die reglosen Stunden auszugleichen; und El Magnifico grinste in sich hinein, während er ein unanständig dickes Geldbündel durchblätterte. Danny betete um einen plötzlichen Windstoß, der ihm die Scheine aus der Hand und in die Klingen des gerade durch den Park rollenden Industrierasenmähers pusten würde.

Tim näherte sich mit seiner Gitarre auf dem Rücken und Milton um den Hals wie eine pelzige Stola.

»Na, wie ist das Leben als tanzender Panda?«

»Sieh selbst«, sagte Danny und nickte zu seiner Brotdose hinüber.

»Oh«, sagte Tim, als er den Inhalt sah. »Moment mal, ist das ein Zitronenbonbon?«

»Ja. Wenn Süßigkeiten, Kronkorken, Knöpfe und Steine gesetzliche Zahlungsmittel wären, hätte ich meine Miete im Handumdrehen gezahlt.«

»Ich tausche gegen eine Geleebohne.«

»Welche Farbe?«, fragte Danny. Tim fischte in seiner Hosentasche.

»Rot«, sagte er, die Süßigkeit inspizierend.

»Abgemacht.«

»Ich liebe Zitronenbonbons«, sagte Tim, während er das Bonbon auswickelte und in den Mund steckte. »Sie erinnern mich an meine Oma. Sie war so eine Art Zitronenbonbonautomat.«

»Tja, *mich* erinnern sie daran, was für eine dämliche Idee das hier war.«

»Hey, ich bin wochenlang aufgetreten, bevor ich mein erstes Zitronenbonbon bekommen habe. Wirf nicht die Flinte ins Korn, du machst Fortschritte.«

»Nicht schnell genug«, sagte Danny, schloss mit einem Seufzen seine Brotdose und stopfte sie in seine Tasche. »Wie lange machst du das überhaupt schon?«

»Vier Jahre. Ich bin während des Studiums immer zum Üben hergekommen, wenn meine Mitbewohner den Lärm leid waren. Ich hatte nicht vor, meinen Lebensunterhalt damit zu verdienen oder so, aber, na ja, ich hatte auch nicht vor, von einer Katze adoptiert zu werden.«

»Ihr zwei scheint ein ziemlich gutes Team zu sein«, sagte Danny und nickte zu Milton hinüber.

»Team?«, sagte Tim. Er lachte. »Das ist kein Teamwork, das ist eine ausgedehnte Geiselnahme. Eines Tages habe ich ihn schlafend in meinem Gitarrenkasten gefunden, und seitdem folgt er mir.«

»Was hast du denn studiert? Musik?«

»Finanzwesen.«

Danny lachte. »Ernsthaft?«, sagte er.

»Was denn?«

»Nichts. Ich meine nur … du siehst nicht gerade aus wie ein Finanztyp.«

»Das nehme ich mal als Kompliment«, sagte Tim. »Ich wollte Investmentbanker werden, ob du's glaubst oder nicht. Korrektur: Meine *Mutter* wollte, dass ich Investmentbanker werde, und, na ja, sie hat mir die Ausbildung finanziert, also hatte ich da nicht viel mitzureden.«

»Dann war sie wohl nicht allzu glücklich, als du das Studium hingeschmissen hast«, sagte Danny.

»Du hältst mich für einen Studienabbrecher, bloß weil ich Gitarre spiele und eine Katze auf der Schulter habe?«

»Nein, ich halte dich für einen Studienabbrecher, weil du einen Button trägst, auf dem ›Studienabbrecher‹ steht«, sagte Danny. Er zeigte auf eine Traube bunter Anstecker, die Tims Brusttasche zierten.

»Oh. Ja. Den habe ich bloß gekauft, weil mir das schneidiger vorkam als ein Button, auf dem ›Master of Finance‹ steht.«

»Dann hast du das Studium also abgeschlossen?«

»Als Jahrgangsbester.«

»Ohne dir zu nahetreten zu wollen, aber was zur Hölle machst du dann hier? Du könntest richtig Geld scheffeln, du musst das hier nicht machen.«

»Die meisten von uns *müssen* das hier nicht machen. Wir machen es, weil es uns Spaß macht. Das ist hier nicht die Fremdenlegion, weißt du. Man wird nicht einfach Straßenkünstler, weil man in irgendwelchen Schwierigkeiten steckt. Na ja, außer dir. Ohne dir zu nahe treten zu wollen.« Tim lächelte.

»Touché«, sagte Danny.

»Ich habe es ein paar Jahre lang probiert. Das Bankding. Ich habe es gehasst. Das Gehalt war gut, aber ich war todunglücklich und alle meine Kollegen auch. Wer auch immer behauptet hat, dass Geld glücklich macht, hatte offensichtlich nicht die geringste Ahnung.«

»Niemand hat das behauptet«, sagte Danny.

»Was?«

»Niemand hat gesagt, dass Geld glücklich macht. Es heißt, Geld macht *nicht* glücklich.«

»Echt?«

»Ziemlich sicher, ja.«

»Dann hat meine Mutter mich verarscht«, sagte Tim.

»Na ja, ihn scheint Geld glücklich zu machen«, sagte Danny und nickte zu El Magnifico hinüber, der zum zigsten Mal seine Scheine zählte.

»Es ist so ziemlich das Einzige, was ihm etwas bedeutet. Na ja, das und sein Umhang. An dem Umhang hängt er sehr. Einmal ist ein Kind aus Versehen draufgetreten, und er hat gedroht, es zu vernichten. Das waren tatsächlich seine Worte. Die Mutter war zu Recht entsetzt.«

»Es ist nicht mal ein Umhang, es ist ein Damenbademantel. Er hat ihn seiner Exfreundin geklaut.«

»Bist du sicher?«

»Das habe ich gehört.«

»Nein, ich meine, bist du sicher, dass er eine Exfreundin hat? Eine richtige, echte Exfreundin?«

»Oh, sie ist auf jeden Fall echt. Echt fies«, sagte Danny. »Aber eine unglaubliche Tänzerin. So was habe ich noch nie gesehen. Ich habe sie gefragt, ob sie es mir beibringen kann, aber, na ja, sie hat mir den Stinkefinger gezeigt und mich Flitzpiepe genannt. Und dann hat sie mich ausgeraubt.«

»Vielleicht ließe sie sich ja mit einem Geschenk bewegen, dir zu helfen.«

»Was denn für ein Geschenk? Ich kann mir ja nicht mal die Busfahrt nach Hause leisten.«

»Wie wäre es mit einem schönen seidenen Bademantel?«, sagte Tim, den Blick auf El Magnifico gerichtet, der endlich aufgehört hatte, sein Geld zu zählen, und nun behutsam seinen Mantel zusammenlegte. Sie sahen beide zu, wie er das Kleidungsstück in seine Tasche steckte.

»Das können wir nicht machen«, sagte Danny.

»Warum nicht?«

»Darum. Weil das Diebstahl ist.«

»Man kann nichts stehlen, was schon gestohlen ist. Das ist, na ja, Doppelbestrafung oder so. Und überhaupt, sieh es einfach als Rache dafür, dass er dir deine Klamotten geklaut hat.«

»Wir wissen nicht mit Sicherheit, dass er das war.«

»Die menschliche Statue hat ihn dabei beobachtet. Sie hat es mir erzählt.«

»Und sie hat nicht versucht, ihn davon abzuhalten?«

»Sie wollte nicht aus der Rolle fallen.«

»Großartig«, sagte Danny. Er kaute auf seiner Lippe herum und starrte El Magnifico an. »Okay, wie machen wir es?«

Tim grinste.

»Komm mit«, sagte er.

El Magnifico war damit beschäftigt, Blumen, Spielkarten und aneinandergeknotete bunte Taschentücher aus seinen Ärmeln zu ziehen. Er sah Tim nicht kommen.

»Milton hat ein Lied für dich geschrieben«, sagte der Musiker. »Willst du es hören?«

El Magnifico ignorierte ihn.

»Super«, sagte Tim, schlug seine Gitarre an und drehte an den Stimmwirbeln. Er räusperte sich und begann im Stil einer mittelalterlichen Ballade zu singen.

»Es lebte einst ein Zauberer, der vom Zaubern nichts verstand, er war der böseste Zauberer im ganzen weiten Land, sein Gesicht sah aus, als wäre er gegen eine Wand gerannt, und sein Name war El Magnifico.«

»Zieh Leine, Hippie«, sagte El Magnifico, ohne sich umzudrehen.

»Er trug so gern Frauensachen, es war wirklich zum Lachen, doch statt sich ganz freizumachen, trug er immerhin einen Damenbademantel und darunter Strapse.«

»Ich warne dich«, sagte El Magnifico, ohne zu bemerken, dass Danny sich von hinten angepirscht hatte. »Verschwinde, solange du noch nicht in Flammen stehst.«

»Dinge in Brand zu setzen, darauf war er stets erpicht, doch das funktionierte selbstverständlich nicht, nur sein abscheuliches, boshaftes Gesicht, das schwoll an und wurde puterrot.«

»Also gut«, sagte El Magnifico. »Du hast es so gewollt!« Er zeigte auf Milton. »Verabschiede dich von deinem kleinen Freund!« Er legte die Finger an die Schläfen und verzog das Gesicht, als hätte er sich den Zeh gestoßen. So sah er nicht, wie Danny den Bademantel vorsichtig aus der Tasche zupfte.

»Obwohl es ihm niemals gelang, probierte er es doch so lang, bis ihm schließlich der Schädel zersprang, da wurde es Frieden auf Erden, und die Menschen waren froh.«

El Magnifico fing an zu zittern wie die letzte Sitzreihe in einem Erotikkino. Hinter ihm hob Danny den Daumen und schlich sich auf Zehenspitzen davon, den Bademantel unter einen Arm geklemmt. Tim nickte und entfernte sich in die entgegengesetzte Richtung.

»So nahm die Geschichte ihren Lauf, doch ich hör jetzt zu singen auf, denn bei H & M ist Ausverkauf, und Milton wünscht sich einen Rollkragenpullover.«

Der Zauberer ächzte, sein Körper sackte zusammen, und die Hände fielen schlaff an der Seite herab.

»Nächstes Mal, Hippie!«, schrie er Tim hinterher. »Nächstes Mal!«

# 15

Müll wirbelte um Dannys Füße herum, als er durch einen Teil der Stadt ging, der stets düster war, unabhängig vom Wetter oder von der Tageszeit. Ein Betrunkener stieß mit ihm zusammen und beschimpfte ihn dafür, während er im Zickzack mitten auf der Straße weiterlief wie ein Matrose, der bei Sturm das Deck überquert. Selbst die Tauben waren feindselig; wie gefiederte Rowdys stellten sie sich ihm entgegen, sodass Danny um sie herumgehen musste.

Er blieb vor einer schwarzen Flügeltür stehen. Über ihnen hing das durchscheinende Gerippe eines erloschenen Leuchtschilds, auf dem das Wort »Fanny's« stand. Danny, der nicht dabei gesehen werden wollte, wie er um nicht einmal zehn Uhr morgens einen Stripclub betrat, blieb einen

Augenblick lang draußen stehen, bis sich die Straße geleert hatte. Dann drückte er prüfend eine der beiden Klinken hinunter und trat, als sich die Tür öffnete, vorsichtig ein.

Er fand sich in einem langen dunklen Gang wieder, der nach Feuchttüchern und irgendetwas nicht Identifizierbarem roch, was er für den Geruch gescheiterter Träume hielt. Vorbei an einer unbemannten Garderobe und den Toiletten – an der Tür der Herrentoilette hing ein Schild mit der Aufschrift »Schwänze«, während an der Damentoilette »Damen« stand –, kam er in einen großen Raum mit mehreren leeren Podesten und mehr Spiegeln als in einer Borges-Anthologie. Jedes der Podeste hatte in der Mitte eine Stange, die bis zu den melassefarbenen Deckenfliesen hinaufreichte, welche dem Anschein nach mindestens ein Jahrzehnt vor Inkrafttreten des Rauchverbots angebracht worden waren.

Am anderen Ende des Raums war eine Bar, und hinter der Bar stand eine Frau, die gekleidet war wie eine Preisrichterin bei einem Schönheitswettbewerb für Kinder.

»Hi«, sagte Danny.

»Verpiss dich«, sagte die Frau, ohne von ihrem Taschenrechner aufzuschauen. »Wir haben geschlossen.«

»Ich suche Krystal.«

»Das tun alle. Komm heute Abend wieder wie alle anderen auch. Bis dahin – verpiss dich.«

»Wenn ich sie vielleicht nur ganz kurz sprechen könnte? Ich habe etwas für sie, was ihr bestimmt gefallen wird.«

»Das sagen sie alle.«

»Wirklich?«, sagte Danny.

Die Frau seufzte und sah ihn endlich an. Sie war mit Make-up zugekleistert, aber selbst die dickste Schicht Abdecksalbe hätte die Jahrzehnte voller Herzschmerz, Enttäuschungen, nächtlicher Telefonanrufe und morgendlicher Muntermacher nicht verbergen können, die in den Falten ihres Gesichts fortlebten.

»Ja, du Pissnelke, wirklich, und weißt du was? Irgendwer in dieser elenden Welt da draußen *ist* wahrscheinlich daran interessiert, was du anzubieten hast. Du musst sie vielleicht dafür bezahlen oder abfüllen oder aus der Erde ausgraben oder im Internet bestellen, aber trotzdem: Irgendwo da draußen wartet sie auf dich, also dreh dich um, geh durch die Tür und finde diese ganz besondere Frau, denn ich kann dir garantieren, dass Krystal nicht das geringste Interesse daran hat, dein erbärmliches kleines schrumpeliges Würstchen zu sehen. Verstanden?«

»Mein schrumpeliges ... Moment mal, was?«, sagte Danny sichtlich verwirrt. »Nein, das ... Ich zeige es Ihnen ...«

»Vesuvius!«, schrie die Frau.

Bevor er fragen konnte, was genau ein Vesuvius war, kam ein Mann aus der Tür hinter der Bar gestürmt, die Arme voller Muskeln und die Muskeln voller Tätowierungen.

»Dieser Spinner wollte gerade sein Ding rausholen«, sagte sie.

»Ich wollte nicht mein Ding herausholen!«, sagte Danny, der nicht glauben konnte, dass er dieses Gespräch führte.

»Tu mir den Gefallen und zeig ihm, wo die Tür ist, ja, Suvi?«

»Kann ich ihn erst filzen?«, fragte Vesuvius. »Er sieht aus, als könnte er Spaß daran haben.«

Danny schaute auf die Knöchel des Mannes. Auf seiner

rechten Hand stand: »MACH«, auf der linken: »AAAH«. Danny hatte keine Ahnung, was es bedeutete, aber jede Erklärung, die ihm einfiel, klang schmerzhaft.

»Schon gut, Fanny«, sagte Krystal, die plötzlich hinter Danny erschien. »Er ist harmlos. Er ist ein Arsch, aber er ist harmlos.«

»Stimmt«, sagte Danny und nickte. »Das bin ich. Harmlos, meine ich.«

»Dann muss heute dein Glückstag sein«, sagte Fanny. »Komm, Suvi, lassen wir die beiden Turteltäubchen allein.«

Vesuvius schlurfte, offensichtlich enttäuscht über die gewaltfreie Auflösung der Situation, mit hängendem Kopf hinter Fanny her, die durch die Tür hinter der Bar verschwand.

»Danke«, sagte Danny. »Ich –«

»Hast du das Geld, das du mir schuldest?«

»Was? Nein, ich –«

»Dann verpiss dich«, sagte Krystal und wandte sich zum Gehen.

»Warte!«, sagte Danny und wühlte in der Aldi-Tüte, die er dabeihatte. »Ich habe dir das hier mitgebracht.« Er zog El Magnificos Mantel heraus und hielt ihn hoch. Krystal starrte das Kleidungsstück an. Sie versuchte die Stirn zu runzeln, aber ihre Lippen umspielte ein Lächeln, das sich nicht unterdrücken ließ.

»Wo hast du das her?«

»Zauberei.«

Krystal fing an zu lachen. Danny lächelte.

»Was ist so lustig?«, sagte er.

»Das ist nicht meiner.«

»Was?«

»Der Bademantel. Das hab ich bloß gesagt, um ihn zu ärgern«, sagte sie. Danny zuckte mit den Schultern.

»Tja, dann wird ihn das wohl noch mehr ärgern.«

Sie nahm den Bademantel und drehte ihn hin und her.

»Wieso hast du das gemacht?«

»Weil ich ein guter Mensch bin«, sagte er. Krystal starrte ihn an. »Und weil ich deine Hilfe brauche.«

»Scheiße, ich wusste es!«

»Bring mir nur die Grundlagen bei«, sagte Danny. »Bitte. Nur die Grundlagen. Mehr will ich gar nicht.«

»Nein«, sagte Krystal.

»Bitte.«

»Nein.«

»Ich gebe dir hundert Pfund«, sagte er und scheiterte beim Versuch zu lächeln.

»Ich gebe *dir* hundert Pfund, wenn du vor einen Bus springst.«

Danny dachte kurz darüber nach.

»Muss der Bus fahren?«, fragte er.

»Ja.«

»Wie schnell?«

»So schnell, dass du stirbst«, sagte Krystal, »aber so langsam, dass du es spürst.«

»Verstehe«, sagte Danny. »Das lohnt sich nicht.«

»Ja, und für mich lohnt es sich nicht, dir für einen feuchten Händedruck das Tanzen beizubringen.«

»Sieh es doch mal so: Je besser ich tanze, desto mehr Geld nehme ich ein, und je mehr Geld ich einnehme, desto weniger bleibt für El Magnifico. Sieh es nicht so, als würdest du mir helfen. Sieh es so, als würdest du deinen Ex übers Knie legen. Bildlich gesprochen.«

Diesmal sagte Krystal nichts. Sie kaute auf ihrer Lippe herum und schüttelte den Kopf, als widerspräche sie irgendeinem unsichtbaren Weisenrat.

»Bitte. Mach es einfach, dann bist du mich los.«

»Versprichst du das?«

»Sonst soll mich der Blitz erschlagen.«

»Das klingt gut«, sagte Krystal. »Also los.« Sie bedeutete ihm, ihr zu folgen. »Bringen wir's hinter uns.«

»Moment mal, jetzt gleich?«, fragte er, aber Krystal war schon verschwunden.

Danny folgte ihr durch die Tür hinter der Bar, einen kurzen Flur entlang und in einen großen Raum mit Holzboden und einem schmuddeligen Spiegel, der sich über die gesamte Rückwand erstreckte. Es sah aus wie ein Ballettstudio, nur mit Discokugeln und Poledance-Vorrichtungen, und es roch nach Zigaretten und Red Bull.

»Du hast zwei Stunden«, sagte Krystal. »Wenn du es nicht schaffst, die Grundlagen in zwei Stunden zu lernen, kannst du genauso gut wieder Bohnen anpflanzen oder dich am Gloryhole verdingen oder was auch immer du vorher gemacht hast.«

»Ehrlich gesagt, war ich Bauarbeiter. Vor ungefähr einem Monat habe ich meinen Job verloren.«

»Interessiert mich nicht«, sagte sie und hockte sich vor eine große Stereoanlage in der Ecke. »Legen wir los, ich habe nicht den ganzen Tag Zeit.«

Der Spiegel erzitterte, als »Gimme! Gimme! Gimme!« von ABBA aus den Lautsprechern zu dröhnen begann.

Krystal hängte ihren Mantel auf und stellte sich in die Mitte des Raums. Danny blieb nervös an der Tür stehen.

»Na los, du Schwachkopf«, rief sie und zeigte auf die

Stelle neben sich. Danny atmete tief durch und stellte sich neben ihr vor den Spiegel.

»Okay«, sagte Krystal. »Stell dich so hin. Füße auseinander, Kopf runter und auf den Beat warten. Drei, zwei, eins, und jeeeeetzt mit der Schulter anfangen. Ganz easy, schön locker.«

Sie wackelte leicht mit der Schulter und bewegte sich im Takt der Musik. Danny schwenkte den Arm ruckartig vor und zurück wie ein defekter Industrieroboter.

»Jetzt die andere Schulter«, sagte sie. »So. Links, rechts, links, rechts. Geh einfach mit dem Rhythmus mit.«

Danny versuchte mit dem Rhythmus mitzugehen, aber der Rhythmus sah ihn kommen und rannte davon.

»Dann nimm langsam die Hüften dazu und dann die Arme, so. Kleine Bewegungen, nichts Wildes. Schnipp mit den Fingern, wenn dir das hilft. So. Schnipp. *Move.* Schnipp. *Move.*«

Er versuchte, mit den Fingern zu schnippen, aber die Bewegung verwirrte ihn nur noch mehr. Er sah aus, als wäre er in die Twilight Zone getanzt und wüsste nicht, wie man wieder hinaustanzte.

»Jetzt die Füße. Typen bewegen nie die Füße, sie haben zu viel Angst, ihr Bier zu verschütten, aber ohne die Füße kann man nicht tanzen. Wieder nichts Kompliziertes, einfach so. Schritt eins, Schritt zwei, Schritt eins, Schritt zwei.«

Danny fuhr sich mit dem Unterarm über die Stirn. Es kam ihm vor, als wäre er bei einem Marathon angetreten und realisierte erst jetzt, wie weit die Ziellinie entfernt war.

»Komm schon«, sagte Krystal, »weiter so. Du machst das gut. Jetzt alles zusammen. Kopf, Arme, Schultern,

Hüfte, Beine. Spür den Rhythmus. Komm schon. Tanz. Tanz, als wolltest du einen Man after midnight.«

»Kopf, Schultern, Arme, Köpfe, Schultern«, keuchte Danny und bewegte dabei jeweils den entgegengesetzten Körperteil des genannten. Sein Gesicht glänzte wie die Discokugel über ihm, ob vor Schweiß oder vor Tränen, das wusste er nicht genau.

»Endspurt. Nicht lockerlassen jetzt. Tanzen. Zwanzig Sekunden. Gib alles. Zehn Sekunden. Komm schon. Fünf Sekunden. Vier. Drei. Zwei. Eins. Und. Pause.«

Danny klappte zusammen und stützte die Hände auf die Knie, um nicht umzukippen. Schweiß tropfte ihm von der Nasenspitze, und er atmete laut und angestrengt. Er sah aus, als würde er sich übergeben oder sterben oder sich übergeben und dann sterben.

Krystal lächelte ihn an, wie eine mordlustige Ehefrau ihren Mann vor dem gemeinsamen Fallschirmsprung anlächelt.

»Bereit für Runde zwei?«, sagte sie.

Das Leid war Danny nicht fremd. Es war ihm vielmehr wohlvertraut, aber im Laufe der folgenden zwei Stunden verschwanden alle Probleme, die ihm bis zu diesem Augenblick das Leben schwergemacht hatten, auf wundersame Weise, nicht weil er sich in der Musik oder der Tanzkunst verloren hätte, sondern weil ihn der Versuch, mit Krystal Schritt zu halten, so traumatisierte, dass alle anderen traumatischen Erlebnisse in den Hintergrund traten, während er sich aufs bloße Überleben konzentrierte.

Er konnte nicht genau sagen, welcher Teil des Ganzen ihm die größten Schwierigkeiten bereitete, weil ihm alles gleich schwerfiel. Seine körperliche Fitness erwies sich als großes Hindernis. Danny hatte sich immer für einen einigermaßen fitten Kerl gehalten. Er konnte keinen Marathon oder auch nur irgendeine längere Strecke laufen, solange er nicht von irgendetwas Hungrigem gejagt wurde, aber er konnte zu einer Bushaltestelle sprinten, ohne ein Aneurysma zu riskieren, und er konnte die Treppe nehmen, wenn der Lift kaputt war, ohne vorher die Polizei darüber zu informieren, wo man seine Leiche finden würde. Er frühstückte nicht jeden Tag (oder auch nur an irgendeinem Tag) biologisch angebauten Grünkohl mit Tofu, aber er rauchte nicht, trank wenig Alkohol, und während viele seiner Kollegen nach Jahren im Baugewerbe zu röteren, schwereren Versionen ihrer selbst geworden waren, weil sie der Selbsttäuschung erlegen waren, man könne routinemäßig Süßkram essen, wenn man sich nur ausreichend bewegte, hatte das tägliche Schuften auf der Baustelle den anfangs so schmächtigen Danny zu dem starken, schlanken Mann gemacht, der er heute war. Aber schon zu Beginn seiner Übungsstunde wurde schmerzhaft deutlich, dass es ihm nicht an Kraft fehlte, dass er überhaupt keine Kraft brauchte (abgesehen vielleicht von Willenskraft, denn seine hatte sich schon zu Beginn des Unterrichts verflüchtigt) – was ihm fehlte, war Ausdauer. Er schaffte es kaum durch ein einziges Lied, ohne eine Pause einzulegen, um wieder zu Atem zu kommen, seinen Puls zu fühlen und zu googeln, bei wie vielen Schlägen in der Minute ein menschliches Herz explodierte, und selbst ohne das Pandakostüm schwitzte er so heftig, dass Krystal irgendwann die Putzfrau rufen musste, damit sie den Boden wischte, der sonst zum Sicherheitsrisiko geworden wäre.

Ebenso problematisch waren Dannys Koordinationsfähigkeiten oder besser das Fehlen derselben. Er wackelte, wenn er schütteln sollte, er schüttelte, wenn er wirbeln sollte, er wirbelte, wenn er schreiten sollte, und statt zu schreiten, tat er etwas, wofür nicht einmal Krystal ein Wort hatte. Nicht dass sie es ihm besonders einfach gemacht hätte. Ihr hinterherzuhetzen, fühlte sich an, als verfolgte er einen flüchtigen Verbrecher, der sich im Gegensatz zu ihm in den Straßen auskannte. Sie gab auf den Geraden Vollgas, raste um die Ecken und bremste nur ab, wenn Danny irgendwo falsch abbog oder im Straßengraben landete. Selbst wenn sie den Fuß vom Gaspedal nahm, hatte er Mühe, ihr zu folgen, und so ging es zwei ermüdende Stunden lang, bis Krystal endlich die Musik abstellte und ihm ein ungewaschenes, nach Bier riechendes Geschirrtuch zuwarf, damit er sich das Gesicht trocknen konnte, was er dankbar tat. Sie wirkte unfassbar aufgeräumt, so wie jemand, der gerade erst aus einem langen, erholsamen Schlaf erwachte, und kam erst ins Schwitzen, als sie Danny auf dem Weg aus dem Tanzstudio und durch den Gang zurück zur Bar stützen musste.

»Zwei Wasser, bitte, Suvi«, sagte Krystal, »und eine Mund-zu-Mund-Beatmung.« Sie nickte zu Danny hinüber, der sich auf den Barhocker neben ihr zu hieven versuchte.

»Die Mund-zu-Mund-Beatmung kriegst du von mir umsonst«, sagte Vesuvius und zwinkerte Danny zu, während er zwei Flaschen Wasser auf den Tresen stellte.

»Keine Sorge«, sagte Krystal, als Vesuvius sich wieder ans Polieren der Gläser gemacht hatte, »er steht nur auf verheiratete Männer.«

»Ich *bin* verheiratet«, sagte Danny zwischen zwei großen Schlucken Wasser. »Sozusagen.«

»Sozusagen?«

»Ist eine lange Geschichte«, sagte er und schaute auf seinen unberingten Ringfinger. Als Liz noch am Leben gewesen war, hatte er sich nie Sorgen um seinen Ehering gemacht, aber nach ihrem Tod hatte er mit einem Mal schreckliche Angst bekommen, er könne ihn verlieren, also hatte er ihn in Watte gehüllt, in eine Streichholzschachtel gesteckt und in der Schublade seines Nachttischs verborgen.

»Jeder Mann, der hierherkommt, hat eine lange Geschichte«, sagte Krystal. »Sag nichts, lass mich raten. Deine Frau ist mit einem anderen Typen durchgebrannt? Das haben wir hier öfter.«

Danny schüttelte den Kopf und trank noch einen Schluck Wasser. Krystal dachte kurz nach.

»Sie ist mit einer anderen Frau durchgebrannt?«

»Nein.«

»Mit einem anderen Panda?«

»Witzig.«

»War es ein Zwerg? Wir hatten hier nämlich mal so einen, dessen Frau ist –«

»Sie ist tot«, sagte Danny. Krystal sah ihn einen Augenblick lang mit einem unsicheren Lächeln um die Lippen an.

»Das ist ein Scherz, oder?«, sagte sie.

»Schön wär's«, sagte Danny und schraubte den Verschluss wieder auf die Flasche.

»Was ist passiert?«

»Sie ist bei einem Autounfall gestorben, vor etwas über einem Jahr.«

»Scheiße«, sagte Krystal. »Das tut mir leid.« Sie drehte den Hals ihrer Flasche zwischen den Fingern und ließ sie über die Bar tanzen. »Meine Mutter hat immer gesagt, ich hätte eine große Klappe.«

»Klingt, als würde ich mich gut mit ihr verstehen«, sagte Danny. Er lächelte.

»Da wärst du der Einzige«, sagte Krystal. Sie nahm einen Schluck Wasser, und die beiden saßen einen Augenblick lang schweigend da.

»Sie war Tänzerin, weißt du«, sagte Danny. Krystal runzelte die Stirn. »Meine Frau. Liz.«

»Sie hat dir eindeutig nicht viel beigebracht.«

»Ach was«, sagte Danny. »Danke übrigens für heute. Ich weiß, du hattest keine Lust dazu, aber höchstwahrscheinlich sterbe ich heute Nacht im Schlaf, wenn dir das ein Trost ist.«

»Ehrlich gesagt, dachte ich vorhin schon, du würdest auf der Stelle ins Gras beißen.«

»Es war knapp. Irgendwann fing alles an zu flackern, und ich dachte schon: *Das war's also. So geht es zu Ende.*«

»Ich habe Fanny schon hundertmal gesagt, sie soll die Leuchtstoffröhre auswechseln lassen.«

Sie lächelten beide.

»Im Ernst, danke«, sagte er.

»Kein Thema. Ich hätte nie gedacht, dass es so unterhaltsam sein könnte, einem erwachsenen Mann zuzugucken, der zwei Stunden lang kurz vorm Kotzen ist.«

»Ich weiß wirklich nicht, wie du das machst«, sagte Danny und verzog das Gesicht, während er sich sanft das Knie massierte.

»Es ist ganz einfach. Du stehst früh auf, gehst spät

schlafen, sorgst dafür, dass immer Coolpacks im Gefrierfach sind, und verbrauchst so viel Voltaren, dass du dich ständig am Rand einer Diclofenac-Abhängigkeit bewegst. Du tanzt ungefähr fünf Jahre lang Monat für Monat sechs oder sieben Tage in der Woche vier oder fünf Stunden lang, und voilà, schon bist du so weit, dass du dich in einem zwielichtigen Nachtclub an der Stange drehen kannst, während dir eklige alte Wichser feuchte Pfundnoten in die Unterwäsche stecken.«

»So wie ich tanze, könnte ich froh sein, wenn sie mir Zehn-Pence-Stücke in die Unterhose stecken.«

»Ehrlich gesagt, warst du gar nicht so schlecht. Ich meine, versteh mich nicht falsch, du warst fürchterlich. Richtig beschissen. So schlecht, dass du mir schon ernsthaft leidgetan hast. Aber du warst trotzdem nicht so schlecht, wie ich erwartet hätte. Nichts, was man nicht durch ein bisschen Übung in den Griff kriegen würde. Okay, viel Übung. Tonnenweise Übung. Aber du wirst es packen.«

»Nicht mit meinem Rhythmusgefühl. Ich könnte eher einen Elfmeter von Wayne Rooney halten als einen Takt.«

»*Dabei* könnte ich dir tatsächlich helfen«, sagte Krystal. Es klang aufrichtig.

»Na klar«, sagte Danny.

»Besorg dir ein Metronom.«

»Ein was?«

»Das ist dieses tickende Ding mit dem Zeiger«, sagte Krystal. Danny folgte ihrem Finger, mit dem sie zur Verdeutlichung hin- und herwackelte. »Damit hält man das Tempo. Schau einfach im Internet. Metronom. Besorg dir eins. Und benutz es. Nicht nur, wenn du tanzen übst, sondern bei allem. Beim Zwiebelschneiden. Beim Abspülen.

Beim Zähneputzen. Beim Fensterputzen. Wenn du das alles im Takt des Metronoms machst, lernst du, ganz von selbst im Rhythmus zu bleiben.«

»Ich finde nichts«, sagte er. Er zeigte Krystal sein Telefon.

»Nicht Metro-Gnom, du bescheuerter ... Scheiße, gib her.« Sie riss ihm das Telefon aus der Hand und tippte auf dem Display herum, wobei ihre Nägel auf dem Glas klackerten.

»Hier«, sagte sie und gab Danny das Telefon zurück. »Kauf das. Oder, noch besser, lad dir eins runter. Such einfach nach kostenlosen Metronom-Apps.«

»Danke«, sagte Danny. »Hast du sonst noch irgendwelche Tipps?«

»Ja, guck dir alle Tanzfilme noch mal an, die du je gesehen hast, und dann mach eine Liste mit denen, die du noch nicht kennst, und guck dir die auch noch an.«

»Das wird eine sehr lange Liste.«

»Du hast noch nie einen Tanzfilm gesehen?«

»Das kommt darauf an, was du unter Tanzfilm verstehst.«

»Einen Film, in dem getanzt wird.«

»Ah. In dem Fall nicht.«

»*Flashdance? Footloose? Billy Elliot? Strictly Ballroom – Die gegen alle Regeln tanzen?* Bitte sag mir, dass du wenigstens *Dirty Dancing* gesehen hast. Dann könnte ich dir gerade noch verzeihen«, sagte sie. Danny schüttelte den Kopf.

»Liz wollte immer, dass ich ihn mit ihr gucke«, sagte er, und plötzlich fiel ihm kein einziger guter Grund ein, warum er es nie getan hatte. »Es war einer ihrer Lieblingsfilme.«

»Klingt nach einer coolen Frau«, sagte Krystal.

»Das war sie«, sagte er. Er stellte seine Wasserflasche auf den Kopf und sah zu, wie die Tröpfchen im Zickzackkurs am Plastik hinunterliefen.

»Tja, guck ihn dir jedenfalls an. Und dann guck ihn dir noch mal an. Am besten hundertmal. Dieser Film kann dich alles lehren, was du wissen musst. Nicht nur übers Tanzen, sondern über das ganze Leben.« Krystal ließ sich von ihrem Hocker gleiten. »Na ja, ich geh mich besser mal warm machen.«

»Warm machen?«, fragte Danny. »Du musst doch längst warm sein. Du hast gerade zwei Stunden getanzt.«

»Eine andere Art von Warmmachen«, sagte Krystal. Sie nickte zu einem der Podeste hinüber, wo eine andere Tänzerin mit einer Zigarette zwischen den Lippen um eine Stange kreiste.

»Verstehe«, sagte Danny, der den Wink verstand. »Nur zu, ich lasse dich in Ruhe.«

»Viel Glück mit der Pandageschichte«, sagte sie im Weggehen.

»Danke«, sagte er. Er wusste, er würde es brauchen.

# 16

Will sah zu, wie Mr. Coleman langsam die Tafel der Länge nach abschritt und seinen Stift auf der Oberfläche quietschen ließ, während er in Großbuchstaben etwas anschrieb.

»Internationaler ›Welchen Beruf haben eure Eltern‹-Tag«, las Mr. Coleman die Wörter vor, die er soeben geschrieben hatte. »Habt ihr davon schon mal gehört?«

Einige der Kinder schüttelten den Kopf. Andere starrten nur ins Leere.

»Tja, ich auch nicht, aber offenbar hat man diesen Tag eingeführt, und offenbar müssen wir jetzt darüber reden. Übrigens, für alle, die sich das gerade fragen: Gestern war internationaler Tag der Ente – ich weiß, ich kann auch nicht glauben, dass wir den versäumt haben –, und morgen ist internationaler ›Lehrer sind spitze und generell unterschätzt, chronisch überarbeitet und unterbezahlt‹-Tag, bitte weitersagen.«

Das einzige Geräusch im Raum kam von einem Stift, der irgendwo von einem Tisch rollte und auf dem Boden landete.

»Heute geht es also anscheinend darum, nun ja, den Kapitalismus zu feiern, auch wenn es sich laut diesem hilfreichen Arbeitsblatt, mit dem mich die Unterrichtsgötter dankenswerterweise ausgestattet haben, um einen Tag handelt, und ich zitiere, ›an dem wir all das feiern, was unsere Eltern dazu beitragen, dass sich die Erde weiterdreht‹. Nur damit ihr es wisst: Eure Eltern sorgen nicht dafür, dass sich die Erde dreht. Die *Physik* sorgt dafür, dass sich die Erde dreht. Und sollten eure Eltern vielleicht gerade arbeitslos sein: Keine Angst, die Welt wird nicht plötzlich aufhören, sich zu drehen. Sie wird immer weiterkreiseln, jedenfalls bis zu dem Tag, an dem die Sonne implodiert und diesen armseligen kleinen Planeten, den wir unser Zuhause nennen, zerstäubt. Alle, deren Eltern gerade Arbeit haben: Wer von euch weiß, was genau sie arbeiten?«

Einige Kinder hoben die Hand, auch Will, der immer noch nichts von den veränderten Lebensumständen seines Vaters ahnte.

»Prima«, sagte Mr. Coleman. »Wie wäre es, wenn ein paar von euch nach vorne kommen und uns allen etwas von ihrer Arbeit erzählen. Mutter oder Vater, wie ihr wollt. Es muss kein Monolog sein, ein paar Worte genügen.«

Mr. Coleman sah, wie Wills Hand in dem Meer aus Armen versank.

»Oder wisst ihr was?«, sagte er. »Lasst uns ein Spiel machen, ja? Statt uns zu *sagen,* was eure Eltern vom Beruf sind, *zeigt* ihr es uns einfach.«

»Zeigen? Mit einem Video oder was?«, sagte Jindal.

»Ich habe aber kein Video von meiner Mutter bei der Arbeit«, sagte Atkins.

»Ich glaube, ich habe eins davon, wie mein Dad einen Dieb verkloppt hat, als er noch Wachmann bei Zara war«, sagte Kabiga und wischte auf seinem Telefon herum.

»Ich rede nicht von Videos«, sagte Mr. Coleman. »Ihr sollt eure Kreativität benutzen.«

Bei der Erwähnung des Wortes »Kreativität« ging ein gedämpftes missmutiges Raunen durch die Klasse.

»So wie bei einer Scharade?«, sagte Mo.

»Ganz genau, Mo«, sagte Mr. Coleman. »Wie bei einer Scharade.«

»Wieso können wir es nicht einfach sagen?«, fragte ein Junge in einer der hinteren Reihen.

»Weil das langweilig ist! Das machen alle anderen Klassen. Bei uns wird es lustiger.« Mr. Coleman sah kurz zu Will hinüber, der ihm ein kleines anerkennendes Lächeln zuwarf.

»Sie haben eine komische Vorstellung von lustig, Mr. C.«

»Ich fange an, okay?«, sagte Mr. Coleman. »Ich zeige euch, was mein Vater von Beruf war.«

Er zog sein Jackett aus und hängte es über die Stuhllehne.

»Ihr Vater war Stripper?«, rief jemand. Gelächter erfüllte das Klassenzimmer.

»Sehr witzig«, sagte Mr. Coleman. »Ich habe noch nicht angefangen. Also, jetzt geht es los.«

Er setzte sich auf den Stuhl und nahm ein Paar unsichtbarer Trommelstöcke in die Hände. Dann schlug er sie über dem Kopf gegeneinander wie ein Headliner des Monsters-of-Rock-Festivals und begann ein unerwartet enthusiastisches, wenn auch vollkommen lautloses Schlagzeugsolo zu spielen.

»Gitarrist!«, rief Cartwright.

»Schlagzeuger!«, riefen alle anderen.

»Richtig!«, sagte Mr. Coleman und wischte sich den Schweiß von der Stirn.

»Ist doch dasselbe«, murmelte Cartwright.

»Schlagzeugspieler beim London Symphony Orchestra, um genau zu sein. Ihr hättet ihn mal sehen müssen, er hatte einen ziemlichen Schlag …«

»… bei den Mädels«, sagte Mo. »Das glaube ich, die stehen immer auf den Schlagzeuger.«

»Woher weißt du das denn?«, fragte Kabiga.

»Weil er ein Mädchen *ist*«, sagte Claire Wilkins, die hinter Mo saß. Alle kicherten.

»Im Gegensatz zu dir«, sagte Mo. »Sauber!«, ertönte es im Klassenzimmer. »Der hast du's gegeben!«

»Ich meinte eigentlich seinen Schlag am *Schlagzeug*«, sagte Mr. Coleman. »Wobei er bei den Frauen durchaus beliebt war. Nur bei meiner Mutter nicht ganz so. Na ja, wer will als Nächstes? Mo? Komm, zeig den anderen, wie es geht.«

»Kein Problem«, sagte Mo. Er setzte sich auf Mr. Colemans Stuhl und hielt ein imaginäres Lenkrad vor sich in die Luft; dann drückte er auf die Hupe, schrie auf Pandschabi herum und zeigte den anderen Fahrern, die auf seiner imaginären Straße die unterschiedlichsten Verkehrsverstöße begingen, den Mittelfinger.

»Taxifahrer!«, schrie die ganze Klasse.

»Gut gemacht, Mo«, sagte Mr. Coleman, während Mo auf seinen Platz zurückging. »Kannst du mich bitte daran erinnern, dass ich nie bei deinem Vater einsteige?«

»Mein Vater ist Immobilienmakler«, sagte Mo. »Das Taxi fährt meine Mutter.«

»Kannst du mich dann bitte daran erinnern, dass ich dich beim Elternabend besonders lobe? Will, du bist dran. Komm her und zeig uns, was dein Vater macht.«

Will kam nach vorn geschlurft. Er stand einen Augenblick lang da und schaute schüchtern drein, bevor er sich eine imaginäre Schaufel griff und sie halbherzig in den Boden stieß.

»Bergmann!«, rief jemand.

»Goldgräber!«, rief ein anderes Kind.

»Schlagzeuger!«, rief Cartwright. Alle lachten, auch Will. Er legte seine unsichtbare Schaufel aus der Hand und fing an, stattdessen Ziegelsteine aufeinanderzuschichten, diesmal mit etwas mehr Begeisterung, doch es sah eher so aus, als wollte er eine Mauer hinaufklettern als eine bauen.

»Bergsteiger!«

»Spiderman!«

Will, der jetzt noch mehr lachen musste, blickte sich Hilfe suchend nach Mr. Coleman um. Der Lehrer lächelte und zuckte mit den Schultern.

»Lass mich aus dem Spiel, Spiderman!«

Will nahm einen imaginären Hammer und tat so, als wollte er einen Nagel einschlagen.

»Handwerker!«, rief Jindal.

Will zeigte auf Jindal und ermunterte ihn, weiterzuraten.

»Dachdecker!«, rief Jindal.

»Bauarbeiter!«, rief Cartwright.

Will zeigte auf Cartwright und hob den Daumen.

»Gut gemacht, Will. Und gut gemacht, Cartwright!« Cartwright strahlte, als hätte er eine 3 minus in Mathe bekommen. »Setz dich, Will, ich glaube, davon musst du dich erst mal ausruhen.«

Einige der Kinder klopften Will auf die Schulter oder boxten ihm leicht auf den Arm, während er zu seinem Tisch zurückging.

»Also gut«, sagte Mr. Coleman und nickte Will noch einmal zu, der das Nicken erwiderte. »Wer ist der Nächste?«

Sie spielten noch ein paar Runden (es wären noch mehr geworden, hätte nicht eines der Kinder mindestens zehn beklommene Minuten lang nach einer Möglichkeit gesucht, den anderen klarzumachen, dass seine Mutter Magen-Darm-Spiegelungen durchführte), bevor es schellte und alle jene paradoxe Wanderung antraten, bei der die Schüler aus dem einen Klassenzimmer stürmen, um dann im Schneckentempo in das nächste zu schleichen.

»Will?«, sagte Mr. Coleman, als Will und Mo sich soeben gleichzeitig durch die Tür zu schieben versuchten. »Kann ich dich kurz sprechen?«

Die beiden Freunde tauschten einen schreckerfüllten Blick aus, bevor Will ins Klassenzimmer zurückkehrte, um sich der Bestrafung für seinen offenbar begangenen Fehltritt zu stellen.

»Ist schon gut, Mo«, sagte Mr. Coleman, als er sah, dass Mo in der Tür stehen blieb. »Ich werde deine Vermittlerdienste heute nicht benötigen, danke.«

Mo sah Will an, zuckte mit den Schultern und schloss die Tür hinter sich. Will setzte sich.

»Das war eine richtig gute Darstellung vorhin«, sagte Mr. Coleman. »Du könntest ein Filmstar werden. Na ja, Stummfilmstar jedenfalls.« Will lächelte. Er hörte auf, nervös von einem Fuß auf den anderen zu treten, und wartete, bis Mr. Coleman die richtigen Worte fand.

»Ich weiß, es geht mich nichts an, Will, und du hast mit Sicherheit die Nase voll von Leuten, die dir Ratschläge erteilen oder dir sagen wollen, was du zu tun hast, aber, na ja, ich wollte dir nur sagen, dass ich es verstehe. Dein Schweigen, meine ich. Ich kann nicht behaupten zu verstehen, was du empfindest oder was du dieses Jahr durchgemacht hast, aber ich weiß ein bisschen was darüber, wie es ist, jemanden zu verlieren, der einem nahestand.«

Will schaute auf seine Hände hinunter und knibbelte ein wenig an der Ecke seines Daumennagels herum.

»Mein Großvater ist gestorben, als ich ungefähr so alt war wie du. Er war für mich eher wie ein Vater als ein Großvater. Mein Vater hatte ständig Proben, und meine Mutter war Krankenschwester und musste oft nachts arbeiten, also wurde ich die ersten zehn Jahre mehr oder weniger von meinem Großvater aufgezogen. Er hatte graue Haare und graue Augen, und alles in seinem Kleiderschrank war grau, aber wenn er einen Raum betrat, war es, als wäre die Sonne direkt hinter ihm hereingekommen. Er war damals schon alt, aber ich dachte trotzdem, er würde für immer da sein, denn so denkt man nun mal als Kind. Deswegen war es ein riesiger Schock, als er starb, so als wäre plötzlich ein Zug aus dem Nichts erschienen und direkt in mich hineingefahren. Ich habe danach lange nicht über ihn gesprochen. Weder mit meinem Vater noch mit meiner Mutter noch mit meinen Freunden. Ich wusste einfach nicht, was ich sagen sollte. Ich fand es so absonderlich, in der Vergangenheitsform von ihm zu reden, dass ich gar nicht über ihn sprechen konnte, wenn du verstehst, was ich meine.«

Will nickte, den Blick weiter auf seine Hände geheftet.

»Eines Tages gab mir mein Vater einen alten Stoffhasen. Ich hatte ihn noch nie gesehen, aber mein Vater sagte, er habe meinem Großvater gehört. Er hatte ihn beim Aussortieren seiner Sachen gefunden und dachte, ich wolle ihn vielleicht haben. Der Hase hieß Colin, und er war das jämmerlichste Ding, das man je gesehen hat. Ein Arm fehlte, er hatte nur ein Ohr, aus dem Fell waren große Fetzen herausgerissen. Er sah aus, als wäre er von einem Rasenmäher überfahren worden. Ehrlich gesagt, glaube ich, dass genau das passiert war. Aber Colin war ein begnadeter Zuhörer, auch wenn er nur ein Ohr hatte. Mit ihm konnte ich auf eine Weise über meinen Großvater sprechen, wie ich es mit Menschen nicht konnte.«

Wills Mundwinkel zuckte leicht.

»Ich weiß, ich weiß. Lach ruhig. Ich erzähle dir das nur, weil ich weiß, dass du es niemandem weitererzählen wirst. Sonst wäre ich morgen wahrscheinlich meinen Job los.«

Will versicherte Mr. Coleman mit einem an die Lippen gelegten Finger und einem leichten Nicken, dass sein Geheimnis bei ihm gut aufgehoben war.

»Danke, das weiß ich zu schätzen«, sagte Mr. Coleman. Sein Stuhl knarrte leise, als er sich zurücklehnte und die Arme verschränkte. »Die Wahrheit ist, dass es mir leichtfiel, mit diesem Hasen zu reden, weil mich Colin im Gegensatz zu allen anderen um mich herum – meiner Familie, meinen Freunden, meinen Lehrern – nicht geradezubiegen versuchte. Er tat nicht so, als wüsste er, wie es mir ging. Er erwartete nicht, dass ich ›wie vorher war‹ …« – Mr. Coleman malte mit den Fingern Anführungszeichen in die Luft – »… so als wäre gar nichts passiert und das Leben müsste normal weitergehen, trotz dieses Lochs, das sich plötzlich mitten darin aufgetan hatte. Er erwartete überhaupt nichts, weil, na ja, weil er bloß ein Stofftier war. Er konnte nichts als zuhören. Also tat er das. Er hörte zu. Und es half. Davor hätte ich nicht geglaubt, jemals wieder über meinen Großvater sprechen zu können. Aber seitdem habe ich begriffen, dass es nicht unbedingt schwierig sein muss, über schwierige Dinge zu reden. Das Schwierige ist, den richtigen Menschen – oder Hasen – zum Reden zu finden. Ich will damit natürlich nicht sagen, dass du anfangen sollst, mit Tieren zu reden, und solltest du es tun, sag bitte niemandem, dass ich es war, der dich darauf gebracht hat. Aber ich bin mir sicher, dass Colin dir gern eine Gratissitzung einräumt, und mit mir kannst du natürlich auch jederzeit reden, wobei du mich inzwischen wahrscheinlich für verrückt hältst. Wir können auch Scharade spielen, wenn dir das lieber ist.«

Will musste lächeln, weil er an Mo dachte, der aus einem imaginären Taxi heraus die anderen Schüler anschrie.

»Ich glaube, was ich zu sagen versuche, ist Folgendes, Will: Wenn etwas Schreckliches, Unbegreifliches geschieht, dann braucht es manchmal etwas ebenso Unerwartetes, damit wir es begreifen können. Verstehst du, was ich meine? Oder fasele ich hier bloß dummes Zeug?«

Will wiegte den Kopf hin und her, um eine Mischung aus beidem anzudeuten.

»Gut, das soll mir genügen«, sagte Mr. Coleman. Er riss ein Stück Papier aus einem Spiralblock, schrieb: »Entschuldigung, dass Will und Mo zu spät kommen, ich habe dummes Zeug gefaselt«, und unterschrieb es, bevor er es Will gab. »Gib das dem Lehrer, bei dem ihr die nächste Stunde habt, damit ihr keinen Ärger bekommt.«

Will schaute auf den Zettel und runzelte die Stirn, als er Mos Namen las. Mr. Coleman deutete mit dem Kinn auf die Tür hinter Will, der sich gerade rechtzeitig umdrehte, um Mos Gesicht rasch hinter der Scheibe verschwinden zu sehen.

»Er hat die ganze Zeit auf dich gewartet«, sagte Mr. Coleman. »Er ist gut in Scharaden, aber sehr schlecht im Verstecken. Na los, setzt euch in Bewegung.«

# 17

Mit zwölf Jahren war Danny auf einen Ahornbaum geklettert, um ein Mädchen aus seiner Straße zu beeindrucken. Abgesehen davon, dass er seine Kletterkünste unter Beweis stellen wollte – die er wie die meisten Jungen seines Alters für das entscheidende Merkmal hielt, um sich gegen die Konkurrenz durchzusetzen –, war das Ziel der Mission gewesen, eine Katze zu retten, die nicht einmal dem fraglichen Mädchen gehörte (was er zu diesem Zeitpunkt nicht wusste) und mit ziemlicher Sicherheit keiner Rettung bedurfte (er hatte zwar eine Ahnung, dass das der Fall sein könnte, brauchte aber einen Aufhänger, um seine vormännliche Männlichkeit zu demonstrieren, und eine Katze auf einem Baum kam ihm da gerade recht). Wie um das zu unterstreichen, wartete das Tier geduldig, bis Danny die schwierigsten Stellen des Baums gemeistert hatte und sie sich Auge in Auge gegenüberstanden, um dann den Stamm hinunter- und einen benachbarten Baum hinaufzurennen, während Danny gerade lange genug schwankend in den Ästen hing, um sich bewusst zu werden, wie dämlich er aussah, bevor er den Halt verlor und zu Boden stürzte.

Sein fallender Körper folgte einer Flugbahn, die ihn auf wundersame Weise um alle Äste herumführte, ein Geschenk des Himmels, das ihn mit verletzter Würde, aber unverletztem Körper vom Schauplatz des Ganzen humpeln ließ. Danny dachte oft daran, welch ein Glück es gewesen war, dass er den Unfall nicht nur überlebt hatte, sondern all seine Gliedmaßen noch funktionierten und sich seine Gehirnflüssigkeit noch in seinem Schädel befand, und manchmal träumte er nachts von diesem Tag und hatte, wenn er im Finstern hochschreckte, immer noch das Gefühl zu fallen. Wie bei jedem guten Albtraum vom Fallen erwachte er immer vor dem Aufprall, doch als er an diesem Abend nach dem Tanztraining ins Bett kroch und sich wieder auf die Erde zustürzen sah, während die Nachbarstochter voller Entsetzen und die Katze voller morbidem Vergnügen zuschaute, schlug er nicht nur vor dem Erwachen auf dem Boden auf, er wurde auf dem Weg nach unten auch noch von jedem einzelnen Ast getroffen, bis er grün und blau und um einiges übler zugerichtet war als beim ersten Mal. Schmerzerfüllt lag er zu Füßen des Baums, bis ihn der Klang seines Weckers von seinen Qualen erlöste. Als er benommen die Augen aufschlug und den Wecker abzustellen versuchte, schmerzte selbst die kleinste Bewegung so sehr, dass es sich anfühlte, als wäre jemand in seine Wohnung eingebrochen und hätte ihn die ganze Nacht lang mit einem Nudelholz verdroschen. Einen Augenblick lang fragte er sich, wie Schmerzen aus einem Traum in die reale Welt hinüberwandern konnten, bevor sein vernebeltes Gehirn allmählich in Gang kam und er begriff, dass dieser Traum in Wahrheit eine Verkörperung der tatsächlichen Schmerzen gewesen war, die er jetzt als das Resultat seines gestrigen Abstechers zu Fanny's Bar zu spüren bekam.

Er zwang sich aus dem Bett und in seine Pantoffeln und ignorierte Wills neugierige Blicke, während er durch die Küche humpelte, ihm Frühstück machte und ihn anschließend zur Schule schickte. Dann ließ er sich langsam, als stiege er in ein heißes Bad, auf dem Sofa nieder und überdachte still seine Lage.

Er würde an diesem Tag nicht tanzen, so viel stand fest. Und er würde auch an den darauffolgenden Tagen nicht tanzen, sollte er nicht auf irgendeine Weise Wolverines Selbstheilungskräfte mobilisieren können. Aber in Anbetracht seiner lächerlich geringen Einkünfte war sich Danny ziemlich sicher, dass der vorübergehende Stillstand keinerlei Auswirkungen auf seine momentane finanzielle Situation haben würde. Zwar tat es ihm ein wenig leid um die verlorenen Übungsstunden, aber da er nicht einmal einen Finger bewegen konnte, ohne Angst zu haben, er könnte abfallen, akzeptierte er zähneknirschend, dass alle Tanzschritte, die er proben wollte, in seinem Kopf geprobt werden müssten.

Sein Gespräch mit Krystal kam ihm in den Sinn, und er rollte sich vom Sofa und zum TV-Schrank hinüber, wo er die DVDs und Computerspiele nach Liz' Exemplar von

*Dirty Dancing* durchforstete. Sie hatte den Film auf Video gehabt, ihn aber so oft gesehen, dass sich das Band abgenutzt hatte (insbesondere an den Stellen, an denen Patrick Swayze mit freiem Oberkörper zu sehen war), also hatte Danny ihr zu Weihnachten eine DVD geschenkt, was sie nicht daran hinderte zu versuchen, diese ebenso zu verschleißen.

Er wusste nicht mehr, wie oft sie ihn gebeten hatte, den Film mit ihr zu schauen, anfangs ernst gemeint, später dann scherzhaft, als sie begriffen hatte, dass es nie dazu kommen würde. Im Laufe der Zeit wurde es zu einem Running Gag zwischen ihnen, und Danny erfand bewusst komplizierte Ausreden, wenn sie vorschlug, den Film einzulegen. Er hatte immer vorgehabt, eines Tages nachzugeben, sie zu überraschen, wenn sie am wenigsten damit rechnete, indem er Ja sagte, wenn sie ihn fragte, oder es sogar selbst vorschlug. Ihm war nie in den Sinn gekommen, dass er keine Gelegenheit dazu haben würde; dass ein Tag kommen würde, an dem ihm dieser Running Gag nicht mehr lustig, sondern stattdessen unfassbar grausam erscheinen würde, und als der Vorspann begann und die ersten Takte von »Be My Baby« einsetzten, konnte er nichts weiter tun, als Liz' Foto zu nehmen und es neben sich auf das Sofa zu stellen.

»Besser spät als nie, was?«, sagte er zu seiner Frau und verbiss sich seine Tränen, als Baby Housemans Eröffnungsmonolog begann. »Nichts verraten, ja?«

So saßen sie die nächsten hundert Minuten zusammen da, während Danny sich still Notizen machte. Er entschuldigte sich jedes Mal, wenn er zurückspulte, um Beobachtungen zu Jennifer Greys Tanzschritten oder Patrick

Swayzes unfassbar unbehaartem Körper aufzuschreiben. Er jubelte, als Johnny Castle sagte, sein Baby gehöre zu ihm. Und als der Abspann lief, drückte er Liz an die Brust und weinte so heftig, dass der Nachbarshund zu heulen anfing. Er beweinte jedes einzelne Mal, dass er sich stur geweigert hatte, mit ihr zu tanzen, also jedes Mal, dass sie ihn gefragt hatte, und er beweinte, dass er sie allein hatte tanzen lassen, was ihr sogar Spaß gemacht hatte, ihm aber trotzdem das Herz brach, wenn er sie jetzt vor sich sah, mitten auf der Tanzfläche, umgeben von Fremden, während er vom Rand aus zuschaute. Er beweinte, dass es ihm wichtiger gewesen war, sich nicht zum Affen zu machen, als ihr ein Lächeln ins Gesicht zu zaubern, und dann lachte er, weil er einfach lachen musste, als ihm wieder einfiel, dass sich der Mann, der nicht hatte tanzen wollen, weil er sich den Kopf darüber zerbrach, was die Leute denken würden, jetzt Notizen machte, um seine Fähigkeiten als tanzender Panda zu verbessern. Danny hatte keine Ahnung, wie es so weit gekommen war, aber er wusste, dass Liz stolz auf ihn gewesen wäre. Sie wäre sauer gewesen, dass er so lange gebraucht hatte, um die Tanzschuhe anzuziehen, aber sie wäre stolz auf ihn gewesen.

Danny fuhr sich mit dem Ärmel über die Augen und suchte so viele Tanzfilme heraus, wie er finden konnte. Er fing mit denen an, die Krystal erwähnt hatte, und erstellte dann eine Liste derjenigen, die sie nicht erwähnt hatte. *Saturday Night Fever. Du sollst mein Glücksstern sein. Moulin Rouge. Step Up* (alle Teile, sogar den letzten). *Silver Linings. Save the Last Dance. Magic Mike. La La Land.* Und sämtliche alten Torvill-und-Dean-Clips. Und das war alles, was er die nächsten beiden Tage lang tat: Filme schauen, von dem

Moment, in dem Will zur Schule ging, bis zu dem Moment, in dem er nach Hause kam, und von dem Moment an, in dem Will schlafen ging, bis zu dem Moment, in dem er aufwachte. Er bewegte sich kaum vom Sofa weg, wenn er nicht auf Toilette ging, sich etwas zu essen aus der Küche holte oder seine steifen, aber sich allmählich erholenden Muskeln dehnte.

Als er sich ausreichend wiederhergestellt fühlte, begann Danny zu üben, was Krystal ihm beigebracht hatte, und dazu die Tanzschritte, die er sich während seines Filmmarathons abgeschaut hatte. Er lud eine Metronom-App herunter und ließ sie bei allem laufen, was er tat, um sich mit dem Rhythmus zu synchronisieren. Zähne putzen. Nägel schneiden. Mit den Fingern auf den Esstisch trommeln. Zwischen Eingangstür und Küche hin- und herlaufen. Mit dem Kopf nicken. Die Schultern bewegen. Mit dem Kopf nicken und dazu die Schultern bewegen. Zum ersten Mal seit Liz' Tod die Fenster putzen und sie dann noch einmal putzen, bis man wieder richtig hindurchsehen konnte. Den Fleck beseitigen, den seine schmutzigen Arbeitsstiefel auf dem Teppich hinterlassen hatten. Möhren in Scheiben schneiden. Die Scheiben in Stücke schneiden. Die Stücke in kleinere Stücke schneiden. Es gab in dieser Zeit oft Möhren zu essen, was weder Danny noch Will sonderlich begeisterte, aber ob es an den Möhren lag oder an dem Metronom oder an Krystal oder an Johnny Castle oder einer Mischung aus alldem – als Danny fünf Tage später in den Park zurückkehrte, stand fest, dass sich etwas verändert hatte. Seine Tanzkünste waren immer noch alles andere als beeindruckend, aber immerhin hatten sie sich ausreichend verbessert, um eine kleine Zuschauermenge anzuziehen. Und im Gegensatz zu der Handvoll Leute, die vorher stehen geblieben waren, um ihm zuzuschauen, und von denen ihn viele angesehen hatten, als hätten sie gerade eine halbe Maus in ihrem Sandwich entdeckt, schien diese neue Zuschauerwelle tatsächlich Gefallen an seinen Darbietungen zu finden, wenn nicht übermäßig, dann doch immerhin genug, um sich von dem bisschen Kleingeld zu trennen, das sie dabeihatten. Er nahm an diesem einen Tag im Park mehr ein als an allen vorherigen Tagen zusammen, und auch wenn es nur ein Bruchteil dessen war, was er Reg schuldete, tat es gut, ein wenig Anerkennung für seine Mühen zu bekommen.

Als wäre der Tag noch nicht schön genug gewesen, hellte sich seine Laune noch weiter auf, als er El Magnifico quer durch den Park auf sich zustürmen sah, gekleidet in etwas, was wie ein violetter Schlafrock aussah.

»Wo ist er!«, sagte er fordernd. Ohne seinen Mantel wirkte er blass und zerbrechlich wie ein Einsiedlerkrebs nach der Zwangsräumung.

»Hast du einen Schlafrock an?«, fragte Danny, nahm die Maske ab und starrte auf die Kleidung des Mannes.

»Ja, habe ich, und du weißt auch, warum, nicht wahr, du pelziger kleiner Mistkerl.«

»Ich hoffe, du trägst etwas darunter.«

»Hör auf mit dem Scheiß, Frettchen, wo ist er?«

»Wo ist wer?«, sagte Danny, um eine ernste Miene bemüht.

»Du weißt genau, was ich suche!«, sagte El Magnifico. »Wo ist der Mantel?«

»Welcher Mantel?«

»Du weißt genau, welcher Mantel.«

»Tut mir leid, La Fantastico, aber ich habe keine Ahnung, wovon du redest.«

»Du weiß, dass ich nicht so heiße! Und du weißt ganz genau, wovon ich rede. Du und die verdammte Vogelscheuche dahinten, ihr habt ihn gestohlen.« Er zeigte über den Park hinweg auf Tim.

»Dein Mantel wurde geklaut? Wie schrecklich. Man kann wirklich keinem mehr trauen, wie?« Er zog die Maske wieder herunter, um sein Lächeln zu verbergen.

El Magnifico bebte, und ein Augenlid fing an zu zucken.

»Moment mal, bist du jetzt bloß sauer auf mich, oder versuchst du ernsthaft, mich anzuzünden?«, fragte Danny.

»Dafür wirst du bezahlen!«, sagte El Magnifico und marschierte davon, wobei sich sein Schlafrock hinter ihm blähte, sodass er aussah wie ein wütender Hauseigentümer auf der Suche nach dem Zeitungsausträger, der seinen *Telegraph* zerknittert hatte.

Danny setzte sich und gluckste in sich hinein, während er sich die Schuhe zuband, um sich für die nächste Show bereitzumachen.

»Hi«, sagte eine Stimme, die fremd und zugleich irgendwie vertraut klang. Danny starrte auf seine Schuhe. Seine Haut prickelte vor Aufregung, und das Blut rauschte ihm in den Ohren, als er tief Luft holte, den Kopf hob und seinen Sohn vor sich stehen sah.

»Danke noch mal wegen neulich«, sagte Will.

Danny nickte. Er wusste nicht, was er sonst tun sollte. Eine peinliche Stille breitete sich aus.

»Was bist du eigentlich?«, fragte Will, der sich die Krawatte abwechselnd um die Hand wickelte und wieder löste. »Ein Panda oder so was?«

Danny nickte wieder. Er war sich vage bewusst, dass Will als Erster seine Spezies korrekt identifiziert hatte, aber er war zu benommen, um sich darüber zu freuen.

»Wieso sprichst du nicht?«

Danny erstarrte, während er überlegte, wie er irgendetwas anderes als eine Ja-Nein-Frage beantworten sollte. Sein Blick fiel auf die Tasche zu seinen Füßen, und er nahm den Block heraus, in den er seine Einnahmen eintrug. Er schrieb in Großbuchstaben, damit Will seine Handschrift nicht erkannte.

*Weil ich ein Panda bin,* stand da. Will lächelte.

»Ich verstehe das«, sagte er. »Nicht sprechen zu wollen, meine ich. Ich spreche auch nicht.«

*Bist du dir da ganz sicher?,* schrieb Danny.

»Okay, *normalerweise* spreche ich nicht. Du bist der erste Mensch, mit dem ich seit über einem Jahr geredet habe. Und der erste Panda, mit dem ich, na ja, jemals geredet habe, würde ich sagen.«

*Wie fühlt es sich an?*

»Ich weiß nicht«, sagte Will. Er zuckte mit den Schultern. »Normal. Komisch. Beides.«

*Warum hattest du aufgehört?,* schrieb Danny. Die Aussicht, eine Antwort auf die eine Frage zu bekommen, die ihn seit dem Unfall plagte, ließ seine Hand leicht erzittern.

Will sagte so lange nichts, dass Danny schon glaubte, ihn wieder verloren zu haben.

»Das ist schwer zu erklären«, sagte Will schließlich.

*Versuch es,* ermunterte ihn Danny. *Pandas sind sehr gute Zuhörer.* Er schnippte gegen sein mottenzerfressenes Ohr, um die Worte zu unterstreichen, und riss es dabei versehentlich ab.

»Vielleicht ein anderes Mal«, sagte Will und reichte Danny sein abtrünniges Körperteil. »Ich muss los.«

Dannys Stift verharrte über dem Block, während er verzweifelt überlegte, wie er das Gespräch aufrechterhalten könnte, aber als er endlich etwas geschrieben hatte, war Will schon auf halbem Weg zum Ausgang des Parks. Er schaute auf das Papier und seufzte.

*Warte,* stand da.

# 18

»Hi, Will!«, rief Danny, ohne die Aufregung in seiner Stimme unterdrücken zu können, als er die Tür hinter sich schloss und durch die Wohnung streifte. »Will? Bist du zu Hause, Kumpel?«

Er hatte den Park früher verlassen, weil er sich nach der unerwarteten Begegnung mit seinem Sohn auf nichts anderes mehr konzentrieren konnte. Selbst jetzt, mehrere Stunden später, kam ihm das Ganze noch unwirklich vor, so als wäre er gerade auf magische Weise von einer tödlichen Krankheit geheilt worden.

Er fand Will auf dessen Bett, wo er irgendetwas auf seinem iPad spielte.

»Da bist du ja!«, sagte Danny. Er versuchte einen lässigen Eindruck zu erwecken, indem er sich an den Türrahmen lehnte, bis ihm einfiel, dass er sich nie an Türrahmen lehnte und sich damit wahrscheinlich nur verdächtig machte. Er stellte sich gerade hin. »Wie war dein Tag?«

Will zuckte mit den Schultern und wandte sich wieder seinem iPad zu. Danny sprach unbeirrt weiter.

»Hast du irgendwas Interessantes gemacht?«

Will schüttelte den Kopf, ohne aufzuschauen.

»In der Schule alles in Ordnung?«

Will nickte, die Augen weiter auf das Display gerichtet. Danny änderte die Taktik.

»Was möchtest du zum Essen?«

Sein Sohn zuckte mit den Schultern.

»Wir können essen, was du willst. Pizza. Burger. KFC. Du musst es bloß sagen.«

Will legte das iPad aus der Hand und sah Danny an.

»Alles, was du willst«, ermunterte ihn Danny. Er sah aus wie ein Hund, der darauf wartete, dass man den Tennisball warf. »Sag es einfach.«

Wills Augen verengten sich. Sein Mund öffnete sich ein Stück, und einen kurzen Augenblick lang sah er aus, als wollte er etwas sagen. Danny beugte sich vor, um nicht eine Silbe zu überhören, aber der einzige Ton, den Will von sich gab, war das Geräusch, das sein heftiges Niesen begleitete. Er putzte sich die Nase, zuckte mit den Schultern und wandte sich wieder dem iPad zu.

Danny zog sich langsam aus dem Zimmer zurück, schloss die Tür hinter sich und schalt sich stumm dafür, dass er geglaubt hatte, es würde so einfach sein. Trotzdem musste er lächeln, während er das Eisfach durchforstete, das dringend einmal hätte abgetaut werden müssen, und eine Lasagne aus dem arktischen Ödland herausbrach. Er lächelte immer noch, als er am nächsten Morgen in den Park ging.

An diesem Tag tanzte Danny für die größte Zuschauerschar, für die er je getanzt hatte. Es mussten mindestens dreißig Leute sein. Niemand war gekommen, weil seine Tanzschritte so elegant waren, denn das waren sie nicht. Sie waren auch nicht gekommen, weil sein Timing so unfehlbar war, denn das war es nicht. Was sie angelockt hatte, war die Tatsache, dass Danny, auch wenn er nicht viel zu geben hatte, doch alles gab, was er konnte. Er tanzte mit einer Energie, von der er nicht gewusst hatte, dass er sie besaß, er bewegte sich mit einem Selbstbewusstsein, das seine Fähigkeiten bei Weitem überstieg, und er tanzte ohne die ständige Angst, vollkommen lächerlich auszusehen, was er zwar tat, aber das kümmerte Danny nicht, nicht an diesem Tag. Er sah die Zuschauer nicht, die um ihn herumstanden. Er sah auch El Magnifico nicht, der ihn über den Park hinweg finster anstarrte. Er sah nichts, er hörte nichts, und er fühlte nichts außer der Musik. Als das Lied endete und Danny sich verbeugte, war es nicht der Klang der in seiner Brotdose landenden Münzen, der ihm ein Lächeln entlockte. Es war der Klang des Applauses – *echten* Applauses –, der sein Herz erwärmte. Er bemerkte das Geld nicht einmal, bis die Menge sich zerstreut hatte und er erschüttert feststellte, dass ihm die höchstens fünfminütige Tanzeinlage mehr als zehn Pfund eingebracht hatte. Bis zum Ende des Tages nahm er über sechzig Pfund und eine Handvoll Pennys ein, und am Ende der Woche hatte er beinahe die Hälfte dessen beisammen, was er auf der Baustelle bekommen hatte, und er hatte dabei viel mehr Spaß gehabt. Zum ersten Mal, seit er ein tanzender Panda geworden war, hatte Danny das Gefühl, was er da tat, sei vielleicht doch nicht ganz verrückt.

»Alter«, sagte Tim, als er Danny sein Geld zählen sah. »Vielleicht sollte ich Milton als Tier verkleiden.«

»Milton *ist* ein Tier«, sagte Danny und nickte zu Milton hinüber.

»Die Leute stehen nicht mehr auf Katzen. Sie stehen auf Pandas. Du bist jetzt die Hauptattraktion des Parks. Schau dich an, du schwimmst im Geld!«

»Kaum. Ich kann immer noch nicht die Miete zahlen.«

»Dann könnte das vielleicht hilfreich sein.« Er zog einen Flyer aus der Hemdtasche und reichte ihn Danny.

»Was ist das?«, fragte Danny und starrte auf das Stück Papier zwischen seinen pelzigen Fingern.

»Der große Wettstreit der Straßenkünstler. In vier Wochen. Hyde Park. Erster Preis –«

»Zehntausend Mäuse!«, rief Danny. »Heilige Scheiße.«

»Das sollte beim Zahlen der Miete helfen.«

»Nur wenn ich gewinne.«

»Dann sorg dafür, dass du gewinnst.«

»Moment mal«, sagte Danny und schaute auf sein Telefon. »Wie spät ist es?«

»Kurz vor vier.«

»Verdammt«, sagte Danny und schlug mit dem Handrücken auf den Flyer. »Ich bin zu spät. Die Anmeldung lief nur bis um drei.«

»Ich weiß«, sagte Tim. »Darum habe ich dich auch heute Morgen eingetragen.«

»Ist das dein Ernst?«, sagte Danny. Tim nickte. »Ich könnte dich umarmen. Darf ich dich umarmen?«

»Das würde ich nicht tun. Milton wird schnell eifersüchtig. Er ist der Hauptgrund dafür, dass ich keine Freundin habe. Na ja, neben meinem Gesicht.«

»Verstehe. Dann vielleicht nur ein Handschlag.«

»Ist wohl besser so«, sagte Tim. Die beiden Männer schüttelten sich die Hände.

»Wieso hilfst du mir überhaupt?«, fragte Danny. »Treten wir nicht gegeneinander an?«

»Schon, aber vor allem treten wir gegen El Magnifico an, und je mehr Konkurrenz er hat, desto weniger Chancen hat er, den Pokal nach Hause zu tragen. Mir macht es nichts aus, gegen dich zu verlieren. Ich will bloß nicht gegen David Trottelfield dahinten verlieren.«

Danny starrte auf den Flyer. Näher würde er der Siegesprämie vermutlich nicht kommen. Seine Gewinnchancen waren so schmal wie die selbst gedrehte Zigarette hinter Tims Ohr, aber er wusste, er musste es versuchen. Er wusste auch, wenn er irgendeine Chance wollte, brauchte er alle Hilfe, die er kriegen konnte.

Musik dröhnte und Stroboskoplicht blitzte, während desillusionierte Frauen für grölende Männer mit gegelten Haaren und feuchten Krägen tanzten. Danny schob sich Stück für Stück auf die Bar zu, wo Vesuvius damit beschäftigt war, die Gäste zu bedienen. Er sah Danny an und zwinkerte ihm zu.

»Kommst du wegen der Mund-zu-Mund-Beatmung?«

»Das hebe ich mir für einen regnerischen Tag auf«, sagte Danny.

»Ist das kein Regen?«, fragte Vesuvius und deutete mit dem Kinn auf die nassen Flecken auf Dannys Hemd.

Danny schaute an sich hinunter und verzog das Gesicht, als er sah, dass er mit fremdem Schweiß bedeckt war.

»Leider nicht«, sagte Danny, nahm sich eine Serviette aus dem Spender und betupfte sich sanft damit. »Ist Krystal da?«

»Was glaubst du, warum hier so viel los ist?«

Das kollektive Murmeln der Menge schwoll an, als die Musik allmählich leiser wurde.

»Du kommst gerade rechtzeitig«, sagte Vesuvius und deutete über Dannys Schulter, als das Licht langsam verlosch und es im Raum dunkel wurde.

Danny drehte sich um und sah mehrere Scheinwerfer, die auf ein leeres Podest mit einer Stange in der Mitte und einem dunkelroten Vorhang dahinter gerichtet waren. Die Leute schubsten sich gegenseitig, als sie zur Bühne drängten, um einen besseren Blick auf die Hauptattraktion des Abends zu haben. Wände und Boden begannen unter einem Bass zu erzittern, der so durchdringend war, dass Danny sich geradezu vergewaltigt fühlte, und wenige Augenblicke später erschien Krystal, die sich durch den Vorhang schob und ins Scheinwerferlicht stolzierte. Sie trug einen Stetson, Cowboystiefel, ein Holster, das von einem Gürtel auf ihren Hüften herabhing, und schwarz-weiße Kuhunterwäsche, die so knapp war, dass die Kuh wahrscheinlich nicht einmal gemerkt hatte, dass ihr etwas fehlte.

Die Männer grölten und pfiffen, während Krystal auf die Stange zuschritt. Einer von ihnen stürzte sich auf ihr Bein, als sie an ihm vorbeiging, und wurde für seine Bemühungen mit einem Tritt ins Gesicht belohnt.

»Das ist mein Mädchen«, sagte Vesuvius mit väterlichem Stolz.

Danny war vorher nur in einem einzigen »Herren«-Club gewesen. Kurz nachdem er bei Alf angefangen hatte, hatte einer der Maurer alle zu seinem Junggesellenabschied eingeladen. Eigentlich war geplant gewesen, von einem Pub zum anderen zu ziehen, und das hatten sie auch getan, bis der Sambuca zu fließen begann und irgendwer vorschlug, in den Sunset Boulevard zu gehen, einen für seine Zwielichtigkeit berüchtigten Lapdance-Schuppen. Nachdem er Liz angerufen und sich ihre Erlaubnis eingeholt hatte (er hatte gehofft, sie würde ihn nicht gehen lassen, aber sie schien die Vorstellung von Danny in einem Stripclub zum Schießen zu finden), schloss Danny sich widerwillig an. Er verspürte kein Bedürfnis, Geld, das er nicht hatte, in die Tangas von Frauen zu stecken, die er nicht kannte, aber er arbeitete zu diesem Zeitpunkt erst seit ein paar Wochen auf der Baustelle und wollte nicht als der Typ in Erinnerung bleiben, der als Einziger vorzeitig nach Hause gegangen war.

Im Eintrittspreis war ein Lapdance enthalten, den Danny nicht wollte, also gab er sein Ticket einem anderen Mitglied der Gruppe, der es einer der Tänzerinnen gab und sie darauf hinwies, wem die Karte eigentlich gehörte. Ehe er wusste, wie ihm geschah, pflanzte sich ein knochiges Teenagermädchen mit glatten blonden Haaren und Augen, die dunkler waren als eine Gasse in Whitechapel, auf seinen Schoß. Danny, der keinen Anstoß erregen wollte, indem er sie bat, aufzustehen, und sie nicht eigenhändig von seinem Schoß bugsieren konnte, ohne eine Tracht Prügel von den Rausschmeißern zu riskieren, die förmlich darauf zu warten schienen, dass jemand die »Hände weg«-Regel missachtete, ließ das leblose zweiminütige Herumgerutsche über sich ergehen, die Augen fest auf die Decke gerichtet, während sich die Tänzerin, die Hände auf seine Schultern gestützt, zuckend auf ihm bewegte und ihr Blick zwischen Danny und einem grimmig dreinblickenden Mann, der sie von der Ecke aus beobachtete, hin- und herhuschte. Als es vorbei war und er ihr peinlich berührt ein Trinkgeld gab, wobei er das Strumpfband, das sie ihm entgegenstreckte, ignorierte und ihr das Geld direkt in die Hand drückte, brachte das Mädchen kaum ein Lächeln über die Lippen. Sie glitt von seinem Schoß und bestieg den Mann, auf den der Kerl in der Ecke zeigte. Das Ganze war in etwa so erotisch wie ein Einkauf bei IKEA, wo Danny lieber gewesen wäre, obwohl er IKEA hasste. Was das Mädchen betraf, so sah es aus, als hätte es lieber einen Bungeesprung ohne Seil gemacht, als auf den Schößen fremder Männer herumzurutschen, aber während Danny Krystal dabei zusah, wie sie mit dem Publikum spielte, konnte er nicht umhin zu bemerken, wie viel Spaß sie dabei hatte. Sie tanzte nicht für die Männer, die einander die Ellbogen in die Seite bohrten, um Krystals Stiefel mit ihren Hypothekenraten und dem Ausbildungsfonds ihrer Kinder vollzustopfen. Sie tanzte nur für sich selbst, und sie bezahlten sie dafür.

»Ist das nicht schön?«, sagte Vesuvius. Danny wusste genau, was er meinte. Krystal machte nicht einfach nur eine Show; sie machte eine Psychoanalyse, sie studierte Gesichter, interpretierte Körpersprache, erstellte Persönlichkeitsprofile, erkannte Schwächen, suchte nach Lücken, drückte längst eingerostete Knöpfe, spielte Leute gegeneinander aus. Sie konnte den sparsamsten Mann im Publikum dazu bringen, nach seiner Brieftasche zu greifen, indem sie ihm schlicht mehr Aufmerksamkeit schenkte als dem Mann neben ihm. Sie konnte einem armen Mann den letzten Zehner aus der Hand nehmen und es trotzdem schaffen, dass er sich reich vorkam. Sie konnte dem größten Verlierer mit einem einzigen Zwinkern im richtigen Moment ein Gefühl geben, als hätte er im Lotto gewonnen, und als sie Danny in der Menge sah und ihm ein flüchtiges Lächeln zuwarf, verspürte selbst er ein warmes, flauschiges Flattern, das anhielt, bis sie ihre Darbietung beendet hatte und sich zu ihm an die Bar setzte.

»Hattest du nicht versprochen, mich in Ruhe zu lassen?«, fragte Krystal. Sie trank hastig aus einer Wasserflasche, die Vesuvius ihr reichte.

»Ich habe etwas, was dich interessieren könnte«, sagte Danny im selben Moment, in dem Fanny vorbeiging. Sie warf ihm einen zweifelnden Blick zu. »Und nein, Fanny, es ist nicht das, was du denkst.« Sie grinste und verschwand im Keller. »Es geht um das hier.« Er entfaltete den Flyer und klatschte ihn auf den Tresen.

»Was hat's damit auf sich?«, fragte Krystal und starrte mit leerem Blick auf das Stück Papier.

»Das ist der große Wettstreit der Straßenkünstler. Der Sieger bekommt zehntausend Pfund.«

»Danke, darauf wäre ich nie gekommen. Ich meine, wieso zeigst du mir das?«

»Weil ich antreten werde«, sagte Danny.

»Schön für dich.«

»Und ich werde gewinnen.«

»Das ist die richtige Einstellung.«

»Weil du mir helfen wirst.«

»Ach ja?«, sagte sie. »Und wie genau? Indem ich die anderen Kandidaten umbringe?«

»Indem du mir alles beibringst, was du kannst.«

»In vier Wochen?«

»Ja. Na ja, dreieinhalb.«

»Hast du getrunken?«, fragte Krystal. Sie wandte sich Vesuvius zu. »Hat er getrunken?« Vesuvius zuckte mit den Schultern.

»Ich meine es ernst«, sagte Danny. »Ich glaube, wir können es schaffen.«

»Nein, Danny, *wir* können es nicht schaffen.«

»Wir können den Gewinn teilen. Jeder kriegt die Hälfte.«

»Das geht nicht.«

»Klar geht das. Du brauchst doch nur zehn durch zwei teilen, das ist total einfach.«

»Nein, du Depp. Ich meine, die Zeit reicht nicht.«

»Okay, wie wär's mit sechzig/vierzig?«, fragte er.

»Danny, es geht mir nicht ums Geld, es –«

»Gut, siebzig/dreißig, aber das ist mein letztes Wort.«

»Du schuldest mir immer noch hundert Mäuse!«, sagte sie.

»Und natürlich die hundert Mäuse obendrauf.«

»Danny, ich würde dir helfen, wenn ich könnte, wirklich, aber du bist nicht mal annähernd bereit für einen Wettbewerb, und du wirst auf keinen Fall in ein paar Wochen so weit sein, selbst wenn wir vierundzwanzig Stunden am Tag üben. An deiner Stelle würde ich den Wettbewerb vergessen und mich darauf konzentrieren, die einfachen Schritte zu perfektionieren, die ich dir gezeigt habe.«

Sie warf die leere Flasche in den Müll und zupfte ihren Kuh-BH zurecht. »Ich muss wieder an die Arbeit.«

»Warte!«, sagte Danny, als Krystal sich zum Gehen anschickte.

»Tut mir leid, Danny.«

»Hör mir nur einen Moment zu. Bitte.« Krystal seufzte und bedeutete ihm weiterzusprechen. »Ich habe einen Sohn. Er heißt Will. Er ist elf Jahre alt. Er saß mit meiner Frau im Auto, als sie starb, und er hat seitdem kein Wort gesprochen. Buchstäblich kein Wort. Man kann also sagen, dass er schon genug Probleme hat, darum habe ich ihm auch nicht erzählt, dass ich meine Arbeit verloren habe, und ganz sicher habe ich ihm nicht erzählt, dass ich mein Geld jetzt als Pandabär verdiene. Er glaubt immer noch, ich würde auf der Baustelle arbeiten, und er glaubt immer noch, wir könnten die Miete zahlen, aber das können wir nicht, und in vier Wochen wird mein fieser Vermieter uns rausschmeißen, aber erst nachdem er mir den Körperteil gebrochen hat, an dem ich seiner Meinung nach am meisten hänge, weil er eben so ein fieser Mistkerl ist. Und das kann ich nur verhindern, indem ich diesen Wettbewerb gewinne. Ich weiß, das wird nicht leicht, und ich weiß, es ist nahezu aussichtlos, aber ich muss es versuchen, denn wenn ich es nicht tue, bin ich wirklich und wahrhaftig am Arsch. Also hilf mir bitte. Ich habe noch nie irgendwen um irgendetwas angefleht, aber jetzt flehe ich dich an.«

Krystal schüttelte den Kopf, aber es hieß nicht »Nein«. Es hieß »Welches pelzige kleine Tierchen habe ich in meinem letzten Leben getötet, oder welche gebrechliche alte Oma habe ich übers Ohr gehauen, um so bestraft zu werden?«. Sie sah Vesuvius an, der alles mitangehört hatte.

»Na?«, sagte sie.

Vesuvius sah Danny an. Danny tat sein Bestes, um mitleiderregend auszusehen, worin er allmählich Übung bekam. Vesuvius sah Krystal an und nickte.

»Ernsthaft?«, sagte sie, die Hände ausgebreitet, als wäre sie Krystal die Erlöserin. Vesuvius zuckte mit den Schultern.

»Von Suvi hätte ich mehr erwartet.« Sie seufzte und sah Danny an. »Na schön, was soll's. Ich helfe dir. Aber dir muss klar sein, dass wir nicht gewinnen werden.«

»Ist das dein Ernst?«

»Dass wir nicht gewinnen werden? Absolut.«

»Dass du mir hilfst«, sagte Danny.

»Das habe ich doch gesagt, oder? Montag. Acht Uhr. Komm bloß nicht zu spät.«

»Danke«, sagte Danny. »Im Ernst. Du weißt nicht, was mir das bedeutet. Du bist so ein ... WICHSER!«

»Was zum –«

»Nicht du!«, sagte er, bevor Krystal ihm wehtun konnte. »Der Typ da!« Er zeigte auf einen Mann mit einem hageren, leichenblassen Gesicht, der hinter Krystal stand. »Der da. Gleich da drüben. Das ist der Typ, der mich gefeuert hat.«

Drei Männer im schwarzen Anzug unterhielten sich neben der Bühne. Sie sahen aus, als wären sie gerade von einer Beerdigung gekommen, und Viktor sah aus wie der Verstorbene; seine ohnehin schon bleiche Haut wirkte in dem kalten weißen Licht beinahe durchscheinend.

»Dann ist *er* an allem schuld?«

Danny nickte, und sein Kiefer mahlte, während er Viktor so anstarrte, wie El Magnifico etwas anstarrte, was er entflammen wollte.

»Suvi«, sagte Krystal. »Gib mir das Mikro, ja?«

Mit dem Mikrofon ging sie durch die Tür hinter der Bar. Danny fragte sich noch, wohin sie gegangen war, als alle im Raum zu jubeln und zu grölen begannen. Er drehte sich um, um herauszufinden, was der Wirbel bedeutete, als er Krystal mitten auf der Bühne sah, umgeben von einem Meer von Kerlen, die irrtümlich davon ausgingen, dass sie eine Zugabe bekommen würden.

»Habt ihr Spaß?«, fragte sie und richtete das Mikrofon auf die Menge. Alle johlten zustimmend.

»Das dachte ich mir. Habt ihr Lust auf ein kleines Spiel?«

Wieder brandete vielstimmiger Jubel auf.

»Der Preis ist ein Tanz mit mir ganz alleine …«, sagte sie. Sie wartete, bis wieder Ruhe eingekehrt war, ehe sie fortfuhr. »… und gewonnen hat, wer als Erster die verstopfte Toilette mit dem Kopf dieses Typen reinigt.«

Vesuvius löschte das Licht und richtete einen einzelnen Scheinwerfer auf Viktor. Der Mann hob die Hand, um seine Augen gegen das blendende Licht abzuschirmen, aber auf alle anderen wirkte es, als wollte er sich zu erkennen geben, so als hätte er tatsächlich Spaß daran, als menschliche Klobürste benutzt zu werden.

»Möge der Beste gewinnen!«, rief sie, und alle stürzten sich auf Viktor, der noch bleicher wurde, als sie ihn zur Toilette schleiften.

# 19

Ein Mann, dessen Haare offenbar zu einer einzigen Riesenrastalocke verfilzt waren, schob langsam seinen klapprigen Getränkewagen den Weg entlang. Danny beobachtete ihn von seiner Bank aus. Neben ihm dampfte seine Pandamaske leicht nach dem hektischen und letztlich gescheiterten Versuch, das Publikum mit einem eigenen, wenig originalgetreuen Gangnam-Style zu unterhalten.

Er kaufte eine Dose Pepsi (die sich bei näherer Betrachtung als etwas namens Popsi entpuppte) und drückte sie sich an die Stirn. Eine ältere Dame in einer für einen so sonnigen Tag viel zu dicken Strickjacke versuchte einem hyperaktiven Beagle eine Leine anzulegen. Immer wenn sie bis auf Armeslänge an das Tier herangekommen war, sprengte der Beagle davon und wartete dann geduldig darauf, dass sie zu ihm aufschloss, damit das Ganze wieder von vorn losging. Als er Danny bemerkte – entweder weil er ihn sah oder aufgrund des sonderbaren Geruchs, der von seinem Kostüm ausging, so oft er es auch wusch –, kam der Hund herübergetrottet, um der Sache auf den Grund zu gehen. Er schnupperte an Dannys pelzigem Bein, als wäre er unschlüssig, ob er hineinbeißen, es besteigen oder dranpinkeln sollte. Er überlegte noch immer, als die alte Frau den Moment nutzte, um sich von hinten anzuschleichen und die Leine am Halsband des abgelenkten Hundes festzumachen. Sie nickte Danny wissend zu, als fingen sie seit Jahren gemeinsam Hunde. Danny erwiderte das Nicken und sah die Dame davonschlurfen, während ihr Beagle mit der Leine Schritt zu halten versuchte.

Er hatte die Maske gerade wieder aufgesetzt, als er hinter sich eine Stimme hörte.

»Sitzt du den ganzen Tag bloß im Park rum?«

Danny fischte mit seinen ungelenken Pandapfoten nach Block und Stift, als Will vor ihm stand.

*Ist angenehmer, als mitten auf der Autobahn zu sitzen,* schrieb er.

»Nein, ich meine, hast du keinen Job oder so?«

*Ich bin ein Panda. Das* ist *mein Job.*

Will lächelte. Er nahm seinen Schulranzen von den Schultern und setzte sich auf die Bank.

*Hast* du *keinen Job?,* schrieb Danny.

»Doch«, sagte Will, zog seine Krawatte aus und wickelte sie sich um die Hand. »Die Schule. Ich habe lange Arbeitszeiten und werde nicht bezahlt. Es ist der mieseste Job der Welt.«

*Ich glaube, ich finde meinen Job besser.*

»Ich glaube, ich auch«, sagte Will. »Außer heute.« Er blinzelte in die Sonne. »Es ist zu heiß, um ein Panda zu sein.«

*Das geht schon. Pandas verfügen über höchst komplexe Kühlmechanismen.*

»Ach ja? Was denn zum Beispiel?«

Danny hielt die Popsi-Dose hoch. Will verdrehte die Augen. »Sehr komplex«, sagte er.

Danny starrte auf die ungeöffnete Dose und wünschte, er hätte einen Schluck trinken können, ohne seine Tarnung aufzugeben.

»Mr. Carters komplexe Kopfnuss«, sagte Will wie zu sich selbst.

Danny sah ihn verständnislos an.

»Mein Mathelehrer, Mr. Carter, schreibt am Anfang der Stunde immer eine Aufgabe an die Tafel, und am Ende nimmt er einen dran, der sie lösen soll. Er nennt es seine komplexe Kopfnuss. Ich hasse es.«

*Warum?*, schrieb Danny, der sich nicht sicher war, worauf Will abzielte, ihn aber unbedingt zum Weiterreden ermutigen wollte.

»Weil ich nie draufkomme. Manchmal weiß ich die Lösung, aber meistens nicht, und wenn ich es nicht verstehe, bin ich still und ziehe den Kopf ein und hoffe, er sieht mich nicht.« Will dachte kurz nach. »Es ist schwer zu erklären, aber das ist auch ein bisschen der Grund, warum ich aufgehört habe zu reden.«

*Wegen Mathe?*, schrieb Danny. Er nahm sich vor, diesen Mr. Carter aufzusuchen und ihm eine komplexe Kopfnuss zu verpassen.

»Nein«, sagte er. »Nicht wegen Mathe. Weil, na ja, weil letztes Jahr etwas Schlimmes passiert ist. Etwas *sehr* Schlimmes, was einfach keinen Sinn ergeben hat.« Er zog am Ende seiner Krawatte, und sie zog sich um seine Hand zusammen wie die Miniaturausgabe einer Boa constrictor. »Es war wie eine von Mr. Carters Matheaufgaben, nur eine Million Mal schlimmer. Ich wusste nicht, was ich machen soll, also habe ich einfach gemacht, was ich in Mathe immer mache.«

*Du bist still geblieben und hast gehofft, man würde dich in Ruhe lassen?,* schrieb Danny. Will nickte. Danny strich sein Vorhaben, Mr. Carter auf dem Schulparkplatz aufzulauern.

»Ich dachte, es geht vorbei, wenn ich es lange genug ignoriere. So als würde das Problem einfach, ich weiß auch nicht, verschwinden oder so, wenn ich bloß keine Aufmerksamkeit auf mich ziehe.« Will löste die Krawatte und begann seine Hand von Neuem zu umwickeln. »In meinem Kopf hat es sich irgendwie viel normaler angehört. Wenn ich es laut sage, klingt es einfach nur schräg.«

Und damit war es raus. Einfach so. Nach vierzehn Monaten des Grübelns hatte Danny eine Antwort. Er lehnte sich zurück und wartete darauf, dass Erleichterung über ihn hereinbrach, doch als sie sich einstellte, war es eher ein Tröpfeln als der Wolkenbruch, mit dem er gerechnet hatte. Hauptsächlich verspürte er Trauer; Trauer, dass Will stumm gelitten hatte; Trauer, dass er es zugelassen hatte; und Trauer, dass es dieser albernen Situation bedurfte, um endlich die Wahrheit zu erfahren.

Als er merkte, dass Will ihn anstarrte, nahm er den Block und schrieb etwas.

*Es ist nicht schräg,* schrieb er.

»Danke.«

*Mit einem Panda zu reden, ist schräg.*

»Mein Lehrer redet mit einem einohrigen Hasen namens Colin.« Danny versuchte nicht einmal, darauf zu antworten. »Und überhaupt, wenn ich schon schräg bin, weil ich mit einem Panda rede, was bist du dann erst?«

*Superschräg.*

»Dann sind wir wohl einfach zwei schräge Typen in einem Park«, sagte Will.

*Ist mir recht.*

Will lächelte. »Mir auch«, sagte er. Danny nahm sich vor, Will über die Gefahren des Herumhängens mit schrägen Typen in Parks aufzuklären.

Er sah seinen Sohn an und überlegte, wie er weiter vorgehen sollte. Unter normalen Umständen wäre es höflich gewesen, sich nach dem letztjährigen Vorfall zu erkundigen, aber Danny war dieser Teil der Geschichte schon schmerzlich bewusst, und er wollte Will nicht zwingen, über etwas zu sprechen, worüber er nicht sprechen wollte (wenngleich ihn das letzte Jahr zumindest eines gelehrt hatte, nämlich dass Will sich von niemandem nötigen ließ, über etwas zu sprechen, worüber er nicht sprechen wollte). Aber andererseits *wollte* er vielleicht darüber sprechen, und fragte er nicht nach, beraubte er seinen Sohn der ersten und vielleicht einzigen Möglichkeit, sich zu öffnen. Unschlüssig starrte Danny auf den Block in seinen Händen.

»Ist schon mal irgendwer gestorben, den du kanntest?«, fragte Will.

Danny fragte sich, was er darauf antworten sollte. Er wollte seine Tarnung nicht auffliegen lassen, indem er Will die Wahrheit sagte, aber er wollte ihn auch nicht belügen. Das Ganze tat ihm ohnehin schon leid.

*Ja,* schrieb er und hoffte, Will würde nicht weiter nachfragen.

»Vermisst du denjenigen?«

Danny nickte. *Sehr.* Er hörte ein paar Spatzen zu, die in den Ästen über ihm zwitscherten, während sein Sohn still neben ihm herumnestelte.

»Meine Mutter ist bei einem Autounfall gestorben«, sagte Will. »Es ist über ein Jahr her, aber ich vermisse sie immer noch sehr.« Seine Stimme klang entfernt, so als wollte sie sich zurückziehen. »Es fühlt sich komisch an, das laut auszusprechen.«

Dannys Stift schwebte über dem Block. Es gab einiges, was er hätte sagen können, Sätze, die Leute auf der Beerdigung und in der Zeit danach verlegen gemurmelt hatten (Es tut mir leid. Es tut mir schrecklich leid. Mein Beileid. Der Himmel brauchte einen neuen Engel – Gott, wie er den hasste), aber auch, wenn er wusste, dass sie es gut meinten, war ihm zugleich bewusst, dass ihre Worte nicht die geringste Auswirkung darauf hatten, wie es ihm ging.

*Ich wette, sie war eine tolle Mutter,* schrieb er.

»Das war sie«, sagte Will. Er zog einen losen Faden aus seinem Ärmel und ließ ihn auf den Boden fallen. »Sie war die beste Mutter der Welt.«

Einen Augenblick lang saßen sie schweigend da, starrten in verschiedene Richtungen und dachten dabei an dieselbe Person.

»Es ist Mist, wenn jemand stirbt, was?«, sagte Will.

*Ganz großer Mist.*

Danny sah, dass der Getränkemann seinen kaputten

Sonnenschirm zu reparieren versuchte. Immer wenn er die Streben auf einer Seite gerichtet hatte, knickten sie auf der anderen Seite wieder ein, und als er es gerade geschafft hatte, den Schirm ganz zu öffnen, kam ein leichter Windstoß, und er klappte wieder zu. Ein vorbeigehendes Pärchen lachte, aber Danny wusste, wie schwer sich etwas aufrechterhalten ließ, wenn es sich anfühlte, als bräche alles zusammen.

»Willst du was total Bescheuertes hören?«, fragte Will. Danny bedeutete ihm, weiterzusprechen. »Ich will mit ihr darüber reden, was passiert ist. Ich will einfach nur mit meiner Mum darüber reden, dass meine Mum nicht mehr da ist. Sie war immer diejenige, die alles wieder gut gemacht hat.«

Danny nickte. Er fuhr sich mit dem Handrücken über die Augen, ohne daran zu denken, dass er noch die Maske aufhatte.

*Kannst du nicht mit deinem Vater sprechen?,* schrieb er. Will schüttelte den Kopf.

»Das ist nicht dasselbe. Mum war meine Mum, aber sie war auch meine Freundin, weißt du? Aber Dad, na ja, der ist bloß mein Dad. Er hat immer viel gearbeitet, ist ganz früh aus dem Haus gegangen und ganz spät heimgekommen, und darum haben Mum und ich immer viel allein gemacht.«

*Was denn zum Beispiel?,* schrieb Danny. Will zuckte mit den Schultern.

»Einfach zusammen rumgehangen. Einmal sind wir nach Brighton gefahren. Das war cool. Und nach Stonehenge. Und sie hat immer so leckere Pfannkuchen gemacht. Sie hatte so ein Geheimrezept von ihrer Oma. Sie hat es in einem Kochbuch versteckt. Manchmal schaue ich es mir an, ich weiß gar nicht, wieso. Wahrscheinlich um zu sehen, ob es noch da ist. Als sie gestorben ist, waren nur noch mein Dad und ich da, und es hat sich, na ja, irgendwie anders angefühlt.«

*Als würdest du mit einem Fremden zusammenleben?*

»Ja. Wie Fremde. Er weiß eigentlich nicht viel über mich. Er glaubt, ich mag immer noch Thomas, die kleine Lokomotive, obwohl ich schon in der Mittelstufe bin. Er glaubt, ich liebe Erdnussbutter, dabei hasse ich sie. Und wir machen nie was zusammen, anders als Mum und ich. Er spricht sogar kaum von ihr.«

*Es tut ihm vielleicht zu weh,* schrieb Danny und wünschte, das »vielleicht« durchstreichen zu können.

»Kann sein«, sagte Will. »Oder vielleicht will er sie auch einfach vergessen.«

Dannys Stift kratzte laut über den Block, als er hektisch etwas aufschrieb.

*Das stimmt nicht!,* stand da. Danny hatte es doppelt unterstrichen. Will runzelte die Stirn.

»Woher weißt du das?«, fragte er.

Danny wollte Will bei den Schultern packen und ihm erklären, dass er Liz nicht vergessen hatte, dass er sie niemals vergessen könnte und dass sie, selbst wenn er eine Million Jahre lang leben würde, selbst wenn er weiterleben würde, bis die Erde auseinanderbrach und Stück für Stück zerfiel, bis all ihre Überreste in die letzten Winkel des Alls verstreut wären, dass sie selbst dann noch bei ihm wäre und ihm Gesellschaft leisten würde und er sich im großen Unbekannten suhlen würde, ohne Angst vor der unendlichen Finsternis, solange sie nur an seiner Seite wäre. Aber er wusste, dass er nichts davon sagen konnte, also schrieb er stattdessen das Erste, was ihm in den Sinn kam.

*Weil ich ein Panda bin.*

Will lächelte. »Schon klar«, sagte er, stand auf und schulterte seinen Ranzen. »Ich gehe dann wohl besser mal los.«

*War schön, mit dir zu reden.*

»Du hast doch gar nichts gesagt.«

Danny strich *mit dir zu reden* und ersetzte es durch *dir zuzuhören.*

»Besser«, sagte Will. »Bis dann.«

Er ging durch den Park, und seine blonden Haare wehten im Wind. Danny sah ihm hinterher, und seine kleine Gestalt wurde immer kleiner und kleiner, bis er außer Sichtweite war. Erst dann nahm er die Maske ab und vergrub das Gesicht in den Händen.

# 20

Als Will abends schlief oder so tat, als schliefe er, und heimlich auf dem iPad spielte, blätterte Danny in dem Notizblock, den er für seine Pandamitteilungen verwendet hatte. Zwischen seinen eigenen Sätzen hatte er hastig so viel von Wills Hälfte des Gesprächs notiert, wie er sich merken konnte, sodass er nun ein Dokument hatte, das zwar nicht perfekt, aber doch immerhin eine Art Aufzeichnung dessen war, was womöglich das letzte Gespräch sein mochte, das er je mit seinem Sohn geführt hatte. Bestimmte Wörter und Sätze waren holprig unterstrichen. »Er weiß nichts über mich«. »Fremde«. »Vielleicht will er sie vergessen«. »Er spricht nicht mehr von ihr«. Alles davon schmerzte ihn auf ganz eigene Weise, aber am schmerzhaftesten war das einzelne Wort, das er mehrmals eingekreist hatte. »Mum war wie eine Freundin, aber mein Dad ist bloß mein Dad«, lautete der ganze Satz, aber es war dieses eine Wort – »bloß« –, zu dem Danny immer wieder zurückkehrte. Es schmerzte ihn nicht, weil es grausam oder ungerecht gewesen wäre. Es schmerzte ihn, weil er wusste, dass es stimmte. Er war *bloß* sein Vater. Er war kein Freund. Er kannte ihn nicht so, wie seine Mutter ihn gekannt hatte. Liz war eine Art Will-Enzyklopädie gewesen. Sie wusste alles, von seiner Schuhgröße bis zu seiner Meinung darüber, wer in einem Kampf zwischen Stegosaurus und Triceratops gewinnen würde. Sie wusste, wie er die Haare am liebsten trug. Sie wusste, an welchen Stellen er am kitzligsten war. Sie kannte die Namen jedes einzelnen Stofftiers aus seiner frühen Kindheit, selbst wenn Will sie vergessen hatte (oder so tat, als hätte er sie vergessen). Sie kannte seine Leibspeisen, sie kannte seine Lieblingsfarben, sie wusste, wovor er Angst hatte, und sie wusste, was sie an jedem beliebigen Tag am ehesten in seinen Hosentaschen finden würde. Sie wusste, wofür er sich entscheiden würde, wenn man ihm eine Pralinenschachtel hinhielt, und sie wusste, was er anschließend mit dem Papier machen würde. Wäre Will in einer Zeitmaschine verschwunden, dann hätte Liz gewusst, in welcher historischen Periode sie ihn am ehesten wiederfinden würde und in welcher Burg. Sie wusste, welchen Nachtisch er im Restaurant bestellen würde, sie wusste, welche Art von Operation er bei Burger King an einem Whopper vornehmen würde, und sie wusste, welche Spielfigur er bei Monopoly wählen und welche Straßen er kaufen würde. Aber nachdem er einen so großen Teil von Wills Leben damit verbracht hatte, so viel zu arbeiten, wie er nur konnte, nicht aus Liebe zu seinem

Beruf, sondern um seinem Sohn ein besseres Leben zu ermöglichen, wusste Danny nichts davon. Es war ihm nie in den Sinn gekommen, dass er Will durch das ständige Arbeiten in gewisser Weise um einen Vater brachte. Nicht dass er viel dagegen hätte tun können. Überstunden waren für Danny keine freie Entscheidung. Er konnte nicht länger bleiben, wenn er das Geld brauchte, und es lassen, wenn er es nicht brauchte. Danny brauchte das Geld *immer*, also blieb er auch immer länger. Liz scherzte manchmal, er sei ein Workaholic, aber sie wussten beide, dass sein Antrieb nichts mit Gier und alles mit Notwendigkeit zu tun hatte. Selbst mit Liz' Gehalt zusammen blieb nicht viel übrig, wenn Miete, Rechnungen und Einkäufe bezahlt waren, und nach Liz' Tod war es noch knapper geworden, weshalb er mehr denn je gearbeitet hatte.

Aber das Geld war nicht der einzige Grund. Danny hatte einmal mit einem Tischler zusammengearbeitet, dessen Tochter während einer Ferienreise ertrunken war. Eben hatte sie noch am Strand gespielt, und dann war sie mit einem Mal fort gewesen, von einer heimtückischen Strömung ins Meer hinausgezogen, die sie erst wieder losließ, als es längst zu spät war. Der Mann war nur zwei Tage darauf wieder zur Arbeit erschienen, was Danny schwer begreiflich fand. Er dachte, die Arbeit wäre das Letzte, woran man nach einer so unbeschreiblichen Tragödie denken würde, aber als er Liz verlor, begriff er das Verhalten des Tischlers schließlich. In einer Zeit, in der nichts mehr Sinn ergab, einer Zeit, in der dein Verstand aufhörte, dein Freund zu sein, und zu deinem ärgsten Feind wurde, war die Arbeit manchmal das Einzige, was zwischen dir und dem Wahnsinn stand. Auf der Baustelle konnte er sein

Gehirn abschalten. Er konnte seine geistige Fernbedienung im Spind einschließen und den ganzen Tag lang dort lassen. Die Arbeit ließ ihn vergessen, und sei es nur eine Zeit lang und nur bis die Nacht kam und eine Finsternis mit sich brachte, die er selbst nach Sonnenaufgang nur schwer wieder abschütteln konnte. So wie Will sich für das Schweigen entschieden hatte, hatte Danny sich für die Arbeit entschieden. Sie hatten getrennt voneinander, jeder für sich und auf seine eigene Weise, versucht, zurande zu kommen. Jedenfalls war Danny davon ausgegangen, dass sie das getan hatten, wobei er nicht hätte sagen können, ob das daran lag, dass er es aufrichtig glaubte, oder daran, dass es ihm erlaubte, sich in Selbstmitleid zu suhlen. Aber nach dem Gespräch mit Will wurde ihm bewusst, dass sein Sohn *nicht* zurande gekommen war. Das Schweigen war nicht seine Art der Bewältigung. Wenn überhaupt, war sein Schweigen etwas, wofür er sich *anstelle* einer Bewältigungsstrategie entschieden hatte.

In diesem Augenblick wurde Danny bewusst, dass Liz' Tod nicht eine, sondern zwei Leerstellen in ihrem Leben hinterlassen hatte. Da war die klaffende Lücke, die sie in ihrer Familie hinterlassen hatte, aber da war auch die Lücke, die sie *zwischen* ihnen hinterlassen hatte, eine Lücke, die Will mit Schweigen und Danny mit Arbeit gefüllt hatte, wo sie sie doch eigentlich mit dem jeweils anderen hätten ausfüllen müssen. Liz war in vielerlei Hinsicht die Brücke gewesen, die sie miteinander verbunden hatte, und seit dem Tag, an dem die Brücke eingestürzt war, hatten sie auf verschiedenen Seiten desselben Abgrunds gelebt, hatten einander aus der Ferne betrachtet, während der Abstand zwischen ihnen immer größer wurde. Wenn Danny nicht einen Weg fand, diese Lücke zu schließen, und zwar rasch, würde sie bald so groß sein, dass sie einander für immer verloren.

Von einem verspäteten Dringlichkeitsgefühl ergriffen, durchkämmte Danny seine Notizen und las noch einmal alles, was Will im Park zu ihm gesagt hatte. Er hatte schon so viel Zeit verloren, dass er keine weitere Sekunde verstreichen lassen wollte, bevor er ihre Beziehung zum Positiven veränderte, aber während alles, was Will erwähnt hatte, umsetzbar war, ließ sich nichts davon *auf der Stelle* umsetzen, jetzt, um zehn Uhr abends an einem Dienstag. Er konnte Will ja schlecht aus dem Bett zerren und ihn mit einer Fahrt nach Stonehenge überraschen. Und auch für einen spontanen Ausflug ans Meer war es nicht die richtige Zeit.

Plötzlich kam ihm eine Idee. Er ging in die Küche, öffnete den Schrank, nahm das Glas mit der Erdnussbutter heraus und warf es in den Müll.

»Auch die längste Reise …«, sagte er zu sich selbst. Er wusste nicht mehr, wie das Sprichwort weiterging, aber er war sich ziemlich sicher, dass es auf seine Situation zutraf.

Er sah, dass eine Tüte Mehl schon seit einer beträchtlichen Zeitspanne abgelaufen war, und warf sie ebenfalls weg. Dabei fiel ihm ein, wie Will von den Pfannkuchen gesprochen hatte, die Liz immer gemacht hatte. Sie hatte immer behauptet, es handle sich um ein Geheimrezept, das ihre Großmutter an sie weitergereicht habe, die es wiederum von *ihrer* Großmutter bekommen habe, und immer so weiter, bis zum Anbeginn der Zeiten, aber in Wirklichkeit war es kein Geheimrezept, und sie hatte es auch nicht von ihrer Großmutter bekommen. Sie hatte ein Stück Papier über Nacht in einer Schale Tee eingeweicht und wieder trocknen lassen, damit es wie Pergament aussah. Darauf hatte sie Jamie Olivers Pfannkuchenrezept gekritzelt, das sie wortgetreu von seiner Internetseite abgeschrieben und mit der Überschrift »Omis streng geheimes Pfannkuchenrezept« versehen hatte, gefolgt von mehreren Warnungen ähnlich denen auf Schatzkarten, die den Leser über all die Flüche und Krankheiten informierten, die über ihn kommen würden, sollte er es wagen, auch nur einen Blick auf den Inhalt zu werfen.

Danny inspizierte das Regal über der Mikrowelle, auf dem mehrere Kochbücher verstaubten. Er blätterte sie langsam durch und hielt dabei hin und wieder inne, um die witzigen kleinen Mitteilungen an sich selbst zu lesen, die Liz oben auf mehrere Seiten geschrieben hatte (Bohneneintopf: »Jedes Böhnchen ...« / Bolognese: »Nächstes Mal was vom Rotwein für die Soße übrig lassen« / Selbst gemachte Pasta: »Nur für Sadisten« / Selbst gemachter Ketchup: »War das die Mühe wirklich wert?«), bis er das gesuchte Rezept fand.

Nachdem er eine Liste der Zutaten erstellt hatte – es handelte sich größtenteils um die Standardzutaten für Pfannkuchen, aber Danny verstand nichts vom Kochen, und so schrieb er sie Wort für Wort ab –, schlug er das Buch zu und stellte es wieder ins Regal. Dann stahl er sich zum Laden an der Ecke und kam mit so viel Mehl und Milch zurück, wie er tragen konnte.

In Erwartung der bevorstehenden Katastrophe stieg er auf einen Stuhl und schaltete den Rauchmelder ab. Dann band er sich Liz' Schürze um, bestäubte seine Hände mit Mehl, wischte das Mehl wieder ab, als er merkte, dass das gar nicht notwendig war, und fing an.

Danny machte an diesem Abend viele Pfannkuchen. Die erste Ladung brannte an, die zweite wurde nicht fest, und die dritte ließ sich nicht lösen. Als er herausfand, wie sich das verhindern ließ (mehr Butter), klebte der nächste Pfannkuchen an der Decke fest. Er machte beinahe zwanzig Stück, bis es ihm gelang, einen einzigen auf einen Teller zu bugsieren, aber seine Befriedigung währte nur so lange, bis er ihn probiert hatte und merkte, dass das Salz fehlte. Er versuchte es noch einmal (und sie brannten wieder an), und dann versuchte er es noch einmal (und sie blieben wieder fast roh), und dann landeten wieder einige beim Wenden auf dem Boden, bis Danny schließlich gegen zwei Uhr morgens ins Bett kroch, mit Verbrennungen, blauen Flecken und sprichwörtlich platt wie ein Pfannkuchen, aber erfüllt von der Gewissheit, dass er anständige Pfannkuchen machen konnte.

Als Will am nächsten Morgen aufwachte und an der Küche vorbeischlurfte, hielt er inne, runzelte die Stirn und schnupperte ein paarmal. Dann schlurfte er rückwärts wie ein Zombie, der den Moonwalk macht, und blieb in der Tür stehen.

»Morgen, Kumpel«, sagte Danny über die Schulter. Sein Körper verdeckte das Kochfeld, sodass Will nicht sehen konnte, was er machte. »Gut geschlafen?«

Will antwortete nicht. Er war zu überwältigt von den Geräuschen und Gerüchen, die aus der Küche drangen. Danny lächelte.

»Setz dich«, sagte er. *»Le petit déjeuner est prêt.«*

Will starrte Danny mit leerem Blick an.

»Das heißt: Frühstück ist fertig. Auf Französisch.«

Ein einzelnes Nicken, aber weiter keine Regung.

»Komm, setz dich einfach, ja?«

Wills Verwirrung wuchs nur noch weiter, als er den Ahornsirup sah. Er wusste, was das war, und er wusste, was man damit machte, aber er konnte sich nicht erklären, was er auf dem Tisch zu suchen hatte. Er starrte die Flasche immer noch an, als Danny mit einem Haufen Pfannkuchen auf einem Teller aus der Küche hereinkam. Will schaute auf den Essensberg, so sprachlos, wie ein Junge, der nicht sprach, nur sein konnte.

»Was denn?«, fragte Danny und stellte den Teller geräuschvoll auf dem Tisch ab.

Will schaute auf den Tisch und drehte die Handflächen nach oben.

»Ich dachte, es wäre mal Zeit für was Neues«, sagte Danny. »Was meinst du?«

Will nickte, als hätte Danny ihn gefragt, ob er eine Taschengelderhöhung wollte.

»Bestens«, sagte Danny und verschwand in der Küche. »Augenblick, lass mich die Teller holen.«

Er nahm Wills Teller und die Tasse mit Thomas, der kleinen Lokomotive, vom Geschirrständer und betrachtete sie nacheinander. Dann streckte er die Arme, öffnete die Hände, ließ beide fallen und sah zu, wie sie auf dem Küchenboden zerschellten.

»Es war ein Unfall«, sagte er, als Will hereingelaufen kam, um zu sehen, woher der Lärm kam. »Ich hatte nasse Hände und ... sie sind mir einfach aus der Hand gerutscht. Es tut mir so leid, Kumpel.«

Will hob die Tasse auf und drehte sie langsam in der Hand. Sie war noch ganz bis auf den Griff, der abgebrochen und unter den Herd geschlittert war.

»Ich kaufe sie dir nach, versprochen«, sagte Danny, der Wills Miene nicht recht deuten konnte und dachte, er hätte vielleicht alles fürchterlich falsch verstanden und etwas zerstört, was seinem Sohn in Wahrheit teuer war. Doch alle Befürchtungen wurden rasch zerstreut, als Will die Tasse über den Kopf hob und sie auf den Boden schmetterte. Diesmal überlebte Thomas nicht.

»Oder ... vielleicht auch nicht«, sagte Danny, als Will ihn angrinste. »Komm, hilf mir, ein paar Teller zu holen, bevor die Pfannkuchen kalt werden.«

Krystal machte mitten im Raum Spagat, als Danny im Tanzstudio ankam.

»Bitte sag mir, dass das nicht zur Übung gehört«, sagte er und verzog an ihrer Stelle schmerzvoll das Gesicht.

»Du hast doch gesagt, du wolltest alles lernen«, sagte Krystal, ohne den Kopf zu heben.

»Ich meinte alles, wonach ich keine Physiotherapie brauche. Oder Psychotherapie.«

»Keine Sorge«, sagte sie und beugte sich vor, bis ihr Körper flach auf dem Boden lag. »Wir machen keinen Spagat.« Sie wartete, bis Danny erleichtert aufatmete, bevor sie hinzufügte: »Spagat kommt nächstes Mal dran.« Danny lachte. Krystal nicht.

»Du machst Witze, oder?«

»Morgen weißt du es.«

»Wenn ich den morgigen Tag erlebe. Ich habe mich immer noch nicht ganz von letzter Woche erholt«, sagte er.

»Das war noch gar nichts, mein Freund. Die letzte Übungsstunde war wie ein Spaziergang durch den Park mit deiner Großmutter.«

»Ich mochte meine Großmutter nicht.«

»Oh. Dann wird es *heute* wie ein Spaziergang durch den Park mit deiner Großmutter.«

»Wirst du mich mit einem Stock verdreschen und mir sagen, was ich für eine Zumutung bin?«

»Das lässt sich auf jeden Fall arrangieren«, sagte sie, zog die Beine an den Rumpf und sprang auf die Füße. »Los, du Dödel, fang mit den Dehnübungen an. Wir haben nicht den ganzen Tag Zeit.«

Danny schälte sich aus seinem Mantel und warf ihn in die Ecke.

»Ich werde diesen Wettbewerb niemals gewinnen, oder?«, sagte er und kippelte auf einem Fuß hin und her, während er seinen Oberschenkelmuskel dehnte.

»Nö.«

»Kannst du mich nicht ein einziges Mal anlügen?«

»Ich bin nicht gut im Lügen.«

»Probier's.«

»Okay. Gut.« Krystal überlegte kurz. »Du bist ausgesprochen attraktiv.«

»Das meinte ich nicht.«

»Was soll ich dir sagen, Danny? Du weißt genauso gut wie ich, dass es ziemlich hoffnungslos ist. Mehr als hoffnungslos. Ein hoffnungsloserer Fall als Boris Johnson. Wenn du mich also fragst, ob ich glaube, dass du diesen Wettkampf gewinnst – nein, das tue ich nicht, aber wenn du mich fragst, ob ich glaube, dass du eine *Chance* hast zu gewinnen – ja, das tue ich. Keine große Chance. Kaum ein Haar am Arsch einer Chance. Aber es gibt eine Chance. Sonst wäre ich nicht hier, Danny, denn so lustig es auch ist, dich durch dieses Studio torkeln zu sehen wie ein betrunkener Affe, ich würde viel lieber einen schönen Abend mit meinem Netflix-Abo verbringen, als mit dir hier zu üben. Und außerdem ist es ja nicht so, als würdest du für *Schwanensee* trainieren oder so. Du brauchst nicht die ganze verdammte Geschichte des Tanzes zu lernen. Du brauchst nicht der nächste verdammte Michael Flatley zu werden. Du brauchst nur genug zu können, um es durch eine einzige Tanznummer zu schaffen, die höchstens ein paar Minuten dauert, und versteh mich nicht falsch, bis dahin haben wir trotzdem noch einen Arsch voll Arbeit vor uns, aber du hast drei ganze Wochen, um dir eine dreiminütige Tanznummer draufzuschaffen, das ist eine Minute pro Woche, das sind was, zehn Sekunden am Tag oder so, wenn du also gut aufpasst und machst, was ich dir sage, und deine dämlichen Oberschenkelmuskeln richtig dehnst ...« – Danny verbesserte augenblicklich seine Haltung – »... dann könnten wir diesen Dreckskerlen vielleicht richtig einheizen. Na, wie hat sich das angehört?«

»Erstaunlich aufbauend«, sagte Danny.

»Dann kann ich wohl doch besser lügen, als ich dachte«, sagte Krystal. Sie zwinkerte ihm zu. »So, dann pass jetzt mal auf. Ich habe da eine Übung, mit der es klappen könnte.«

Die Wände begannen zu wackeln, als Krystal an der Stereoanlage auf Play drückte. Sie ging zur Mitte des Raums und stellte sich vor den Spiegel, warf den Kopf von links nach rechts und schüttelte die Arme wie ein kampfbereiter Boxer. Die Musik schwoll zu einem Crescendo an, und als der Beat einsetzte, setzte bei Danny zugleich große Ernüchterung ein. Niemals würde er die Siegesprämie gewinnen. Er sah zu, wie Krystal so behände über die Dielenbretter glitt, dass das Holz kaum knarzte, weil ihre Füße es kaum berührten, und wenn sie es taten, fielen sie sanft nieder wie Regen und landeten irgendwie an mehreren Stellen gleichzeitig. Sie bewegte sich mit der Anmut einer Eiskunstläuferin und dem Selbstvertrauen einer Freeclimberin, dem Gestus eines Rockstars und der Freiheit von jemandem, der ganz allein der Musik folgte, und als der Beat schneller wurde und sich zu einem zweiten Crescendo steigerte, begann sie so schnell zu tanzen, dass das Licht zu flackern anfing, vielleicht weil Fanny vergessen hatte, die Stromrechnung zu zahlen, oder vielleicht, wie Danny vermutete, weil Krystals unglaublich energiegeladene Performance irgendwie den Strom des gesamten Viertels aufsaugte. Selbst als die Musik verstummt war und Krystal aufgehört hatte, sich zu bewegen, hatte Danny das seltsame Gefühl, dass der Raum noch immer in Bewegung war, so als hätte ihr Körper einen Energieüberschuss erzeugt, der jetzt auf der Suche nach einem Weg nach draußen wild durch das Studio wirbelte.

»Also?«, sagte sie. »Was sagst du?« Sie war kaum ins Schwitzen gekommen, aber Dannys Stirn glänzte.

»Ich sage, du hattest recht. Ich werde diesen Wettkampf nie gewinnen.«

»Es hat dir nicht gefallen?«

»Nein, es hat mir nicht gefallen«, sagte er. »Es hat mich *umgehauen.* Du warst unglaublich. Es ist bloß vollkommen ausgeschlossen, dass ich das alles in drei Wochen lerne.«

»Mit dieser Einstellung packst du's jedenfalls nicht«, sagte sie.

»Können wir nicht was Einfacheres machen?«

»Du kannst machen, was du willst, Danny. Von mir aus

kannst du dich auf diese Bühne stellen und den Donauwalzer durch eine zusammengerollte Zeitung furzen. Ich bin nicht diejenige, die zu Katzenfutter verarbeitet wird, wenn du verlierst.«

Danny starrte sein Spiegelbild an und versuchte irgendetwas anderes zu sehen als einen vom Aussterben bedrohten Panda.

»Glaubst du wirklich, ich kann das hinkriegen?«, fragte er.

»Wir werden es wohl nie erfahren, wenn du nicht aufhörst, rumzujammern, und anfängst zu tanzen, oder?«

Also taten sie das für die nächsten drei Stunden, und sie taten es an jedem Tag dieser Woche. Sie trainierten von acht bis elf Uhr, und dann musste Krystal anfangen zu arbeiten, und Danny musste in den Park, wo er bis in den späten Nachmittag hinein tanzte, bevor er erschöpft nach Hause zurückkehrte. Und selbst dann ging er, wenn Will im Bett lag, die Tageslektion noch einmal durch, tanzte in der Küche auf Zehenspitzen die Schritte nach, die Krystal ihm beigebracht hatte, und versuchte dabei nichts umzuwerfen. Er lud das Stück herunter, das sie ausgewählt hatte, ein aggressives elektronisches Musikstück, das klang, als wäre es auf Guantanamos Greatest Hits vertreten. Er zog es auf seinen iPod und hörte es widerstrebend, wo auch immer er hinging, klopfte den Takt auf seinen Knien, dem Tisch, dem Bussitz und jeder anderen Oberfläche, die er finden konnte, bis er den Aufbau allmählich auswendig konnte, aber die Musik schien eine gewisse Bevölkerungsgruppe abzuschrecken (die Mittelalten, die Älteren, diejenigen, die wegen terroristischer Aktivitäten in Untersuchungshaft gesteckt wurden) und gewisse andere anzuziehen, die er nicht unbedingt anziehen wollte, wie die Bande von Teenagern, die ihn nötigten, für mehrere demütigende Selfies zu posieren, und ihn dafür mit seinem eigenen Geld entschädigten, das sie als Pfand genommen hatten. Ein paar Wochen zuvor hätte er sie das Geld behalten lassen, aber im Gegensatz zu damals, als seine Brotdose nicht mehr als ein Sammelbehälter für Kronkorken, Knöpfe, Zitronenbonbons und Fussel zu sein schien, verdiente Danny nun mehr Geld als je zuvor. Auch wenn ihm noch immer mehrere Hundert Pfund zu dem fehlten, was er Reg schuldete, versuchte er, nicht darüber nachzudenken, und tat stattdessen sein Bestes, um alle Gedanken bis auf jenen an den bevorstehenden Wettbewerb zu verdrängen.

# 21

Sonnenanbeter brieten schlaff auf Liegestühlen vor sich hin, Kinder rannten vor den Wellen davon oder stocherten in Krabbenlöchern, und Möwen pickten an Styroportellern mit roten und gelben Ketchup- und Curryflecken herum. In den flatternden Schatten der an den blendend weißen Türmchen des Brighton Pier wehenden Flaggen tranken rüpelhafte Jugendliche Dosenbier und pöbelten Passanten an. Mitten auf der Promenade gab es eine Spielhalle, in der Danny und Will sich gerade gegenseitig vertrimmten. Ihre Augen schossen von links nach rechts, folgten den beiden Kämpfern, die vor ihnen über den Bildschirm hüpften. Will wirkte konzentriert. Danny wirkte verwirrt. Beide droschen auf die Bedienknöpfe ein, aber nur Danny schien zu wissen, auf welche er eindreschen musste und warum.

»Okay«, sagte Danny. »Moment. Wenn ich. Warte mal. Da! Ha! Kick! Noch mal. Noch mal!«

Er riss den Joystick nach links und rechts und hämmerte mit der Faust auf die Knöpfe ein. Sein Kämpfer vollführte eine Schlagkombination, die beeindruckend aussah, aber wirkungslos verpuffte. Will rächte sich, indem er einen Gewaltausbruch entfesselte, der Dannys Kämpfer blutig und bewegungsunfähig zurückließ. Eine unheilvolle Stimme aus dem Off befahl ihm, seinem Gegner ein Ende zu setzen.

»War's das?«, fragte Danny. »Ist es vorbei? Schon wieder?«

Will nickte. Danny seufzte.

»Dann los, erlös mich von meinem Elend.«

Will beugte sich über den Automaten und grinste wie ein Hase, in dessen Scheinwerfern ein Lkw-Fahrer auftaucht, während er schnell am Joystick rüttelte und mehrere Knöpfe nacheinander drückte. Sein Kämpfer versetzte Dannys einen brutalen Kinnhaken, der ihm den Kopf von den Schultern riss und in eine Schlucht kullern ließ.

»Bist du jetzt zufrieden?«

Will nickte sichtlich stolz.

»Komm, ich glaube, für einen Tag bin ich oft genug enthauptet worden.«

Nach Brighton zu kommen, war nicht einfach gewesen. Die Reise selbst war nicht sehr anstrengend, im Gegensatz zur Planung. Seit Will dem Panda erzählt hatte, wie Liz mit ihm ans Meer gefahren war, hatte Danny sich den Kopf darüber zerbrochen, wie er einen Ausflug vorschlagen könnte, ohne Wills Argwohn zu wecken. Er war schon über Nacht zum Pfannkuchenmeister und Lokomotivenmörder geworden, und er fürchtete, Will würde eins und eins zusammenzählen, wenn er eine Reise nach Brighton vorschlug. Letztlich rettete ihn Mo. Seine Eltern hatten ihn am Wochenende zu Verwandten in Clacton-on-Sea geschleift, und Will hatte nichts zu tun, also hatte Danny vorgeschlagen, dass sie selbst ans Meer fuhren, und Will war begeistert darauf eingegangen.

Sie gingen auf der Suche nach einem anderen Spiel zwischen den Automaten hindurch. Danny suchte vor allem nach einem ganz bestimmten, einem klapprigen Münzschieber, der schon eine Antiquität gewesen war, als er ihn vor dreißig Jahren zuletzt gesehen hatte. Er wusste, dass das Gerät wahrscheinlich längst verschwunden war, dass es verschrottet worden war oder auf eBay versauerte, weil sich niemand die Lieferkosten für eine Maschine leisten konnte, die so viel wog wie eine schwangere Kuh. Doch da stand es, in einer Ecke versteckt, und wehrte gerade die jüngsten in einer lebenslangen Reihe von Attacken ab, diesmal von zwei Jungen, die mit Hüftremplern und Bodychecks versuchten, es zum Ausspucken von Kleingeld zu bewegen. Danny lächelte bei dem Anblick, denn er dachte an sein erstes offizielles Date mit Liz, bei dem sie ohne Fahrscheine in den Zug gesprungen waren und die Fahrt nach Brighton auf der Toilette verbracht hatten, wo Liz sich, wann immer der Schaffner an die Tür klopfte, als alte Dame ausgab, die abwechselnd an Lebensmittelvergiftung und Reisekrankheit litt. Sie hatten den Tag damit verbracht, in Scherzartikelläden Nippes zu klauen, aus Spirituosenläden hinausgeworfen zu werden, Pommes frites neben ahnungslose Menschen zu werfen, damit diese von Möwen attackiert wurden, und sich in derselben Spielhölle herumzutreiben, in der Will und er sich jetzt herumtrieben. Danny hatte auch versucht, den Münzschieber mit unlauteren Mitteln zu besiegen, nicht um an das Geld zu kommen (das war zweitrangig), sondern um Liz seine Stärke zu beweisen. Aber letztlich bewies er nur, dass fünfzig Kilo Haut und Knochen keine Herausforderung für ein Gerät von einer halben Tonne waren. Immerhin gelang es ihm, den Alarm auszulösen, was ihn komischerweise mit Stolz erfüllte, bis er den Sicherheitsmann auf sich zustapfen sah. Er rannte zum Ausgang, merkte, dass Liz nicht bei ihm war, lief zurück, packte sie, und zusammen stürmten sie durch die Tür und flohen den Kai hinunter. Das war das erste Mal, dass sie Händchen gehalten hatten, und sie hatten den ganzen Tag lang nicht losgelassen.

Er fuhr mit den Fingerspitzen über seine Handfläche und versuchte sich vorzustellen, wie ihre Hand in seiner lag, doch bevor die Empfindung zurückkehren konnte, schlug Will ihm auf den Arm und zeigte auf etwas in der Nähe. Danny folgte seinem Finger und sah, dass Will ihn zu einem Tanzspiel herausforderte. Er lächelte.

»Das kannst du haben.«

Sie stellten sich auf die Tanzmatte und wandten sich dem Bildschirm zu, wo zwei Figuren mit bunt gefärbten Haaren und überbetonten Körpermerkmalen darauf warteten, sie durch das Spiel zu führen.

»Weißt du«, sagte Danny, »es ist wohl nur fair, dir zu verraten, dass ich so eine Art Meister der Tanzfläche bin – wenn du also noch kneifen willst, dann ist jetzt die Gelegenheit.«

Will schaute ihn an, wie ein Rausschmeißer einen Besoffenen anschaut, der gerade erklärt, er sei völlig nüchtern, obwohl er ohne Hose dasteht.

»Wie du willst«, sagte Danny und grinste, als hätte er schon gewonnen. »Sag nicht, ich hätte dich nicht gewarnt.«

Das Spiel begann, und sie fingen an, im Rhythmus der Figuren auf dem Bildschirm zu tanzen. Die Schritte waren anfangs simpel, Bewegungsabläufe, die Danny einige Wochen zuvor noch schwergefallen wären, ihn jetzt in ihrer Schlichtheit aber langweilten, wurden jedoch komplexer, während die Figuren immer schneller tanzten. Er musste einige Schritte auslassen und verlor ein paar Punkte, machte aber unverdrossen weiter und war sich sicher, der Rache für all die erlittenen Enthauptungen entgegenzusteuern, bis er auf die andere Seite des Bildschirms schaute und sah, dass sein Sohn nicht eine Bewegung übersprungen hatte. Danny legte sich ins Zeug, doch je mehr er sich mühte, desto mehr Fehler machte er und desto mehr Punkte verlor er, während Wills Punktestand weiter in die Höhe schoss. Je länger sich das Spiel hinzog, desto unkoordinierter wurde Danny, und irgendwann hörte er auf, seinem digitalen Tanzlehrer zu folgen, und konzentrierte sich stattdessen auf Wills perfekte Beinarbeit. Eine Zuschauermenge versammelte sich, als immer mehr Auszeichnungen aufblinkten, alle für Will (Meisterhaft! Genial! Gottgleich!), der gar nicht zu merken schien, dass Danny längst aufgegeben hatte. Auch die Menge um ihn herum bemerkte er nicht, bis das Spiel schließlich endete und alle applaudierten und jubelten, Danny am lautesten, während er seinen Sohn stolz betrachtete, verblüfft über sein Können und erstaunt über die Diskrepanz zwischen dem Jungen, den er zu kennen geglaubt hatte, und dem selbstsicheren, lebendigen, glücklichen Jungen, der vor ihm stand.

Danny verzog das Gesicht, als er einen alten Mann beobachtete, der jedes Mal beim Umblättern der Zeitung nicht nur die Fingerspitzen, sondern den gesamten Finger ableckte. Ein anderer, noch älterer Mann schlief im Sitzen neben seiner Frau, die vorsichtig ein Pfefferminzbonbon auswickelte, als entschärfte sie eine Bombe. Über ihnen hingen Fischernetze von der Decke wie riesige Spinnweben, und richtige Spinnweben hingen sowohl an den Fischernetzen als auch an den Rettungsringen, hölzernen Steuerrädern und sonstigen maritimen Dekorationsgegenständen. Das Lokal sah eher aus wie ein Boot, das reif für den Schiffsfriedhof war, als die »Kapitänskajüte«, die es zu sein vorgab.

»Hast du das Tanzspiel schon mal gespielt?«, fragte Danny über den Tisch hinweg.

Will schüttelte den Kopf und trank einen Schluck von seiner Cola.

»Wo hast du dann so gut tanzen gelernt?«

Will zuckte mit den Schultern. Er fischte mit einem Löffel einen Eiswürfel aus dem Glas und steckte ihn in den Mund.

»Tja, du bist ein Naturtalent, Kumpel. Das musst du von deiner Mutter haben. Von mir hast du's jedenfalls nicht.«

Will lächelte und ließ den Eiswürfel zwischen den Zähnen knacken. Danny blickte sich in dem Lokal um.

»Weißt du, dass deine Mutter und ich bei unserem allerersten Date in diesem Café waren?«

Will runzelte die Stirn und sah sich um, als hätte sich das Café gerade erst materialisiert.

»Es hat sich kein bisschen verändert. Sogar die Tischdecken sind noch dieselben.«

Will löste die Ellbogen von dem klebrigen Plastik.

»Ich glaube, der war damals auch schon da«, sagte Danny und deutete mit dem Kopf auf den schlafenden Mann am Nachbartisch. Will lächelte.

»Ich wollte mit ihr in ein gutes Lokal, aber wir hatten beide kein Geld. Na ja, ich hatte ein paar Münzen dabeigehabt, aber alles bei den Greifern verloren.« Danny formte die Hand zu einer Klaue und senkte sie auf Wills Kopf herab. »Der ramponierte Teddy in deinem Zimmer, den du von Mum bekommen hast, den habe ich für sie gewonnen. Er hat mich wahrscheinlich das Zehnfache gekostet, was man in einem Laden dafür bezahlt hätte, aber immerhin bekam ich einen Kuss dafür.«

Will sah aus, als hätte er gerade gesehen, wie eine Taube von einem Laster angefahren wurde, die jetzt verstümmelt am Straßenrand lag.

»Zu viele Einzelheiten?«, fragte Danny.

Will nickte heftig.

»Tut mir leid.« Danny nippte an seiner Cola. »Das ist dir vielleicht nicht klar, aber deine Mum wusste schon alles über dich, bevor du überhaupt auf der Welt warst.«

Will runzelte die Stirn, während er versuchte, sich einen Reim auf Dannys Worte zu machen.

»Das stimmt wirklich. Sie hat mir alles gesagt, an diesem Tisch dort, vor dreizehn Jahren.« Er zeigte auf einen freien Tisch in der Ecke. Will drehte den Kopf.

»Wir plauderten, Kennenlerngespräche, weißt du? Lieblingsfarbe, Lieblingsfilme, Lieblingsmethode, die Lehrer zu ärgern, solche Sachen. Irgendwann fragte sie, ob ich irgendwann mal Kinder haben wollte, womit ich nicht gerechnet hatte. Ich meine, das ist eine ziemlich ernste Frage für eine Fünfzehnjährige, oder? Sie wollte bloß sehen, wie ich reagiere, aber das wusste ich damals nicht. Sie spielte immer gern ihre Spielchen, stimmt's?« Will nickte. »Weißt du noch, als sie diesem Zeugen Jehovas erzählt hat, sie wäre Teufelsanbeterin?«

Will lachte. Er malte mit dem Finger einen Kreis auf seine Stirn.

»Stimmt, sie hatte sich sogar ein Pentagramm auf die Stirn gepinselt. Der arme Kerl wusste überhaupt nicht, was er sagen sollte. Aber jedenfalls haben wir ihn nie wieder zu Gesicht bekommen, was? Sie fragt mich also, ob ich Kinder will, und ich sage: Ja. Ich hatte nie groß darüber nachgedacht, aber ich dachte, dass sie das wohl hören wollte. Dann stellte ich ihr die gleiche Frage, und sie nickte und sagte ein Wort. Weißt du, was sie sagte?«

Will schüttelte den Kopf. Er beugte sich vor, ohne die Tischdecke zu berühren.

»William. Das sagte sie. Ich wusste nicht, was sie meinte, also bat ich sie, es mir zu erklären, und sie sagte: So wird er heißen. William. Und dann beschrieb sie dich, als wärst du schon am Leben – als würdest du mit uns am Tisch sitzen. Blonde Haare, blaue Augen, große Füße, verdammt hübsch. Sie wusste sogar, dass du ein Muttermal auf dem Arm haben würdest.«

Will sah das Muttermal bewundernd an, als wäre es kein natürliches Phänomen, sondern ein Geschenk seiner Mutter.

»Verrückt, oder? Ich lachte, als sie es sagte, aber ich hörte auf zu lachen, als ich sah, wie ernst es ihr war. Jedenfalls kamst du ein paar Jahre später, und du warst genau so, wie deine Mutter gesagt hatte, nur natürlich noch hübscher. Es ist unfassbar. Es ist, als wärst du immer ein Teil von ihr gewesen, ganz von Anfang an, weißt du? Und darum ist sie auch nicht wirklich weg, auch wenn sie nicht mehr hier ist, denn jetzt ist sie ein Teil von dir. Sie ist in deinem Lächeln, sie ist in deinen Augen, in der Art und Weise, wie du ›Servierte‹ statt ›Serviette‹ sagst. Ich sehe sie jedes Mal vor mir, wenn du beim Zähneputzen den kleinen Finger abspreizt wie die Queen beim Teetrinken. Ich sehe sie vor mir, wenn du beim Schlafen eine Schnute ziehst, als würde dich im Traum jemand ausschimpfen. Ich sehe sie vor mir, wenn du Messer und Gabel benutzt wie ein Rechtshänder, obwohl du eigentlich Linkshänder bist, und ich habe sie ganz eindeutig vor mir gesehen, als du vorhin die Tanzfläche gerockt hast. Ich sehe sie jedes Mal vor mir, wenn ich dich anschaue, Kumpel, und darum könnte ich deine Mutter nie im Leben vergessen. Denn solange du da bist, wird sie auch immer da sein, weißt du?«

Will nickte langsam; seine Augen waren so glasig, dass Danny sein eigenes Spiegelbild darin sehen konnte. Er zog ein paar Servietten aus dem Spender, während die Kellnerin die Teller abräumte.

»War das Essen so schlecht?«, witzelte sie.

»Er hat bloß was im Auge«, sagte Danny und zwinkerte Will zu. »Holen wir uns auf der Promenade noch ein Eis?«

Bei dem Wort »Eis« hellte sich Wills Miene auf.

»Dachte ich mir.« Danny trank seine Cola aus und steckte sein Portemonnaie wieder in die Tasche. »Komm, wir *öööorrrp!*« Er schlug sich die Hand vor den Mund, aber der Rülpser war ihm schon entfleucht. Will lachte laut auf.

»Entschuldigung«, sagte Danny, dessen Gesicht röter wurde als der Plastikhummer, der über ihm im Fischernetz hing. »Wie peinlich. Komm, lass uns –«

*»Ööörrrp!«*

Danny schaute auf und sah, dass Will schelmisch grinste.

»Das ist nicht lustig, Will.«

Der Klang von Dannys Vaterstimme ließ Wills Grinsen verschwinden.

»Weißt du nicht, dass es sich nicht gehört, lauter zu rülpsen als sein Vater?«, fragte Danny. Er rülpste erneut, diesmal absichtlich. Will kicherte und tat es ihm gleich, und Danny antwortete mit einem so lauten Rülpser, dass er den alten Mann am Nebentisch weckte.

»Verzeihung«, sagte Danny und hob entschuldigend eine Hand. »Das ist die Cola. Zu viel Kohlensäure.« Er rieb sich zur Bekräftigung den Bauch und versuchte ernst zu bleiben, aber als er sah, wie Will ihn von der gegenüberliegenden Seite des Tisches angrinste, brach er in Gelächter aus.

»Komm«, sagte er. »Hauen wir ab.«

# 22

Er wusste nicht ganz genau, wann es geschehen war, aber während Danny sich verbeugte, um den Zuschauern für ihre Zeit, ihren Applaus und vor allem ihr Geld zu danken, wurde ihm bewusst, dass er mittlerweile seinen neuen Beruf als Panda genoss. Er zog größere Zuschauermengen an als je zuvor und verdiente mehr Geld als sonst irgendwer im Park. Er steckte immer noch jedes bisschen Energie in seine Aufführungen, und er nahm immer noch jeden Abend ein schweißnasses Kostüm mit nach Hause, aber es fühlte sich nicht mehr nach Arbeit an, weil es sich nicht mehr wie eine lästige Pflicht anfühlte. Er hatte sein gesamtes Erwachsenenleben auf Baustellen zugebracht, ohne die geringste Anerkennung für seine gute Arbeit zu bekommen. Er hatte sich so viele Jahre von Menschen herumkommandieren lassen, die zu dumm waren, um eine Pizza zu bestellen. Er hatte mehr als einmal mitangesehen, wie sich ein Kollege ernsthaft verletzte, und sich jedes Mal gefragt, ob er der Nächste sein würde, vor allem im Winter, wenn der Kopf so taub gefroren war wie die Hände und Fehler unvermeidbar waren. Und jetzt wurde er von einem ganzen Haufen Leute dafür beklatscht und bejubelt, dass er in einem Park tanzte, ohne dass ihm irgendjemand sagte, was er zu tun hatte oder wie er es zu tun hatte (außer Krystal), und die einzige echte Bedrohung für seine Gesundheit waren Kinder, die ihn umarmen wollten und ihm dabei versehentlich einen Kopfstoß in die Weichteile versetzten.

Dank dem Panda fühlte er sich Liz immer näher. Das Tanzen war ein so großer Teil ihres Lebens gewesen, und jetzt war es erstaunlicherweise ein großer Teil seines eigenen, und auch wenn es zu spät war, dieses Leben zusammen zu leben – zusammen zu trainieren, zusammen *Dirty Dancing* zu schauen, zusammen die Stadt unsicher zu machen –, so glaubte er, seine Frau dadurch, dass er etwas tat, was sie so geliebt hatte, ein kleines bisschen besser zu verstehen. Es war seltsam, aber Danny hatte das Gefühl, seine Frau nun noch besser zu kennen als zu ihren Lebzeiten. Es war beinahe, als wäre das Pandakostüm gar kein Kostüm mehr, sondern ein Medium, das Dannys Hand in der einen Pfote und die Hand seiner Frau in der anderen hielt und sie auf eine Weise verband, die er sich nie hätte vorstellen können.

Darüber hinaus gab sich Will, auch wenn er immer noch nicht sprach, redliche Mühe, diesen einst klaffenden, nun aber fast mit einem Sprung zu überwindenden Abgrund zu schließen. Gestern war er früher als sonst aufgestanden, um Danny mit dem Frühstück zu helfen, ein kleines Wunder, wenn man bedachte, was für ein Morgenmuffel er war, und heute hatte er seinen Vater überraschend umarmt, bevor er zur Schule gegangen war. Alles in allem musste Danny sich eingestehen, dass das Leben zum ersten Mal seit Langem schön war. Abgesehen von der ständigen Angst vor Reg war es sogar schöner als schön. Das Leben war herrlich. Erst als er plötzlich Will inmitten der applaudierenden Menge sah, fiel ihm ein, dass sein Vermieter nicht das einzige knifflige Problem war, das er zu lösen hatte.

»Ich wusste gar nicht, dass du tanzen kannst«, sagte Will, während sich die übrigen Zuschauer langsam zerstreuten.

Danny setzte sich auf die Bank und fischte Notizblock und Stift aus der Tasche.

*Pandas können ganz viele wunderbare Dinge.*

»Ach ja? Was denn zum Beispiel?«

Danny überlegte einen Augenblick.

*Wir können uns unsichtbar machen.*

»Könnt ihr gar nicht!«

*Doch, können wir.*

»Ich habe noch nie einen unsichtbaren Panda gesehen«, sagte Will.

*Eben!*, schrieb Danny. Will verdrehte die Augen und setzte sich neben ihn auf die Bank.

»Mo sagt, Pandas kacken bis zu fünfzigmal am Tag. Das ist ziemlich abgefahren.«

*Das stimmt. Wir geben ein Vermögen für Klopapier aus.*

Will lachte.

*Wer ist überhaupt Mo?,* schrieb Danny.

»Mein bester Freund. Er heißt Mohammed, aber alle nennen ihn Mo. Er ist so eine Art Tierexperte. Hast du gewusst, dass man eine Gruppe von Pandas eine Verwirrung nennt? Das hat er mir auch erzählt, aber ich weiß nicht, ob es stimmt.«

*Nur, wenn wir zu viel trinken,* schrieb Danny. Will lächelte.

»Wer hat dir das Tanzen beigebracht?«

*Eine Stangentänzerin namens Krystal,* schrieb Danny, der fest überzeugt war, dass Will ihm ohnehin nicht glauben würde.

»Sehr witzig.«

*Wirklich wahr. Sie hat es mir beigebracht, weil ich ihr ihren Bademantel zurückgebracht habe, der von einem Zauberer gestohlen wurde, der Dinge durch Geisteskraft in Brand setzen kann.*

»Ich bin vielleicht erst elf, aber ich bin nicht blöd.«

*Elf? Ich hätte dich auf mindestens vierundzwanzig geschätzt,* schrieb Danny. Will lachte.

»Schön wär's.«

*Nein, wäre es nicht. Bleib elf, solange du kannst.*

»Wie alt bist du denn?«

*Vierundachtzig in Pandajahren.*

»Also, für vierundachtzig tanzt du echt gut«, sagte Will.

Danny legte die Pfoten aneinander und verneigte sich kurz zum Dank.

»Meine Mum war Tänzerin. Sie war auch richtig gut.«

*Was für* eine *Tänzerin war sie denn?,* schrieb Danny. Will zuckte mit den Schultern.

»Jede Art. Sie konnte zu allem tanzen, sogar wenn gar keine Musik lief.« Er zog sein Handy heraus. »Hier«, sagte er und hielt Danny das Display hin. »Das ist sie.«

Will drückte auf Play, und Danny sah zu, wie Liz allein in einem großen Raum mit Holzboden und hoher Decke tanzte, der aussah wie die Aula einer Schule. Er hatte das Video noch nie gesehen, und die Tatsache, dass er nicht einmal wusste, wo es aufgenommen worden war, versetzte ihm einen Stich.

»Sie hat in einer Schule gearbeitet«, sagte Will, als hätte er Dannys Gedanken gelesen. »Manchmal hat sie dort geübt, wenn sonst keiner da war.«

Danny nickte, die feuchten Augen auf das Video geheftet. Er saugte jedes Detail in sich auf. Was Liz anhatte. Wie sie sich bewegte. Wie sie sich das Haar aus dem Gesicht strich. Wie sie lachte und so tat, als wäre sie verärgert, als sie merkte, dass Will sie filmte. Wie sie das Handy mit der Hand abdeckte, bevor das Video endete. Danny hatte viele Videos von Liz, aber eines zum ersten Mal zu sehen – eines, von dessen Existenz er nichts geahnt hatte –, gab ihm kurz das Gefühl, sie sei auf irgendeine Weise noch am Leben, als wäre sie gar nicht gestorben, sondern durch einen Spalt in Raum und Zeit gerutscht und nun in dem Video gefangen. Er wollte es noch einmal abspielen und dann noch einmal und immer wieder, bis irgendwann der Akku des Telefons leer wäre, und plötzlich merkte er, dass er auf das Display starrte, obwohl das Video zu Ende war. Da er nicht wusste, wie lange er das schon tat, gab er Will das Telefon zurück.

*Die meisten würden nie so gut werden, selbst wenn sie ewig leben,* schrieb er auf seinen Notizblock. Will lächelte und nickte. Irgendwo in der Nähe bellte ein Hund, und sie saßen eine Zeit lang schweigend da und sahen einem rauflustigen Jack-Russell-Terrier zu, der an der Leine zerrte, um sich mit einem verängstigten Pitbull anzulegen.

*Erzähl mir etwas über sie,* schrieb Danny. Will zuckte mit den Schultern.

»Was denn zum Beispiel?«

*Irgendetwas.*

Will starrte auf etwas, was nur er allein sehen konnte.

»Sie hatte Leberflecke, die man mit einem Stift zu so einer Art Stern verbinden konnte. Manchmal hat sie mich das machen lassen, aber einmal habe ich aus Versehen einen wasserfesten Stift genommen, und sie hat ewig gebraucht, um die Farbe wieder abzukriegen. Und sie konnte richtig gut Kreuzworträtsel lösen, vor allem diese superkniffligen mit den verwirrenden Hinweisen. Sie hat andauernd darüber nachgedacht, sogar wenn sie das Rätsel gar nicht vor sich hatte. Manchmal saßen wir beim Abendessen oder waren im Supermarkt oder so, und auf einmal hat sie irgendein Wort gerufen, den Namen von einem Land oder die Farbe von irgendeiner bestimmten Pferderasse. Einmal sind wir U-Bahn gefahren, und sie hat »Kobold« gerufen, und vor uns saß eine sehr kleine Frau, die Mum anschrie, weil sie dachte, sie hätte sie gemeint. Das war ziemlich lustig. Und sie hat immer nach Orangen gerochen, weil ihre Lieblingshandcreme so roch. Ich habe noch eins von den leeren Gläsern, und es riecht immer noch ein bisschen nach ihr. Ich mache es nicht oft auf, weil ich nicht will, dass der Geruch verfliegt, aber der Kleiderschrank in meinem Zimmer hat eine Schiebetür, und manchmal setze ich mich da rein und mache das Glas auf, und dann bleibt der Geruch drinnen. Wenn ich die Augen zumache, ist es so, als wäre sie ganz nah bei mir.«

Will schnippte den losen Knopf an seinem Ärmel hin und her.

»Sie hat ungefähr zehn Tassen Tee am Tag getrunken, und sie hat immer zwei Teebeutel in die Tasse gehängt, weil sie ihn gern richtig stark mochte, auch wenn es eklig geschmeckt hat. Sie hat meinen Vater immer ausgelacht, weil er ihn nicht trinken konnte, obwohl er Bauarbeiter ist und Bauarbeiter anscheinend normalerweise richtig starken Tee trinken. Dafür konnte sie keinen Pfefferminztee trinken oder irgendwas mit Pfefferminze drin essen, weil sie davon niesen musste, und ihr Niesen klang wie das von einer Maus, das meinte mein Vater jedenfalls, aber meine Mutter meinte immer, Mäuse niesen gar nicht. Mo sagt aber, das tun sie doch, aber nur, wenn sie krank sind. Sie war auch Linkshänderin, so wie ich. Wir haben eine Linkshänderschere zu Hause, und Mum und ich mussten immer lachen, wenn Dad sie benutzen wollte, weil er es nicht konnte. Ach, und ihre Lieblingsfarbe war Gelb. Sie hatte ganz viele gelbe Sachen, Schuhe und Klamotten und alles Mögliche. Sogar die Schere ist gelb. Manchmal hatte sie ein gelbes Kleid an, dann sah sie aus wie die Sonne, auch wenn es geregnet hat. Aber ich weiß nicht, wo es jetzt ist.«

Danny nickte. Er wusste ganz genau, wo das Kleid war, weil er Liz darin hatte bestatten lassen. Er dachte an diesen Tag und daran, wie surreal es sich angefühlt hatte, ihren Schrank nach einem geeigneten Outfit für ein so schreckliches Ereignis zu durchsuchen, und er erinnerte sich daran, dass es nach der Beerdigung so heftig und so lange regnete, als wäre Liz tatsächlich die Sonne gewesen und als hätten sie an diesem Tag nicht nur sie begraben, sondern alles Licht, das es auf der Welt noch gab.

*Was ist deine Lieblingsfarbe?*, schrieb Danny, dem schmerzhaft bewusst wurde, dass er die Antwort nicht kannte.

»Rate mal«, sagte Will und stupste seinen grünen Schulranzen mit dem Fuß an. »Mum hat gesagt, ich könnte mein Zimmer auch grün streichen. Und sie hat gesagt, ich würde ein Hochbett bekommen, nicht so eins mit zwei Betten, sondern eins mit einem Bett oben und einem Schreibtisch und so darunter. Habe ich aber nie.«

Danny erinnerte sich an diese Unterhaltung mit Liz kurz vor ihrem Tod; sie hatte gesagt, Wills Zimmer müsse neu eingerichtet werden, und er hatte geantwortet, das könnten sie sich nicht leisten und es wäre sowieso sinnlos, denn sie würden es ja doch nur wieder neu einrichten müssen, wenn Will in die Pubertät käme und Hochbetten Kinderkram fände. Sie hatten sich darüber in die Haare gekriegt, aber nun, da er wusste, wie wenig gemeinsame Zeit ihnen damals noch geblieben war – er wusste nicht mehr, wie lange genau, aber es waren nur ein paar Wochen gewesen –, schnürte ihm der Gedanke die Kehle zu, dass sie auch nur eine Sekunde mit Streit vergeudet hatten.

*Gefällt dir dein Zimmer nicht?,* schrieb Danny, der die Antwort schon wusste.

»Ich habe die schlimmste Tapete der Welt.«

*Darf ich raten? Thomas, die kleine Lokomotive?*

»Woher weißt du das nur?«, sagte Will sarkastisch.

*Du solltest mit deinem Vater sprechen. Vielleicht kann er ja was für dich tun.*

»Er hat schon Nein gesagt, als meine Mum mit ihm darüber gesprochen hat.«

*Vielleicht hat er es sich anders überlegt.*

Will zuckte mit den Schultern. Er knibbelte etwas abgesplitterte Farbe von der Bank.

*Sprichst du immer noch nicht mit ihm?,* schrieb Danny.

Will schüttelte den Kopf.

*Glaubst du, du wirst es jemals wieder tun?*

»Ich weiß es nicht. Er ist gerade ein bisschen ... schräg.«

*Schräg?,* schrieb Danny. Das Wort tat weh, nachdem er sich in letzter Zeit so viel Mühe gegeben hatte.

»Ja«, sagte Will, »aber, na ja, auf eine gute Art. Neulich hat er mir zum Beispiel Pfannkuchen gemacht, und das macht er sonst nie. Ich wusste nicht mal, dass er es *kann.* Und letztes Wochenende ist er mit mir nach Brighton gefahren, und dort hat er so ein Tanzspiel mit mir gespielt, und beim Essen hat er ganz viel über Mum geredet, und normalerweise macht er *nichts* davon. Also, ja, es war schräg, aber irgendwie gut schräg.«

*Vielleicht möchte er gern, dass ihr Freunde seid.*

»Vielleicht.«

*Hat er denn Freunde?*

»Nicht viele.«

*Dann braucht er vielleicht einen,* schrieb Danny. *Man macht keine Pfannkuchen für jemanden, den man nicht mag. Das weiß jeder Panda.*

»Du weißt schon, dass du kein echter Panda bist, oder?«, sagte Will, ließ sich von der Bank rutschen und warf sich seinen Schulranzen über die Schulter.

*Hast du schon mal einen echten Panda gesehen?*

»Nein.«

*Siehst du,* schrieb Danny. Will lächelte.

»Ganz wie du meinst, Panda-Mann-der-kein-echter-Panda-ist. Wir sehen uns.«

*Wir sehen uns, Nicht-sprechender-Junge-der-doch-spricht,* schrieb Danny.

# 23

Danny klingelte und trat ein paar Schritte zurück. Diesmal trug er zwar nicht das Pandakostüm, aber außerhalb der Reichweite von Ivanas Besen und Ivans Würgegriff fühlte er sich dennoch sicherer. Yuri öffnete die Tür. Er trug ein Basketball-T-Shirt und dieselbe Cargo-Hose, die Danny sich einige Wochen zuvor ausgeliehen hatte, und er aß eine Familienpackung Doritos, die in seinen massigen Händen täuschend klein aussah.

»Oh, hi, Yuri«, sagte Danny. »Wow, schau dich an. Hörst du jemals auf zu wachsen?«

»Wahrscheinlich mit siebzehn oder achtzehn oder so. Ich glaube, dann hört man normalerweise auf.«

»Verstehe.« Er hatte vergessen, wie wörtlich Yuri die Dinge manchmal nahm.

»Willst du einen Dorito?«

»Welche Geschmacksrichtung?«

Yuri schaute auf die Tüte.

»Blau«, sagte er.

»Na dann«, sagte Danny, fischte einen Dorito aus der Tüte und steckte ihn in den Mund. »Ist dein Vater zu Hause?«

»Ja«, sagte Yuri. Er rührte sich nicht vom Fleck.

»Kann ich ihn sehen?«

»Nicht von hier aus«, sagte Yuri und blickte sich um, als wollte er demonstrieren, wie unmöglich es war, seinen Vater von dort aus zu sehen. »Du solltest wahrscheinlich reinkommen.«

»Gute Idee«, sagte Danny und schob sich an Yuri vorbei, der zur Seite trat, um ihn durchzulassen.

Da im Wohnzimmer niemand war, folgte er dem Geräusch, das aus der Küche kam. Ivan stand mit dem Rücken zur Tür über die Arbeitsplatte gebeugt, eine Schürze mit einer säuberlichen Schleife um die Hüfte gebunden. Danny lächelte; er war sich sicher, sein Freund spielte ihm irgendeinen Streich. Ivan war kein Schürzentyp, aber er war eigentlich auch kein Typ für Streiche, und Danny konnte sich keinen rechten Reim auf die Sache machen. Erst als er das aufgeschlagene Kochbuch neben Ivans Ellbogen liegen sah, ergab alles ein wenig mehr Sinn. Ivan backte; das hatte Danny noch nie gesehen. Er wusste nicht einmal, dass sein Freund backen konnte, aber da stand er und bereitete offenbar gerade einen Walnusskuchen zu; den gleichen Walnusskuchen, den Danny seit ungefähr einem Jahr regelmäßig aß. Die Tatsache, dass weder Ivan noch Ivana noch Yuri Walnüsse mochten (was Danny seit dem Tag wusste, als Liz nichtsahnend ihren berühmten – und nunmehr berüchtigten – Waldorfsalat für sie gemacht hatte), bestätigte ihn nur in dem Verdacht, dass Ivan den Kuchen für *ihn* backte und es von Anfang an getan hatte. Danny überkam ein beinahe überwältigendes Bedürfnis, seinen Freund in den Arm zu nehmen, aber da er weder sich selbst noch Ivan in Verlegenheit bringen wollte, zog er sich langsam rückwärts aus der Küche zurück und suchte nach Yuri, der in seinem Zimmer saß und Xbox spielte.

»Hi, Yuri«, sagte Danny, den Kopf durch die Tür gesteckt.

»Hi, Danny«, sagte Yuri, der offenbar gerade einen Autoraub verübte.

»Kannst du mir einen Gefallen tun und deinem Vater sagen, dass ich da bin?«

»Warum?«

»Ich kann ihn nicht finden.«

»Er ist in der Küche«, sagte Yuri, der den Blick immer noch nicht vom Bildschirm abgewandt hatte.

»Ich habe nachgeschaut, aber ich habe ihn nirgends gesehen.«

Yuri seufzte und drückte auf Pause. Er saß einen Augenblick lang schweigend da.

»Ich *höre* ihn bis hierher. Hör doch mal.«

»Ich höre nichts«, sagte Danny und ignorierte die offensichtlichen Küchengeräusche, die durch den Flur schallten.

»Er ist auf jeden Fall in der Küche«, sagte Yuri. Danny seufzte.

»Könntest du ihm einfach sagen, dass ich da bin?«

Yuri schüttelte den Kopf, wie Kinder es tun, wenn Erwachsene sich sonderbar benehmen. Dann rollte er sich vom Bett und ging zu seinem Vater. Danny blieb im Gang stehen, um ihrem Gespräch zu lauschen.

»Danny ist da, und er hat gesagt, er kann dich nicht finden, obwohl ich ihm gesagt habe, dass du in der Küche bist, also wollte er, dass ich dich suche und dir sage, dass er da ist.«

Danny nahm sich vor, Yuri nie wieder um etwas zu bitten.

»Er ist in der Küche«, sagte Yuri und schlurfte in sein Zimmer zurück, aber es klang eher wie »Hab ich dir doch gleich gesagt«.

»Danke«, sagte Danny, dem bewusst wurde, dass die Situation jetzt noch zehnmal peinlicher war als vorher.

»Danny!«, sagte Ivan und steckte den Kopf durch die Tür. Seine Stimme hatte einen panischen Unterton, den Danny noch nie bei ihm gehört hatte.

»Hi, Ivan. Störe ich?«

»Nein!«, sagte er. »Ist alles gut. Warte auf mich im Wohnzimmer.«

Danny kam der Aufforderung nach. Eine Minute später schob sich Ivan langsam aus der Küche und schloss die Tür hinter sich, als müsse er einen lebhaften Welpen einsperren.

»Also«, sagte er leicht außer Atem und ließ sich gegenüber von Danny in den Sessel fallen. »Wie ist Leben als tanzende Ratte?«

»Kompliziert«, sagte Danny und versuchte ernst zu bleiben, als Ivan sich über die Stirn wischte und dabei einen Streifen Mehl hinterließ.

»Was ist kompliziert? Du ziehst dich an wie Verwirrter,

du tanzt, du hörst auf zu tanzen, du ziehst dich wieder an wie normaler Mensch. Ist einfach.«

»Wusstest du, dass man eine Gruppe von Pandas tatsächlich eine Verwirrung nennt? Habe ich heute erfahren. Eine Verwirrung von Pandas.«

»Nicht Gruppe«, sagte Ivan. Er zeigte auf Danny. »Einer ist Verwirrter. Gruppe ist schlimmer als verwirrt. Ist tragisch. Ist wie Tschernobyl von Pandas.«

»Danke für die Unterstützung. Und um deine Frage zu beantworten, es geht um Will. Er hört nicht auf, mit mir zu reden.«

»Dann warum du siehst traurig aus? Das ist gut, oder?«

»Nein«, sagte Danny. »Ist es nicht.«

»Warte«, sagte Ivan. »Erst du beklagst dich, dass Will, er redet nie. Jetzt du beklagst dich, dass er redet zu viel. Ich glaube, beklagst du dich einfach gern.«

»Wie gesagt, es ist kompliziert. Weißt du noch, wie ich dir erzählt habe, dass ich ihn vor diesen Schulhofschlägern gerettet habe? Na ja, jetzt kommt er in den Park, um mit mir zu reden, aber er redet nicht mit *mir.* Er redet mit dem Panda.«

»Aber du *bist* Panda.«

»Ja, das weiß Will aber nicht«, sagte Danny.

»Dann sag ihm.«

»So einfach ist das nicht. Er hat über mich geredet. Und über Liz. Dinge, die er mir nie erzählen würde, wenn er wüsste, dass ich, na ja, *ich* bin. Und andererseits ist es unglaublich. Ich finde Dinge über ihn heraus, von denen ich nichts geahnt habe. Und er *spricht,* Ivan. Endlich spricht er! Aber wenn er herausfindet, dass ich es bin, redet er nie wieder mit mir.« Danny seufzte. »Ich weiß nicht, was ich tun soll. Was würdest *du* tun? Nein, sag's nicht. Was soll *ich* tun?«

Ivans Augen verengten sich, wie sie es manchmal taten, wenn er vorgab, kein Englisch zu verstehen.

»Ich habe Idee«, sagte er, nachdem er eine Zeit lang offensichtlich angestrengt nachgedacht hatte. Er beugte sich vor, als wollte er Danny etwas Hochvertrauliches erzählen. »Wenn du kriegst Will dazu, dass er redet mit dir – mit Danny, meine ich, nicht Panda –, dann er hat vielleicht keine Lust mehr, mit Panda zu reden.«

»Ivan, wenn ich wüsste, wie ich Will dazu bringen könnte, dann würde ich gar nicht in diesem Schlamassel stecken, oder?«, sagte er. Ivan nickte.

»Das stimmt«, sagte er.

»Wobei«, sagte Danny und kaute auf seiner Lippe herum. »Vielleicht hast du recht.«

»Habe ich?« Ivan klang erstaunt.

»Meinst du, Alf würde mir etwas von den Holzresten von der Baustelle abgeben?«

»Nein. Habe ich schon gefragt«, sagte Ivan und schüttelte den Kopf. »Wollte ich die Regale für Ivana bauen, aber Alf, er hat gesagt Nein.« Er zeigte auf drei Regale, auf denen haufenweise gerahmte schwarz-weiße Familienfotos standen, die aussahen, als wären sie im neunzehnten Jahrhundert inmitten eines Schneesturms entstanden. Danny legte die Stirn in Falten.

»Diese Regale?«, fragte er und zeigte mit dem Finger darauf.

Ivan nickte.

»Genau diese Regale?«

»Genau diese Regale«, wiederholte Ivan.

»Ich dachte, Alf hätte gesagt, du dürftest das Holz nicht nehmen?«

»Hat er. Ich nehmen trotzdem.«

»Wie denn?«

»Gehe ich nachts. Ist einfach. Ich zeige dir.«

»Bist du sicher? Ivana würde es mir nie verzeihen, wenn du wieder in den Knast kämst.« Die Worte waren heraus, bevor Danny überhaupt begriff, was er gesagt hatte.

»Knast? Welcher Knast?«

»Ach, nichts«, sagte Danny, der schnell das Thema wechseln wollte, aber Ivan gab ihm zu verstehen, dass niemand irgendetwas wechseln würde, bevor er ihm nicht erklärt hatte, was er meinte. »Den Knast, wo du die herhast«, sagte er und zeigte auf Ivans Tätowierungen.

Ivan schaute auf seine Arme und runzelte die Stirn, bevor er in ein ganz untypisches Gelächter ausbrach, das so heftig aus ihm herausschoss, dass Danny sich an seinem Stuhl festklammerte.

»Du glaubst, das sind Knasttätowierungen?«, fragte er.

»Sind es etwa keine?«, sagte Danny, selbst überrascht, wie enttäuscht er klang.

»Bin ich Familienvater, Danny, nicht Krimineller. Die sind von Yuri, nicht von Knast.«

»Du hast dich von deinem Sohn tätowieren lassen?«

»Nein, ich habe mich von Tätowierer tätowieren lassen.«

»Das verstehe ich nicht.«

»Pass auf«, sagte Ivan, krempelte den Ärmel hoch und legte seine stark tätowierten Unterarme auf den Tisch. »Eines Tages ich bin nach Arbeit sehr müde und schlafe an Tisch ein. Als ich aufwache, sehe ich, dass Yuri hat Stift und macht Kunstwerke überall auf mich. Auf Arme, sogar auf Gesicht. Er ist klein, fünf oder sechs vielleicht, und er hat so viel Spaß, dass ich ihn nicht hindern will, also ich tue so, als würde ich schlafen, bis er ist fertig. Als ich mache Augen auf, ich sehe, was er hat gemacht. Ist das Schönste, was ich je habe gesehen. Gefällt mir so gut, dass ich am selben Tag gehe zu Tätowierer und sage ihm, er soll für immer machen.«

»Ich meine es echt nicht böse, denn das ist die hübscheste Geschichte, die ich je gehört habe, aber, na ja, hättest du nicht einfach ein Foto machen können?«

»Wofür? Damit ich kann rumtragen auf Telefon? Damit kann rumstehen in Bilderrahmen? Telefon kannst du verlieren. Foto kannst du verlieren. Aber die hier?«, sagte er und klopfte auf seine Arme. »Arme kannst du nicht verlieren.«

»Das ist nicht ganz richtig ...«

»Natürlich ist richtig! Wie kannst du Arm verlieren? Arm kann dir nicht hinter Sofalehne rutschen. Arm kannst du nicht in Einkaufswagen vergessen. Arm kannst du nicht in Taxi liegen lassen. Ist unmöglich.«

»Du hast recht«, sagte Danny. Es schien ihm nicht der rechte Moment zu sein, um mit Ivan über Verstümmelung zu diskutieren.

»Die hier«, sagte Ivan und fuhr lächelnd mit dem Finger über Yuris kryptisches Gekritzel, »habe ich für immer.«

»Jetzt habe ich ein schlechtes Gewissen. Ich dachte immer, du hättest, na ja, jemanden umgebracht.«

»Ich habe gesagt, die Tätowierungen sind von Yuri«, sagte Ivan und hob den Blick von seinen Armen. »Habe ich nie gesagt, dass ich keinen umgebracht habe.« Sein Zwinkern verriet Danny nicht, ob sein Freund scherzte oder nicht.

»Wir sollten wohl besser gehen«, sagte Danny, ließ sich von seinem Stuhl gleiten und schlurfte zur Tür.

»Einen Moment. Muss ich noch was in Küche erledigen. Für Ivana.«

»Kann ich dir helfen?«, fragte Danny, der die Antwort schon kannte, aber sehen wollte, wie sein Freund reagierte.

»Nein!«, rief Ivan. Seine Stimme klang ungewöhnlich hoch. Er räusperte sich und setzte noch einmal an. »Ich meine: Nein. Ist schon gut.« Er öffnete die Tür gerade so weit, dass er hindurchpasste, also fast ganz.

»Ivan?«, sagte Danny. Ivan drehte sich zu ihm um. »Danke.«

»Wofür?«

»Du weißt schon.«

»Weiß ich nicht.«

»Einfach nur ... danke«, sagte Danny. Ivan runzelte die Stirn und schüttelte den Kopf.

»Du bist Verwirrter«, sagte er, bevor er in der Küche verschwand.

Die Baustelle war von einem hohen Maschendrahtzaun umgeben. Der einzige Weg hinein und heraus führte durch zwei große Eisentore, neben denen eine kleine Hütte stand, in der zwei Wachleute Karten spielten. Helle Flutlichter strahlten aus allen vier Ecken der Eingrenzung; die Lichtkegel trafen in der Mitte aufeinander, wo sich die meisten Bürocontainer befanden. Auf die Bereiche dahinter fiel nur sehr wenig Licht, und niemand sah Danny und Ivan, die sich im Schatten versteckten.

»Hier«, sagte Ivan und reichte Danny im Dunkeln etwas.

»Ist das wirklich notwendig?«, fragte Danny, der in dem

Stück Stoff eine schwarze Sturmhaube erkannte. »Wir wollen Holz klauen, nicht die iranische Botschaft überfallen.«

»Kameras«, sagte Ivan und kreiste mit den Fingern um seinen Kopf.

Danny zog die Sturmhaube über und drehte sie so, dass die Löcher über seinen Augen waren.

»Okay«, sagte Ivan. »Bereit?«

Danny atmete ein paarmal durch und dehnte seine Oberschenkelmuskeln, wie Krystal es ihm gezeigt hatte.

»Okay«, sagte er. »Gehen wir's an.«

Er fasste mit beiden Händen in den Zaun und versuchte hinaufzuklettern, doch der Draht schnitt ihm in die Finger, und er hatte Schwierigkeiten, mit den Füßen Halt zu finden.

Ivan packte ihn von hinten am T-Shirt und zerrte ihn herunter.

»Was machst du da?«

»Wonach sieht es denn aus?«, sagte Danny. »Ich klettere am Zaun hoch.«

Ivan seufzte und schüttelte den Kopf. Er packte das untere Ende des Zauns und hob ihn an, bis ein Loch entstand, das groß genug für sie beide war.

»Oder wir machen es einfach so«, sagte Danny.

Sie schlichen über die Baustelle, hielten sich, wo es möglich war, im Schatten, bis sie in einen Bereich kamen, der offiziell als »der Schrottplatz« bekannt war. Große gelbe Container mit verschiedenen Abfallmaterialien standen nebeneinander aufgereiht. Einer quoll vor zerbrochenen Ziegeln und Bauschutt über, ein anderer enthielt Stücke von Plastikrohren und leere Zementsäcke, und aus dem letzten ragten verschiedene Holzlatten.

»Okay«, sagte Ivan und machte eine Räuberleiter für Danny. »Du suchst Holz, ich schiebe Wache.«

So leise wie möglich durchwühlte Danny den Container, zog alle geeigneten Bretter heraus und reichte sie Ivan hinunter, der sie behutsam auf dem Boden stapelte. Sobald ein Stapel eine gewisse Höhe erreicht hatte, band er ihn an beiden Enden mit einem Seil zusammen und verband dann beide Seile miteinander, sodass in der Mitte ein Griff entstand. Sie waren gerade beim vierten und letzten Stapel angelangt, als Ivan plötzlich erstarrte und angestrengt in die Ferne sah.

»Was ist?«, flüsterte Danny. Ivan bedeutete ihm, still zu sein; er fixierte irgendetwas in der Dunkelheit.

»Jemand kommt!«, sagte er.

»Scheiße! Was machen wir?«, zischte Danny.

Ivan zog ein Holzbrett aus einem der Bündel. Er wiegte es in der Hand und klatschte damit in seine Handfläche wie mit einem Schlagstock.

»Nein, Ivan! Keine Gewalt!«

»Hast du bessere Idee?«

Danny sah sich hektisch um.

»Versteck das Holz und steig in den Container!«, sagte er.

»Was?«

»Ich sagte, komm hier rein! Schnell!«

Als der Strahl einer Taschenlampe um die Ecke bog, packte Ivan die Holzbündel und warf sie ins Dunkel. Dann ergriff er Dannys ausgestreckte Hand und kraxelte in den metallenen Container, wobei er Danny fast herauszog.

»Was jetzt?«, fragte er, aber Danny verbarg sich schon unter mehreren Brettern. Ivan tat es ihm gleich, grub sich ein, so tief er konnte, und bedeckte seine massige Gestalt schließlich mit einer Spanplatte.

»Ich glaube, es kam von dort.« Einer der Wachmänner erschien Sekunden später, sein Partner dicht hinter ihm. Danny und Ivan schlossen die Augen.

»Wahrscheinlich bloß eine Ratte«, sagte der andere Sicherheitsmann.

»Das muss eine verdammt große Ratte gewesen sein, die so einen Lärm veranstaltet.«

»Ratten können ganz schön groß werden. Ich hab mal eine gesehen, die war so groß wie ein Hund.«

»Blödsinn.«

»Im Ernst. Nicht wie eine deutsche Dogge oder so, aber sie war trotzdem ein ganz schöner Brummer.«

»Wie groß?«

»Ich weiß es nicht. Vielleicht so groß wie ein Bichon. Ich habe gesehen, wie sie am Leicester Square eine Elster ins Gebüsch gezerrt hat. Das arme Tier war noch nicht mal tot.«

»Bichons sind nicht sehr groß«, sagte der eine Wachmann, ganz offensichtlich nicht überzeugt. »Vielleicht gerade mal so groß wie eine Katze.«

»Wie auch immer. So groß war sie jedenfalls.«

»Du meinst also, eigentlich hast du eine Ratte von der Größe einer Katze gesehen.«

»Nein. Sie war so groß wie ein Hund.«

»Okay, sie war so groß wie ein Hund von der Größe einer Katze.«

»Ja.«

»Also war sie so groß wie eine Katze.«

»Jesus, Maria und Josef. Hör zu, wenn eine Ratte so groß

ist wie ein Hund, und der Hund ist so groß wie eine Katze, dann ist die Ratte, die so groß ist wie der Hund von der Größe einer Katze, auch so groß wie eine Katze von der Größe eines Hundes. Richtig?«

»Keine Ahnung, jetzt hast du mich durcheinandergebracht.«

»Okay, pass auf. Stell dir vor, meine linke Faust wäre eine Katze. Und meine rechte wäre ein Hund.«

»Hör auf, mir zu drohen, Stu.«

»Ich drohe dir doch gar nicht!«

»Dann nimm die Fäuste aus meinem Gesicht!«

»Sonst?«, sagte er.

»Sonst reiß ich dir die verdammte Rübe vom Hals!«

Plötzlich sprang Ivan aus dem Container wie ein Wal, der durch die Wellen bricht. Die Wachmänner schrien, und selbst Danny wimmerte. Bretter und Holzstücke regneten auf sie herab, und Ivan schlug um sich wie eine lose Plane auf einem Laster.

»Weg hier!«, schrie der Wachmann, aber sein Partner war schon verschwunden; seine Taschenlampe warf Schatten nach allen Seiten, während er in die Dunkelheit davonrannte.

Ivan machte mit seiner bizarren Aufführung noch eine oder zwei Minuten weiter, bevor er allmählich zur Ruhe kam. Schwer atmend nahm er seine Sturmhaube ab und wischte sich damit den Schweiß von der Stirn. Danny ging auf Abstand; er fürchtete, eine plötzliche Bewegung könnte einen weiteren Anfall auslösen.

»Entschuldigung«, sagte Ivan.

»Was. Zur. Hölle. War das denn?«, sagte Danny.

»Ist nicht meine Schuld. Ist Schuld von Schabe.«

»Was ... was für eine Schabe?«

»*Diese* Schabe!«, sagte Ivan. Er richtete einen zitternden Finger auf etwas, was sich bei näherer Betrachtung als eine Holzlaus entpuppte.

»Eine Holzlaus?«, fragte Danny und riss sich die Sturmhaube vom Kopf. »Ich habe mir fast in die Hose geschissen, und alles wegen einer verdammten *Holzlaus?*«

»Sie hat mich gebissen!«, sagte Ivan und zeigte auf seinen von Bissstellen ganz und gar freien Unterarm.

»Nur falls du aus Holz bist.«

»Na ja ... sie wollte mich beißen! Ich habe es in ihren Augen gesehen.«

»Ich kann nicht glauben, dass der große Ivan Shevchenko Angst vor Holzläusen hat«, sagte Danny und rieb sich sanft die Herzgegend.

»Ivan hat vor nichts Angst!«, sagte Ivan.

Dannys Augen weiteten sich. Er zeigte auf seinen Freund.

»Ivan, bleib jetzt ganz ruhig, aber ich glaube, da sitzt eine auf deiner Schulter!«

Ivan nahm seinen Veitstanz wieder auf, rannte im Kreis und klatschte sich mit den Händen auf den Körper, bis er Danny lachen sah.

»Was wolltest du gerade sagen?«, sagte Danny. Ivan runzelte die Stirn.

»Ich wollte sagen: Viel Glück, wenn du willst Holz alleine tragen«, sagte Ivan und stapfte über die Baustelle davon.

»Warte!«, rief Danny, und sein Lächeln verschwand. »Ivan! Komm zurück! Es war doch bloß ein Scherz! Ivan!«

# 24

Als Danny am nächsten Morgen aufstand, traf er im Wohnzimmer auf Will und Mo, die Videospiele spielten.

»Daddeln?«, fragte er. »Bei dem schönen Wetter?«

Die Jungen antworteten nicht; ihre Augen blieben auf den Bildschirm geheftet, auf dem sie herumrannten und sich gegenseitig mit Kettensägen umzubringen versuchten.

»Ihr Jungs solltet nach draußen gehen und nicht vor der Glotze hängen.«

»Es regnet, Mr. Malooley«, sagte Mo, ohne aufzuschauen. Danny sah aus dem Fenster, gegen das der Regen trommelte.

»Das? Das ist doch gar nichts. Und ihr seid doch nicht aus Zucker.«

»Mein Onkel Faisal ist bei einer Flutkatastrophe ertrunken«, sagte Mo.

»Oh. Verstehe. Tut mir leid, das zu hören, Mo. Aber schau nur, die Sonne kommt jeden Moment raus.«

Danny zeigte auf das Fenster und überging die schieferfarbenen Wolken, die den Himmel bedeckten, so weit das Auge blickte.

»Ich weiß nicht. Es regnet ziemlich heftig. Wir könnten krank werden oder so.«

»Es ist wichtig, dass Kinder auch mal krank werden. Das stärkt das Immunsystem. Und wenn ihr euch erkältet, müsst ihr nicht in die Schule, also ist es eine Win-win-Situation, oder?«

Mo und Will wirkten nicht überzeugt. Danny verlegte sich auf seinen Plan B.

»Gut«, sagte er, zog sein Portemonnaie aus der Hosentasche und holte einen Zehner heraus. »Hier. Amüsiert euch.«

Mo sah Will an. Will schüttelte den Kopf. Mo sah Danny an.

»Ist nicht böse gemeint, Mr. Malooley, aber ich glaube, unser Leben ist ein bisschen mehr wert.«

»Euer Leben? Ihr werdet da draußen nicht sterben, Mo.«

»Das hat mein Onkel Faisal auch gedacht«, sagte Mo. Danny seufzte.

»Okay, okay.« Danny fischte noch einen Zehn-Pfund-Schein aus dem Portemonnaie. Mo sah Will an. Will nickte.

»Und kommt bloß nicht vor heute Abend zurück!«, rief Danny, als sie losrannten, um ihre Regenjacken zu holen.

Als sie fort waren, rief Danny Ivan an, der mit einem Werkzeugkoffer in der einen Hand und einem in Stanniolpapier eingewickelten Päckchen in der anderen erschien.

»Von Ivana?«, sagte Danny lächelnd.

»Was ist das? KGB-Verhör?«, brummte Ivan und schob sich an Danny vorbei.

Sie trugen die Holzbündel von der leeren Garage, in der sie sie gelagert hatten, nach oben (aber erst, nachdem Danny Ivan versichert hatte, dass die Bretter frei von fleischfressenden Holzläusen seien), und ließen sie vor Wills Tür fallen. Dann besprachen sie ihr weiteres Vorgehen und machten sich an die Arbeit. Sie schufteten vom frühen Vormittag bis in den frühen Abend hinein und machten nur eine kurze Mittagspause und eine weitere kleine Pause, als Ivan Ivana erklären musste, warum er sich entschieden hatte, den Samstag mit Danny zu verbringen, statt mit ihr zum Einkaufen nach Westfield zu fahren, ein Gespräch, in das Danny gegen seinen Willen hineingezogen wurde, als Ivana seine Stimme zum Beweis hören wollte, dass Ivan tatsächlich bei ihm war und nicht bei der Frau aus Apartment vierundfünfzig (die sich Ivan zufolge im Bademantel aus ihrer Wohnung ausgesperrt und Hilfe suchend bei ihm geklopft hatte, was zwar durchaus erklärte, warum Ivana die Frau halb nackt bei ihnen zu Hause ertappt hatte, aber nicht, warum auch Ivan nur zur Hälfte bekleidet gewesen war).

Wie sich herausstellte, war das Vorhaben schwieriger als erwartet, nicht zuletzt weil das Zimmer so klein und Ivan so groß war und keiner von ihnen genau wusste, was er tat. Sie waren gerade fertig geworden, als Will mit einem kleinen Karton nicht aufgegessener Pizza durch die Tür kam. Er fand die beiden Männer in der Küche, die Gesichter und Kleider mit Farbe bespritzt und die Teetassen mit Sägespänen garniert.

»Alles klar, Kumpel?«, fragte Danny. Will starrte sie vom Türrahmen aus an wie ein Zugschaffner eine Jahreskarte, die er für gefälscht hält, ohne es beweisen zu können. »Dann habt ihr doch überlebt?«

Will nickte, aber das Stirnrunzeln blieb.

»Ist Pizza?«, fragte Ivan und zeigte auf den Karton. Will nickte wieder und hielt Ivan den Karton hin, der eines der verbliebenen Stücke zwischen die anderen beiden klemmte und sich das Pizza-Sandwich in den Mund schob.

Will zeigte auf Dannys Kleidung und hob die Handflächen zur Decke. Danny lächelte.

»Die Enthüllung kommt bald«, sagte er und stellte seinen Tee ab. »Aber erst musst du die Augen zumachen.«

Will tat wie befohlen, und Danny hielt ihm die Augen zu, damit er nicht linsen konnte. Er schob ihn behutsam aus dem Zimmer und führte ihn durch die Wohnung, bis sie auf dem Flur vor Wills Zimmer standen.

»Okay«, sagte er und nahm die Hände weg. Ivan hatte sich zu ihnen gesellt. »Jetzt kannst du schauen.«

Will öffnete die Augen und starrte sein Zimmer an, bevor er sie wieder schloss und das Ganze wiederholte. Danny beobachtete ihn genau und suchte nach einem Zeichen, dass es ihm gefiel, aber Wills Miene war undurchdringlich wie die eines botoxabhängigen Pokerspielers. Je länger es dauerte, desto besorgter wurde Danny, der erst fürchtete, dass er einen Fehler gemacht hatte, und dann, dass sein Sohn eins und eins zusammengezählt und sein pelziges zweites Ich enttarnt hatte.

Erst als er Will lächeln sah, beruhigte sich sein Herzschlag wieder.

Thomas, die kleine Lokomotive, hatte einen tödlichen Zusammenstoß mit zwei Cuttermessern erlitten, mit denen Danny und Ivan den ganzen Morgen über auf die Tapete eingehackt hatten. An ihre Stelle waren zwei dicke Schichten sittichgrüner Farbe gerückt, die noch nicht ganz trocken war (wie Will versehentlich herausfand, als er sie mit dem Finger berührte). Sein Bett befand sich noch an seinem alten Platz in der Ecke, war aber nun der Zimmerdecke näher als dem Boden, in einer Höhe von etwa 1,80 Metern gehalten von einer stabilen Konstruktion aus Brettern und Pfosten, die Danny und Ivan sehr zum Ärger der Nachbarn den ganzen Nachmittag lang zusammengezimmert hatten. An der Seite ragte eine selbst gebaute Leiter auf, und unter dem Bett war ein Arbeitsbereich mit Schreibtisch, Schreibtischlampe und einem Stuhl vom Esstisch, den Danny durch einen richtigen Bürostuhl zu ersetzen plante, sobald er sich das leisten konnte. Aber es war nicht der Schreibtisch selbst, der Wills Aufmerksamkeit auf sich zog, sondern der Bilderrahmen an der Wand dahinter. Sein Blick wurde von einer Fotocollage erwidert, die Danny die ganze Nacht lang aus Liz' Fotoalben zusammengestellt hatte. Manche zeigten nur Liz, manche Will und sie, und ganz in der Mitte war ein Selfie, das Liz im Londoner Zoo von ihnen dreien gemacht hatte und auf dem sie lächelnd vor dem Affengehege standen, hinter ihnen ein durch die Stäbe grinsender Klammeraffe, der sich ins Bild drängte. Über jeden von ihnen hatte Danny ein Wort geschrieben: »Mum« für Liz, »Dad« für sich selbst, »Affe« für Will und »Will« für den Affen.

Will streckte die Hand aus und berührte mit leicht zittrigen Fingern das Bild. Er sah nicht, wie Ivan Danny auf den Rücken klopfte, und er hörte nicht, wie Danny ins Zimmer kam, bis er die Hand seines Vaters auf der Schulter spürte. Er drehte sich um, vergrub das Gesicht in seiner Brust und umarmte ihn, so fest er konnte. Niemand sagte etwas. Es war nicht notwendig.

# 25

Die nächsten Tage verbrachte Danny in einem Zustand enervierender Fröhlichkeit. Er pfiff beim Gehen. Er lächelte beim Reden. Er sang unter der Dusche. Er versuchte sogar, mit El Magnifico Frieden zu schließen, indem er ihm nach einer seiner Vorstellungen etwas Geld hinwarf, eine Geste, die der Magier damit beantwortete, dass er die Zwei-Pfund-Münze herausfischte und Danny an den Kopf schleuderte (was sogar zu Dannys Vorteil war, da er eigentlich nur ein Pfund gespendet hatte). Erst als er eines Tages nach Hause kam und Reg und Mr. Dent in seinem Wohnzimmer sitzen sah, verpuffte seine gute Laune wie ein defekter Feuerwerkskörper.

»Wo zum Teufel warst du?«, fragte Reg vom Sofa aus,

als wären sie Teil einer WG und Danny sei mit der Zubereitung des Abendessens an der Reihe.

»Hallo, Reg«, sagte Danny und versuchte, ruhig zu bleiben. Er nickte Mr. Dent zu, der hinter dem Lehnstuhl stand. »Dent.«

»War das aus *Flashdance?*«, fragte Reg.

»Was?«

»Das Lied, das du gerade gepfiffen hast. Guter Film. Jennifer Beals.« Er stöhnte, als hätte er soeben einen Tritt in die Weichteile bekommen und es genossen. »Kennst du *Flashdance,* Dent?«

Mr. Dent runzelte die Stirn und schüttelte den Kopf.

»Dent ist kein Freund des Tanzens. Ich dagegen war früher ein ziemlich flotter Tänzer. Vor allem Standard.«

»Das wusste ich nicht, Reg«, sagte Danny, den es innerlich schüttelte bei der Vorstellung, wie Reg Rumba tanzte.

»Tja, wir könnten eine ganze Badewanne vollmachen mit dem, was du nicht weißt. Setz dich.« Er zeigte auf den Lehnstuhl, hinter dem Mr. Dent stand. Danny nahm Platz.

»Was kann ich für Sie tun, Reg?«

»Was du für mich tun kannst? Was *du* für *mich* tun kannst? Ich sag dir, was du für mich tun kannst, Daniel. Du kannst mir das verdammte Geld geben.«

»Das werde ich«, sagte Danny. »Nächste Woche. Wie vereinbart.«

»Wir hatten nicht nächste Woche vereinbart. Wir hatten heute vereinbart. Heute sind die zwei Monate um.«

»Die zwei Monate sind nächste Woche um, Reg«, sagte Danny. Er verspürte das Bedürfnis, seine Krawatte zu lockern, obwohl er gar keine trug.

»Behauptest du etwa, ich lüge?«, fragte Reg; seine Stimme wurde kalt und scharf wie ein Eispickel.

»Natürlich nicht, Reg, ich sage bloß –«

»Dann hältst du mich wohl für einen Trottel. Hältst du mich für einen Trottel?«

»Nein, Reg –«

»Dent, hält mich dieser Trottel für einen Trottel?«

Mr. Dent zuckte mit den Schultern.

»Bitte, Reg«, sagte Danny. »Lassen Sie mir nur noch eine Woche Zeit, dann habe ich Ihr Geld, ich schwöre es.«

Reg blickte in seinen Schoß. Erst in diesem Moment bemerkte Danny das gerahmte Foto von Liz in seinen Händen.

»Weißt du, ich habe nie verstanden, was sie in dir gesehen hat. War ein hübsches Mädchen, deine Frau. Hätte was Besseres verdient. Sie hätte sich nie mit einem nutzlosen Penner wie dir einlassen sollen. Ich will nicht deine Gefühle verletzen, Dan, ich sag's dir nur, wie's ist.«

»Danke, Reg«, sagte Danny und versuchte aufrichtig zu klingen. »Sehr nett von Ihnen.«

»Ich meine, wenn wir auf die Welt kommen, sind wir alle ein bisschen wie Lehm, stimmt's, Dent?«

Mr. Dent nickte, obwohl er offensichtlich keine Ahnung hatte, wovon Reg sprach.

»Wir kommen als ein hässlicher kleiner Klumpen Nichts heraus, und dann gibt uns das Leben Farbe und gestaltet uns zu verschiedenen Formen und Größen, bis wir schließlich werden, wer wir sind. Aber weißt du, was dein Problem ist?«

»Nein, Reg.«

»Du bist immer noch derselbe nutzlose Klumpen Scheiße,

der du bei deiner Geburt warst. Aber zum Glück ist Dent hier so eine Art Bildhauer.«

Bevor Danny wusste, wie ihm geschah, hatte Dent ein Seil um seine Arme und seine Taille geschwungen, das ihn an den Stuhl fesselte.

»Was zum –«

»Aber ich muss dich warnen, Dan«, sagte Reg, während Dent das Seil fest verknotete. »Er ist ein etwas grobschlächtiger Künstler.«

Ein weiteres Seil erschien, diesmal um seine Knöchel. Danny begann sich zu winden, aber Dent hatte fest zugezogen.

»Was soll das?«

Dent ragte über Danny auf wie ein 1,95 Meter hoher Stapel schlechter Nachrichten. In seiner Faust lag der Zimmermannshammer.

»Reg, hören Sie mir zu. Ich besorge Ihnen das Geld, aber das geht nicht, wenn Sie mir die verdammten Beine brechen!«

Reg schob die Arme in seine Krücken und humpelte heran, um einen besseren Blick auf das Geschehen zu haben.

»Ich würde dir gern sagen, dass es nicht wehtun wird«, sagte er, »aber aus eigener Erfahrung kann ich dir sagen: Es tut verdammt weh.«

Danny schrie und warf sich auf dem Stuhl hin und her wie ein Pilot, dem gerade die Windschutzscheibe weggeflogen ist. Mr. Dent hob den Hammer und grinste wie ein Teenager, der Hau den Lukas spielt. Er wollte ihn gerade auf Dannys zitternde Kniescheibe schmettern, als Will hereinplatzte.

»Lass ihn in Ruhe!«, schrie er, baute sich zwischen

Danny und Dent auf und versuchte dabei, sich so groß zu machen, wie es seine schmächtige Gestalt erlaubte. Alle wirkten überrascht, aber Danny am meisten.

»Ich dachte, er spricht nicht«, sagte Reg.

»Tut er eigentlich auch nicht«, sagte Danny und lächelte Will seiner äußerst misslichen Lage zum Trotz an.

»Stumm hast du mir besser gefallen«, sagte Reg. Will sah ihm in die blutunterlaufenen Augen, ohne zu blinzeln. »Aber auf jeden Fall hast du dickere Eier als dein alter Herr hier, das muss man dir lassen.«

Reg seufzte. Dent kratzte sich mit dem spitzen Ende des Hammers am Kopf und wartete auf weitere Anweisungen.

»Heute ist wohl dein Glückstag, Dan. Noch einen Glückstag wird es nicht geben, also mach das Beste draus. Und wenn wir uns das nächste Mal sehen, hast du besser mein Geld. Sonst«, sagte er und drehte sich zu Will um, »wirst du nicht der Einzige sein, den Dent durchknetet. *Comprende?*«

»Kapiert«, sagte Danny.

»Guter Junge«, sagte Reg. Er nickte Dent zu. »Komm, Godzilla.«

Die beiden Männer verließen das Haus. Will rannte in die Küche und kehrte mit einer Schere zurück.

»Danke, Kumpel«, sagte Danny, während Will ihn losschnitt. Als seine Arme frei waren, packte er seinen Sohn und zog ihn an sich. »Es ist schön, deine Stimme zu hören«, sagte er und drückte ihn so fest, wie er sich traute, ohne ihm wehzutun.

»Was war hier los?«, fragte Will.

»Nichts«, sagte Danny, als wäre es ganz normal, beinahe die Kniescheibe zertrümmert zu bekommen.

»Sag mir die Wahrheit, Dad, ich bin kein Kleinkind mehr.«

»Ich weiß, Kumpel, ich weiß, dass du kein Kleinkind mehr bist. Und es tut mir leid, wenn ich dich wie eins behandelt habe. Mir tut so vieles leid, Will. Ich ... ich bin nicht ich selbst gewesen, seit wir deine Mum verloren haben. Oder vielleicht *bin* ich auch ich selbst gewesen, ich weiß es nicht. Ich weiß nur, ich hätte für dich da sein sollen und war es nicht, und das tut mir leid. Es tut mir so leid. Ich weiß, du warst sauer auf mich, und du hast jedes Recht dazu. Ich bin selbst sauer auf mich, aber ich mache es wieder gut, das verspreche ich dir. Ich kann nicht ändern, was passiert ist, aber von jetzt an wird alles anders, wenn du mir eine Chance gibst. Mir ist klar, dass ich kein sehr guter Freund gewesen bin; ich bin nicht mal ein sehr guter *Dad* gewesen, aber ich will einer werden, und ich glaube, ich kann es auch sein, wenn du mir nur die Chance dazu gibst. Also, was sagst du? Meinst du, wir können Freunde sein?«

Will starrte so lange auf die ausgestreckte Hand vor ihm, dass Dannys Arm schlaff wurde. Als Will die Hand endlich ergriff, war sie klamm.

»Freunde«, sagte er.

»Freunde«, sagte Danny. »Und mach dir keine Sorgen wegen dieser Sache mit Reg, das war nur ein großes Missverständnis. Es ist alles in Ordnung. Es ist alles in bester Ordnung.«

»Es ist alles am Arsch«, sagte Danny, wischte sich den Schweiß von der Stirn und betrachtete sich in der Spiegelwand. »Wenn ich diesen Wettbewerb nicht gewinne, dann ist alles durch und durch und ganz und gar und vollkommen am Arsch. Ich. Mein Sohn. Meine Beine. Alles. Am Arsch.«

»Stimmt«, sagte Krystal, reichte ihm ein Handtuch und setzte sich neben ihm auf die Stufe. »Aber es wird alles gut.« Sie stieß ihm den Ellbogen sanft in die Rippen, aber Danny lächelte nicht.

»Weißt du, dass Will mich gestern davor bewahrt hat, dass mir die Knie zu Mus gehauen werden? In meinem eigenen Wohnzimmer? Ich meine, was für eine Erfahrung ist es für einen Elfjährigen, so etwas mitanzusehen?«

»Eine wichtige. Dein Sohn hat soeben eine wertvolle Lektion gelernt.«

»Und was für eine Lektion wäre das genau?«, fragte Danny mit einem hohlen Lachen. »Werde kein Totalversager wie dein Dad?«

»Ich bin mir sicher, *das* war ihm schon vorher klar«, sagte Krystal. »Aber jetzt weiß er auch noch, dass alle Vermieter komplette Wichser sind. Das sollten sie den Kindern in der Schule beibringen, nicht diesen Mathe- und Naturwissenschaftsblödsinn, sondern praktische, nützliche Sachen, beispielsweise wie man es schafft, in einer vollen Bar bedient zu werden, oder wie man sich aus einem Strafzettel herausquatscht oder wie man einen Stromstecker neu verdrahtet oder wie man einen skrupellosen Vermieter erkennt. Ich wünschte, das hätte mir jemand beigebracht, bevor ich in meine letzte Wohnung gezogen bin.«

»Musstest du so viele Stecker neu verdrahten?«

»Nein, aber ich musste meinem skrupellosen Vermieter das Hirn neu verdrahten. Er kam ständig in meine Wohnung und klaute meine Unterwäsche, wenn ich auf der

Arbeit war. Und immer die teuren Sachen. Er hob alles in einer Schublade neben seinem Bett auf.«

»Wie bist du ihm auf die Schliche gekommen?«

»Einmal hat er im Vorgarten Unkraut gejätet, und als er sich über das Blumenbeet gebeugt hat, ist sein Hemd hochgerutscht, und ich habe gesehen, dass er meinen schrittoffenen Slip trägt.«

Danny verschluckte sich beinahe an seiner Wasserflasche. Er wischte sich den Mund ab und sah Krystal an.

»Was denn?«, sagte sie. »Das war ein Geschenk.«

»Tja, ich wünschte, das wäre alles, was Reg von mir will. Meine Unterhosen kann er von mir aus gern klauen.«

»Weißt du, die meisten würden wahrscheinlich über einen Umzug nachdenken, wenn ihr Vermieter sie verstümmeln wollte«, sagte Krystal. »Ich meine ja nur.«

»So einfach ist das nicht«, sagte Danny.

»Natürlich ist es nicht einfach. Umziehen ist extrem anstrengend, aber ich bin mir sicher, es ist weniger unangenehm als eine zertrümmerte Kniescheibe.«

»Das meine ich nicht. Ich meine ... ich weiß nicht, es ist schwer zu erklären.«

»Das heißt nicht, dass es schwer zu verstehen ist«, sagte Krystal und wartete darauf, dass Danny weitersprach. Er seufzte und spielte mit dem Deckel der Wasserflasche herum, während er nach den richtigen Worten suchte.

»Es ist nur ... Liz und ich, wir sind zusammen in diese Wohnung gezogen. Und, na ja, für mich ist es immer noch unser Zuhause. Ich weiß, dass sie fort ist, aber irgendwie ist sie auch noch in dieser Wohnung. Ich weiß es, ich kann sie spüren. Neulich habe ich ein Haar von ihr gefunden. Es lag auf dem Sofa, als hätte sie gerade noch dort gesessen. Verrückt, oder? Sie ist seit über einem Jahr nicht mehr da, und dann erscheint plötzlich ein Teil von ihr aus dem Nichts. Darum kann ich nicht weg. Ich weiß, es klingt wahrscheinlich bescheuert, aber ich kann sie nicht einfach so verlassen.«

»Das ist nicht bescheuert«, sagte Krystal. »Ich verstehe das. Aber du musst begreifen, dass sie nicht mehr dort lebt, Dan. Sie lebt jetzt hier«, sagte sie und tippte Danny an die Schläfe, »und hier«, sagte sie und klopfte ihm auf die Brust, um sich gleich darauf die Hand an seinem T-Shirt abzuwischen. »Und sie wird immer bei dir sein, wohin du auch gehst, vor allem, wenn es eine Wohnung ist, die keinem beschissenen Psychopathen gehört.«

Sie saßen einen Augenblick lang schweigend da. Ihr Gespräch hing wie die Discokugel über ihnen in der Luft.

»Tja, jetzt ist es sowieso zu spät«, sagte Danny. »Ich kann nicht ausziehen, selbst wenn ich wollte. Nicht bevor ich nicht meine Schulden bei Reg bezahlt habe, und ich kann nur zahlen, wenn ich diesen Wettbewerb gewinne.«

»Und du kannst nur gewinnen, wenn du weiterübst, also hoch mit dir, Soldat, packen wir's an. Ich lasse auf keinen Fall zu, dass Kevin dich ohne Gegenwehr besiegt.«

»Kevin?«

»El Magnifico«, sagte Krystal und verdrehte die Augen. »Auch bekannt als Hoden McSackgesicht.«

»Im Ernst, wie kommt jemand wie du mit jemandem wie ihm zusammen?«, fragte Danny, teils aus Neugier und teils um das Tanzen noch ein paar Minuten hinauszuzögern. Krystal zuckte mit den Schultern.

»War wohl einfach nur eine Phase«, sagte sie.

»Und was genau war das für eine Phase?«

»Die ›Ich muss jetzt einfach mal mit einem Arschloch von Zauberer zusammen sein, der seinen Dödel Zauberstab nennt und darauf besteht, dass man beim Orgasmus Abrakadabra schreit‹-Phase.«

Danny verzog das Gesicht.

»Musstest du wirklich ›Abrakadabra‹ sagen?«

»Keine Ahnung«, sagte Krystal. »Er ist immer zuerst gekommen.«

Danny erschauderte.

»Was denn? Du hast gefragt.« Sie lächelte und schüttelte den Kopf. »Was soll ich sagen, ich war jung und dumm. Er suchte eine Assistentin, und es klang nach leicht verdientem Geld. Ich hatte nicht vor, mich in ihn zu verlieben oder so, und ich brauchte einfach die Kohle. Ich fand ihn nicht mal anziehend, aber, na ja, das Leben ist manchmal komisch, oder? Und mit ›komisch‹ meine ich: nicht mal ansatzweise komisch. Ich habe ihm auf der Bühne bei seinen Tricks geholfen und hatte keine Ahnung, dass er die ganze Zeit vor allem mich ausgetrickst hat. Ich springe Abend für Abend in seine Kiste, um mich durchsägen zu lassen, und was macht er? Er geht Abend für Abend heim und springt mit Carla in die Kiste.«

»Wer ist Carla?«

»Meine Schwester.«

»Oh.«

»Ja, oh«, sagte Krystal, die vor Wut zu kochen begann, dass Danny Dampf aufsteigen zu sehen glaubte. Er band sich die Schuhe gleich mehrmals hintereinander, während er darauf wartete, dass sie wieder abkühlte.

»Ich wusste nicht, dass du eine Schwester hast«, sagte er.

*»Hatte«*, sagte Krystal. »Ich *hatte* eine Schwester.«

»Was ist mit ihr passiert?«

»Sie ist gestorben«, sagte Krystal. Danny nickte ernst.

»Das tut mir leid.«

»Für mich ist sie gestorben, meine ich«, sagte Krystal. »Die dumme Kuh arbeitet in einem Warenlager in Bracknell.«

»Ich glaube, da wäre ich, ehrlich gesagt, lieber tot«, sagte Danny.

Krystal lächelte und sah sich im Raum um.

»Ganz am Anfang sind wir sogar mal hier aufgetreten, Kev und ich.«

»Fanny's kommt mir nicht vor wie der passende Ort für eine Zaubershow.«

»Es war eine ›erotische‹ Zaubershow«, sagte Krystal. »So hat Kev es jedenfalls verkauft. Eins muss man ihm lassen, er konnte sich schon immer gut selbst vermarkten. Natürlich war gar nichts daran erotisch, es war der gleiche Budenzauber, den wir immer veranstalteten, der einzige Unterschied war, dass ich in Reizwäsche herumstolzieren musste, was natürlich nicht ideal war, aber auch nicht halb so schlimm, wie sich in den glitzernden Latex-Fummel reinzuzwängen, den Kevin mich sonst tragen ließ. Scheiße, war es in dem Ding heiß. Eigentlich war es also ganz schön, mal auf der Bühne zu stehen, ohne zu schwitzen wie der Teufel an den Eiern, und als Fanny mir nach der Show einen Job anbot – sie meinte, bei ihr würde ich fünfmal so viel verdienen wie bei, und ich zitiere, ›diesem spitzhütigen Pisser‹ –, reizte es mich zwar, aber ich lehnte das Angebot ab, weil ich zu dieser Zeit nun mal in den spitzhütigen Pisser verliebt war. Aber dann fand ich das mit ihm und der Schlampe, über die wir nicht sprechen, heraus und dachte mir: Scheiß drauf, dann tanze ich eben ein bisschen, bis sich irgendeine andere Gelegenheit auftut, und na ja, das war vor fünf Jahren.«

»Warum hörst du nicht auf?«

»Weil es da draußen nicht allzu viele Jobs gibt, bei denen man so gut verdient. Und um ganz ehrlich zu sein, habe ich Spaß daran. Ich weiß, es ist nicht gerade der glamouröseste Job der Welt, aber Fanny ist gut zu mir, Suvi passt auf mich auf, und blöden Wichsern ihr Geld abzuknöpfen, macht sogar noch mehr Spaß, als es auszugeben.«

»Vielleicht sollte ich den Job wechseln«, sagte Danny.

»Na ja, du kannst dich auf jeden Fall bewegen, aber ich weiß nicht, wie du im Tanga aussehen würdest.«

»Nicht auszudenken«, sagte Danny.

»Zu spät«, sagte Krystal und verzog den Mund. »Jetzt habe ich das Bild schon im Kopf.«

»Und, wie sehe ich aus?«

»Wie mein ehemaliger Vermieter.«

»Autsch«, sagte Danny. Krystal lachte.

»Komm«, sagte sie und stand auf. »Legen wir wieder los. Ich muss mir den Kopf freitanzen.«

# 26

Mr. Coleman hob einen Papierflieger vom Boden des Klassenzimmers auf und knüllte ihn zusammen.

»Wie kann es sein«, sagte er und warf das funktionsuntüchtige Fluggefährt in den Papierkorb, »dass der Mensch auf den Gipfel des Mount Everest gestiegen ist; dass er die Quelle des Nils ausfindig gemacht hat; dass er sowohl zum Nord- als auch zum Südpol marschiert ist und den Erdball mit einem Heißluftballon umrundet hat und ihr trotzdem immer noch nicht gelernt habt, ohne Karte und Kompass eure Plätze zu finden?«

»Wie soll die mir denn helfen, meinen Platz zu finden?«, sagte einer der Schüler und hielt eine Fahrkarte hoch. Alle lachten.

»Wirf sie einfach auf dein Pult und lauf ihr hinterher«, sagte Mr. Coleman.

»Gucken Sie mal, Mr. C.«, sagte ein anderer Schüler und hielt Mr. Coleman sein iPhone hin. Er hatte »mein Platz« in Google Maps eingegeben. »Keine Treffer«, sagte er.

Mr. Coleman nahm das Telefon und tippte »Wilsons Gehirn« in die Suchmaske ein.

»Was für eine Überraschung«, sagte er und gab Wilson das Telefon zurück. »Auch keine Treffer. Auf geht's, Leute, jeder auf seinen Platz. Wer als Letzter noch steht, muss mit mir zu Mittag essen.«

Im Klassenzimmer breitete sich Hektik aus, während die Kinder auf ihre Plätze stürzten.

»Schön, dass ihr auf einmal so lernbegierig seid!«, sagte Mr. Coleman.

Er setzte sich hinter das Lehrerpult und klappte sein Brillenetui auf.

»Atkins?«, sagte er, über das Klassenbuch gebeugt.

»Anwesend«, sagte Atkins.

»Cartwright?«

»Hier. Ich meine, anwesend.«

»Jindal?«

»Anwesend.«

»Kabiga?«

»Anwesend.«

»Malooley?« Mr. Coleman sah Will an und hakte seinen Namen auf der Liste ab.

»Anwesend«, sagte Will.

»Moorhouse?«

Moorhouse antwortete nicht, und Mr. Coleman fragte nicht noch einmal nach. Er starrte auf das Klassenbuch, die Stirn in Falten gelegt, als versuchte er sich zu erinnern, ob er am Morgen die Katze gefüttert hatte. Langsam nahm er die Brille ab, hob den Kopf und blickte in die Klasse. Alle Gesichter waren Will zugewandt, und selbst Mr. Coleman konnte nicht anders, als ihn anzustarren.

»Will?«, sagte er. Will lächelte.

»Ich bin immer noch anwesend«, sagte er, während der Rest der Klasse, vor allem Mo, ihn weiter ungläubig anstarrte.

Mr. Coleman nickte; er war zu verblüfft, um irgendetwas zu sagen. Dann setzte er ungeschickt seine Brille wieder auf, räusperte sich und beugte sich wieder über das Klassenbuch.

»Äh ... Saltwell?«

»Okay, Leute!«, schrie Mo, der die Meute im Zaum hielt und alle zurückscheuchte, damit Will aus der Ecke herauskonnte, in die er gedrängt worden war. »Gebt dem Jungen ein bisschen Luft zum Atmen!«

»Sag mal was!«, rief eines der Kinder im Gewühl. Die Nachricht hatte sich wie ein Lauffeuer in der Schule verbreitet, und jetzt hatten sich alle versammelt, um zu sehen, ob das Gerücht stimmte.

»Mal was«, sagte Will. Alle lachten.

»Sag was anderes!«, rief ein anderer.

»Was anderes«, sagte Will, und weiteres Gelächter erschallte.

»Sag: ›Fischers Fritz fischt frische Fische‹!«, rief ein Mädchen irgendwo in der Menge.

»Fischers Fritz fischt frische Fische«, sagte Will.

»Sag: ›Superkalifragilistikexpialigetisch‹!«

»Superkalifragilistikexpialigetisch«, sagte Will.

»Sag: ›hěn gāoxìng jiàn dào nǐ‹«, sagte Gan, ein chinesischer Junge aus der Stufe unter ihnen. Will lachte.

»Das kann ich nicht«, sagte er.

»Sag: ›Ich heiße Will, und ich stehe gern im Mittelpunkt, weil ich ein verdammter Loser ohne Freunde bin‹«, sagte Mark, der sich mit Gavin und Tony im Schlepptau durch das Gedränge schob.

»Lass ihn in Ruhe, Mark«, sagte Mo, während sich eine nervöse Unruhe in der Menge ausbreitete.

»Klappe, Mo. Der kleine Willy kann jetzt für sich selbst sprechen wie ein großer Junge, stimmt's nicht, Willy?«

Will sagte nichts; die Lust zu sprechen war ihm vergangen.

»Sag es«, sagte Mark. Will schüttelte den Kopf. Mark packte ihn am Kragen und zog ihn so nah an sein Gesicht heran, dass Speicheltropfen auf seiner Wange landeten.

»Sag es!«, schrie er.

Will seufzte. »Ich heiße Will und stehe gern im Mittelpunkt«, murmelte er.

»Weil?«

»Weil ich ein verdammter Loser ohne Freunde bin.«

»Habt ihr das gehört, Jungs?«, fragte Mark und drehte sich zu Gavin und Tony um.

»Nein«, sagte Gavin.

»Nicht laut genug«, sagte Tony. Mark grinste.

»Sag es noch mal so, dass es alle hören können«, sagte er.

»Ich heiße Will und stehe gern im Mittelpunkt, weil ich ein verdammter Loser ohne Freunde bin!«, sagte Will, lauter diesmal.

»Lauter!«

»Ich heiße Will und stehe gern im Mittelpunkt, weil ich ein verdammter Loser ohne Freunde bin!«, schrie Will.

»Und vergiss das bloß nicht«, sagte Mark. Er beugte sich zu ihm vor und senkte die Stimme, doch die Wut blieb darin. »Du hältst dich für was Besonderes, bloß weil deine Mutter gestorben ist? Oooh, mir kommen die Tränen. Mein Vater ist vor zwei Jahren gestorben, und führe ich mich vielleicht auf wie ein Baby? Versuche ich deswegen im Mittelpunkt zu stehen wie irgend so ein verdammter Loser? Wieso hörst du also nicht auf, dich zum Affen zu machen, und wirst endlich erwachsen, du Weichei?« Mark ließ seinen Kragen los und stieß ihn gegen die Wand. »Kommt, Jungs.«

Gavin und Tony folgten ihm durch die Menge, die sich vor ihnen teilte. Als klar wurde, dass der Spaß vorbei war, schlurften alle davon, bis nur noch Will und Mo übrig waren.

»Ich wusste nicht mal, dass er einen Vater hatte«, sagte Mo. »Ich dachte, er wäre eine Laborzüchtung oder so.«

Will wischte sich die Spucke von der Wange und starrte Mark über den Schulhof hinweg an.

Danny kam vor der Schule an, als es gerade läutete. Die Pforte öffnete sich, und die Kinder kamen herausgerannt, als flüchteten sie von einem Tatort, was einige von ihnen wahrscheinlich auch taten.

Es blieb weniger als eine Woche bis zum Wettbewerb, und Danny hatte seine Vorstellung im Park abgeblasen, um mehr Zeit für das Training bei Fanny's zu haben. Er konnte jetzt jeden Teil seines Auftritts auswendig, und auch wenn er noch nicht alles oder auch nur die Hälfte perfekt beherrschte, konnte er die Nummer immerhin von Anfang bis Ende durchtanzen.

Danny rieb sich zwischen den Beinen und stöhnte, bis ihm einfiel, dass er vor einer Schule stand. Er hatte beschlossen, an diesem Tag das Pandakostüm beim Training zu tragen, um ein Gefühl dafür zu bekommen, wie der Stoff auf seine Bewegungen reagierte (er kratzte wie verrückt, vor allem an den Schenkelinnenseiten) und wie leicht es sich mit der Maske atmen ließ (ungefähr so leicht wie mit einer Einkaufstüte über dem Kopf), und er fühlte, wie das verschwitzte Outfit seinen Rucksack durchweichte, als Will über die Straße auf ihn zukam.

»Was machst du hier?«, fragte Will.

»Sorry, Kumpel, versaue ich dir die Tour?«, fragte Danny und sah sich um; ihm war bewusst, dass sich irgendwo in der Nähe ein unbekanntes Traummädchen aufhalten konnte.

»Ich habe keine Tour, die du mir versauen könntest«, sagte Will. »Ich dachte bloß, du bist auf der Arbeit.«

»Ich, äh, hab früher Schluss gemacht«, sagte Danny, der im Eifer, seinen Sohn zu sehen, den angeblichen Job auf der Baustelle ganz vergessen hatte. Zur Bekräftigung klopfte er auf seinen Rucksack. »Hab meine Arbeitsklamotten hier drin. Ich dachte, wir könnten vielleicht, na ja, was unternehmen.«

»Was denn zum Beispiel?«, fragte Will.

»Was du willst.«

Will dachte kurz nach.

»Burger King?«, fragte er.

»Auf zu Burger King.«

»Kriege ich einen Triple Whopper mit Käse?«

»Die Frage ist: *Schaffst* du einen Triple Whopper mit Käse?«, sagte Danny.

Will zuckte mit den Schultern. »Keine Ahnung.«

»Dann gibt es wohl nur eine Möglichkeit, das herauszufinden. Gehen wir.«

»Warte mal«, sagte Will und zeigte in die entgegengesetzte Richtung. »Wir gehen da lang.«

»Aber Burger King ist in der anderen Richtung«, sagte Danny.

»Komm einfach mit.«

Will sagte ihm nicht, wohin sie gingen, und Danny fragte auch nicht; er gab sich damit zufrieden, einfach neben ihm herzulaufen und das schlichte, aber ungewöhnliche Vergnügen einer Unterhaltung mit seinem Sohn zu genießen. Will erzählte Danny von der Schule, wobei er die Tatsache, dass Mark ihm weiterhin das Leben zur Hölle machte, sorgsam verschwieg, und Danny erzählte Will von der Arbeit, wobei er die Tatsache, dass er vor mehr als zwei Monaten gefeuert worden war, sorgsam verschwieg. Er war durch das Gespräch so abgelenkt, dass er gar nicht merkte, dass sie in den Park gelaufen waren, bis Will dort stehen blieb, wo Danny normalerweise als Panda auftrat.

»Was ist?«, fragte Danny.

»Ich wollte dir jemanden vorstellen«, sagte Will und suchte mit den Augen den Park ab.

»Wen denn?«, fragte Danny vorsichtig, da er die Antwort kannte.

»Jemanden, der sich als Panda verkleidet. Er tanzt auch. Er ist echt gut.«

»Sollst du mit Spinnern im Park reden?«

»Er ist kein Spinner, er ist mein Freund.«

»Hey, Danny«, sagte jemand hinter ihnen. »Hab dich erst gar nicht erkannt ohne Fell.«

Danny spürte förmlich, wie seine Gehirnzellen panisch durcheinanderwirbelten, als er sich zu Tim umdrehte. Milton saß auf seiner Schulter, in einen blauen Rollkragenpullover gekleidet.

»Freier Tag, was?«, sagte Tim.

»Entschuldigung, kennen wir uns?«, fragte Danny. Er zwinkerte Tim zu und hoffte, er würde den Wink verstehen. Er tat es nicht.

»Ob wir uns kennen?«, fragte der Straßenmusikant mit einem Lachen, das aufrichtig begann und nervös endete.

»Ich meine, sind wir uns schon einmal begegnet?«, fragte Danny und zwinkerte noch einmal. Tim zwinkerte zurück, obwohl er keine Ahnung hatte, warum sie zwinkerten.

»Ich weiß es nicht. Sind wir?«

»Nein, ich glaube nicht«, sagte Danny.

»Dann wohl nicht«, sagte Tim. Er zwinkerte wieder.

»Woher wissen Sie dann, wie er heißt?«, fragte Will.

»Was?«, fragte Tim und sah Will an, als würde er ihn gerade erst bemerken. »Habe ich nicht. Tu ich nicht.«

»Sie haben ihn ›Danny‹ genannt.«

»Nein, habe ich nicht.«

»Doch, haben Sie.«

»Oh«, sagte Tim. »Ja. Stimmt. Habe ich.«

Will wartete. Danny wand sich. Tim trat nervös von einem Bein aufs andere. Milton leckte sich am Hintern.

»Ich nenne jeden ›Danny‹«, sagte Tim. »Das ist einfach mein Ding, weißt du.«

»Sie nennen jeden ›Danny‹?«, fragte Will.

»Ja«, sagte er. »So ist es.« Mit Hilfe suchendem Blick drehte er sich zu Danny um, aber Danny schien erstarrt zu sein, so als hätte er einen Systemabsturz erlitten und sich noch nicht wieder hochgefahren. Tim spann seine Erzählung fort und versuchte, sich aus dem Schlamassel zu befreien, indem er sich noch tiefer hineinwühlte.

»Das ist eine lustige Geschichte«, sagte er. »Aber sie ist auch ein bisschen traurig. Weißt du, ich habe meinen Vater immer ›Danny‹ genannt. Er hieß ... Bernard. Wie Bernard Matthews. Du weißt schon, der Truthahnzüchter. Aber er war nicht Bernard Matthews, nur um das klarzustellen. Jedenfalls habe ich ihn als Kind eben immer ›Daddy‹ genannt, so wie alle Kinder, aber ich konnte es nicht richtig aussprechen, weil ... ich einen angeborenen Sprachfehler hatte. Der jetzt weg ist. Wie man hört. Aber wenn ich damals ›Daddy‹ sagen wollte, klang es immer wie ›Danny‹.«

Danny hatte sich weit genug gefangen, um eine Reihe horizontaler Messergesten vor seinem Hals zu machen und mehrfach das Wort »Stopp« mit den Lippen zu formen, aber Tim ging viel zu sehr in seiner erdachten Lebensgeschichte auf, um sie jetzt abzubrechen.

»Eines Tages verließ uns mein Vater ohne jede Vorwarnung von einem Tag auf den anderen.« Er schnippte mit den Fingern. »Einfach so. Weg. Es war herzzerreißend.« Danny sah ungläubig, wie Tims Augen feucht wurden. »Keiner wusste, wohin er gegangen war. Rund um die Welt wollte man ihn gesehen haben, vom Uralgebirge bis zum Dschungel von West-Papua, aber es gab nie wirkliche Beweise. Ich hörte niemals auf, nach ihm zu suchen, aber im

Laufe der Jahre wurde mir klar, dass wir uns vielleicht gar nicht mehr wiedererkennen würden, und immer wenn ich jemanden sah, der er vielleicht sein könnte, ging ich auf ihn zu und sagte: ›Danny‹, denn wäre er es gewesen, hätte er daran gemerkt, dass ich es war, sein Sohn. Und das, junger Mann, ist der Grund, warum ich Leute ›Danny‹ nenne.«

Sichtlich stolz sah Tim Danny an. Will runzelte die Stirn; er war noch verwirrter als vorher.

»Dann ... meinen Sie also, Sie hätten *meinen* Dad für *Ihren* Dad gehalten?«

Tims Lächeln verschwand, als er begriff, dass seine Geschichte nicht ganz so wasserdicht war, wie er geglaubt hatte.

»Ja«, sagte er. »Ich meine, nein. Vielleicht.« Er sah Danny an. »Bist du es?«

»Nein«, sagte Danny müde. »Ich bin nicht Ihr Vater.«

»Na ja, was soll's. Ich geh mal da rüber«, sagte Will und zeigte auf eine Menschenmenge in der Nähe. »Sollst du mit Spinnern im Park reden?«, flüsterte er Danny zu.

»Was war denn los?«, sagte Tim, als Will außer Hörweite war. Er wischte sich mit Miltons Schwanz die Stirn trocken.

»Du hast meinem Sohn gerade erzählt, du hättest mich für deinen Vater gehalten, und du fragst *mich,* was los war?«

»Tut mir leid, ich bin in Panik geraten. Was hätte ich denn machen sollen?«

»Nein«, sagte Danny und massierte sich die Anspannung aus dem Nacken. »Mir tut es leid. Es war mein Fehler. Ich hätte es dir früher sagen sollen. Mein Sohn weiß nichts von dieser Pandageschichte.«

»Wieso nicht?«

»Weil ich ein tanzender Panda bin, Tim. Das ist nicht gerade etwas, worauf man stolz sein kann, oder?«

Tim drückte Dannys Schulter.

»Ich *bin* stolz auf dich«, sagte er. »Und Milton auch. Man sieht es ihm vielleicht nicht an, aber er ist es wirklich.«

»Na ja, danke«, sagte Danny. »Hey, tut mir leid wegen deinem Vater.«

»Was ist mit ihm?«

»Hat er euch denn nicht verlassen?«

»Wenn ja, dann habe ich keine Ahnung, in wessen Haus ich wohne. Übrigens«, sagte er und zeigte auf etwas hinter Danny, »solltest du deinen Sohn vielleicht besser von El Magnifico fernhalten.«

»Scheiße!«, sagte Danny, als er Will in der Zuschauermenge sah. »Danke noch mal, ich bin dir was schuldig!«

»Der ist richtig gut«, sagte Will, als Danny angelaufen kam.

»Ja«, sagte Danny und versuchte sich hinter den vor ihm stehenden Zuschauern zu verstecken. »Komm, wir sollten besser mal los.«

»Für meine nächste Darbietung«, sagte El Magnifico ans Publikum gewandt, »brauche ich zwei Freiwillige.«

Danny zog den Kopf ein und starrte auf seine Füße, ohne zu bemerken, dass neben ihm Wills Arm in der Luft zappelte.

»Es scheint, als hätten wir unsere Opfer gefunden!«, sagte der Zauberer und zeigte auf Will. Alle lachten. »Bitte machen Sie den Weg frei, meine Damen und Herren!«

»Los, komm!«, sagte Will und packte Danny bei der Hand.

»Stopp, Will!«, flüsterte Danny und versuchte Widerstand zu leisten, ohne Aufsehen zu erregen.

»Na, wen haben wir denn da?«, sagte El Magnifico, als er Danny widerstrebend aus der Menge hervortreten sah.

»Ich bin Will, und das ist mein Dad.«

»Einen Applaus für Will und seinen Dad, bitte!«

Sanfter Beifall erhob sich.

»Bevor wir beginnen: Hast du ein Mobiltelefon, Will?«

»Ja«, sagte Will und zog sein Telefon aus der Hosentasche.

»Ausgezeichnet. Würdest du es einmal hochhalten, sodass jeder es sehen kann?«

Will streckte sein Telefon in die Luft und schwenkte damit über die Menge, wie um eine Panoramaaufnahme zu machen.

»Sehr gut«, sagte El Magnifico. Er drehte sich zu Danny um und grinste, als hätte er ihm gerade einen Zettel mit der Aufschrift ›Ich bin doof‹ auf den Rücken geklebt. »Und Sie, Sir. Wie heißen Sie?«

»Danny.«

»Haben Sie eine Brieftasche, Danny?«

»Ja, habe ich«, sagte er und zog sein Portemonnaie aus der Hosentasche.

»Und könnten Sie sie ebenfalls den Zuschauern zeigen?«, sagte El Magnifico. Danny tat es. »Prägen Sie sich die Einzelheiten ein, meine Herrschaften. Das offensichtliche Lederimitat. Die minderwertige Qualität der Nähte. Die gähnende Leere im Inneren. Vielen Dank, Danny, Sie können die Brieftasche jetzt wegstecken. Würden Sie uns verraten, welchen Beruf Sie ausüben?«

»Er ist Bauarbeiter«, sagte Will.

»Bauarbeiter?«, sagte der Zauberer mit einem übertrieben überraschten Gesichtsausdruck. »Wirklich?«

»Wirklich«, sagte Danny und versuchte El Magnifico mit seinem Blick zu töten.

»Das ist ja interessant«, sagte El Magnifico und tat so, als würde er seinen aufgemalten Schnurrbart zwirbeln. »Und haben Sie zufällig auch noch einen Nebenberuf? Barkeeper? Briefträger? Tanzender Panda vielleicht?«

»Nein«, presste Danny zwischen zusammengebissenen Zähnen hindurch. »Ich bin einfach nur Bauarbeiter.«

»Wenn Sie es sagen.« El Magnifico drehte sich zu Will um. »Sag mir, Will, vertraust du deinem Vater?«

Will nickte nachdrücklicher, als Danny erwartet hätte.

»Und Sie, Danny, vertrauen Sie Ihrem Sohn?«

»Natürlich.«

»Ist das nicht schön, meine Damen und Herren?«, sagte El Magnifico. Die Zuschauer murmelten zustimmend. »Aber was würdest du sagen, Will, wenn ich dir verraten würde, dass dein Vater eigentlich ein ... Dieb ist!«

»Lass es!««, zischte Danny, der glaubte, der Zauberer sei immer noch wütend wegen seines verschwundenen Mantels.

»Ich würde sagen, dass Sie lügen«, sagte Will.

»Nun, deine Loyalität ist bewundernswert, Will, aber wenn ich ein Lügner bin, warum hat dein Vater dann *dein* Telefon in seiner Hosentasche?«

»Hat er doch gar nicht.«

»Bist du dir da ganz sicher?«

»Ja«, sagte Will. Er klopfte seine Hose ab, aber die Taschen waren mit einem Mal leer. »Moment mal. Wo ist denn mein Telefon?«

»Danny, würden Sie bitte einmal in Ihren Taschen nachsehen?«

Danny klopfte halbherzig seine Taschen ab, in der Gewissheit, dass er nichts Ungewöhnliches darin finden würde. Er steckte die Hand in die Tasche und zog Wills Telefon heraus.

»Will, ist das dein Telefon?«, fragte El Magnifico.

»Wie haben Sie das gemacht?«, fragte Will, nahm sein Telefon und starrte es an, als wäre sein ganzes Leben eine Lüge gewesen. Einige Leute klatschten. Andere sahen in ihren Taschen nach, ob ihre Telefone noch da waren.

»Frag nicht mich. Frag deinen Vater. Was haben Sie zu Ihrer Verteidigung vorzubringen, Danny?«

»Erwischt«, sagte Danny und hob in gespielter Kapitulation die Hände.

»Vertraust du deinem Vater immer noch, Will?«

»Ja«, sagte Will. »Zu ungefähr achtzig Prozent.« Die Zuschauer lachten.

»Aber es könnte sein, dass er *dir* nicht mehr vertraut, wenn er merkt, dass du ihm die Brieftasche gestohlen hast.«

»Habe ich nicht«, sagte Will und wendete seine Taschen von innen nach außen. »Sehen Sie?«

»Danny, haben Sie Ihre Brieftasche?«

»Nein«, sagte Danny stirnrunzelnd, während er seine Hosentaschen durchsuchte.

»Will, könntest du uns zeigen, was in deinem Schulranzen ist?«

Will nahm den Ranzen von der Schulter und begann darin herumzuwühlen.

»Da sind nur Bücher drin«, sagte er. »Und ein Federmäppchen. Und eine alte Socke, die ich schon ganz vergessen hatte. Und ein noch älterer Apfel.« Er hielt die verdorrte Frucht hoch, was mit Gelächter quittiert wurde. »Aber sonst … oh, Moment mal.«

Wills Hand tauchte langsam auf. Dannys Portemonnaie lag darin. Die Zuschauer applaudierten. Will wirkte verblüfft. Sogar Danny war beeindruckt.

»Will, kannst du mir einen Gefallen tun und die Brieftasche durchsehen, damit wir auch wirklich sichergehen, dass es die deines Vaters ist? Schau nach einem Ausweis oder irgendetwas in der Art.«

»Es ist wirklich meine«, sagte Danny mit einem nervösen Lachen, als er endlich begriff, was El Magnifico im Schilde führte. »Kein Beweis nötig.«

»Ich habe eine Bankkarte gefunden«, sagte Will und kramte weiter in der Brieftasche.

»Sonst noch irgendetwas?«, fragte El Magnifico.

»Das genügt wohl!«, zischte Danny, aber El Magnifico grinste nur.

»Und eine Payback-Karte«, sagte Will.

»Such weiter«, sagte El Magnifico.

»Oh, ja, da ist noch was«, sagte Will. Er hielt Dannys Straßenkünstlerlizenz hoch. »Was ist das denn?«, fragte der Zauberer und rieb sich buchstäblich die Hände vor Schadenfreude. »Lies doch mal vor.«

»Es ist –«

Bevor Will den Satz beenden konnte, machte Milton einen Satz auf den Tisch und sprang El Magnifico ins Gesicht. Der Mann schrie und warf sich auf den Boden, während die Zuschauer, die den Angriff für einen Teil der Vorführung hielten, das Ereignis mit ihren Telefonen filmten.

Danny nutzte das Durcheinander, um sich das Portemonnaie und die Lizenz zu schnappen und einzustecken. Als er Tim am Rand der Zuschauermenge sah, reckte er dankbar einen Daumen in die Höhe. Dann suchte er mit Will das Weite.

Es war spät, als sie nach Hause kamen. Danny war wie versprochen mit Will zu Burger King gegangen, wo Will, ebenfalls wie versprochen, einen Triple Whopper mit Käse bekommen hatte, eine Investition, die in jedem Fall die Frage beantwortete, ob er einen verspeisen konnte oder nicht (er konnte, zur Verwunderung, aber auch Enttäuschung von Danny, der für sich selbst nichts bestellt hatte, da er annahm, es würde mehr übrig bleiben als das eine Stück Gurke, das letztlich für ihn abfiel). Als sie anschließend am Kino vorbeigegangen waren, hatte Will ihm so viele kaum subtile Hinweise gegeben, wie gern er den neuesten Teil der scheinbar endlosen *Fast-and-Furious*-Reihe sehen wolle, der bald abgesetzt werden würde, und wie viel besser es sei, einen solchen Film auf der Leinwand zu sehen, und dass er ihn nicht allein schauen könne, weil er kein Geld habe und der Film ohnehin ab zwölf Jahren sei, sodass er ihn nur in Begleitung eines Erwachsenen sehen könne oder falls er alt genug aussähe, um sich hineinzumogeln (was er nicht tat, wie sie beide wussten), bis Danny sich schließlich geschlagen gegeben hatte.

»Sag bloß keinem, dass du so lange aufbleiben durftest«, sagte Danny, als er Will ins Bett steckte.

»So spät ist es auch wieder nicht«, sagte Will und versuchte erfolglos, ein Gähnen zu unterdrücken.

»Warum gähnst du dann?«

»Mache ich doch gar nicht«, sagte Will, dem gegen seinen Willen schon die Augen zufielen.

»Ich schon«, sagte Danny und gähnte hinter vorgehaltener Hand. »Schlaf jetzt.«

Danny schaltete das Licht aus und schloss die Tür hinter sich.

»Dad?«

»Ja, Kumpel?«, fragte Danny und blieb mit der Hand auf der Türklinke stehen.

»Das war ein schöner Tag«, sagte Will. Danny lächelte.

»Das fand ich auch«, sagte er, aber Will war schon eingeschlafen.

Im Wohnzimmer öffnete Danny seinen Rucksack und musste von dem ausströmenden Geruch beinahe würgen. Er hielt die Luft an und zog das Kostüm so ruckartig heraus, dass alles andere mit herausfiel. Er warf das Kostüm in die Waschmaschine und wartete erschöpft, bis der Waschgang zu Ende war, ohne zu merken, dass sein Notizblock auf dem Wohnzimmerteppich lag.

# 27

Will wurde von einem Hämmern geweckt. Zuerst dachte er, es komme von der Wohnungstür, und geriet kurz in Panik, weil er fürchtete, Reg und Dent seien zurückgekehrt, um zu beenden, was sie beim letzten Mal angefangen hatten, aber der Lärm kam aus der Küche.

Er stieg aus seinem Hochbett, zog seine Schulhose an und öffnet die Zimmertür einen Spalt. Neben dem Hämmern hörte er jetzt auch noch Gesang, und erst als er den Flur entlangschlich und um den Kühlschrank herumlinste, begriff er die Ursache der Unruhe.

Danny tanzte durch die Küche, Ohrhörer in den Ohren und den Rücken zu Will gekehrt. Er nahm die Toastbrotscheiben aus dem Toaster und warf beide in die Luft, um sie nacheinander mit einem Teller aufzufangen. Erst als er sich mit einer Pirouette zum Kühlschrank bewegte, um die Margarine herauszunehmen, bemerkte er, dass Will ihn von der Tür aus beobachtete.

»Hi, Kumpel«, sagte er und zog schnell die Ohrhörer heraus. »Du bist früh auf.«

»Hast du da gerade den *Dirty-Dancing*-Soundtrack gehört?«, fragte Will, der mühsam ein Lachen unterdrückte.

»Was?«, sagte Danny und fingerte an seinem iPod herum, um die Musik abzustellen. »Nein. Ich meine, ich weiß nicht. Kann sein. Moment mal, woher kennst du denn *Dirty Dancing?*«

»Habe ich mit Mum ungefähr hundertmal gesehen. Aber ich hätte nicht gedacht, dass das was für dich ist.«

»Ist es auch nicht. Ich wusste nicht mal, dass das Stück aus *Dirty Dancing* ist. Ich habe es noch nie gehört.«

»Woher kennst du dann den Text?«

Danny öffnete den Mund, um etwas zu sagen, und schloss ihn dann wieder. Er hielt eine Toastbrotscheibe in die Luft.

»Marmelade oder Marmite?«, fragte er. Will lächelte und verdrehte die Augen.

»Marmelade«, sagte er, schlurfte ins Wohnzimmer und setzte sich an den Esstisch. »Ich hasse Marmite.«

»Seit wann das?«

»Seit immer«, sagte Will und spielte gedankenverloren mit einem Zwei-Pence-Stück, das er auf dem Tisch gefunden hatte. Danny versuchte sich das mit dem Marmite zu merken.

»Welche Fächer hast du heute?«, rief er, um das Thema zu wechseln.

»Geschichte, Naturwissenschaft, Englisch und Mathe«, sagte Will und drehte die Münze zwischen den Fingern.

»Vier meiner Albtraumfächer.«

»Für dich war jedes Fach ein Albtraumfach«, sagte Will, während die Münze vom Tisch kreiselte und neben seinem Stuhl auf dem Boden landete.

»Das stimmt nicht. In Kunst hatte ich eine 3 minus.«

»Das meinte ich ja.« Will hüpfte vom Stuhl, um nach der Münze zu suchen, fand aber stattdessen Dannys Notizblock.

»Meine Kunstlehrerin hieß Miss Black. Sie war Furcht einflößend. Habe ich dir je von ihr erzählt?«

Will antwortete nicht; er war zu sehr damit beschäftigt, durch die Seiten zu blättern und all die Spalten und Rechnungen darauf zu erforschen.

»Sie hatte ein Glasauge, das sie manchmal rausnahm und vor der ganzen Klasse abspülte. Ich träume immer noch von ihr.«

Will hörte auf zu blättern. Er starrte auf die Worte vor ihm. Worte, die er kannte. Worte, die er gesagt hatte. »Er weiß nichts über mich.« »Erzähl mir etwas über deine Mum.« »Pandas sind gute Zuhörer.« Er überflog die Seiten und versuchte sich einen Reim darauf zu machen, was er da sah, aber je mehr er las, desto mehr kam es ihm vor wie ein Witz, den er nicht verstand und der auf seine Kosten ging.

Danny kam aus der Küche, eine Tasse in der einen und einen Teller mit Toast in der anderen Hand.

»Einmal musste sie so heftig niesen, dass –« Danny verstummte, als er sah, was Will in der Hand hielt.

»Darum wusstest du es«, sagte Will, den Blick auf die Worte vor ihm geheftet.

»Will, ich –«

»Nach Brighton fahren. Pfannkuchen machen. Mein Zimmer neu einrichten. Du hast das alles aus mir herausgelockt.«

»So ist es nicht«, sagte Danny. Er stellte Wills Frühstück ab und setzte sich ihm gegenüber. »Ich wollte es dir sagen, Kumpel, das wollte ich wirklich, aber –«

»Darum wusste der Mann im Park deinen Namen, stimmt's?«, sagte Will. Danny setzte zu einer Antwort an, aber Will schnitt ihm das Wort ab. »Du hast mich betrogen«, sagte er. »Du hast mich angelogen.«

»Ich habe nicht gelogen, Will. Und ich habe dich auch nicht betrogen. *Du* hast angefangen, mit *mir* zu reden, weißt du noch? Was hätte ich denn tun sollen, dich ignorieren?«

»Du hättest es mir sagen können. Hast du aber nicht. Du hast mich einfach weiterquatschen lassen wie einen Idioten.«

»Will, du hattest über ein Jahr lang nicht gesprochen. Ich wusste nicht, ob du jemals wieder reden würdest, und als du es dann getan hast, da –«

»Ich habe nicht gesprochen, weil ich nicht sprechen wollte!«, schrie Will; in seiner Teetasse bildeten sich Ringe, als er auf den Tisch schlug.

»Ich weiß, Kumpel«, sagte Danny und hob entschuldigend die Hand. »Ich weiß. Du hast recht. Und es tut mir leid. Es tut mir wirklich, wirklich leid.«

»Wieso hattest du überhaupt ein Pandakostüm an? Wieso hast du im Park getanzt? Wieso gehst du nicht zur Arbeit?«

»Das *ist* meine Arbeit«, sagte Danny. Er seufzte. »Alf hat

mich vor ein paar Monaten gefeuert, und, na ja, seitdem mache ich das mit dem Panda.«

»Und du fandst nicht, dass du mir das erzählen solltest?«

»Ich wollte nicht, dass du dir Gedanken machst.«

»Dass ich mir Gedanken mache?«, sagte Will. Er lachte, aber es klang freudlos. »So wie vor ein paar Tagen, als ich nach Hause komme und sehe, dass du an einen Stuhl gefesselt bist und Mr. Dent gerade mit einem Hammer auf dich einschlagen will. Meinst du nicht, dass ich mir über so was Gedanken mache?«

»Es tut mir leid, dass du das mitansehen musstest, Kumpel, wirklich, aber es wird alles gut, das verspreche ich.«

»Wie kannst du irgendwas versprechen, wenn du nicht mal die Wahrheit sagen kannst?« Will warf den Notizblock nach Danny. »Ich dachte, ich könnte dir vertrauen! Ich dachte, du wärst mein Freund!«

»Du *kannst* mir vertrauen! Wir *sind* Freunde!«

»Nein, sind wir nicht!« Will stand auf und griff sich seinen Schulranzen. »Mum war meine Freundin, du nicht!«

»Will, warte bitte«, sagte Danny und folgte seinem Sohn zur Wohnungstür. Will blieb stehen, drehte sich aber nicht um.

»Weißt du, was ich mir wünsche?«, fragte er. Er schrie nicht mehr, aber Danny wäre es lieber gewesen, er hätte weiter geschrien.

»Was, Will? Was wünschst du dir?«, fragte Danny, der die Antwort schon wusste, denn es verging nicht ein Tag, an dem er nicht das Gleiche dachte. »Du wünschst dir, es hätte mich erwischt. Du wünschst dir, ich wäre an ihrer Stelle gestorben.«

»Nein«, sagte Will und sah Danny an. »Ich wünschte, es hätte *mich* erwischt.« Er schlug sich gegen die Brust. »Ich wünschte, *ich* wäre gestorben, mit Mum *zusammen,* weil ich lieber tot wäre, als allein mit dir zu sein.« Er riss die Tür auf und warf sie hinter sich ins Schloss.

Danny wusste nicht, ob Will diese Worte bewusst gewählt hatte, aber sie taten noch mehr weh als auf der Beerdigung, als Liz' Vater ihm genau das Gleiche entgegengeschleudert hatte.

*Jetzt hat er keine Mutter mehr.*

*Jetzt ist er allein mit dir.*

»Moment mal, was?«, sagte Mo und fummelte an seinem Hörgerät herum. »Ich glaube, das Ding ist kaputt. Was hast du gerade gesagt?«

»Ich habe gesagt, mein Dad ist ein tanzender Panda«, sagte Will. Er kickte einen herumliegenden Tennisball über den Schulhof.

»Vielleicht sind es die Batterien oder so. Es klang, als hättest du gesagt, dein Dad wäre ein tanzender Panda.«

»Habe ich auch.«

»Dann verstehe ich es trotzdem nicht«, sagte Mo. Will seufzte.

»Ich habe dir doch von dem Typ im Pandakostüm erzählt, der mich neulich vor Mark beschützt hat?« Mo nickte. »Tja, das war mein Dad.«

»Wieso war er denn als Panda verkleidet?«

»Er tanzt. Im Park.«

»Einfach so zum Spaß?«

»Nein, für Geld.«

»Ich dachte, er arbeitet auf einer Baustelle.«

»Hat er auch«, sagte Will, »aber sie haben ihn rausgeschmissen, und dann hat er beschlossen, stattdessen ein tanzender Panda zu werden.«

»Ich meine es nicht böse, aber, na ja, wie ein tanzender Panda wirkt dein Vater jetzt nicht unbedingt auf mich.« Mo dachte kurz darüber nach. »Eigentlich gilt das für alle Väter, die ich kenne. Aber ich wusste nicht mal, dass dein Vater tanzen *kann.*«

»Eine Stangentänzerin hat es ihm beigebracht, nachdem er ihren Bademantel von einem Zauberer zurückgestohlen hat, der Sachen durch Geisteskraft in Brand stecken kann«, sagte Will sachlich. Mo wartete auf die Pointe. Es kam keine.

»Das hast du dir doch ausgedacht«, sagte er.

»So was könnte ich mir gar nicht ausdenken.«

»Ohne Scheiß?«

»Ohne Scheiß.«

»Dann ist das offiziell das Coolste, was ich je gehört habe. Ich glaube, wenn ich groß bin, will ich dein Dad werden.«

»Willst du nicht«, sagte Will. »Er ist ein Lügner, und ich hasse ihn. Außerdem dachte ich, du willst ein Zoophiler werden oder wie das heißt.«

»Jetzt nicht mehr. Wer will denn Zoologe sein, wenn man mit Stangentänzerinnen gegen telekinetische Zauberer kämpfen kann? Das ist doch ein Traum.«

»Stangentänzerin?«, fragte Mark, der mit Gavin und Tony vorbeistolzierte. »Redet ihr Loser schon wieder über Wills Mutter?« Er lachte, und seine Spießgesellen taten es ebenfalls, auch wenn selbst ihnen der Spruch zu weit ging.

»Bist du der Einzige in deiner Familie mit Tourette,

Mark?«, fragte Mo. »Oder hast du es von deiner Mutter oder deinem Vater?«

»Was ist Tourette?«, flüsterte Gavin.

»Französisches Essen«, sagte Tony. Gavin nickte, noch verwirrter als vorher.

»Was hast du da gerade gesagt?«, fragte Mark und baute sich vor Mo auf, der zu einer Antwort ansetzte, bevor ihm die Worte von einer Hand an seiner Kehle abgeschnitten wurden.

»Sprich nie wieder über meinen Vater, du kleines Stück Scheiße!«, fauchte Mark.

»Warum?«, fragte Will. »Weil es wehtut?«

»Was?«, fragte Mark und lockerte den Griff um Mos Hals, als er sich Will zuwandte.

»Es tut weh, oder?«, fragte Will; sein Herz klopfte, aber seine Stimme blieb ruhig, während er sich zwang, Marks Blick standzuhalten. »Wenn etwas über jemanden gesagt wird, den du geliebt hast, der aber nicht mehr da ist.«

»Ich tu *dir* gleich weh, wenn du nicht die Schnauze hältst!«

»Nicht so sehr, wie du dir selbst wehtust«, sagte Will. Mark runzelte die Stirn.

»Wovon redest du?«

»Du versuchst immer den Starken zu spielen, aber ich weiß, dass es dir genauso geht wie mir.«

»Du weißt einen Scheißdreck«, sagte Mark und stellte sich so dicht vor Will, dass sich ihre Zehen beinahe berührten.

»Ich weiß, dass du nachts wachliegst und dich fragst, warum das dir passieren musste statt irgendjemand anderem«, sagte Will.

»Schnauze.«

»Ich weiß, dass du andere zusammen mit ihren Eltern siehst und dir wünschst, du wärst an ihrer Stelle.«

»Schnauze, hab ich gesagt!«, rief Mark mit leicht brüchiger Stimme.

»Ich weiß, dass du Sachen aufhebst, die deinem Dad gehört haben, weil du glaubst, dass noch ein Stück von ihm darin ist.«

»Halt deine verdammte Fresse!«, schrie Mark und zog den Ärmel über die alte Casio-Uhr an seinem Handgelenk.

»Und ich weiß, dass du wütend bist, Mark«, sagte Will, dessen Stimme jetzt zitterte. »Du bist wütend, weil die Welt sich irgendwie einfach weiterdreht, obwohl dein Leben zerstört ist, und es kommt dir so ungerecht vor, dass du anderen das Leben zerstören willst, weil es falsch ist, dass sie glücklich sein dürfen und du nicht. Und ich weiß, du denkst, dass niemand anderes versteht, wie es dir geht, und die meisten tun es auch nicht, aber ich schon, Mark.«

Will stieß sich gegen die Brust.

»Ich weiß, wie es dir geht. Ich weiß, wie weh es tut. Aber wenn du anderen wehtust, tut es dir deswegen nicht weniger weh. Der Schmerz geht davon nicht weg. Also schlag mich ruhig weiter. Mach dich weiter über mich lustig. Schubs mich weiter herum. Das ändert nichts daran, dass dein Dad fort ist, und nichts auf der Welt bringt ihn jemals wieder zurück.«

Mark starrte Will an. Sein Kiefer war so angespannt, dass er eine Brechstange zum Zittern gebracht hätte. Seine Brust hob und senkte sich, und seine Fäuste bebten wie zwei wütende Hunde an der Leine, und einen Augenblick lang wappnete Will sich dafür, dass Mark sie auf ihn hetzte, aber zur großen Überraschung von Mo, Gavin, Tony und allen anderen, die sich in sicherem Abstand versammelt hatten, um zu sehen, wie sich die Auseinandersetzung entwickelte, schlug Mark Will an diesem Tag nicht. Er sagte nicht einmal etwas. Stattdessen drehte er sich um und marschierte über den Schulhof, die Hände nicht mehr zu Fäusten geballt, sondern vor das Gesicht geschlagen, um es vor den anderen zu verbergen.

# 28

Krystal lachte, als Danny ihr zum ersten Mal auf den Fuß trat. Sie lächelte sogar noch, als er es zum zweiten Mal tat. Beim dritten Mal verdrehte sie die Augen, beim vierten Mal fluchte sie leise vor sich hin, und beim fünften Mal fluchte sie so laut, dass Fanny den Kopf durch die Tür steckte, um nachzusehen, ob alles in Ordnung war.

»Was machst du denn?«, fragte Danny, als Krystal ihn mitten in der Nummer stehen ließ und wütend die Musik abstellte.

»Was *ich* mache?«, sagte Krystal. »Was machst du denn, Danny?«

»Äh ... tanzen?«

»Ja, du tanzt mir auf den Füßen herum. Das hier sind empfindliche Instrumente. Ich verdiene damit mein Geld.«

»Wirklich?«, sagte Danny zweifelnd. »Leute bezahlen dafür, deine Füße zu sehen?«

»Da gibt es tatsächlich einen, du Klugscheißer. Und er zahlt sogar ziemlich gut, aber bestimmt nicht, wenn meine Füße aussehen wie die Pflastersteine von Pamplona.«

»Ich habe doch schon gesagt, es war ein Unfall. Unfälle passieren eben.«

»Ja, du bist der lebende Beweis dafür. Aber beim fünften Mal ist es kein Unfall mehr, Danny. Das erste Mal ist ein Unfall. Das zweite Mal vielleicht auch noch. Aber fünfmal? Das ist kein Unfall, das ist ein Witz.«

»Ich habe doch schon gesagt, es tut mir leid.«

»Was genau tut dir leid?«, sagte Krystal. »Tut es dir leid, dass du mir auf den Füßen herumgetrampelt bist? Oder tut es dir leid, dass du mir heute Morgen die Zeit stiehlst, wenn ich stattdessen im Bett liegen und *Bargain Hunt* gucken könnte?«

»Ich bin einfach ein bisschen eingerostet«, sagte Danny in einem Tonfall, der nicht einmal ihn selbst überzeugte.

»Eingerostet? Danny, ich kriege schon vom *Zugucken* Tetanus. Manche von unseren Stammgästen bewegen sich besser als du, und die haben mehrere Hüftoperationen hinter sich. Dir ist schon klar, dass der Wettkampf in fünf Tagen ist, oder? In fünf Tagen, Danny, wieso tanzt du dann, als hättest du noch fünf *Monate* Zeit? Im Ernst, wenn da nicht mehr drin ist, kannst du dir schon mal selbst die Beine brechen und deinem Vermieter wenigstens den Spaß verderben. Ich bin dir gern dabei behilflich.«

»Hör zu, du hast recht, und es tut mir leid. Es ist nur ... Will hat nach so langer Zeit wieder angefangen zu sprechen, und es lief richtig gut mit uns, aber heute Morgen hatten wir einen Streit, und …«

»Nicht falsch verstehen, Danny, aber es interessiert mich einen Scheiß, was du zu Hause für Probleme hast. Jedenfalls solange wir zu zweit in diesem Raum sind. Hinterher hast du jede Menge Zeit, dir über dieses ganze andere Zeug den Kopf zu zerbrechen, aber jetzt und hier musst du es auf den Rücksitz verfrachten, ihm ein iPad und eine Capri-Sonne in die Hand drücken und dich auf die Straße vor dir konzentrieren. Kapiert?«

»Kapiert.«

»Super. Und jetzt stell dich auf deine Position und tanz, als würde buchstäblich dein Leben davon abhängen, und ich schwöre bei Gott, wenn du mir noch ein einziges Mal auf die Füße steigst, stecke ich dir einen davon so tief in den Arsch, dass du weißt, wie mein Nagellack schmeckt.«

Danny schüttelte sich die durchnässten Schuhe von den Füßen und schaltete den Wasserkocher ein, bevor er seinen Mantel zum Trocknen über den Stuhl hängte. Er war durchnässt bis auf die Unterhose, aber auf eine sonderbare Weise war er froh; nicht über den nassen Hintern, sondern über den Regenguss selbst, der irgendwann gegen Mittag eingesetzt und seitdem nicht nachgelassen hatte. Statt nach dem Training mit Krystal in den Park zu gehen, wozu er nicht in der Stimmung war, oder direkt nach Hause zu laufen, was er auch nicht wollte, denn er wusste, er würde den Nachmittag damit verschwenden, Trübsal zu blasen, weil Will und er wieder ganz am Anfang standen, hatte Danny den Regen als ein Zeichen von ganz oben gewertet, dass er bei Fanny's bleiben und weiterüben sollte, also hatte er das auch getan. Erst als er am späten Nachmittag vor den Club trat und anstelle des Wolkenbruchs einen Monsun vorfand, schwante ihm, dass Mistwetter und Zeichen des Himmels nicht unbedingt dasselbe waren.

Wills Zimmertür war geschlossen; er hatte sie so fest zugeknallt, dass sein Namensschild abgefallen war und nun verkehrt herum auf dem Teppich lag. Danny klopfte so sanft an, dass man es beinahe nicht als Klopfen bezeichnen konnte.

»Will? Bist du da, Kumpel?«

Er legte das Ohr an die Tür und glaubte etwas zu hören, ein leises, kaum zu vernehmendes Geräusch wie das kleinste Zusammenziehen einer Bettfeder und ein von einem Ärmel gedämpftes Gähnen, aber es war schwer zu sagen, ob das Geräusch von Will oder den Regentropfen an der Fensterscheibe oder dem Wasserkocher kam. Er überlegte kurz, ungebeten einzutreten, was er vor sich selbst mit der Vorstellung rechtfertigte, dass Will ihn nicht ignorierte, sondern ihn einfach nicht hörte, weil er Kopfhörer aufhatte, die er oft beim Spielen auf dem iPad trug. Andererseits war es genauso wahrscheinlich, dass sein Sohn gerade mit demselben wütenden Blick zwei Löcher in die Tür brannte, mit dem er am Morgen ihn verbrannt hatte, und alles hörte, aber nichts sagte, wie er es so lange geübt hatte. Danny, der das Risiko ungern eingehen wollte, nahm die Hand von der Klinke, zog sich von der Tür zurück und sagte sich, aller gegenteiligen Beweise zum Trotz, dass Will schon reden würde, wenn ihm danach war.

Erst als er einige Stunden später mit dem Abendessen zurückkam, befiel ihn leise Panik. Er hatte vorgehabt, Will mit dessen Lieblingspizza herauszulocken, zu welchem

Zweck er sogar den Karton auf den Boden gestellt und den Geruch unter der Tür durchgefächert hatte, aber Will hatte trotzdem nicht angebissen, und so hatte Danny beschlossen, den Köder direkt zu ihm zu bringen.

»Will, ich mache deine Tür nur ein Stückchen auf und stelle dir eine Pizza hin, ja?«, sagte er in der langsamen, deutlichen Sprechweise des Verhandlungsführers bei einer Geiselnahme. »Ich verspreche dir, ich komme nicht rein. Ich würde ja versuchen, sie unter der Tür durchzuschieben, aber ich habe sie mit allem doppelt belegen lassen, also wird sie wahrscheinlich nicht durchpassen. Ist das in Ordnung? Sag mir, wenn es nicht in Ordnung ist.«

Will antwortete nicht, also öffnete Danny die Tür und schob die dicke Pizza Hawaii mit den Fingerspitzen Stück für Stück hinein wie ein frisch angelernter Zoowärter, der einen Tiger füttert. Er spähte ins Zimmer hinein und machte sich bereit, sich beim ersten Anzeichen eines tödlichen Blickes rasch zurückzuziehen, aber was er stattdessen sah, brachte ihn viel mehr aus der Fassung als jede hasserfüllte Miene, die sein Sohn zustande brachte, und der Junge verfügte über ein beträchtliches Repertoire.

Wills Zimmer war aufgeräumt. Nicht makellos. Nicht einmal ansatzweise. Also eigentlich sogar eher unordentlich als aufgeräumt, aber dennoch aufgeräumter, als es zu dieser Tageszeit hätte sein sollen. Will folgte einer Tradition, die Liz »die rituelle Reinigung« genannt hatte, was Danny immer als eine recht philosophische Interpretation der Angewohnheit ihres Sohnes betrachtet hatte, seine Schuluniform über das ganze Zimmer zu verteilen, wenn er von der Schule nach Hause kam, aber es hing keine schlaffe Krawatte über der Lampe, und es war auch keine Socke über die Türklinke gezogen. Auch von seinem Schulranzen fehlte jede Spur.

»Will?«, fragte Danny und trat durch die Tür, aber noch bevor er den Mund aufmachte, wusste er, dass er zu einem leeren Zimmer sprach. Will war nicht auf seinem Bett. Er war auch nicht am Schreibtisch oder darunter oder hinter der Tür oder sonst irgendwo. Der einzige sichtbare Beweis, dass Will überhaupt zu Hause gewesen war, war das Namensschild auf dem Boden, und das konnte ebenso gut am Morgen abgefallen sein.

Er ging zurück ins Wohnzimmer, nahm sein Telefon und sah nach, ob er irgendwelche verpassten Anrufe oder Nachrichten hatte. Als keine angezeigt wurden, wählte er Wills Nummer, aber es ging nur die Mailbox an. Er versuchte es noch ein paarmal, immer mit dem gleichen Ergebnis.

Da er annahm, dass Will bei Mo war, rief er dessen Vater Yasir an, einen Immobilienmakler mit Dauerlächeln und einer Brille, die noch dicker war als die seines Sohnes, doch der Mann sagte, Mo schaue *Animal Planet* und habe Will seit der Schule nicht gesehen.

»Ist alles in Ordnung?«, fragte Yasir. Im Hintergrund war zu hören, wie Raubtiere irgendetwas vertilgten.

Danny versicherte Yasir, alles sei bestens, und versuchte dabei überzeugt zu klingen. Dann bedankte er sich und legte auf.

»Keine Panik«, sagte er zu sich selbst, wiederholte die Worte wie ein Mantra in der Hoffnung, sie laut auszusprechen, würde seinen sich beschleunigenden Puls verlangsamen, aber immer wieder das Wort Panik zu hören, machte alles nur schlimmer.

Er atmete tief durch und ermahnte sich, ruhig zu

bleiben und logisch zu denken. Es war kaum acht Uhr abends, und draußen war es noch hell, was ihn beides beruhigte. Er sagte sich auch, dass Will, selbst wenn das für seinen Sohn höchst untypisch war, das Haus morgens wütender verlassen hatte, als er ihn je gesehen hatte, was hieß, dass er mit ziemlicher Sicherheit immer noch wütend war, was hieß, dass er denjenigen, der ihn so wütend gemacht hatte, wahrscheinlich nicht sehen wollte, was vermutlich erklärte, warum er noch nicht nach Hause gekommen war. Danny konnte nicht leugnen, wie oft er in Wills Alter – und sogar davor – selbst ausgebüxt war, oft nach einem Streit mit seinen Eltern oder einem Streit *zwischen* seinen Eltern. Ihm war in seinem selbst auferlegten Exil nie irgendetwas Schlimmes widerfahren, und irgendwann war er immer nach Hause gekommen, meist wenn er hungrig oder müde war oder wenn das in seinen Eingeweiden brennende Feuer nicht mehr warm genug war, um die Kälte von seinen Knochen fernzuhalten.

Auf diese Weise ermutigt, setzte Danny sich aufs Sofa und wartete darauf, dass der Regen Will aus seinem Versteck herausspülte und er nass und frierend auf der Türschwelle landete. Er starrte auf sein Telefon und lauschte auf das Geräusch der Wohnungstür, alles in der Gewissheit, dass Will jeden Augenblick heimkommen würde, aber als dreißig Minuten vergingen und sich dann verdoppelten, wurde Danny zunehmend unruhig, vor allem da es allmählich dunkel wurde. Er hätte nicht länger warten können, ohne mit dem Fuß ein Loch in den Boden zu stoßen oder die Sofalehnen mit den Nägeln zu zerfetzen, also nahm er seine noch nasse Jacke vom Stuhl und rannte wieder in den strömenden Regen hinaus.

Er steuerte das Holzhäuschen auf dem Kinderspielplatz an, in dem Mo und Will gern nach der Schule saßen, obwohl sie sich beinahe in der Mitte zusammenklappen mussten, um hineinzupassen, aber er fand nur ein paar leere Lachgaskapseln und die feuchten Überreste eines Happy Meals. Er sah in der Garagenzeile hinter ihrem Haus nach; einige der Garagen waren von sehnigen Teenagern mit Brechstangen aufgestemmt worden, die sie als Treffpunkt, Fummelhöhle und improvisierte Zentrale für verschiedentliche, größtenteils illegale Aktivitäten nutzten, aber auch dort steckte Will nicht. Ihm fiel ein, dass die Kinder gern in dem Schrotthaufen bei den Containern herumstöberten, wo Mieter oder Vermieter oft Fernseher, verrottende Möbel und andere Haushaltsgegenstände abluden, und dort ging er als Nächstes hin. Sein Herz klopfte, und seine Füße patschten durch die matschigen Pfützen, aber er fand nichts außer ein paar Katzen, die sich unter einem dreibeinigen Tisch vor dem Regen versteckten.

Danny lief die Treppen zu den Wohnungen und die Korridore in jedem Stockwerk auf und ab, bis ihm die Schenkel schmerzten und die Lunge brannte und er heiser war, weil er so oft und laut Wills Namen geschrien und dann Leute angeschrien hatte, die ihn angeschrien hatten, er solle nicht so schreien. Er wollte jede Ecke der Stadt durchforsten, durch jede dunkle Gasse und jede belebte Straße stromern, jeden finsteren Park und jede neonbeleuchtete Unterführung absuchen, aber er wusste nicht, wo er anfangen sollte, und ihm war klar, dass er eher die Regentropfen hätte zählen können, als Will zu finden, indem er blindlings durch die Straßen irrte. Er fühlte sich so hilflos wie damals, als sein Sohn komatös im Krankenhaus gelegen hatte und Liz im Leichenschauhaus gewesen war, und am schlimmsten war das Wissen, dass, sosehr er auch einen Gott anrufen mochte, an den er nicht glaubte, und sosehr er sich auch einreden mochte, es gehe auf der Welt fair und gerecht zu und sie beruhe auf Logik und nicht auf Zufall, kein Wort und kein leise gemurmeltes Gebet den Lauf der Dinge würde ändern können.

Er hielt inne, um Atem zu schöpfen, umfasste das Geländer und starrte durch den Regen auf die neblige Skyline der Londoner Innenstadt. Von dem Augenblick an, als er Wills Verschwinden bemerkt hatte, hatte Danny vermutet, dass ihr Streit daran schuld war, aber je länger er auf die dunkle Anhäufung am Horizont aufragender Gebäude starrte, desto weiter drifteten seine Gedanken in die dunkleren Bereiche seiner Vorstellungskraft ab. Er dachte an all die bösen Dinge, die guten Menschen nicht widerfahren sollten, es aber dennoch taten, und an all die bösen Menschen, die die Gesetze befolgen sollten, es aber nicht taten. Er erinnerte sich an all die hässlichen Verbrecherfotos und grausigen Schlagzeilen, die er im Laufe der Jahre gesehen hatte, und an all die grauenvollen Berichte, die er von verdrossenen Nachrichtensprechern und Moderatoren gehört hatte, die um sachdienliche Hinweise baten. Er sah all die an Laternenmasten und Wände und Müllcontainer und Stromkästen geklebten Fotos vermisster Personen vor sich, an denen er in seinem Leben vorbeigegangen war, ohne sie auch nur eines Blickes zu würdigen, und er stellte sich Wills Gesicht auf einem von ihnen vor, das zerrissen und verwittert im Wind flatterte und wie die anderen ignoriert wurde.

Als ihm die qualvolle Einsicht kam, dass Will womöglich nicht aus freien Stücken verschwunden war, griff Danny in seine Jacke, um die Polizei zu rufen, was er bis dahin nicht für notwendig gehalten hatte; doch als er nur auf leere Taschen stieß, wurde ihm bewusst, dass er sein Telefon zu Hause vergessen hatte.

Er lief den Korridor entlang und stürzte beinahe, als er, vier Treppenstufen zugleich nehmend, zur Wohnungstür hinunterhastete, wo er nach seinem Schlüsselbund fischte und sich für jede verlorene Sekunde verfluchte. Zweimal fiel ihm der Schlüssel aus der Hand, und mehrmals verfehlte er das Schlüsselloch, bis er, die zitternde Hand mit der anderen stützend, den Schlüssel endlich hineinbekam.

Danny hoffte, auf einen leeren Pizzakarton zu stoßen, fand aber nur eine leere Wohnung vor. Keine durchnässten Schuhe mit Schuhgröße 40 im Flur. Kein in die Ecke gepfefferter Schulranzen. Keine auf den Teppich geworfene Schuluniform. Kein wütender Elfjähriger, der nur darauf wartete, ihn zu ignorieren. Er nahm sein Telefon vom Tisch und tätigte den Anruf, vor dem jedem Elternteil graut.

»Wen möchten Sie sprechen?«, fragte die Telefonistin.

»Polizei«, sagte Danny.

»Einen Augenblick«, sagte sie und setzte ihn in die Warteschleife.

Während er wartete, blätterte Danny durch seine Mitschriften der Gespräche mit Will; er hoffte, irgendeinen zuvor übersehenen Hinweis zu finden, der ihm den Aufenthaltsort seines Sohnes verraten würde, vielleicht eine flüchtige Erwähnung eines Freundes, von dem er nie gehört hatte, oder einen Treffpunkt, den er nicht kannte, aber die Aufzeichnungen erinnerten Danny nur daran, wie nah Will und er sich in letzter Zeit gekommen und wie fern sie sich jetzt waren.

»Was für einen Notfall möchten Sie melden?«, fragte der Polizist.

»Mein Sohn wird vermisst«, sagte Danny, der seine eigenen Worte kaum glauben konnte.

Der Polizist begann, verschiedene Fragen zu stellen. Name. Alter. Größe. Geburtstag. Welche Kleidung er zum Zeitpunkt seines Verschwindens getragen hatte. Wann er zuletzt gesehen worden war. Wo er zuletzt gesehen worden war. Danny fühlte sich benommen, als er alle Fragen beantwortete, so als spräche nicht er, sondern als hörte er nur, wie jemand die Fragen für ihn beantwortete. Er starrte auf den Notizblock in seiner Hand. Er sah, dass er das Wort »Orangen« auf die Ecke einer Seite geschrieben hatte. Er hatte es doppelt unterstrichen und ein Fragezeichen dahinter gesetzt, aber er wusste nicht mehr, was es bedeuten sollte, bis ihm plötzlich einfiel, was Will ihm an jenem Tag im Park gesagt hatte. Er gestattete sich zu lächeln, aber nur einen Augenblick lang.

»Es tut mir leid«, schnitt er dem Polizisten mitten in einer Frage das Wort ab und lief dabei in Wills Zimmer. »Ist schon gut. Es ist alles gut. Entschuldigung. Tut mir leid, dass ich Ihre Zeit verschwendet habe.«

Danny beendete das Gespräch und blieb vor dem Kleiderschrank stehen, dem einen Ort, an dem er nicht nachgesehen hatte. Als er sanft die Tür aufschob, drang Liz' unverwechselbarer Duft heraus und umhüllte ihn gerade lange genug, um ihm zu sagen, dass alles in Ordnung war. Will lag zusammengerollt in der Ecke, den Kopf auf seinen Schulranzen gebettet. Er hatte noch Schuhe und Uniform an und die Kopfhörer auf den Ohren. Er rührte sich nicht. Er sah ihn nicht einmal an, denn er schlief zu fest, um zu merken, dass er gefunden worden war, oder zu begreifen, dass er sich überhaupt versteckt hatte. Neben seinem Fuß lag ein kleiner Plastikbehälter mit einem orangen Deckel, wie Liz sie neben ihrem Telefon und dem jeweiligen Buch, das sie gerade las, auf dem Nachttisch aufbewahrt hatte. Die Dose war leer bis auf einen kleinen Klecks Handcreme auf dem Boden, in etwa die Menge, die sie morgens als Erstes und abends als Letztes aufgetragen hatte.

Danny schraubte den Deckel wieder auf und überlegte, Will zu wecken, aber als er sah, wie friedlich er dalag, schloss er die Schranktür und schlich auf Zehenspitzen aus dem Zimmer.

# 29

Danny war noch nie zuvor von einer Taube beleidigt worden. Soweit er sich erinnern konnte, war er noch nie von irgendeinem Tier beleidigt worden, aber als er in die durch die offenen Vorhänge scheinende Sonne blinzelte und die Taube ansah, die ihn vom Fensterbrett aus beäugte und den Kopf von einer Seite zur anderen wendete, als grübelte sie über eines oder alle der unergründlichen Mysterien des Lebens nach, war sich Danny merkwürdig sicher, dass dieser Vogel ihn trotz seines scheinbar unschuldigen Äußeren und seiner biologischen Unfähigkeit, Worte zu bilden, gerade einen Flachwichser genannt hatte. Erst als er Krystal durch den Briefkastenschlitz schreien hörte, begriff er, woher die Beleidigungen kamen.

»Mach auf, du Vollhorst!«, rief sie. Danny hörte die Tür erzittern, vielleicht aus Angst, vielleicht auch wegen der dagegen hämmernden Faust. »Ich weiß, dass du dadrin bist!«

Danny griff sich die Uhr vom Nachttisch und fluchte, als er sah, wie spät es war. Ihm wurde klar, dass er den Wecker nicht gestellt und das Tanztraining um zwei Stunden verschlafen hatte, und er sprang aus dem Bett, warf sich rasch ein paar Kleider über, hastete durch den Flur und öffnete die Tür.

»Ich kann das erklären«, sagte er. Krystals Faust schwebte in der Luft, und er zuckte zusammen, unsicher, ob ihre Knöchel auf die Tür oder auf ihn zielten.

»Du hast zehn Sekunden, dann gibt's ne Ladung Pfefferspray ins Gesicht«, sagte Krystal. Sie zog eine kleine Dose aus der Tasche und richtete sie auf die Stelle zwischen Dannys Augenbrauen. »Aber ich muss dich warnen: Wenn du keine gute Entschuldigung hast, und mit ›gut‹ meine ich, keine Ahnung, du wurdest verhaftet, weil du einem Polizisten in den Helm gepisst hast, oder du wurdest von Menschenhändlern entführt, aber wieder zurückgebracht, weil dich keiner kaufen wollte, dann besteht eine ziemlich große Wahrscheinlichkeit, dass du dir den Rest des Morgens Milch über die Augen kippst.«

»Warum Milch?«

»Hilft gegen das Brennen.«

»Verstehe«, sagte Danny. »Aber können wir das vielleicht drinnen erledigen? Wir haben Nachbarn. Und, na ja, die Milch ist im Kühlschrank.«

Krystal dachte kurz darüber nach.

»Okay, beweg dich«, sagte sie.

Danny ging den Flur entlang. Krystal folgte ihm in die Küche.

»Eins noch«, sagte Danny. »Ist es egal, ob man Vollfett- oder Halbfettmilch nimmt? Ich habe nämlich nur Halb-«

»Zehn Sekunden.«

»Okay, okay. Will war gestern Abend verschwunden. Ich konnte ihn nirgends finden, ich habe bei der Polizei angerufen und alles. Ich war erst spät wieder zu Hause, und, na ja, ich habe wohl vergessen, den Wecker zu stellen. Jetzt weißt du's.«

Danny wartete darauf, dass Krystal die Waffe wegsteckte. Sie tat es nicht.

»Fünf«, sagte sie. Danny runzelte die Stirn.

»Fünf was?«

»Vier.«

»Ich habe dir doch gerade alles erzählt!«

»Drei.«

»Warte!«

»Zwei.«

»Kannst du wenigstens meine Frage zu der Milch beantworten?«

»Eins.«

»Ich wurde von Menschenhändlern entführt!«

»Netter Versuch«, sagte Krystal. Sie drückte auf den Sprühkopf, und Danny schrie, als der Strahl ihn genau zwischen die Augen traf. Er fuchtelte wild in seinem Gesicht herum, während sie beiläufig eine Packung Milch aus dem Kühlschrank nahm.

»Hier«, sagte sie und gab ihm die Milch. Danny packte den Karton, und Krystal sah lachend zu, wie er sich die Milch über den Kopf schüttete.

»Musste das wirklich sein?«, fragte Danny und wischte sich das Gesicht mit einem Geschirrtuch ab.

»Was, dich mit Luftschlangenspray vollzusprühen oder dich die Milch überkippen zu lassen?«

»Luftschlangenspray?!«, sagte Danny und bemerkte erst jetzt das klebrige Geflecht aus farbigen Schnüren zwischen seinen Fingern.

»Du hast doch nicht wirklich geglaubt, dass ich eine gute Dose Pfefferspray an dich verschwende, oder?«, sagte sie und steckte die Dose wieder ein.

»Ich weiß nicht genau, ob ich das als Kompliment nehmen soll oder nicht.«

»Ernsthaft, du hättest dein Gesicht sehen sollen. Das war das Erbärmlichste, was ich je gesehen habe. Ich wünschte, ich hätte es gefilmt, der Scheiß wäre auf jeden Fall viral gegangen. Hm, können wir es vielleicht noch mal machen?«

»Es ist keine Milch mehr da.«

»Mist, ich hätte gern einen Kaffee getrunken.«

»Verzeih mir, wenn sich mein Mitleid in Grenzen hält.«

»Eine Entschuldigung genügt«, sagte sie. Danny lachte.

»Eine Entschuldigung?«, sagte er. »Wofür?«

»Hmmm. Schwierige Frage. Lass mich mal überlegen. Ach ja! Stimmt, dass ich wegen dir an einem verdammten Samstagmorgen, auch bekannt als mein freier Tag, bei Fanny's rumhängen durfte, das wäre doch wohl ein verdammter Grund!«

»Tja, ich würde sagen, wir sind verdammt noch mal quitt«, sagte Danny und wrang sein T-Shirt aus. »Und außerdem habe ich dir gesagt, warum ich es nicht geschafft habe. Wenn das kein guter Grund ist, dann weiß ich es auch nicht.«

»Ich dachte, das hättest du dir bloß ausgedacht, um kein Pfefferspray abzukriegen«, sagte Krystal.

»Ich wünschte, ich hätte es mir ausgedacht«, sagte Danny. Er nahm zwei Schüsseln und eine Schachtel Choco Krispies aus dem Regal und trug sie zum Tisch.

»Was war denn los?«, fragte sie und setzte sich.

Danny setzte sich ihr gegenüber und erzählte ihr alles: wie sie sich morgens gestritten hatten; wie Will verschwunden war; wie er durch den Regen gelaufen war; wie er bei der Polizei angerufen hatte und wie er schließlich entdeckt hatte, wo Will steckte.

»Moment mal, dann war er die ganze Zeit dadrin?«, sagte Krystal.

»Ja. Hat tief und fest im Kleiderschrank geschlafen.«

»Das ist ja zum Ka-putt-la-chen«, sagte sie, das eine Wort in vier zerlegend. »Ich meine, es ist natürlich furchtbar, aber ein bisschen lustig ist es schon auch, oder?«

»Nein«, sagte Danny. »Ist es nicht.«

»Nur ein kleines bisschen?« Sie maß zwischen Daumen und Zeigefinger ein kleines bisschen ab und sah ihn durch die Lücke an. Danny blickte starr zurück. Krystal seufzte.

»Gut, wie du meinst, du Miesepeter«, sagte sie. »Und wo steckt er jetzt? Im Küchenschrank? Unter dem Tisch?«

»Hier«, sagte Danny, als Will mit der Haartracht von jemandem, der die Nacht in einem Kleiderschrank verbracht hat, in die Küche geschlurft kam. »Morgen, Kumpel.«

Will starrte Krystal wortlos an.

»Guten Morgen, liebe Sorgen«, sagte sie. »Du musst Will sein.«

Will nickte und versuchte sie anzusehen, ohne sie

tatsächlich anzusehen, so wie er es manchmal bei Sexshop-Schaufenstern machte.

»Du hast mir gar nicht erzählt, wie hübsch er ist«, sagte Krystal. »Guck dir diese Augen an, die sind ja blauer als ein Schlumpf, der die Luft anhält.«

Danny sah sie stirnrunzelnd an.

»Stimmt doch! Bist du sicher, dass er von dir ist?«

»Er kommt nach seiner Mutter«, sagte Danny und nickte zu dem gerahmten Foto von Liz hinüber.

»Schwein gehabt«, sagte sie zu Will. »Hoffentlich hast du deinen Verstand auch von ihr geerbt.«

»Sehr witzig. Will, das ist meine Freundin Krystal.«

»Die Freude ist ganz meinerseits«, sagte sie, als Will schüchtern ihre Hand schüttelte. »Eigentlich bin ich nicht wirklich seine Freundin. Dein Dad hat gar keine Freunde. Aber du bestimmt schon, oder? Ich wette, die Mädchen wollen alle mit dir befreundet sein.«

Will lachte nervös. Irgendwie schaffte er es, gleichzeitig mit den Schultern zu zucken, zu nicken und den Kopf zu schütteln.

»Gut geschlafen?«, fragte Danny im Versuch, das Thema zu wechseln, ehe sein Sohn noch mehr erröten konnte. Will ignorierte ihn und griff nach den Choco Krispies.

»Könnten Sie meinen Vater bitten, mir die Milch zu geben?«, sagte er zu Krystal.

»Du kannst doch selbst sprechen, oder?«

»Ich rede nicht mit ihm.«

»Wieso nicht?«

»Weil er ein Lügner ist.«

»Ein Dieb ist er auch. Weißt du, dass er mir Geld gestohlen hat?«

»Ich habe es nicht gestohlen«, sagte Danny. »Ich habe gesagt, ich zahle es dir zurück.«

»Wie dem auch sei. Milch.«

Danny gab Krystal die Milchpackung, die sie Will weiterreichte, der sie über seiner Schüssel umdrehte und zusah, wie ein klägliches Rinnsal Milch in seine Frühstücksflocken tropfte.

»Könnten Sie meinen Vater fragen, wieso die Milch alle ist?«, sagte er. Danny sah Krystal an.

»Ich glaube, das kannst du selbst beantworten.«

»Er hat sie sich über den Kopf gekippt.«

»Wieso?«

»Weil er ein Idiot ist.«

»Krystal hat mich mit Pfefferspray angegriffen«, sagte Danny.

»Wirklich?«, sagte Will mit größerer Begeisterung, als Danny lieb war.

»Irgendwie schon«, sagte sie.

»Cool«, sagte Will und bohrte den Löffel in die trockenen Choco Krispies. »Wahrscheinlich hatte er es verdient.«

»Er gefällt mir«, sagte Krystal und deutete mit dem Kopf auf Will. Danny verdrehte die Augen.

»Woher kennen Sie meinen Vater überhaupt?«, sagte Will, den Mund voller ausgedörrter Frühstücksflocken.

»Gott hasst mich, also hat er mir Danny als Strafe geschickt«, sagte Krystal.

»Weil Sie Stripperin sind?«

»Wer hat denn gesagt, dass ich Stripperin bin?«

Will zeigte auf Danny. Danny wand sich auf seinem Stuhl.

»Eigentlich hat ihm der Panda gesagt, dass du Stripperin bist«, sagte er. »Gebt ihm die Schuld.«

»Na ja, der Panda redet Blödsinn, weil ich nämlich keine Stripperin bin. Ich tanze an der Stange, Will, und das ist ein riesiger Unterschied. Weißt du, strippen können alle, das ist ganz einfach. Du musst nur die Klamotten ausziehen und jemandem mit deinen Dingern vor dem Gesicht rumschütteln –«

»Tja, weißt du, ich glaube nicht, dass Will so genau zu wissen braucht, wie –«

»– aber an der Stange tanzen? Das ist noch mal was ganz anderes. Um das zu lernen, musst du viel Zeit und Mühe investieren. Stangentänzerinnen sind nicht einfach nur Tänzerinnen. Sie sind Künstlerinnen, mein Lieber. Wir sind so was wie die Leonardo da Vincis der Unterhaltungsbranche, nur dass wir noch besser sind, weil nicht mal er konnte, was wir können.«

»Wieso nicht?«, fragte Will. Krystal zuckte mit den Schultern.

»Nicht gelenkig genug.«

»Apropos, wir sollten wohl besser mal los«, sagte Danny, der die Unterhaltung gern beenden wollte.

»Wohin?«, fragte Krystal.

»Zum Club. Zum Training.«

»Keine Chance, mein Lieber. Ich habe um zwölf einen Termin für einen Hollywood-Cut.«

»Was ist ein Hollywood-Cut?«

»So was wie Brazilian Waxing, nur noch schmerzhafter.«

»Was ist Brazilian Waxing?«

»Frag deinen Vater«, sagte Krystal.

»Ich rede nicht mit ihm.«

»Eben.«

»Kann das nicht warten?«, fragte Danny. »Der Wettbewerb ist in drei Tagen!«

»Ja, und darum war ich auch heute Morgen um acht bereit, während du noch im Schlafanzug gesteckt hast.«

»Ich habe dir doch schon gesagt, dass ich Will suchen musste.«

»Und meine Stammkunden werden sich neue Stellen suchen, wo sie ihr Geld hinstecken, wenn ich diesen Termin verpasse, und einen Termin bei Fernando kriegt man nicht so einfach. Er ist unglaublich. Er ist so was wie der Mr. Miyagi des Waxings.«

»Du hast mich gesucht?«, fragte Will, dessen Mauer des Schweigens unter dem Gewicht seiner Neugier zerbröckelte. Diesmal schwieg Danny.

»Sagst du es ihm, oder soll ich das machen?«, fragte Krystal.

»Was soll er mir sagen?«, fragte Will. Danny sackte auf seinem Stuhl zusammen wie ein Boxer, dessen Coach soeben das Handtuch warf.

»Ich dachte, du wärst davongelaufen«, sagte er. »Ich kam gestern nach Hause, und du warst nicht da, und, na ja, ich dachte, du wärst abgehauen, weil du sauer auf mich warst wegen der Pandasache.«

»Er hat die Polizei angerufen und alles«, sagte Krystal.

»Stimmt das?«, fragte Will. Danny nickte.

»Ich wusste nicht, was ich sonst tun sollte. Deine Mum zu verlieren, war schon schlimm genug, aber der Gedanke, dich zu verlieren ...« Seine Hand zitterte, während er gedankenverloren einen abtrünnigen Choco Krispie mit dem Finger umkreiste. Krystal legte ihm die Hand auf die Schulter und drückte sanft zu. »Du bist mein bester Freund, Will. Ich weiß, du glaubst mir das nicht, aber es stimmt. Ich weiß wirklich nicht, was ich ohne dich machen würde, Kumpel.«

»Wieso hast du mir dann nichts von der Pandasache erzählt?«

»Weil ich mich geschämt habe, darum. Ich dachte, du würdest dich für mich schämen. Ich hätte mich für mich geschämt. Wer will denn schon einen tanzenden Panda als Dad?«

»Ich!«, sagte Will und tippte sich auf die Brust. »Ich bin nicht sauer auf dich, weil du ein Panda bist, Dad. Ich bin sauer, weil du es mir nicht gesagt hast. Ich bin stolz darauf, was du machst. Ich habe dich im Park gesehen, du warst super. Ich wusste gar nicht, dass du so gut tanzen kannst.«

»Konnte er auch nicht, bevor er mich getroffen hat«, sagte Krystal. »Wollte ich nur mal gesagt haben.«

»Danke, Kumpel«, sagte Danny. »Hoffen wir, dass die Jury das genauso sieht.«

»Jury?«, sagte Will.

»Der große Wettstreit der Straßenkünstler«, sagte Krystal. »Das ist so was wie *Das Supertalent* für Obdachlose.«

»Aber Dad ist kein Obdachloser«, sagte Will. Danny seufzte.

»Noch nicht.«

»Was meinst du damit?«

»Ich meine, dass wir diesen Wettkampf dringend gewinnen müssen«, sagte Danny, der ehrlich sein wollte, ohne *zu* ehrlich zu sein.

Will sah Danny und Krystal an, während er das Gehörte auf sich wirken ließ.

»Dann gewinnst du eben«, sagte er sachlich, als genügte es, sich das vorzunehmen. Er besiegelte die Angelegenheit mit einem Löffel Frühstücksflocken.

»Das kann ich nicht. Nicht ohne Krystal.«

»Netter Versuch«, sagte sie, ohne von ihrem Telefon aufzuschauen, »aber ich bin offiziell immun gegen emotionale Erpressung. Das bringen fünf Jahre an der Stange so mit sich.«

Will sah Krystal mit dem gleichen flehenden Blick an wie früher Liz, wenn der Eismann kam.

»Guck mich nicht so an«, sagte sie. Will zuckte nicht mit der Wimper. »Danny, kannst du deinem Sohn bitte sagen, er soll aufhören, mich so anzugucken?«

»Er hört auf, wenn du uns hilfst.«

»Ich habe doch schon gesagt, dass ich was vorhabe.«

»Bitte«, sagte Will.

»Nein.«

»Bitte, bitte.«

»Nein!«

»Superbitte.«

»Supernein.«

»Ich gebe Ihnen hundert Pfund.«

Krystal brach in Gelächter aus; ihre gleichgültige Miene war wie weggewischt.

»Ich dachte, er kommt nach seiner Mutter«, sagte sie. Danny hob die Hände wie einer, der neben einer eingeschlagenen Schaufensterscheibe erwischt wird.

»Der Apfel fällt wirklich nicht weit vom Stamm«, sagte er zu Will.

»Danke«, sagte Will.

»Das war kein Kompliment«, sagte Krystal.

»Bitte«, sagte Danny. »Hilfst du uns?«

Krystal starrte erst Danny an, dann Will, dann in die Lücke zwischen ihnen. Sie seufzte.

»Was habe ich bloß verbrochen, dass ich mich mit euch beiden herumschlagen muss?«

»Heißt das Ja?«, fragte Danny.

»Das heißt, beweg deinen verfi–« Krystal sah Will an. »– beweg deinen Hintern, bevor ich es mir anders überlege«, sagte sie. Danny und Will klatschten sich heimlich unter dem Tisch ab, als sie aufstand und ihren Minirock glattstrich. »Aber du solltest vielleicht erst ein anderes T-Shirt anziehen«, sagte sie und zeigte auf Danny. »Und du solltest dich vielleicht auch umziehen«, sagte sie und sah diesmal Will an.

»Wo gehe ich denn hin?«, fragte Will.

»Das war nur ein Witz«, sagte Danny.

»Sehe ich aus, als würde ich Witze machen?«, sagte Krystal. »Wenn ich meinen Samstag opfere, dann machst du das auch. Na los, hopp hopp.«

# 30

Danny blieb draußen stehen, als Krystal im Fanny’s verschwand.

»Versprich mir, dass du das keinem erzählst«, sagte er und schaute die Straße auf und ab wie ein nervöser Fluchtwagenfahrer.

»Versprochen«, sagte Will, als sich die Türen klappernd öffneten und zwei untersetzte Männer mit einem der schwarz-weiß gemusterten Kuhfellsofas aus der VIP-Lounge herauskamen.

»Gut«, sagte Danny und sah zu, wie die Männer das Möbelstück in einer nahe gelegenen Gasse voller Recycling-Container und Bierkästen abstellten. »Und versprich mir, dass du dir die Augen zuhältst, bis ich dir sage, dass du wieder gucken kannst. Dadrinnen gibt es Dinge, die du nicht sehen solltest. Oder jedenfalls erst in ein paar Jahren.«

»Möpse zum Beispiel?«, fragte Will.

Danny seufzte. »Halt dir einfach die Augen zu, okay?«

Will verdrehte die Augen und hielt sich die Hände davor.

»Und nicht linsen«, sagte Danny und führte ihn in den Club.

Eine alte Dame in einem blauen Überwurf war damit beschäftigt, einen noch älteren Staubsauger über den abgetretenen Teppich zu zerren, der weniger eine Reinigung als vielmehr ein Wikingerbegräbnis nötig gehabt hätte. Auf dem Podest saßen zwei nur mit Bikinihöschen bekleidete Frauen nebeneinander und teilten sich beiläufig eine Zigarette, während sie auf die ersten Kunden warteten. Beide winkten Danny zu, der verlegen zurückwinkte. Ebenso wie Will.

»Nicht linsen, habe ich gesagt!«, sagte Danny und schob Will forsch durch die Tür hinter der Bar.

Krystal, die sich zum zweiten Mal an diesem Morgen aufwärmte, saß auf dem Boden, die Stirn auf den ausgestreckten Beinen.

»Ist Fanny am Renovieren oder so?«, fragte Danny.

»Was?«, sagte sie und hob den Kopf.

»Die Sofas«, sagte Danny. Er zeigte mit dem Daumen in Richtung Vorderraum.

»Ah. Ja. Nächste Woche kommt das Gesundheitsamt, und Fanny hatte Angst, die könnten verunreinigt sein.«

»Womit?«

»Mit mehr DNA, als die Polizei in ihrer Datenbank hat«, sagte sie. Danny erschauderte. »Ich habe ihr gesagt, dass ich jemanden kenne, der sie desinfizieren kann, aber sie wollte kein Risiko eingehen.«

»Dann sollte sie sich vielleicht gleich mit aufmöbeln lassen«, sagte Danny. Er lachte kurz über seinen eigenen Witz, bevor er merkte, dass er kurz davor war, ermordet zu werden.

»Mum hätte es geliebt«, sagte Will, der mit den Fingern über die Spiegel fuhr und mit den Fußspitzen auf die knarrenden Holzbohlen drückte. »Den ganzen Platz zum Tanzen, meine ich. Nicht den Club. Ich glaube nicht, dass sie den Club gemocht hätte. Nicht böse gemeint«, sagte er zu Krystal.

»Kein Problem«, sagte sie und stand auf. »Mir gefällt es hier auch nicht besonders, deshalb sind mir meine freien Tage auch wirklich lieb und teuer.« Sie sah Danny mürrisch an, der so tat, als bemerkte er es nicht, und sich stattdessen auf seine eigenen, weniger anspruchsvollen Aufwärmübungen konzentrierte.

»Okay«, sagte Krystal, als Danny sich warm gemacht hatte. »Zieh das Pandakostüm an und zeig, was du kannst. Ich will die ganze Nummer von vorn bis hinten sehen.«

Sie nahm zwei Plastikstühle von einem Stapel und stellte sie nebeneinander.

»Will«, sagte sie, setzte sich und deutete auf den Stuhl neben sich. »Ich brauche noch ein Jurymitglied.« Will setzte sich. »Ich will, dass du dir genau anguckst, was der pelzige Penner macht, und mir dann sagst, ob irgendwas nicht richtig aussah. Alles klar?«

»Alles klar«, sagte Will. Er rutschte zur Stuhlkante vor.

»Gut. Und denk dran, richtig streng zu sein. Ich weiß, er ist dein Dad, aber du darfst kein Auge zudrücken. Du musst dich wie ein Jurymitglied benehmen, und das sind alles Arschlöcher, okay? Jetzt zeig uns dein fieses Gesicht.«

Will schaute wie ein Unterstützer der Unabhängigkeitspartei beim Notting Hill Carnival.

»Fies, habe ich gesagt, nicht als hättest du Verstopfung! Versuch's noch mal so.«

Krystal zog eine Grimasse, dass sich Danny das Fell sträubte. Will gab sich Mühe, es ihr gleichzutun.

»Viel besser«, sagte sie. »Danny, du bist dran.«

Die Musik setzte ein, und Danny legte los, den Blick fest auf den Spiegel gerichtet. Er hatte noch nie die ganze Nummer vor Krystal getanzt, und es jetzt zu tun, machte ihn schon nervös genug, aber vor ihr und Will zu tanzen, ließ seine Schweißdrüsen aufspringen wie die Starttore bei einem Windhundrennen. Doch abgesehen davon, dass er ein paarmal stolperte und einige Schritte ausließ, was er durch einige spontane Änderungen wieder einigermaßen wettmachen konnte, brachte Danny die Vorstellung verschwitzt und erschöpft, aber größtenteils unversehrt hinter sich.

»Und?«, sagte er, nahm die Maske ab und wischte sich über das Gesicht. Krystal bedeutete Will anzufangen.

»Ich fand's furchtbar«, sagte er.

»Was?!«, rief Danny. Selbst Krystal wirkte schockiert.

»Im Ernst?«, fragte sie.

»Nein, aber ich sollte doch fies sein.«

»Ja, aber doch nicht so fies.«

»Oh.«

»Wie hat es dir wirklich gefallen?«, fragte sie.

»Ich fand's hammermäßig!«, sagte Will. Danny hob den Daumen.

»Okay«, sagte Krystal. Sie wandte sich Danny zu. »Also, die gute Nachricht ist, dass es nicht furchtbar war, aber die schlechte Nachricht ist, dass es nicht mal annähernd hammermäßig war. Damit wirst du nicht Letzter, aber du wirst auch auf gar keinen Fall Erster, nicht, wenn du nicht die Improvisationen bleiben lässt. Ich weiß nicht, ob du das absichtlich machst oder ob du einfach die Tanzschritte vergessen hast – du weißt schon, die Schritte, die wir eine Fantastillion Mal einstudiert haben –, aber halt dich das nächste Mal einfach an den Ablauf.«

»Die Jury kennt den Ablauf doch gar nicht, woher soll sie dann wissen, ob ich mich daran halte oder nicht?«, sagte Danny leicht widerborstig.

»Ausgewogenheit, Danny. Die Nummer soll ausgewogen sein. Eben hattest du in einem Teil zu viele Drehungen und im anderen zu viel übertriebene Beinarbeit. Die Jury wird entweder denken, dass du improvisierst oder dass die Choreografie nichts taugt. So oder so gibt es Punktabzug. Also, es gibt immer noch vier oder fünf Schritte, die du nicht hinkriegst. An dem Kick-Twist musst du zum Beispiel noch arbeiten.«

Sie stand auf und stellte sich neben Danny. Will, der alles genau mitbekommen wollte, stellte sich dazu.

»Das muss eher so aussehen, siehst du«, sagte sie und zeigte mühelos den bewussten Schritt.

»So?«, sagte Danny und versuchte ihre Bewegungen nachzuahmen.

»Nein, siehst du, du ziehst den Fuß nach«, sagte sie und machte den Schritt noch einmal langsamer. Danny versuchte es ein drittes Mal mit ähnlichem Ergebnis.

»So?«, sagte Will und machte den Kick-Twist wie von Krystal gezeigt.

»Ja!«, sagte sie. »Genau! Mach das noch mal.«

Will machte noch einen perfekten Kick-Twist.

»Du bist ein Naturtalent, mein Lieber. Kannst du deinem alten Herrn vielleicht zeigen, wie das geht?«

»Du stellst den Fuß so hin«, wies Will Danny an. »Dann machst du den Kick, und nach der Drehung musst du dann in dieser Position aufkommen.«

Danny sah es sich noch einmal an, bevor er die Bewegungen selbst ausführte.

»Perfekt!«, sagte Krystal und klatschte erst mit Will ab und dann Danny gegen den Kopf. »War doch gar nicht so schwer, oder?«

»Nein, eigentlich nicht«, sagte Danny, erstaunt, wie einfach es gewesen war.

»Und der andere Schritt, dieser hier«, sagte Will, drehte sich und ließ sich auf die Knie fallen, um in einer fließenden Bewegung wieder aufzustehen. »Da musst du dich beim Aufstehen schneller um die eigene Achse drehen, sonst verpasst du jedes Mal den nächsten Schritt, stimmt's, Krystal?«

»Stimmt«, sagte sie. Sie sah Danny mit einer Miene an, die »Was zur Hölle ist denn hier los?« buchstabierte. »Ganz genau. Mach das noch mal.«

Will wiederholte den Schritt und führte die Drehung dabei deutlicher aus, damit Danny sie besser sehen konnte.

»So?«, fragte Danny, aber im selben Moment wusste er schon, dass er es nicht hinbekommen hatte.

»Ja«, sagte Will. »Dann kannst du direkt zum nächsten Teil übergehen.« Er machte die nächsten paar Schritte hintereinanderweg. Krystal sah verblüfft zu.

»Hast du die Nummer vorher schon mal gesehen?«, fragte sie.

»Nein«, sagte Will.

»Woher kennst du sie dann so gut?«

»Weil ich gerade zugeguckt habe.«

»Und du hast dir schon alles eingeprägt?«

»Nein«, sagte Will. »Nicht alles. Aber das meiste wahrscheinlich schon.«

»Danny, schaff deinen Arsch hier rüber«, sagte sie, setzte sich und klopfte auf den Stuhl neben sich. Danny tat wie befohlen. »Will, würdest du mir einen großen Gefallen tun?«

»Denke schon«, sagte er ein wenig zweifelnd.

»Könntest du mal auf Play drücken und uns zeigen, was du dir gemerkt hast?«

Will schaute auf die Stereoanlage und zuckte mit den Schultern.

»Okay«, sagte er.

Die nächsten drei Minuten lang atmete Danny kaum und Krystal blinzelte kaum; ihre lebenserhaltenden Funktionen befanden sich in Wills Gewalt, während er sich durch ihre Nummer tanzte. Er hatte nicht jeden einzelnen Schritt in Erinnerung, aber er schaffte viel mehr, als er ausließ, vor allem die anspruchsvolleren Bewegungen, die Danny am meisten zu schaffen gemacht hatten, und als die Musik fast zweihundert Tanzschritte später endete, kam das einzige Geräusch in dem ansonsten stillen Studio von Will, der Luft in seine Lunge pumpte, während Danny und Krystal einander ungläubig anstarrten.

»Warum verdammt noch mal kannst du so verdammt gut tanzen, du verdammter …«, sagte Krystal und applaudierte so heftig, dass ihre Armreifen wie ein Windspiel klingelten.

»Seine Mum«, sagte Danny. Er lächelte Will an, der zustimmend nickte.

»Du willst mir sagen, du lebst die ganze Zeit mit einem großartigen Tanzlehrer unter einem Dach und hast es nicht für nötig gehalten, mir das zu erzählen?«

»Ich wusste es nicht«, sagte er; der Stolz in seiner Stimme überdeckte einen Teil der Scham.

»Dir ist schon klar, was das bedeutet, oder?«, sagte Krystal. Sie sprang von ihrem Stuhl auf. »Weißt du, was das heißt?«

»Nein«, sagte Danny, der ihr nicht folgen konnte. »Was heißt es denn?«

»Mein Gott, muss ich es dir wirklich buchstabieren? Es heißt, Danny, dass ich meinen Termin bei Fernando nicht absagen muss!« Sie griff sich ihren Mantel und lief zur Tür. »Ich bin in ein paar Stunden zurück. Will, zeig ihm alles, was er wissen muss.«

»Warte!«, rief Danny, aber Krystal war schon fort.

Er starrte auf die knarzend ausschwingende Tür und war sich sicher, dass sie jeden Augenblick zurückkommen würde. Dann wurde ihm klar, dass sie es ernst meinte, und er drehte sich zu Will um, der immer noch unbeholfen in der Mitte des Raums stand, und strich sich das Fell mit den Pfoten glatt.

»Dann fangen wir wohl mal an«, sagte er.

Bis auf eine verdächtig lange Toilettenpause von Will, die erst endete, als Vesuvius ihn ins Studio zurückbegleitete, weil Will »versehentlich« falsch abgebogen und »versehentlich« in der VIP-Lounge gelandet war, verließen die beiden den Raum in den nächsten Stunden nicht. Und sie hörten auch nicht auf zu tanzen, gingen die Nummer immer wieder von vorne durch, während die dünnen Wände und losen Dielenbretter im Rhythmus des Stücks erzitterten, das in Endlosschleife aus den Lautsprechern dröhnte. Sie tanzten Seite an Seite und schauten dabei im Spiegel auf die Beine des anderen, Danny Hilfe suchend und Will auf der Suche nach Fehlern. Immer wenn Danny einen Schritt verpatzte oder versehentlich vom Ablauf abwich, unterbrach Will die Musik und ging mit ihm den schwierigen Schritt oder Abschnitt noch einmal durch, bevor er das Lied wieder von Anfang an laufen ließ und sie von vorn begannen. Wenn sie sich bei einem bestimmten Schritt oder Ablauf beide unsicher waren, beugten sie sich über Dannys Telefon, um sich eine Aufnahme von Krystal anzusehen, auf der sie die ganze Nummer von vorn bis hinten durchtanzte und die er oft bei seinen Solo-Übungsstunden zurate zog. Aber anders als sonst, wenn er Krystals Schritte direkt nachzuahmen versuchte, sah er nun zuerst Will zu und versuchte dann seinem Beispiel zu folgen.

Es war eine Art getanzte Version von Stille Post, aber anstatt dass die Botschaft auf dem Weg verloren ging oder unverständlich wurde wie in dem Kinderspiel, hatte der Vorgang hier den gegenteiligen Effekt, etwas Komplexes zu vereinfachen, ohne dass es irgendetwas von seinem Wert einbüßt hätte. Krystal hatte Danny eine Menge beigebracht, seit sie widerstrebend zugestimmt hatte, ihm zu helfen, aber ihre Fähigkeiten als Lehrerin ließen oft genauso zu wünschen übrig wie seine Lernfähigkeit. Sie konnte ihre Erfahrungen nicht immer so vermitteln, dass sie für Danny nachvollziehbar wurden, was zu Frust auf beiden Seiten führte, da Krystals Geduld nachließ und

Danny immer nervöser wurde und eher Fehler machte. Will dagegen konnte ihm alles haarklein erklären. In Verbindung mit dem Können und dem Wissen, das Danny sich in den vergangenen Monaten angeeignet hatte, konnten die beiden so gut wie alle Fehler ausbügeln, bis Krystal einige Stunden später zurückkam. Sie sah ihnen von einer Ecke aus unbemerkt dabei zu, wie sie sich durch die Nummer arbeiteten, und erst als die Musik aufhörte und sie zu klatschen begann, merkten sie, dass sie nicht allein waren.

»Freunde, das läuft ja glatter als meine Intimzone«, sagte sie. »Sieht aus, als hätte dein neuer Lehrer hier seine Sache viel besser gemacht als ich.« Sie zwinkerte Will zu, der scheu lächelte.

»Und, was meinst du?«, fragte Danny.

»Was ich meine?«, sagte sie. »Ich meine, ich habe in den letzten Monaten meine verdammte Zeit verschwendet, Danny, das meine ich. Du hättest mich gar nicht gebraucht. Du brauchtest nur diesen kleinen Tanzteufel hier.« Sie knuffte Will sanft in die Rippen. »Jetzt müssen wir das Preisgeld wohl durch drei teilen. Ich kriege natürlich trotzdem die Hälfte.«

»Ich hoffe, es wird reichen«, sagte Danny. Krystal zuckte mit den Schultern.

»Du kannst mir auch gern mehr geben, wenn du willst«, sagte sie.

Danny verdrehte die Augen. »Ich meinte die Performance«, sagte er. »Meinst du, es wird reichen, um die Jury zu überzeugen?«

»Wenn das nicht reicht, dann weiß ich es auch nicht«, sagte Krystal. »Es sei denn ...« Sie verlor sich in ihren Gedanken.

»Es sei denn was?«, sagte Danny. Krystal kaute auf ihrer Unterlippe herum und starrte ins Leere.

»Wo sind die Sofas?«, fragte sie.

»Was?«, sagte Danny.

»Die Sofas, die Fanny entrümpelt hat, wo sind die?«

»In der Gasse gegenüber vom Club, wieso?«

»Das wirst du schon sehen«, sagte sie und ging zur Tür. »Kommt mit, ich habe eine geniale Idee.«

# 31

Danny war etwas enttäuscht, als er die Bühne zum ersten Mal sah. Den ganzen letzten Monat hatte er sich etwas wie bei einem U2-Konzert vorgestellt, mit riesigen Bildschirmen und Lautsprechern von der Größe eines kleinen Mehrfamilienhauses, aber als er am Tag vor dem Wettbewerb in den Hyde Park ging, um ein Gefühl dafür zu bekommen, was ihn erwartete, schien ihm der Veranstaltungsort eher einem Kasperletheater angemessen zu sein als dem großen Wettstreit der Straßenkünstler, der auf dem seit Wochen in seiner Brieftasche steckenden Flugblatt so groß angekündigt war. Sein größter Gegner in diesem Wettstreit würde die lachhaft kleine, noch im Aufbau befindliche Bühne sein, von der er beim Tanzen hinunterfallen würde, wenn er nicht aufpasste. Und nicht nur die Bühne war noch nicht fertig, das hoffte Danny jedenfalls, denn wenn die übrigen Aufbauarbeiten schon abgeschlossen wären, dann würden auf die Zuschauer ganz eigene Herausforderungen warten wie zum Beispiel, wo und wie man auf die Toilette gehen sollte, wenn es keine Toiletten gab, oder wie sie die Bühne sehen sollten, wenn es kaum Beleuchtung gab, oder wie sie das Ganze überhaupt finden sollten, wenn es keinerlei Fahnen, Plakate oder Schilder gab.

Er fragte sich schon, ob er den Wettbewerb irgendwie verpasst hatte und der Bühnenaufbau, dem er gerade beiwohnte, in Wirklichkeit ein Bühnenabbau war, und er zog den Flugzettel aus der Tasche, um das Datum zu überprüfen. Aber der Wettbewerb war tatsächlich für den kommenden Tag angesetzt, also faltete er den Zettel wieder zusammen und sah stirnrunzelnd zu, wie die Crew eine weitere Zigarettenpause einlegte.

Dannys Enttäuschung ließ ein wenig nach, als er abends noch einmal darüber nachdachte. Die Größe des Veranstaltungsorts spielte keine Rolle. Das Einzige, worauf es ankam, war die Größe des Preises. Er wäre auch auf einem Supermarktparkplatz aufgetreten, solange die zehntausend Pfund noch zu haben waren. Und sosehr ihm auch die Vorstellung gefiel, unter dem ohrenbetäubenden Jubel Tausender schreiender Bewunderer die Bühne zu rocken, war er doch nicht einmal selbstsicher genug, um seine Nummer vor Krystal und Will vorzuführen, von einer riesigen, anonymen Menschenmenge ganz zu schweigen. Je kleiner der Veranstaltungsort, desto kleiner die Zuschauermenge, und weniger Leute hieß weniger Grund zur Sorge, was wiederum bedeutete, dass er sich den Kopf über andere Dinge zerbrechen konnte wie zum Beispiel die grausamen Auswirkungen, die es haben würde, wenn er den Wettkampf nicht gewänne, oder die wunden Stellen an seinen Schenkelinnenseiten, die nicht verschwinden wollten, so viel Talkumpuder er auch auftrug, oder die Frage, wie genial Krystals »geniale Idee« tatsächlich war. Danny war nicht davon überzeugt, dass es auch nur eine einigermaßen gute Idee war, ganz zu schweigen von einer genialen, aber da bis zum Wettbewerb nur noch ein Tag verblieb und ihr Plan nun schon fest in den Ablauf integriert war, ließ sich daran ohnehin nichts mehr ändern. Und außerdem, rief er sich ins Gedächtnis, würden es zumindest nicht viele Leute mitkriegen, wenn die Sache in die Hose ging. Dieser Gedanke tröstete ihn ein wenig, zumindest bis Krystal, Will und er am nächsten Tag im Hyde Park eintrafen und sich Tausende von Menschen um eine Bühne scharten, die weit größer und einschüchternder war als diejenige, deren gemächlichem Aufbau er vor gerade einmal vierundzwanzig Stunden zugesehen hatte.

»Meintest du nicht, die Bühne ist winzig?«, sagte Krystal und nickte zu der riesigen Plattform hinüber, die sich über der Menge erhob.

»War sie auch!«, sagte Danny und betrachtete die kolossalen Scheinwerferanlagen, die nun drohend über der Bühne aufragten.

»Das ist hammermäßig!«, sagte Will, in dessen Augen sich die blitzenden Stroboskoplichter und schwenkenden Halogenscheinwerfer an den Trägern und Türmen spiegelten. Und Danny musste ihm zustimmen. Es war hammermäßig, geradezu beängstigend hammermäßig.

Tatsächlich war es so hammermäßig, dass er sich fragte, ob vielleicht gleichzeitig eine andere Veranstaltung im Park stattfand; eine Veranstaltung, der die Bierzelte und Food-Trucks und die verschiedenen Fernsehteams, die ihre jeweiligen Beiträge zu filmen versuchten, während hinter ihnen kleine Gruppen freudig erregten Feiervolks Grimassen schnitten und Wichsbewegungen machten, eher angemessen waren. Erst als er sich der Bühne näherte und das davorhängende riesige Banner mit der Aufschrift GROSSER WETTSTREIT DER STRASSENKÜNSTLER sah, realisierte Danny mit einem Anflug von Stolz und einem Orkansturm der Angst, dass es sich tatsächlich um die richtige Veranstaltung handelte.

»Hier lang!«, rief Krystal. Sie zeigte auf einen großen umzäunten Zeltbereich, bewacht von mehreren Männern, die aussahen, als hätten sie die eigentlichen Wachleute massakriert und ihnen die Uniformen abgenommen, um nicht ins Gefängnis zurückgeschickt zu werden, aus dem sie jüngst ausgebrochen waren.

»Ausweis«, sagte einer der am Eingang stehenden Männer, der hauptsächlich aus Bizeps zu bestehen schien. Sein Bizeps hatte einen Bizeps. Sein Trizeps hatte einen Bizeps. Sogar sein Kopf sah wie ein Bizeps aus. Danny gab ihm seine Straßenkünstlerlizenz.

»Name?«, fragte der Mann und drehte den Ausweis in der Hand hin und her. Danny runzelte die Stirn.

»Der steht doch auf der Karte«, sagte Danny und tippte mit dem Finger auf die Lizenz.

»Der Künstlername«, sagte der Mann müde. »Wie heißt denn die Nummer, mit der Sie auftreten?«

»Wie meine Nummer heißt?« Danny sah Krystal an.

Krystal zuckte mit den Schultern. »Weiß der Himmel«, sagte er.

»Nein, tut mir leid«, sagte der Mann.

»Bitte?«

»Das geht nicht.«

»Was geht nicht?«, sagte Danny.

»Weiß der Himmel.«

»Was?«

»Weiß der Himmel«, sagte der Mann und schaute auf das Klemmbrett in seiner Hand.

»Weiß der Himmel?«

»Das sagte ich gerade.«

»Weiß der Himmel, was nicht geht, oder ›Weiß der Himmel‹ geht nicht?«

Der Mann starrte Danny an, als wäre er ein Kreuzworträtsel auf der Rückseite einer Schachtel Frühstücksflocken.

»Wovon reden Sie?«, sagte er.

»Ich? Wovon reden *Sie* denn?«, sagte Danny, ohne zu merken, dass sich hinter ihnen eine kleine Schlange bildete.

»Herrgott noch mal«, sagte der Mann, und der Bizeps auf seinem Bizeps begann zu zucken. »Hören Sie mir jetzt genau zu, ich sage das nämlich nicht zweimal. Sie können Ihre Nummer nicht ›Weiß der Himmel‹ nennen. Wir haben schon eine christliche Rockband mit dem Namen, kapiert? Sie müssen sich also was anderes ausdenken.«

»Pandamonium!«, rief Will. Alle sahen ihn an. »Versteht ihr? Panda? Monium? Pandamonium?«

»Das ist gar nicht schlecht«, sagte Krystal.

»Dann nehmen wir Pandamonium«, sagte Danny.

»Von mir aus«, sagte der Mann. Er schrieb das Wort nieder und nahm einen Stempel in die Hand, den er wie eine Mordwaffe schwang. Danny streckte widerstrebend den Arm aus, und der Mann rammte ihm den Stempel so fest auf die Hand, dass man die Buchstaben VIP auch ohne Tinte gesehen hätte. Nachdem er Krystals und Wills Hände mit einer Zartheit gestempelt hatte, die er Danny gegenüber nicht hatte walten lassen, trat er beiseite und ließ sie in den Künstlerbereich ein.

»Kabine siebenundzwanzig!«, rief er ihnen hinterher. Es gab unzählige mit Zelttuch abgeteilte kleine Nischen mit Nummern über der Tür. Einige von ihnen waren mit Reißverschlüssen verschlossen, aber in den meisten sah man verschiedene Künstler in verschiedenen Übungsstadien. Manche kannte er aus dem Park, zum Beispiel den Nussjongleur, den Hühnermann und die menschliche Statue, die vielleicht übte, vielleicht aber auch nur sehr ruhig dasaß. Auch Tim war da, schlug seine Gitarre an und drehte an den Stimmwirbeln, während Milton in einem bezaubernden lindgrünen Pullover mit V-Ausschnitt auf seiner Schulter thronte, aber auf jedes vertraute Gesicht kamen unzählige andere, die er noch nie gesehen hatte. Da waren Jongleure, da waren Clowns, da waren Einradfahrer. Da war ein jonglierender Clown auf einem Einrad. In einer Kabine sah er einen dünnen alten Mann, der ein T-Shirt mit dem Gesicht eines Jack-Russell-Terriers darauf trug, desselben Jack-Russell-Terriers, der gegenüber von ihm auf einem Stuhl saß und jedes Mal bellte, wenn der Mann seine (in zweifacher Hinsicht) zahnlose Interpretation des Stücks »Wannabe« von den Spice Girls unterbrach.

Ein anderer Mann in einem mindestens drei Nummern zu kleinen Anzug stand hinter einem Tisch mit einem umgedrehten Zylinder darauf.

»Meine Damen und Herren«, sagte er zu seinem imaginären Publikum und wackelte dabei geheimnisvoll mit dem Finger, »ich werde nun ein Kaninchen aus diesem Hut zaubern!«

Er steckte die Hand in den Zylinder und tastete ein wenig darin herum, bevor er tiefer darin versank, zuerst bis zum Ellbogen, dann bis zur Schulter. Er zog den Arm wieder heraus, ging in die Hocke, spähte unter das Tischtuch und verschwand dann vollständig unter dem Tisch; als er nach einer Minute wieder hervorkam, sah er nervös und leicht derangiert aus.

»Scheiße«, sagte er, zog ein rotes Tuch aus der Brusttasche und fuhr sich damit über die Stirn, ohne zu merken, dass mehrere andere Tücher mit herausgerutscht waren und jetzt wie tibetische Gebetsflaggen aus seiner Tasche hingen.

»Hier ist es«, sagte Krystal und blieb vor der Nummer siebenundzwanzig stehen. Die Zelttuchwände flatterten, als sie den Reißverschluss öffnete und das winzige Abteil betrat.

»Ist ja kuschelig«, sagte Danny und setzte sich auf den Klappstuhl in der Ecke, der ungefähr die Hälfte des Raums einnahm. »Hier drin kann ich mich ja kaum dehnen, geschweige denn üben.«

Ivans Kopf erschien im Eingang.

»Habt ihr noch Platz für mich?«, fragte er und verbannte die anderen beim Eintreten in verschiedene Ecken der Kabine.

»Ivan!«, sagte Will.

»Hey, Ivan«, sagte Danny. »Wie bist du denn hier reingekommen?«

Ivan drehte sich um und zeigte ihnen den Schriftzug CREW auf dem Rücken seines T-Shirts.

»Hast du gerade jemanden ermordet? Sag die Wahrheit.«

»Kein Mord«, sagte Ivan. »eBay. Habe ich vor langer Zeit gekauft. Ist nützlich. War ich mit diesem T-Shirt einmal umsonst auf Michael-Bolton-Konzert.«

»Du hast dich in ein Michael-Bolton-Konzert reingeschlichen?«, fragte Krystal und sah ihn an, als hätte er gerade betrunken einen Rückwärtssalto versucht und wäre gescheitert.

»War nur Test«, sagte Ivan und versuchte, gleichgültig zu klingen. »Weißt du. Für T-Shirt.«

»Ivan, das ist Krystal, meine Tanzlehrerin. Krystal, Ivan.«

Ivan schüttelte ihr die Hand, die vollständig in seiner verschwand.

»Mein Vater hat ihm einmal das Leben gerettet«, sagte Will und nickte zu Ivan hinüber. »Stimmt's nicht, Dad?«

Krystal und Ivan starrten Danny an. Krystal wirkte ungläubig. Ivan wirkte bedrohlich.

»Was denn?«, fragte Danny mit einem nervösen Lachen, als er Ivans Gesichtsausdruck sah. »Das weiß er von Liz, nicht von mir!«

»Und von wem wusste Liz?«, fragte Ivan.

Bevor er antworten konnte, erschien zu Dannys Erleichterung Mo im Eingang.

»Wie bist du denn an der Security vorbeigekommen?«, fragte Danny und presste sich an die Zeltwand, als Mo sich hereinzwängte.

»Ich habe gesagt, ich wäre behindert«, sagte er und tippte auf sein Hörgerät.

»Das ist nicht mal gelogen«, sagte Will. »Du bist behindert.« Mo schlug ihm auf den Arm.

»Malooley?«, rief jemand auf dem Gang. Einen Augenblick später erschien ein Mann in einem T-Shirt wie dem von Ivan.

»Das bin ich«, sagte Danny.

»Und ich«, sagte Will.

»Und er«, sagte Danny.

»Gratuliere«, sagte der Mann und sah auf sein Klemmbrett. »Sie sind offiziell die letzte Nummer des Abends. Ich rufe Sie auf, wenn Sie dran sind.«

»Ich bin Letzter!«, sagte Danny, als der Mann fort war.

»Das ist nicht so schlecht«, sagte Krystal. »Ich meine, klar, du musst hier rumhocken und bis zum Ende der Show warten, während du immer nervöser wirst und dein Selbstvertrauen immer weiter nachlässt, bis du ein totales Nervenbündel bist. Also so gesehen ist es schon schlecht.«

»Soll mich das aufbauen?«, sagte Danny.

»Ich war noch nicht fertig. Es verschafft dir nämlich auch einen Vorteil. Die anderen Künstler vergisst die Jury, sobald ihr Auftritt zu Ende ist, stimmt's? Aber du bist der Letzte, den sie vor ihrer finalen Entscheidung sehen. Dich haben sie dann noch ganz frisch im Gedächtnis.«

»Und wenn du Mist baust, sie haben dich auch noch frisch im Gedächtnis«, warf Ivan ein.

»Danke, Ivan«, sagten Danny und Krystal zugleich.

»Viel Glück, Mr. Malooley«, sagte Mo. »Sie werden das

rocken!« Er formte mit beiden Händen Teufelshörner und wackelte damit vor Danny herum.

»Was ist das für ein Geräusch?«, fragte Krystal. Alle verstummten und lauschten, als jemand draußen in ein Mikrofon sprach.

»Das ist die Show!«, sagte Will. »Es geht los!«

# 32

»Guten Abend, Hyde Park!«, rief ein Mann zwischen sechzig und siebzig, der von schwächlichem Applaus begleitet auf die Bühne humpelte. Sein Gesicht war fast so zerknittert wie sein Anzug, der aussah wie kürzlich aus Tom Wolfes Grab geraubt, und er betupfte sich die Stirn mit einem Taschentuch.

»Habt ihr Spaß?« Er hielt das Mikrofon über die Menge. Beifälliges Gemurmel ertönte. Jemand schrie: »Wichser«, und einige Leute lachten, aber der Moderator steckte es souverän weg wie jemand, der sein ganzes Leben lang von irgendwem als Wichser bezeichnet worden war.

»Nun, wenn nicht, dann wird sich das bald ändern, denn wir haben heute Abend ein Line-up, das sich gewaschen hat! Wir haben Tänzer und DJs, Pantomimen und Musiker,

Jongleure und Turner, Artisten und Akrobaten – alles, was das Herz begehrt. Die Kandidaten liefern sich einen Wettstreit um das Preisgeld in Höhe von zehntausend Pfund, das dem Gewinner ermöglichen wird, von der Straße wegzukommen und wieder ein normales Leben zu führen.«

Gemurmel erhob sich in der Menge, und die Zuschauer sahen einander fragend an.

»Wissen Sie«, fuhr der Moderator fort, »als meine Fernsehshow vor einigen Jahren abgesetzt wurde – *Zwei zu wenige für einen Dreier,* Sie erinnern sich gewiss –, da bin ich auch auf der Straße gelandet, und ich kann Ihnen sagen, es war keine einfache Zeit. Um zu überleben, musste ich Dinge tun, auf die ich nicht stolz bin. Aber ich möchte hier und jetzt festhalten, dass ich entgegen den Behauptungen gewisser Zeitungsreporter niemals, wirklich niemals meinen Körper für Amphetamin verkauft habe. Das sollen Sie alle wissen. Nun, was ich sagen will, ist Folgendes: Das Leben auf der Straße ist verdammt hart, wie alle unsere Künstler heute Abend wissen, und darum –«

Ein schlaksiger Mann mit struppigen Haaren kam eilig auf die Bühne und gab dem Moderator einen Zettel, bevor er wieder davonlief.

»Fanpost«, sagte der Moderator. Niemand lachte, wodurch sein eigenes Lachen noch schlimmer klang.

Er zog eine Brille aus der Brusttasche, setzte sie auf und las den Zettel. Dann faltete er ihn zusammen, klappte die Brille ein, steckte beides in seinen Blazer und wischte sich mit dem Taschentuch über die Stirn.

»Also gut«, sagte er, »auch wenn viele von ihnen wie Obdachlose aussehen, erfahre ich gerade, dass die Künstler des heutigen Abends nach unserem Wissensstand tatsächlich alle ein Dach über dem Kopf und einige von ihnen sogar eine richtige Arbeit haben. Ich bitte die Verwirrung zu entschuldigen. Vielleicht vergessen Sie einfach alles, was ich gesagt habe. Außer das mit dem Amphetamin und so weiter. Was, das sage ich nochmals, reine Erfindung war. Nun, jedenfalls ...« – er sah auf die Uhr – »... jedenfalls geht die Show jetzt gleich los, aber bevor wir zur ersten Darbietung kommen, sollten wir vielleicht erst einmal die prominente Jury des heutigen Abends begrüßen!«

Zwei Männer und eine Frau, die an einem Tisch vor der Bühne saßen, erschienen auf einem riesenhaften Bildschirm hinter dem Moderator.

»Hier ist Dave Daniels, auch bekannt als Tricky Dick aus dem Channel-Five-Hit *Oliver Twisted.*«

Ein Mann in mittleren Jahren mit weißem Hemd, dunkel getönter Brille und mehr Solariumbräune als ein Junggesellinnenabschied in einer englischen Hafenstadt winkte der jubelnden Menge zu.

»In der Mitte haben wir Sarah Buckingham, die unverfrorene Moderatorin der preisgekrönten Dokuserie *Geh endlich arbeiten, du mieser Schnorrer.*«

Eine schlanke blonde Frau in einem schwarzen Hosenanzug erschien auf dem Bildschirm. Sie sah aus, als hätte sie als Kind Tiere gequält und würde immer noch häufig daran zurückdenken.

»Und zu guter Letzt haben wir hier den Produzenten mehrerer Fernsehserien, mindestens einer davon hat er den Garaus gemacht, nämlich *Zwei zu wenige für einen Dreier*. Meine Damen und Herren, ich bitte um einen verhaltenen Applaus für Martin Gould, den Mann, der mein Leben zerstört hat!«

Buhrufe breiteten sich in der Menge aus, als die Kameras einen kahlköpfigen Mann Mitte fünfzig einfingen.

»Schön, dich zu sehen, Martin«, sagte der Moderator. »Die neue Frisur gefällt mir.«

Martin zwang sich zu einem verkrampften Lächeln, als wäre er gerade von einem Baby vollgekotzt worden.

»Doch jetzt möchte ich Sie bitten, unseren ersten Kandidaten willkommen zu heißen. Er ist dreiunddreißig Jahre alt, er kommt aus Sheffield, und er ist blind, aber wenn Sie glauben, das hinderte ihn daran, mit Kettensägen zu jonglieren, dann sind Sie schief gewickelt! Ich bitte um einen herzlichen Applaus für Joe, den Jongleur!«

»Was ist da draußen los?«, fragte Danny, der im Zelt geblieben war, um seine Dehnübungen zu machen, während Krystal und Will sich zusammen mit Ivan und Mo die erste Nummer ansahen. »Kam mir vor, als hätte ich Schreie gehört.«

»Es hat gerade einer versucht, die Jury umzubringen«, sagte Krystal.

»Ein Blinder«, setzte Will hinzu.

»Mit einer Kettensäge.«

»Eigentlich waren es vier Kettensägen.« Will wackelte mit vier Fingern.

»Er wäre beinahe von der Bühne gefallen und auf dem Jurytisch gelandet.«

»Beinahe?«, fragte Danny.

»Jemand hat ihn noch rechtzeitig aufgefangen«, sagte Krystal.

»Schade«, sagte Danny. Krystal lächelte.

»So leicht kommst du nicht davon«, sagte sie. »Und

wenn das die Messlatte ist, dann brauchst du keine Angst zu haben.«

»Seid ihr euch da ganz sicher?«, erklang eine vertraute Stimme vor der Kabine. Bevor Krystal sich für einen passenden Fluch entscheiden konnte, erschien El Magnifico, im Gesicht mehrere Pflaster von seiner Rauferei mit Milton.

»Es gibt da schon etwas, wovor du Angst haben solltest, oder nicht, Danny?«, fragte er.

»Zum Beispiel?«

»Ich glaube, das weißt du selbst.«

Danny dachte einen Augenblick darüber nach.

»Globale Erwärmung?«, fragte er.

»Nein«, sagte El Magnifico.

»Die Pest?«

»Nein.«

»Wespen?«

»Nein.«

»Du hast keine Angst vor Wespen?«, fragte Danny. El Magnifico seufzte.

»Die Zombie-Apokalypse?«, warf Will ein.

»Dass man vor dem Waschen vergisst, die Taschen auszuleeren?«, sagte Krystal.

»Dass man in der U-Bahn versehentlich jemandem in die Augen schaut?«, sagte Danny.

»Nein!«, fauchte El Magnifico, der allmählich die Geduld verlor.

»Davor, in der Supermarktschlange hinter jemandem zu stehen, der alles einzeln mit Gutscheinen bezahlen will?«, fragte Krystal.

»In der eigenen Wohnung Pfefferspray ins Gesicht zu bekommen?«, fragte Danny.

»Ja, das ist gut«, sagte Krystal.

»Ich bin es, ihr Idioten!«, schrie El Magnifico. »Ich bin es, vor dem du Angst haben solltest! Ich! El Magnifico «

»Wir haben eher Angst um dich, Kevin«, sagte Krystal mit gespielter Sorge in der Stimme. »Alle haben Angst um dich. Du bist genau die Art von Mensch, die der ganzen Gesellschaft Angst bereitet.«

»Will, das ist so ein Mann, bei dem du nie ins Auto einsteigen darfst«, sagte Danny.

»Ja, lacht nur«, sagte El Magnifico. »Lacht, solange ihr könnt. Ich kann es gar nicht abwarten, eure Gesichter zu sehen, wenn ich mit dem Preisgeld nach Hause gehe und ihr in euer armseliges kleines Leben zurückkehrt.« Er wandte sich Will zu. »Sag mal, mein Junge, wie fühlt es sich an, ein vom Aussterben bedrohtes Tier als Vater zu haben?«

»Wie fühlt es sich wohl an, den Hodensack von einem Stöckelschuh in Größe 41 aufgeschlitzt zu bekommen?«, sagte Krystal. Sie machte einen Schritt auf El Magnifico zu.

»Aber, aber«, sagte er und trat zwei Schritte zurück. »Gewalt ist nicht notwendig. Ich bin nicht gekommen, um zu kämpfen. Tatsächlich bin ich gekommen, um dir für heute Abend alles Gute zu wünschen.«

»Wie fair von dir«, sagte Danny trocken.

»Ich meine, ich würde das natürlich nicht sagen, wenn du irgendeine Chance hättest zu gewinnen, aber da die Chance größer ist, dass du ein lebendes Schwein auskackst, kann es gewiss nicht schaden, dir eine höfliche Aufmunterung zukommen zu lassen. Ich bin mir sicher, du kannst sie gebrauchen. Und denk dran, es geht nicht ums Gewinnen. Es geht darum, mir beim Gewinnen zuzugucken! Shazam!«

Er warf eine seiner Rauchbomben in die Kabine und huschte davon, ohne zu merken, dass die Papphandgranate nicht gezündet hatte. Sie starrten immer noch alle darauf, als er nach einigen Sekunden wieder angerannt kam, die Bombe vom Boden aufhob und wieder davonlief.

»Das war Krystals Exfreund«, sagte Danny zu Will.

»Kein Witz?«, fragte Will. Danny nickte. Will brach in Gelächter aus.

»Was ist denn so lustig?«, fragte Krystal und durchlöcherte sie beide mit ihrem Blick.

»Nichts«, sagte Danny, um eine ernste Miene bemüht. »Gar nichts.«

»Meine Damen und Herren«, sagte der Moderator, als er mit dem Mikrofon in der Hand wieder auf der Bühne erschien. »Ich bitte um einen großen Applaus für die elastische Emma!«

Hinter ihm löste eine junge Frau in einem schwarzen Gymnastikanzug den Knoten, den sie irgendwie in ihren Körper gemacht hatte.

»Was meint unsere Jury dazu?«

Die drei Jurymitglieder erschienen auf dem Riesenbildschirm. Dave reckte begeistert einen Daumen in die Höhe. Martin nickte zustimmend. Sarah zuckte mit den Schultern, als hätte man sie gerade gebeten, sich zu den Menschenrechten zu äußern.

»Wissen Sie, ich wünschte, ich wäre so gelenkig«, sagte der Moderator und winkte Emma zu, die gerade die Bühne verließ. »Meine Exfrau ist gelenkiger als ich, und die ist seit zehn Jahren tot!«

In der Menge ertönte verhaltenes Gelächter.

»Das war ein Witz! Nur ein Witz, keine Sorge.« Er ließ eine Pause für ein paar erleichterte Lacher. »Sie ist erst seit fünf Jahren tot!«

Ein einzelner Huster durchbrach die ansonsten vollkommene Stille.

»Aber weiter im Programm. Als Nächstes haben wir Gerry, das ist die Kurzform von Geraldine. Gerry verbringt gern Zeit mit ihren Enkelkindern, macht selbst gebastelte Vogelhäuschen und schaut dabei *Prunkbauten der Nazizeit* auf National Geographic. Trotz ihrer beinahe achtzig Jahre liebt Gerry das Tanzen. Sie sagt, es hält sie jung, und wenn Sie ihr Programm sehen, dann wissen Sie, warum, also bitte applaudieren Sie Gerry, der Breakdance-Oma aus Gospel Oak!«

Viele der Künstler hatten ihre Proben auf den Gang verlegt, darunter auch Danny und Will. Sie versuchten ihr Bestes, um den umherirrenden Tellerjongleuren, unberechenbaren Einradfahrern, taumelnden Akrobaten und wirbelnden Balletttänzern auszuweichen, die ihnen den Platz streitig machten, während Krystal sie von der vergleichsweise sicheren Kabine aus überwachte.

»Sieht gut aus, Jungs«, sagte Tim, eine Selbstgedrehte zwischen den Lippen. »Seid ihr jetzt ein Duo?«

»Ich war neidisch wegen Milton, also habe ich beschlossen, mir auch einen Sidekick zuzulegen«, sagte Danny. Er wuschelte Will durchs Haar.

»Sidekick?«, fragte Will. »*Du* bist der Sidekick.«

»Eigentlich seid ihr beide *meine* Sidekicks«, sagte Krystal.

»Und ich bin seiner«, sagte Tim und nickte zu Milton hinüber. »Er ist der eigentliche Drahtzieher.«

»Tauschst du ihn gegen Danny ein?«, fragte Krystal.

»Ich weiß nicht genau, ob der auf meine Schulter passen würde.«

»Mir stehen auch keine Pullover«, sagte Danny.

»Oder sonst irgendwas«, sagte Krystal.

»Wahnsinnig komisch«, sagte Danny.

»Entschuldigt die Störung«, sagte der korpulente Zauberer, den Danny beim Üben zugesehen hatte. Sein Gesicht war so rot, als hätte ihn gerade jemand vor dem Ersticken bewahrt, und er stützte sich auf Tim, um Atem zu schöpfen. »Ihr habt nicht zufällig ein Kaninchen gesehen, oder? Es ist weiß, ungefähr so groß, hört auf den Namen Derek. Es hat lange Ohren und lange Zähne, und, na ja, es ist halt ein Kaninchen.«

»Leider nicht«, sagte Danny.

»Hier gibt's bloß Katzen und Pandas«, sagte Krystal.

Der Mann seufzte und fuhr sich mit seiner farbenfrohen Schnur aus Tüchern über das Gesicht. Dann nahm er einen Hub Asthmaspray und rannte auf der Suche nach Derek davon.

»Applaus für Gerry!«, rief der Moderator. Gerry winkte schwächlich, während sie von zwei Sanitätern auf einer Trage abtransportiert wurde. »Ich glaube, ich habe noch nie jemanden gesehen, der das Wort ›Breakdance‹ so wörtlich nimmt. Das war kein Hip-Hop, das war Umkipp-Hop!«

Die Zuschauer stöhnten.

»Verstehen Sie? Umkipp-Hop? Nun gut. Als Nächstes haben wir ein ganz besonderes musikalisches Duo aus Peckham. Einer von ihnen ist stark behaart und schneidet sich nie die Nägel, und der andere ist ein Kater! Bitte klatschen Sie laut in die Pfoten für Timothy und Milton!«

Ein leuchtendes Meer von Smartphones erhob sich über der Menge, als Tim und Milton auf der Bühne erschienen. Niemand hatte die Hände zum Klatschen frei, aber das Geräusch von tausend »Oooohs« entschädigte für den ausbleibenden Applaus.

»Guten Abend allerseits«, sagte Tim und strich sich die Haare aus dem Gesicht. »Ich heiße Tim, und dieser gut gekleidete Kerl hier ist mein guter Freund Milton. Sag Hallo, Milton.«

Milton maunzte ins Mikrofon, und das Publikum zerfloss. Selbst Sarah lächelte kurz.

»Wir spielen heute Abend ein Lied für euch. Ich hoffe, es gefällt euch. Milton hat es ausgewählt, und ich bin sicher, ihr werdet verstehen, warum.«

Er schlug die Gitarre an, und die Menge begann sanft hin und her zu schwingen, als die ersten Takte von »What's New Pussycat?« durch den Park schallten.

Danny und Will zuckten gleichzeitig zusammen, als »Uptown Funk« aus Krystals Handtasche erklang.

»Hey, du sexy Bitch«, sagte sie und drückte das Telefon ans Ohr. »Was? Super. Bin in zwei Minuten da. Okay, Babe. Ciao.«

»Wer war das?«, fragte Danny.

»El Magnifico?«, fragte Will. Danny kicherte, und sie klatschten sich ab.

»Sag das noch mal, und ich zauber dir ein Veilchen«, sagte Krystal. »Nimm die Schminke da und komm mit, du Scherzkeks.«

»Wohin geht ihr?«, fragte Danny.

»Letzte Vorbereitungen«, sagte Krystal.

»Letzte Vorbereitungen? Was für letzte Vorbereitungen? Du hast nie was von irgendwelchen letzten Vorbereitungen gesagt!«

»Kein Grund, das Fell zu sträuben«, sagte sie. »Halt dich einfach an den Plan und überlass mir den Rest.«

»Wie soll ich mich denn an den Plan halten, wenn ich den Plan gar nicht kenne?«

»Keine Sorge, du wirst hammermäßig ankommen«, sagte Will und umarmte seinen Vater. »Mum wäre mächtig stolz auf dich. Ich bin mächtig stolz auf dich. Und Krystal ist auch mächtig stolz auf dich, auch wenn sie's nicht zugibt.«

»Auf geht's«, sagte Krystal, legte Will die Hände auf die Schultern und drückte sanft zu. »Beweg deinen Hintern, bevor mir der Mascara verläuft.« Sie sah Danny an, als wollte sie noch etwas sagen, fände aber nicht die richtigen Worte. Sie nickte zu Will hinüber. »Er weiß Bescheid.«

Danny lächelte und sah ihnen hinterher, dann hob er den Blick zur Zelttuchdecke.

»Jetzt sind wir zwei wohl auf uns gestellt«, sagte er.

Die Zuschauer brachen in Jubel aus, als Tim sich vorsichtig verbeugte, damit Milton nicht von seiner Schulter rutschte.

»Vielen Dank«, sagte er. »Sag Danke, Milton.« Milton miaute ins Mikrofon, und wieder schmolzen alle dahin.

»Na, wenn das mal kein perfekter Miauftritt war«, sagte der Moderator.

Die Zuschauer johlten zustimmend; wenn sie schon nicht von den lahmen Witzen des Moderators beeindruckt waren, dann doch zumindest von den Künstlern.

»Ich weiß ja nicht, wie Sie das sehen, aber ich finde, es bräuchte schon eine ziemlich spektakuläre Darbietung, um es mit diesen beiden aufnehmen zu können, etwas wirklich Großartiges wie, ich weiß auch nicht, einen singenden Hund oder etwas in der Art. Aber wo sollten wir so etwas bloß auftreiben? Augenblick mal«, sagte er, hob die Hand an den nicht vorhandenen Ohrhörer und tat, als lauschte er aufmerksam. »Das glauben Sie mir niemals. Genau das haben wir jetzt für Sie! Bitte begrüßen Sie mit mir Jack und Daniels!«

Das Publikum lachte, als ein ausgelassener Jack-Russell-Terrier auf die Bühne raste und auf einen Klappstuhl sprang, der neben einem kurzen Mikrofonständer aufgestellt war. Sein Besitzer, Daniels, derselbe ältere Herr, den Danny zuvor im Künstlerzelt gesehen hatte, schlurfte kurz danach auf die Bühne, noch immer in dem weißen T-Shirt mit Jacks Gesicht, zu dem er nun aber einen Porkpie-Hut trug, der aussah, als diente er zugleich dem Hund als Kauspielzeug. Er nahm das Mikrofon von dem höheren Ständer und tippte ein paarmal mit dem Finger darauf. Dann gab er jemandem hinter dem Vorhang ein Zeichen, die Spice Girls begannen aus den Lautsprechern zu dröhnen, und alle über fünfundzwanzig sangen die ersten Zeilen von »Wannabe« mit.

Als Nächstes trat eine siebenköpfige japanische Tanztruppe auf, deren Mitglieder in Roboterkostümen über die Bühne rannten, wobei sie sich manchmal gegenseitig jagten und manchmal von einem großen Tintenfischmonster mit rot blinkenden Augen gejagt wurden. Danach war ein weiblicher Muskelprotz aus Weißrussland an der Reihe; die Frau bog Eisenstangen zu verschiedenen Formen, als machte sie Ballontiere, um sie dann als Geschenke in die Menge zu schleudern, eine großzügige Geste, die leider durch mehrere leichte Kopfverletzungen geschmälert wurde. Auf einen Einradfahrer folgten eine Balletttänzerin, ein Schwertschlucker und ein Pantomime. Ein paar mexikanische Akrobaten, die sich Cirque Du Olé nannten, verbrachten fünf Minuten damit, mit übertrieben großen Sombreros auf den Köpfen an der Traverse hin und her zu schwingen, und ein Schlangenbeschwörer aus Wigan wurde beim verzweifelten Spielen seiner Pungi beinahe ohnmächtig, ehe er schließlich aufgab, als seine Kobra namens Fred zweifelsfrei klargemacht hatte, dass sie nicht aus dem Korb kommen würde. Als Nächstes kamen ein Rap-Duo im Teenageralter und ein Kampfkünstler mit einem Holzbein, gefolgt von dem Hühnermann, dem Nussjongleur, dem Ein-Mann-Orchester und der menschlichen Statue, bis El Magnifico als Vorletzter auf die Bühne trat.

Der Moderator kam hinter dem Vorhang hervormarschiert, um ihn anzukündigen. Sein verknitterter Blazer war offen und flatterte hinter ihm her. Er sah aus, als hätte er getrunken.

»Habt ihr Spaß?«, rief er.

Die Zuschauer äußerten sich größtenteils beifällig.

»Ich kann euch nicht hören!«, schrie er ein wenig angriffslustig, so als hätte er sie wirklich nicht gehört und sei genervt, weil er noch einmal fragen musste. »Ich sagte: ›Habt ihr Spaß?!‹«

Die Leute murmelten auf eine Art und Weise, die nahelegte, dass sie deutlich mehr Spaß hätten, wenn er aufhören würde, sich danach zu erkundigen.

»Schon besser! Wisst ihr, ich bin froh, dass ich heute Abend nicht entscheiden muss, denn ich würde jedem den ersten Preis geben. Was meint ihr denn, wer gewinnen soll?«

Alle antworteten gleichzeitig, sodass es klang, als wäre der beliebteste Künstler des Abends ein mexikanischer Clownbeschwörer.

»Nun, bevor ihr euch entscheidet, wer Straßenkünstler oder Straßenkünstlerin des Jahres werden sollte, zügelt euch, denn die Show ist noch nicht vorbei! Wir haben noch zwei Vorführungen, und die nächste wird euch umhauen! Wir kennen seinen echten Namen nicht, und wir wissen nicht, woher er kommt. Wir wissen nur, dass er euch etwas zeigen wird, was euch an allem zweifeln lassen wird, was ihr jemals wusstet. Ohne weitere Umschweife: Applaus für El Magnifico!«

Jubel erhob sich, verebbte jedoch wieder, als die Bühne leer blieb. Eine nervöse Stille senkte sich über die Menge, während die Zuschauer von einem Fuß auf den anderen traten und darauf warteten, dass irgendetwas passierte. Selbst der Moderator wirkte unruhig, sah mehrmals auf die Uhr und wechselte besorgte Blicke mit den Organisatoren. Er wollte gerade wieder auf die Bühne gehen, um dem Publikum irgendeine improvisierte und potenziell tragische Geschichte über das Schicksal von El Magnifico aufzutischen, als sämtliche Lichter verloschen. Erst als eine laute Stimme von der finsteren Enklave der Bühne erschallte, begriffen die Zuschauer, dass der Stromausfall Absicht war.

»Harry Houdini sagte einmal: ›Mein Gehirn ist der Schlüssel, der meinen Verstand befreit‹«, intonierte El Magnifico. Er ließ die Worte effekthascherisch verklingen, bevor ein einzelner Scheinwerfer enthüllte, dass er mitten auf der Mitte der Bühne stand. Gedämpfte Begeisterung erfasste die Menge.

»Doch selbst Harry Houdini vermochte nicht, was ein zehn Jahre alter italienischer Junge mit Namen Benedetto Supino vermochte. Im Jahr 1982 ließ der kleine Benedetto im Wartezimmer eines Zahnarztes das Comicheft, das er las, in Flammen aufgehen! Er bediente sich dazu keiner Streichhölzer und auch keines Feuerzeuges. Nein. Benedetto bediente sich seines Verstandes! Und heute Abend werde ich vor Ihren Augen vermittels der Kraft der Pyrokinese das Gleiche tun!«

Ein zweiter Scheinwerfer strahlte auf die Bühne herab. Im Lichtkegel stand ein Podest, und auf dem Podest saß ein Panda aus Plüsch.

»Bevor ich beginne, möchte ich Sie ermahnen, dies nicht zu Hause zu versuchen«, sagte El Magnifico. »Aufgrund der unglaublichen Energiemenge, die für dieses besondere Kunststück benötigt wird, kann der menschliche Kopf beim Versuch der Pyrokinese explodieren. Ich werde Ihnen nun also nicht nur etwas zeigen, was Sie noch nie gesehen haben und auch niemals wieder sehen werden, ich werde dabei auch mein Leben aufs Spiel setzen.«

Auf die Erwähnung eines möglicherweise explodierenden Kopfes hin rückten alle ein Stück näher an die Bühne heran. Beethovens 7. Sinfonie erscholl über der Menge.

El Magnifico presste die Fingerspitzen an die Schläfen, spannte den Kiefer an und starrte auf den Plüschbären. Sein Gesicht begann zu zittern wie ein erhitzter Wasserkocher, und seine Stirn furchte sich so sehr, dass die Augenbrauen übereinanderrutschten. Ein hoher Ton drang zwischen seinen Lippen hervor, der Jack den Hund hinter der Bühne zum Bellen brachte, aber sechzig Sekunden später war der Bär dem Flammentod offenbar noch kein Stück nähergekommen und lächelte beinahe selbstgefällig von dem Riesenbildschirm auf die Menge herab. Niemand sah, dass Derek das Kaninchen am Bühnenrand entlanghoppelte und unter dem Tisch der Preisrichter verschwand, deren Augen fest auf den zitternden Zauberer gerichtet waren, der nun einen so heftigen Rotton angenommen hatte, dass sich unweit von ihm mehrere Sanitäter versammelten. Als aus einer Minute zwei wurden und aus zwei Minuten drei, erschallten Buhrufe in der Zuschauermenge und breiteten sich rasch aus, bis alle spöttisch johlten, die Jury eingeschlossen. Von dem wachsenden Gegenwind unbeirrt, verdoppelte El Magnifico seine Anstrengungen. Er konzentrierte sich fest auf den Bären, starrte das Kuscheltier an, als versuchte er es nicht nur einzuäschern, sondern seine ganze Existenz auszulöschen. Die Sicherheitsleute, die zu beiden Seiten der Bühne aufgetaucht waren, wollten ihn gerade von der Bühne schleifen, da rang die Menge nach Luft, denn der Jurytisch war plötzlich in Flammen aufgegangen. Selbst El Magnifico wirkte schockiert, als Martin auf seine brennende Hose einschlug, während Sarah, die gar nicht brannte, schrie und sich auf dem Boden wälzte, bis die Crew sie beide mit Feuerlöschern besprühte. Als er begriff, dass er tatsächlich etwas in Brand gesetzt hatte – nicht das Richtige, denn der Panda war nicht einmal ins Schwitzen geraten, aber immerhin etwas –, begann sein Körper wieder zu beben, diesmal vor Lachen. Er bemerkte nicht, wie der Löschtrupp den verkohlten Kadaver von Derek dem Kaninchen unter dem Tisch hervorzog, das Stromkabel, an dem er unklugerweise genagt hatte, noch zwischen den geschwärzten Kiefern.

Der Moderator blieb mit größtmöglichem Abstand zu El Magnifico am Bühnenrand stehen.

»El Magnifico, meine Damen und Herren«, sagte er ein wenig unsicher.

Der Zauberer machte eine extravagante Verbeugung, bevor er von der Bühne stolzierte wie einer, der bereits um zehntausend Pfund reicher ist.

»Jetzt kommt allmählich Feuer in den Wettbewerb!«, sagte der Moderator. Niemand lachte oder stöhnte auch nur; alle waren viel zu schockiert.

»Wir haben nur noch einen Künstler, bevor die Jury den Gewinner verkünden wird«, fuhr er fort. »Wird er besser sein als die anderen? Gleich werden wir es erfahren, also lasst die sprichwörtlichen Wände wackeln für unsere letzte Darbietung. Chaos hatten wir heute Abend schon genug, jetzt wird es Zeit für ein wenig ... Pandamonium!«

# 33

Danny lugte durch den Vorhang; sein Puls galoppierte, und sein Herz klopfte so heftig, dass die verfilzten Fasern seiner schwarz-weißen Brust mit jedem aufgeregten Schlag zuckten.

Ein einzelnes Stroboskoplicht blitzte im Takt der Musik, die aus den Lautsprechern zu pumpen begann, und tauchte die Bühne in blendend weißes Licht. Unten in der Menge jubelte Ivan, als hätte die Ukraine soeben den Eurovision Song Contest gewonnen, und Mo pfiff so laut, dass sein Hörgerät versagte. Andere schauten aus einem tauben Pflichtgefühl heraus zu, fest davon überzeugt, dass das Kommende keinesfalls den Zauberer würde übertrumpfen können, der die Jury durch Geisteskraft flambiert hatte. Je länger die Bühne leer blieb, desto ungeduldiger wurde das

Publikum, und als sich gerade erste Buhrufe erhoben, erschien eine Gestalt in der Finsternis, erhellt vom Aufblitzen des Stroboskoplichts. Einige Sekunden später tauchte der Umriss in einem weiteren grellen Lichtblitz auf. Ein zweiter und ein dritter Blitz folgten rasch, als der Beat schneller wurde, und als das Intro den Höhepunkt erreichte und der Trommelwirbel einer gespenstischen Stille wich, konnten die Zuschauer die mysteriöse Gestalt in ihrer Mitte richtig erkennen. Manche flüsterten: »Ratte.« Andere sagten: »Waschbär.« Auch das Wort »Dachs« fiel. Mehrere Varianten von »Was zur Hölle ist das?« waren in verschiedenen Teilen des Publikums zu hören. Ein paar Kinder begannen zu weinen. Der Sänger von »Weiß der Himmel« murmelte irgendetwas über den Teufel. Niemand wusste, was dort zu sehen war, aber niemand konnte den Blick davon abwenden.

Danny starrte vor sich, versteinert vor Angst. Er fühlte sich wie ein Fallschirmspringer, der zum ersten Mal aus einem Flugzeug springen soll, und je länger er dort stand, desto mehr Zeit hatte er, sich auszumalen, was alles schiefgehen konnte, bis er ums Verrecken nicht mehr wusste, warum ihm das Ganze jemals wie eine gute Idee erschienen war.

Er versuchte sich zu bewegen, aber sein Körper gehorchte nicht. Er konnte seine Arme und Beine nicht einmal fühlen, geschweige denn zum Tanzen bringen. Einen Augenblick lang glaubte er, einen Herzinfarkt zu haben, und als er merkte, dass das nicht der Fall war, überlegte er, einen vorzutäuschen, sich einfach fallen zu lassen und sich totzustellen, bis er auf einer Trage von der Bühne transportiert würde. Er blickte mit zusammengekniffenen Augen durch die Lichter in die gesichtslose Zuschauermenge und hoffte, irgendwo da draußen warte ein Meuchelmörder darauf, ihn mit einer Kugel von seinem Leid zu erlösen, doch je länger er starrte, desto weniger gesichtslos erschien ihm die Menge. Er erkannte eine vertraute Gestalt, verschwommen erst, aber dann so deutlich, als stünde sie direkt vor ihm. Er schloss die Augen und öffnete sie wieder, aber Liz war immer noch da und sah ihn mit dem leisesten Lächeln an, einem Lächeln, das ihm sagte, dass es ihr gut ging und dass es ihm gut gehen würde, und dass alles gut werden würde, wenn er sich jetzt nur zusammenriss und tanzte, wie er noch nie in seinem Leben getanzt hatte.

Also tat er das.

Zuerst merkte er nicht einmal, dass er sich bewegte; sein Körper hatte die Kontrolle von seinem Verstand übernommen wie ein Beifahrer das Steuer von einem Toten, und erst als er Jubel aufbranden hörte, begriff er, dass er tanzte und die Musik durch ihn schoss, als hätte man ihm gerade eine Adrenalinspritze in den Hintern gejagt. Er durchschnitt die Luft wie Zorros Degen und wirbelte so schnell über die Bühne wie eine Wetterfahne in einem Orkan; sein Geist und sein Körper hatten ihre Meinungsverschiedenheiten beigelegt und arbeiteten nun in perfekter Harmonie zusammen, um eine Vorstellung zu liefern, die all der harten Arbeit und Geduld (vor allem von Krystals Seite), des Schweißes und der Tränen (vor allem von Dannys Seite) würdig war. Er ließ nicht einen Schritt aus, selbst während des fieberhaften Crescendos, bei dem er während des Trainings so oft ins Straucheln gekommen war, und in ihm knisterte eine so frenetische Energie, dass er seine Bewegungen bewusst zügeln musste, aus Angst, es zu übertreiben. Nicht einmal beim Zwischenspiel wollte er pausieren, worauf er sonst gar nicht warten konnte, da ihm die Handvoll kostbarer Sekunden gerade genug Zeit ließ, um zu Atem zu kommen und mit einem Stoßgebet um Stärke zum Weitermachen zu flehen, bevor er sich wieder ins Gefecht stürzte. Diesmal war das Zwischenspiel für ihn eher ein Ärgernis als eine Atempause, es unterbrach seinen Rhythmus, wo er sich doch gerade erst warmgetanzt hatte, und zwang ihn, auf den Beginn der zweiten Phase zu warten, auch bekannt als »Krystals geniale Idee«.

Danny stellte sich in die Mitte der Bühne, wo er vor nicht einmal einer Minute noch einen gewaltsamen Tod zu sterben gehofft hatte, und zählte stumm mit, während die Musik sich zum nächsten Einsetzen des Beats emporschraubte. Die Lichter verloschen, und das Stroboskoplicht begann so zu pulsieren wie während des Intros, grelle Lichtblitze, die die weit aufgerissenen Augen der Zuschauer aufleuchten ließen, die Danny anstarrten und sich fragten, was er als Nächstes tun würde, bis er plötzlich völlig überraschend nicht mehr allein war.

»Bereit?«, fragte er die noch schäbigere Miniaturausgabe seiner selbst, die in dem Sekundenbruchteil zwischen den Lichtblitzen neben ihm erschienen war. Krystal hatte ihnen versichert, der von Fannys Sofas abgerissene Stoff sei gründlich desinfiziert worden, bevor er in ihrer Nähmaschine gelandet war, aber als er sah, dass Will sich kratzte wie der Wachhund eines Flohzüchters, fragte Danny sich einmal mehr, wie sie sich von Krystal dazu hatten breitschlagen lassen können.

»Bereit!«, rief Will, als der Beat einsetzte und sie synchron zu tanzen begannen, über die Bühne glitten, schwoften, wirbelten und schritten, während das Publikum so laut jubelte, dass die Musik sie nur mit Mühe übertönte. Sie hatten nicht viel Zeit zum Üben gehabt. Krystals einzige Anweisung an Danny war gewesen, wenn Will auftauchte, solle er einfach weitertanzen und sich nur auf seine eigene Performance konzentrieren. Die eigentliche Bürde lastete auf Will, der dafür sorgen musste, dass jede seiner Bewegungen mit jeder Bewegung seines Vaters übereinstimmte. Wenn sein Vater schneller tanzte, tanzte er auch schneller. Wenn sein Vater langsamer wurde, wurde er auch langsamer. Wenn sein Vater kopfüber in die Menge fiel, dann fiel auch er kopfüber in die Menge, um es wie geplantes Stagediving aussehen zu lassen: was auch immer notwendig war, um die Synchronizität aufrechtzuerhalten. Die Situation war bei Weitem nicht ideal, und der Plan hing in nervenaufreibender Weise davon ab, dass Danny sich an den Ablauf hielt, doch entgegen allen Befürchtungen, auch seinen eigenen, bewegte Danny sich, wenn er sich bewegen sollte, ließ keinen Schritt aus, sein Timing stimmte auf die Millisekunde, und er kam dem Publikum nicht einmal zu nah und fiel erst recht nicht von der Bühne. Und hätte er es getan, wären alle ohnehin viel zu sehr mit Tanzen beschäftigt gewesen, um es zu bemerken.

»Wo ist Krystal?«, rief er, als das zweite und letzte Zwischenspiel einsetzte. Er hatte sie nicht gesehen, seit sie ihn im Künstlerzelt zurückgelassen hatte, und er fürchtete, es könnte irgendetwas Schlimmes geschehen sein, nicht ihr, aber irgendwem, der dumm genug gewesen war, sich mit ihr anzulegen.

»Was?«, schrie Will und kratzte sich wie rasend am Hintern.

»Krystal!«, sagte er schwer atmend und heftig schwitzend. »Wo ist sie!«

»Hinter dir!«, sagte Will.

In der Erwartung, dass Krystal ihn durch den Vorhang angrinsen oder vielleicht mit ein bis zwei Fingern eine obszöne Geste machen würde, drehte sich Danny um und sah mehrere Frauen, die in einer Reihe hinter ihm auf der Bühne standen. Ihre Augen, Lippen und Nasen waren schwarz angemalt und der Rest ihrer Gesichter weiß geschminkt. Sie trugen allesamt Pandakostüme und Haarreifen mit stummeligen kleinen Pandaohren daran, und Danny hatte keine Ahnung, wer von ihnen Krystal war, bis der Panda in der Mitte eine große Kaugummiblase machte.

»Ich erklär's dir später«, rief sie; sie konnte sein Gesicht nicht sehen, spürte aber seine Verwirrung. »Halt dich einfach an den Plan und überlass uns den Rest.«

Danny nickte dümmlich, so als hätte man ihm gerade mitgeteilt, seine Katze sei überfahren worden, obwohl er gar keine Katze hatte.

Er wandte sich wieder dem Publikum zu, atmete tief durch und machte sich für das große Finale bereit. Seine Lunge brannte, seine Muskeln schmerzten bei jeder Bewegung, seine Glieder fühlten sich schwerer an als wassergetränkte Baumstämme, und seine Schenkelinnenseiten waren so wundgescheuert, dass sie wahrscheinlich wie Salami aussahen, doch als der Beat zum dritten und letzten Mal einsetzte, versenkte Danny sich in sein Inneres, so tief er konnte, und legte das, was er auf dem Grund seiner Seele fand, in diese letzten sechzig Sekunden hinein.

Seine eigenen Energievorräte waren gründlich geplündert, also zapfte er die von den Zuschauern kommende Energie an, ließ sich von ihren Pfiffen und ihrem Jubel antreiben, noch schneller zu tanzen, das Tempo zu verdoppeln und nicht nachzulassen, auch wenn ihm das Herz aus der Brust zu springen drohte wie der Hemdknopf eines dicken Mannes. Er legte alles in diese Performance, brachte seinen Körper bis an die Grenze und darüber hinaus, und als die Musik endete und der Höhepunkt mit dem Kopf voran gegen eine unvermittelte Wand aus Stille raste, verspürte er wieder den Drang, sich an die Brust zu fassen und auf die Knie zu fallen, nur dass es diesmal nicht gespielt gewesen wäre.

Er sah Will neben sich an, und sie hoben beide erschöpft einen Daumen. Er sah Krystal hinter sich an, die beifällig nickte, während sie mit den anderen Frauen die Pose hielt. Er sah die Zuschauer vor sich an, deren Gesichter jetzt von den riesigen Scheinwerfern erhellt waren, die aus allen Ecken auf sie herableuchteten. Und dann traten die Frauen, begleitet von »Pandamonium!«-Rufen, die anschwollen, bis Danny sie in seinen Knochen spürte, einen Schritt vor, und Danny und Will traten einen Schritt zurück, und alle fassten sich an den Händen und verbeugten sich, während um sie herum Applaus aufbrandete. Nur einer blieb stumm, und das war El Magnifico, der aussah, als versuchte er den ganzen Veranstaltungsort in Schutt und Asche zu legen.

»Das war Pandamonium!«, sagte der Moderator, während Danny, Will, Krystal und die anderen Tänzerinnen sich nochmals verbeugten und hinter dem Vorhang verschwanden.

»Ich habe dir doch gesagt, sie werden ihn lieben!«, sagte Krystal hinter der Bühne, einen künstlichen Fingernagel auf Will gerichtet. »Habe ich dir nicht gesagt, sie werden ihn lieben?«

»Das, was noch in diesem Stoff lebt, liebt ihn auf jeden Fall«, sagte Danny, während Will aus dem Kostüm sprang, als stünde es in Flammen. »Hattest du nicht gesagt, das Ding wäre gereinigt worden?«

»Schon«, sagte Krystal. »Aber ich habe keine Ahnung, womit sie es gereinigt haben.«

»Wieso sind meine Arme grün?«, fragte Will und hielt seine Unterarme hoch, die jetzt die Farbe von Granny-Smith-Äpfeln hatten.

»Gute Frage, Will. Warum ist er grün, Krystal? Guck dir seine Arme an! Guck dir sein Gesicht an!«

»Mein Gesicht auch?«, fragte Will mit wachsender Panik.

»Ach ja, der Typ meinte, das könne passieren«, sagte Krystal. »Keine Sorge, er hat gesagt, nach ein paar Wochen ist es wahrscheinlich weg.«

»Wahrscheinlich!«, rief Danny.

»Ein paar Wochen!«, rief Will.

»Hört zu, es hat doch alles funktioniert, oder? Und außerdem ist das ein geringer Einsatz für zehntausend Pfund.«

»Wenn wir gewinnen«, sagte Danny.

»Machst du Witze? Du warst unglaublich.«

»Du warst selbst nicht ganz übel«, sagte Danny. »Hübsche Idee übrigens, das mit den Background-Tänzerinnen. Ich habe keine Ahnung, wie du das hingekriegt hast, aber, na ja, danke.«

»Bedank dich nicht bei mir«, sagte Krystal. »Bedank dich bei Fanny.«

»Fanny?«

»Sie hat den Mädels für heute Nacht freigegeben, wenn sie herkommen und dir helfen.«

»Wirklich?«, sagte Danny überrascht. »Ich wusste gar nicht, dass sie eine wohltätige Ader hat.«

»Hat sie nur, wenn sie was will«, sagte sie und schenkte Danny ein Lächeln, bei dem ihm sofort unwohl wurde.

»Und ... was genau will sie?« Krystals Lächeln wurde breiter.

»Dich«, sagte sie.

Danny lachte und wartete darauf, dass Krystal einstimmte. Sie tat es nicht. Er hörte auf zu lachen und räusperte sich.

»Na ja, das ist echt schmeichelhaft, und wer weiß, wenn ich vielleicht dreihundert Jahre älter wäre oder so, aber wahrscheinlich nicht mal dann, um ehrlich zu sein –«

»Nicht so, du Knallkopf. So verzweifelt ist Fanny auch nicht. Sie überlegt, im Club eine wöchentliche Ladies Night einzuführen, aber sie hat noch keine männlichen Tänzer, also ...«

»Nein«, sagte Danny, dem allmählich ein Licht aufging. »Auf gar keinen Fall.«

»Wieso denn nicht? Du hast gerade vor einer riesigen Zuschauermenge getanzt. Das kriegst du doch vor einer Handvoll besoffener Hausfrauen auch hin.«

»Ich war angezogen! Das ist ein großer Unterschied!«

»Du braucht dich nicht auszuziehen, Danny, keine Sorge. Nicht mal Fische würden deinen Wurm sehen wollen.«

»Wirklich nicht?«

»Na ja, gut, vielleicht ein sehr hungriger Fisch, aber –«

»Nein, ich meine, ich müsste mich wirklich nicht ausziehen?«

»Nein«, sagte Krystal. »Also, auf jeden Fall nicht komplett. Nur, na ja, ein bisschen.«

»Weißt du, so verführerisch das auch klingt, ich glaube, ich passe. Will würde mir das nie verzeihen, oder, Kumpel?«

»Ist mir egal«, sagte Will schulterzuckend. Danny warf ihm einen finsteren Blick zu.

»250 Pfund pro Abend, Danny, bar auf die Hand. Oder in den Tanga, wie's dir lieber ist.«

»Das ist mir egal«, sagte Danny. »Moment mal, wie viel?«

»Du hast mich verstanden. Ein Tausender im Monat für vier Tage Arbeit. Plus Trinkgeld. Lass es dir durch den Kopf gehen«, sagte sie und ging sich umziehen. Will folgte ihr.

»Wohin gehst du?«, fragte Danny.

»Ich gehe das abwaschen!«, sagte Will.

»Ich dachte, Grün ist deine Lieblingsfarbe«, sagte Danny und versuchte, ernst zu bleiben.

»Jetzt nicht mehr«, grummelte Will im Davongehen.

In einem der mobilen Toilettenhäuschen schrubbte er sich mit Seife ab, aber das giftige Grün ließ sich nicht beseitigen. Und als wäre das nicht genug gewesen, traf er beim Verlassen der Toilette genau auf denjenigen, den er in diesem Augenblick am wenigsten hätte sehen wollen.

»Malooley«, sagte Mark so, dass sich Wills eigener Name wie eine Drohung anhörte. Er schaute auf Wills Gesicht und Arme und runzelte die Stirn. »Wieso zur Hölle bist du grün?«

»Lange Geschichte«, sagte Will.

»Ist auf jeden Fall eine Verbesserung.«

Will nickte, sagte aber nichts; er war der Unterhaltung schon überdrüssig.

»Wo ist denn dein Homo-Freund?«, fragte Mark und sah sich nach Mo um.

»Wo sind denn deine Folterknechte?«, fragte Will und suchte ebenfalls die Menge ab.

Es verging ein langer Augenblick, in dem Mark ihn anstarrte, ein Augenblick, der nach Wills fester Überzeugung in Gewalt münden würde. Er war umso überraschter, als Mark zu lächeln begann; ein alles andere als angenehmer Anblick, der ihm trotzdem willkommener war als die Alternative.

»Ihre Mütter erlauben ihnen nicht, so lange draußen zu bleiben«, sagte er.

Will riskierte ein Lächeln. »Klar, morgen ist ja schließlich Schule«, sagte Will. Sie lachten beide.

»Was hast du da?«, fragte Mark und zeigte auf das Pandakostüm, das aus Wills Tasche lugte.

»Nichts«, sagte Will. Er versuchte die Tasche hinter dem Rücken zu verstecken, aber Mark hatte die schwarz-weiße Maske schon entdeckt.

»Moment mal, warst du das da eben auf der Bühne? Pandamania oder so?«

»Pandamonium.«

»Verdammte Scheiße, du warst es wirklich!«, sagte er.

Will wappnete sich für die Beleidigungen, die nun auf ihn einprasseln würden. Tanzen ist pervers. Pandas sind pervers. Tanzende Pandas sind pervers. So in der Art.

»Du warst total ...«, Mark suchte nach dem richtigen Wort, »... krass!«

»Was?«, sagte Will komplett überrascht. Er fragte sich, ob Mark wusste, was »krass« bedeutete.

»Ohne Scheiß, ihr wart so geil, Mann, das Beste am ganzen Abend.«

»Danke«, sagte Will zögerlich.

»Wer hat dir denn beigebracht, so zu tanzen?«

»Meine Mum.«

»Cool. Ich wünschte, meine Mum hätte so was drauf. Manchmal steht sie morgens nicht mal auf.« Er lachte, aber es klang hohl.

»Ich könnte es dir beibringen«, sagte Will. »Wenn du willst, meine ich.«

»Ich und tanzen?« Mark lachte. »Der war gut. Aber kannst du mich vielleicht den Bräuten vorstellen, mit denen du da getanzt hast?« Mark spielte mit seinem Pony, als wäre ungepflegtes Haar das Einzige, was zwischen ihm und dem *Esquire*-Cover stünde. Will lächelte.

»Mal sehen, was ich machen kann«, sagte er.

»Cool. Na ja, ich hau besser mal rein. Viel Glück heute Abend, ja?«

»Daumen drücken«, sagte Will. Mark wandte sich zum Gehen.

»Ach, Will?«, sagte er über die Schulter.

»Ja?«

»Erzähl irgendwem von diesem Gespräch, und du bist tot«, sagte er mit gespieltem Ernst. »Kapiert?«

»Kapiert«, sagte Will.

»Gut. Wir sehen uns, Loser.«

Will sah ihm hinterher und fragte sich, ob er einen Freund gewonnen oder einfach nur einen Feind verloren hatte.

Danny stand mit Krystal, Mo und Ivan, der alle anderen in der Menge um etwa einen halben Meter überragte, in der Nähe der Bühne.

»Hey, da ist ja der Star der Show!«, sagte Mo. Er kam auf Will zu, um ihn zu umarmen, hielt aber inne, bevor sie sich berührten. »Moment mal, wieso ist dein Gesicht –«

»Frag Krystal«, sagte Will. Mo sah Krystal an. Krystal sah irgendwo anders hin.

»Du kommst genau rechtzeitig«, sagte Danny, als der Moderator wieder auf die Bühne trat.

»Also, das ist der Moment, auf den ihr alle gewartet habt!«, sagte der Moderator.

Die Menge jubelte.

»Nein, nicht der Teil, wo ich aufhöre zu quatschen –«

Buhrufe erschallten.

»Keine Sorge, das wird in einer Minute so weit sein –«

Die Buhrufe verwandelten sich augenblicklich wieder in Jubelschreie.

»Aber bevor ich nach Hause gehe, eine Flasche Scotch trinke und mir vielleicht eine Knarre in den Mund stecke –«

Die Menge wirkte unentschlossen.

»Nur ein Witz. Ich habe gar keine Knarre. Und wenn, würde ich sie wohl nicht gegen mich selbst richten, oder was meinst du, Martin?«

Martin zeigte ihm den Mittelfinger und tat dann so, als würde er sich damit an der Nase kratzen, als er sich auf dem Bildschirm sah.

»Jedenfalls ist es an der Zeit, den Gewinner des heutigen Abends zu verkünden! Wie wir alle wissen, wird nur ein Künstler den großen Preis in Höhe von zehntausend

Pfund mit nach Hause nehmen, was sagt also unsere Jury? Ist sie zu einer Entscheidung gekommen?«

Die Jurymitglieder sahen einander an und nickten. Ein Umschlag wurde auf die Bühne gebracht.

Der Moderator setzte seine Brille auf und sah mit zusammengekniffenen Augen auf den Zettel, der darin steckte.

»Dann wollen wir mal«, sagte er. »Auf dem dritten Platz haben wir ... Tim und Milton!«

Alle applaudierten, als Tim und Milton auf dem Bildschirm erschienen. Tim winkte und lächelte in die Kamera.

»Guck mich nicht so an«, flüsterte er, als Milton ihn von seiner Schulter aus finster anblickte. »Du hast den Song ausgesucht, nicht ich.«

Der Moderator schaute auf den Zettel und rückte seine Brille zurecht.

»Der zweite Platz geht an ... Trommelwirbel bitte ... Pandamonium!«

Will seufzte. Mo fluchte leise. Krystal fluchte laut, so laut, dass alle um sie herum ein Stück zurückwichen, aber Danny sagte nichts und starrte weiter auf die Bühne, die Augen noch immer erwartungsvoll geweitet, als hätte er den Moderator nicht gehört und wartete noch immer gespannt auf die Verkündung.

»Alles gut?«, fragte Ivan. Danny antwortete nicht; er war vor Fassungslosigkeit wie gelähmt.

»Gut gemacht, ihr tanzenden Pandas. Ihr habt vielleicht nicht den großen Preis gewonnen, aber das Nächstbeste, nämlich vier Freikarten für meine anstehende Comedy-Tour!«

Einige der anderen Kandidaten wirkten plötzlich erleichtert, nicht Zweite geworden zu sein.

»Und damit habe ich die große Ehre, den Gewinner des diesjährigen Wettstreits der Straßenkünstler zu verkünden – und es ist keine große Überraschung, denn wenn wir mal ehrlich sind, waren wir doch alle Feuer und Flamme für …«

El Magnifico machte sich grinsend für seinen Sieg bereit.

»Jack und Daniels, meine Damen und Herren!«

Dem Zauberer rutschte das Lächeln aus dem Gesicht, während der alte Mann und sein Jack-Russell-Terrier auf die Bühne kamen, um ihren Preis in Empfang zu nehmen.

»Nein«, murmelte er. »Das kann nicht sein. Ich habe gewonnen. Ich.«

»Das ist doch ein Scheißdreck!«, sagte Krystal. »Entschuldige meine Ausdrucksweise, Will.«

»Das ist wirklich ein Scheißdreck«, sagte Will. »Entschuldige meine Ausdrucksweise, Dad.«

Danny blieb stumm; er fand nicht die richtige Miene, um seinen Gefühlen Ausdruck zu verleihen, geschweige denn die richtigen Worte.

»Herzlichen Glückwunsch!«, sagte der Moderator und überreichte Daniels einen absurd überdimensionierten Scheck. Doch bevor der alte Mann ihn entgegennehmen konnte, brach El Magnifico aus der Menge hervor und entriss dem Moderator den Preis.

»Ich habe gewonnen!«, schrie er mit wildem Blick und etwas Schaum vor dem Mund. »Ich! Nicht ihr! Ich habe durch Geisteskraft etwas in Brand gesetzt! DURCH VERDAMMTE GEISTESKRAFT!«

Einer der Wachmänner stürmte auf die Bühne und rang El Magnifico zu Boden, während ihm ein anderer den Scheck entwand. Selbst Jack beteiligte sich, indem er die Zähne in El Magnificos Mantel schlug und nicht mehr losließ.

»Weg von mir!«, schrie El Magnifico. »Weg von mir, bevor ich hier alles in Schutt und Asche lege! Ich habe Kräfte. Habt ihr das nicht gesehen? ICH HABE KRÄFTE!«

Von Jubel und Gelächter begleitet, zerrten die Wachleute den Zauberer davon. Weiteres Gelächter erschallte, als Jack mit einem Stück von El Magnificos Mantel im Maul zurückgetrottet kam.

»Ich glaube, das gehört Ihnen«, sagte der Moderator, hob den leicht verknitterten Scheck auf und gab ihn Daniels. »Applaus für den diesjährigen Gewinner, meine Damen und Herren!«

Ein gepflegter junger Mann erschien auf der Bühne und überreichte den beiden einen Pokal, den Daniels von ohrenbetäubenden »Zugabe!«-Rufen begleitet über den Kopf reckte.

»Es scheint, als wollte das Publikum dich noch einmal singen hören, Jack«, sagte der Moderator und beugte sich zu dem Terrier hinunter. »Was sagst du?«

Jack bellte einmal, und alle jubelten.

»Ich glaube, das heißt Ja!«, sagte der Moderator. »Na los, ihr beiden!«

»Hauen wir ab«, sagte Danny.

# 34

Ivan stellte vier Drinks auf den Tisch; die Gläser wirkten in seinen massigen Händen wie Fingerhüte.

»Prost!«, sagte er und hob sein Glas. Krystal nahm ihren dreifachen Gin Tonic. Will nahm Dannys Glas. Danny nahm das Glas Cola und tauschte es gegen Wills aus. Alle stießen an, aber nur Ivan tat es mit Begeisterung.

»Entschuldige, Ivan, aber was genau feiern wir hier noch mal?«, fragte Danny.

»Das Leben!«, sagte Ivan und machte eine ausladende Bewegung, die das ganze Cross-Eyed Goat einschloss, als wären der heruntergekommene Pub und seine abscheuliche Kundschaft perfekte Gründe, die Existenz zu feiern.

»Tja, weißt du, das Leben kommt mir gerade nicht besonders bejubelnswert vor«, sagte Danny.

»Gut. Du willst gute Nachricht? Ich sage dir gute Nachricht. Du kennst noch Viktor? Arschloch von Baustelle? Er geht zurück nach Russland, nachdem jemand hat seinen Kopf in Toilette gesteckt.«

»Warum macht jemand so was?«, fragte Will.

»Er muss sich mit den falschen Leuten angelegt haben«, sagte Krystal. Danny und sie blickten sich lächelnd an.

»Siehst du«, sagte Ivan. »Du lächelst. Leben ist schön.«

»Nur bis Reg mich findet«, sagte Danny. Er seufzte und nippte nachdenklich an seinem Drink. »Ich begreife es einfach nicht. Ich hätte wirklich gedacht, wir gewinnen heute Abend.«

»Wir haben gewonnen«, sagte Krystal. »Ich meine, wir haben natürlich nicht wirklich gewonnen, aber wir waren tausendmal besser als alle anderen. Das Publikum hat dich geliebt.«

»Das Publikum hat dich geliebt«, korrigierte Danny.

»Das Publikum hat uns geliebt«, sagte sie.

»Warum haben wir dann gegen einen singenden Hund verloren?«, fragte Danny. Will zuckte mit den Schultern.

»Immerhin haben wir nicht gegen El Magnifico verloren«, sagte er.

»Genau«, sagte Krystal. »Das muss doch gefeiert werden, oder?«

»Stimmt«, sagte Danny und grinste bei dem Gedanken an einen fuchsteufelswilden El Magnifico, der vom Sicherheitsdienst übermannt wurde.

»Du weißt, dass Krystal mal mit ihm zusammen war, oder?«, sagte Will zu Ivan. Ivan sah Krystal an. Krystal sah Will an. Will sah Danny an. Danny lachte nervös. Er hörte nicht, wie Reg hinter ihm durch die Tür kam.

»Malooley!«, rief er. Alle außer Ivan zuckten zusammen.

»Großartig«, sagte Danny und drehte sich nicht einmal um, während Reg auf ihn zukam. »Nicht mal meine Niederlage kann ich in Ruhe genießen.«

»Hallo, Daniel«, sagte Reg. Mr. Dent blieb an der Tür stehen, wahrscheinlich für den Fall, dass irgendjemand von ihnen flüchten wollte.

»Hallo, Reg.«

»Was wird denn hier gefeiert?«, fragte er und sah in die Runde, wobei er vor allem Krystal beäugte.

»Wir halten Totenwache«, sagte Danny.

»Ach ja? Für wen denn?«, fragte Reg. Danny leerte sein Bier, solange er noch konnte.

»Für mich«, sagte er.

»Das heißt wohl, dass du mein Geld nicht hast.«

»Ja, das heißt es, Reg«, sagte Danny. »Ich habe das Geld nicht.« Er klang eher erschöpft als besorgt, so wie ein Verurteilter im Todestrakt, der das Warten leid war und es einfach hinter sich bringen wollte.

»Charlie!«, schrie Reg. »Sperr mal ab, ja?«

Das Geräusch von über den Boden schabenden Stühlen und hektischen Schritten erfüllte den Raum, als alle nach draußen hetzten, bevor sie von Charlie eingeschlossen wurden. Er schob die Riegel am oberen und am unteren Ende der Tür vor und legte ein Holzbrett quer über die Mitte. Dann schaltete er mit einer Lässigkeit, die darauf schließen ließ, dass er das nicht zum ersten Mal machte, die Überwachungskameras ab, griff sich eine Tüte Garnelenchips und zog sich nach oben zurück.

»Steh nicht nutzlos rum, Dent«, sagte Reg. »Beweg deinen Arsch. *Eastenders* fängt bald an.«

Mr. Dent setzte sich ruckelnd wie ein Zehntonner in Bewegung und durchquerte den Raum. Danny stand auf, nicht weil er irgendeinen Plan gehabt hätte, sondern weil ihm das Stehen würdevoller erschien, als seinem Schicksal zitternd auf einem Barhocker zu begegnen. Er spürte Ivans Hand auf der Schulter und hielt es für eine tröstliche Geste, bis der Ukrainer ihn zurück auf den Hocker drückte, um selbst mit überraschender Schnelligkeit aufzuspringen und auf Mr. Dent zuzugehen. Sobald die Entfernung es zuließ, stürzten sich die beiden Männer aufeinander, packten sich gegenseitig mit ihren riesigen Armen und ließen nicht locker, doch je länger sie so dastanden, desto offensichtlicher wurde, dass sie nicht miteinander rangen, sondern sich so fest umarmten, dass die meisten anderen Menschen dabei zu Mus zerquetscht worden wären.

Alle machten einen verwirrten Eindruck. Vor allem Reg. Sie waren noch perplexer, als Mr. Dent zu sprechen begann. Auf Ukrainisch. Die beiden plauderten wie lange getrennte Freunde, während Ivan Dent zu Danny führte, der instinktiv einige Schritte zurückwich, um außer Reichweite zu sein.

»Danny, will ich dir Dmitri vorstellen«, sagte Ivan und schlug Dent fest auf den Rücken.

»Ihr beiden kennt euch?«, fragte Danny.

»Natürlich! Er ist Sohn von meinem Bruder!«

»Dent ist dein Neffe?«

»Ja. Neffe. Als ich ihn letztes Mal gesehen habe, er war so groß. Wie Grashüpfer.«

Ivan deutete eine Höhe an, die immer noch die meisten großen Männer überragte.

»Tja, dieser ›Grashüpfer‹ hat mir vor einer Woche fast die Beine gebrochen.«

Ivan blickte Mr. Dent mit gefurchter Stirn an. Reg traute offenbar seinen Augen nicht.

»Was ist das hier? Ein Familientreffen? Hör auf rumzutrödeln, Dent!«

Während Ivan auf Ukrainisch auf ihn einschrie, vergrub Mr. Dent die Hände in den Hosentaschen und starrte auf seine Schuhe wie ein unartiger Schuljunge.

»Entschuldige dich bei ihm«, sagte er und nickte zu Danny hinüber. Mr. Dent murmelte etwas, und Ivan schlug ihm gegen den Hinterkopf. »Auf Englisch!«

»Entschuldigung«, sagte Mr. Dent.

»Ist okay?«, fragte Ivan. Danny zuckte mit den Schultern.

»Denke schon«, sagte er.

»Hand drauf«, sagte Ivan, packte ihre Hände und zwang die Handflächen zusammen wie ein Lehrer, der eine Rauferei auf dem Spielplatz beendet.

»Jesus, Maria und Josef, hör auf zu quatschen und brich ihm alle Knochen!«, rief Reg.

Ivan sagte etwas zu Mr. Dent, der nickte und sah Reg an.

»Was zur Hölle hast du denn jetzt vor?«, fragte Reg, als Mr. Dent auf ihn zustapfte. »Falsche Richtung, du dämlicher –«

Dent packte ihn an der Gurgel, ehe er den Satz beenden konnte. Ivan sah Danny an.

»Was willst du zuerst brechen?«, fragte er. Regs Krücken fielen zu Boden, als er versuchte, die Hand um seine Kehle wegzukratzen. »Arme? Ich würde sagen, Arme.«

»Warte!«, krächzte Reg, dessen Gesicht sich röter verfärbte als die Urinprobe eines Boxers. »Wir können doch darüber reden!«

»Oder vielleicht noch mal Beine«, sagte Ivan. »Was meinst du?«

»Warte!«, sagte Reg. »Danny! Vergiss die Schulden! Wir sind quitt! Und ich senke die Miete um ... zwanzig Prozent!«

»Sie meinen die zwanzig Prozent, um die Sie sie schon erhöht hatten?«, fragte Danny. Ivan nickte Dent zu, der etwas fester zudrückte.

»Fünfzig!«, quiekte Reg. »Fünfzig Prozent!«

»Das ist sehr großzügig, Reg, aber wissen Sie was? Ich glaube, wir ziehen aus.« Er sah Will an. »Wenn du einverstanden bist?« Will nickte.

»Wie wär's mit Fingern?«, fragte Ivan, der nicht gehen wollte, ohne irgendetwas zu brechen. »Nur Finger.«

»Lasst ihn gehen«, sagte Danny.

»Bist du sicher?«, fragte Ivan. Danny nickte. Ivan zuckte mit den Schultern und sah Dent an.

»Schaff ihn weg«, sagte er auf Ukrainisch.

Die eine Hand immer noch um Regs Hals geschlossen, entriegelte Dent mit der anderen die Tür.

»Vergesst die nicht«, sagte Danny und zeigte auf Regs Krücken. Mr. Dent hob sie auf und trug sie zusammen mit ihrem halb bewusstlosen Eigentümer davon.

»Danke, Ivan«, sagte Danny, als sie sich wieder setzten. »Ich glaube, du hast mir gerade das Leben gerettet.«

»Kein Problem«, sagte Ivan. »Jetzt sind wir quitt.«

Danny legte die Stirn in Falten, als wäre er sich nicht sicher, ob er richtig gehört hatte.

»Wieso quitt?«, fragte er, und ein Lächeln breitete sich auf seinem Gesicht aus.

»Was?«, sagte Ivan, der plötzlich damit beschäftigt zu sein schien, mit dem Fingernagel einen unsichtbaren Fleck vom Tisch zu kratzen.

»Du hast gerade gesagt: ›Jetzt sind wir quitt.‹«

»Wann?«

»Gerade eben!«

»Nein, habe ich nicht.«

»Doch, hast du«, sagte Danny.

»Du hast zu lange in Kostüm gesteckt«, sagte Ivan. »Ist schlecht für Gehör.« Zur Bekräftigung tippte er sich an die Ohren.

»Na ja, danke jedenfalls«, sagte Danny. Ivan zuckte abschätzig mit den Schultern.

»Wünschte ich nur, ich hätte gewusst, dass Dmitri, er arbeitet für deinen Vermieter. Dann du hättest dich nicht so zu Idiot machen müssen.«

Danny sah Krystal und Will an, die einander in einer Imitation von Mr. Dents Würgegriff die Hände um die Kehle gelegt hatten. Er sah sie reden und lachen und zwinkerte Will zu, als dieser über den Tisch hinweg seinem Blick begegnete.

»Na ja, ich denke, letztlich hat alles ganz gut funktioniert.« Er hielt sein Glas hoch. »Prost.«

»Auf tanzende Ratten!«, sagte Ivan.

»Wir sind Pandas!«, sagte Will.

»Ja!«, sagte Krystal. »Wir sind Pandas!«

»Auf die Pandas!«, sagte Danny.

»Von mir aus«, sagte Ivan und hob sein Glas. »Prost!«

# EPILOG

Der Schnee lag etwas über einen Zentimeter hoch, was genügte, um den gesamten Südosten Londons ins Chaos zu stürzen. Flüge wurden gestrichen oder umgeleitet; Teebeutel und Toilettenpapier flogen aus den Regalen, als sich die Kunden für die nächste Eiszeit eindeckten, und alle stellten die gleiche Frage wie immer, wenn das Wetter sich genau so verhielt, wie es sich im Dezember in England verhalten sollte.

»Warum können wir uns nicht einfach ein bisschen mehr wie die Schweden benehmen?«, fragte ein alter Mann Danny gegenüber. Er fuhr mit der Hand über die beschlagene Scheibe und starrte aus dem Busfenster auf den Verkehr. »Die Schweden machen sich nicht gleich ins Höschen, wenn es mal schneit.«

»Was redest du denn da von Höschen?«, sagte seine Frau neben ihm.

»Ich rede nicht von Höschen, Edna. Ich rede vom Zustand dieses verdammten Landes.«

»Dafür können doch die Schweden nichts.«

»Ich gebe den Schweden ja gar nicht die Schuld!«

Der alte Mann sah Danny an und schüttelte den Kopf. Danny lächelte.

»Sagst du das wegen Oliver?«, fragte die Frau.

»Was?«

»Sarahs Mann.«

»Ich weiß, wer Oliver ist. Warum reden wir über Oliver?«

»Du konntest ihn noch nie besonders leiden.«

»Was hat das denn damit zu tun?«

»Er ist Schwede.«

»Er ist aus Burnley!«

»Nicht mit einem Namen wie Gustavsson. Es hat dir nie geschmeckt, dass unsere Sarah eine Gustavsson wird.«

»Ich rede nicht von Oliver!«

»Wovon redest du dann?«

Der Mann wollte gerade antworten, als der Bus abbremste und seine Frau aufstand und zur Tür ging. Er sah Danny an, bemerkte seinen Ehering und lächelte müde.

»Das haben Sie alles noch vor sich«, sagte er, erhob sich und folgte seiner Frau aus dem Bus. Danny rang sich ein Lächeln ab und schaute auf seine Hand. Unter dem Ring steckte ein Wattefussel, den Danny herauszupfte und zu Boden sinken ließ. Will stupste ihn mit dem Ellbogen an.

»So lange musst du gar nicht warten«, sagte er. »Du hast ja mich, um dir das Leben schwerzumachen.«

Danny stupste zurück.

»Nur zu«, sagte er.

Trotz der beißenden Kälte herrschte auf dem Friedhof mehr Betrieb als sonst. Weihnachten stand vor der Tür, und viele der Gräber waren mit Kerzen, Kränzen und festlichen roten Schleifen geschmückt.

Danny blieb vor Liz' Grabstein stehen und strich sanft den Frost von ihrem Namen.

»Da bist du ja«, sagte er. »Hallo, meine Schöne.«

Will stellte sich hinter ihn.

»Das hätte ihr gefallen, hm?«, sagte Danny und betrachtete den Schnee um sie herum.

Sie standen schweigend unter dem trübweißen Himmel und starrten auf den unberührten Schnee, der wie eine Decke über dem Grab lag.

»Willst du deiner Mum etwas sagen?«, fragte Danny. »Ihr frohe Weihnachten wünschen oder so?«, fragte Danny.

Will dachte kurz darüber nach.

»Dad ist jetzt Stripper«, sagte er. Eine alte Dame, die ein nahe gelegenes Grab pflegte, hob den Kopf und sah Danny finster an.

»Dad ist kein Stripper«, sagte er so laut, dass es die Frau hören konnte.

»Ist er doch«, flüsterte Will seiner Mutter zu.

»Hör nicht auf ihn, Liz«, sagte Danny. »Und ermuntere ihn auch nicht. Ich weiß ja, wie du bist. Ich bin kein Stripper. Ich bin Bühnentänzer.«

»Ein Bühnentänzer, der sich auszieht.«

»Ein Bühnentänzer, der so viel Geld verdient, dass wir

uns die schöne neue Wohnung mit dem schönen Zimmer für dich leisten können.«

»Die würde dir wirklich gefallen, Mum«, sagte Will. »Da gibt es jede Menge Platz zum Üben.«

»Wir arbeiten an einer neuen Pandanummer für den Park. An den Wochenenden tanzt Will mit.«

»Ich habe jetzt ein richtiges Kostüm.«

»Du müsstest ihn sehen, Liz, das Publikum liebt ihn. Vor allem die Mädchen.«

»Ja, ja«, sagte Will, und seine kalten Wangen färben sich noch etwas röter. »Können wir Mum die neue Nummer vorführen?«

»Was, hier?«, fragte Danny und sah sich um. Will nickte aufgeregt. »Ich glaube, das ist keine gute Idee.«

»Wieso denn nicht?«

»Weil tanzen auf einem Friedhof ... sich einfach nicht gehört.«

»Mum hätte nichts dagegen.«

»Aber andere Leute vielleicht«, sagte Danny und schaute zu der alten Dame hinüber, die ihn immer noch argwöhnisch beäugte. »Spar es dir für Oma und Opa auf.«

»Sie kommen nächste Woche zu Besuch«, erklärte Will seiner Mutter.

»Dein Vater hat mich aus heiterem Himmel angerufen und gefragt, ob wir zusammen Weihnachten feiern wollen«, sagte Danny. »Ich konnte es auch nicht glauben.«

»Sie haben ewig gequatscht. Sie haben sich beide entschuldigt und so.«

»Er hat sich entschuldigt. Und wir haben nicht ewig gequatscht. Wir haben ein paar Minuten gequatscht.«

»Aber ihr habt gequatscht.«

»Ja«, sagte Danny. Er lächelte. »Wir haben gequatscht. Wo wir gerade dabei sind: Sag deiner Mutter doch mal, was Mr. Coleman letzte Woche beim Elternabend über dich gesagt hat.«

»Er hat gesagt, ich bin der netteste, höflichste und respektvollste Schüler, den er je hatte.«

»Nicht das. Das andere.«

»Er hat gesagt, ich quatsche im Unterricht zu viel.«

»Hast du das gehört, Liz? Er quatscht im Unterricht zu viel! Ist das nicht herrlich?«

»Ich glaube nicht, dass er es als Kompliment gemeint hat«, sagte Will, als Danny ihm stolz durchs Haar wuschelte.

»Er hat auch einen neuen Freund, stimmt's nicht, Kumpel? Wie heißt er noch gleich? Mark?«

»Mark Robson«, sagte Will. »Er ist der härteste Typ auf der Schule.«

»Will hat versprochen, ihm Krystal vorzustellen, darum beschützt er ihn jetzt mit seinem Leben.«

»Und Mo auch. Neulich hat einer was über seine Hörgeräte gesagt, und Mark hat ihn an der Unterhose gepackt und sie so fest nach oben gerissen, dass er in die Krankenstation musste.«

»Wann sind wir eigentlich mit Mo verabredet?«, fragte Danny und sah auf die Uhr.

»Um eins an der Eislaufbahn. Krystal ist schon dort.«

»Dann machen wir lieber mal nen Schlittschuh«, sagte Danny. Will starrte ihn mit leerem Blick an. »Verstehst du? Einen Schlittschuh machen? Gut, oder?« Danny grinste. Will schüttelte den Kopf.

»Siehst du, was ich ertragen muss, Mum?«

»Komm, wir gehen.« Danny berührte seine Lippen und legte die Hand auf den Grabstein. »Frohe Weihnachten, Liz. Ich liebe dich.«

Er nahm die welken Blumen vom Grab und ging zum Mülleimer, um sie wegzuwerfen. Will sah ihm hinterher und lauschte dem einsamen Knirschen des Schnees, das Danny den Weg entlang begleitete.

»Keine Sorge, Mum«, sagte er. »Ich passe schon auf ihn auf.«